HADES
光轮之恋
冥界

〔澳〕亚历山大·阿朵尼托 著
Alexandra Adornetto
孙如轶 张瑛 译

CNS PUBLISHING & MEDIA
湖南文艺出版社
HUNAN LITERATURE AND ART PUBLISHING HOUSE
博集天卷 CS-BOOKY

“啊，路西法，晨星啊，你就这样成为堕落天使的啊！

《圣经 · 旧约》中《以赛亚书》第十四章第十二节十五行

潜入佐治亚的恶魔，找寻可供偷窃的灵魂。
只因未抢尽先机，被缚于其中，
愿用一场交易以求解脱。

——查理 · 丹尼尔[1]，《潜入佐治亚的恶魔》

① 美国乡村歌手，自20世纪50年代起活跃于歌坛。

目录
Contents

Chapter1

一切安好

当布莱斯·哈密顿中学最后一节下课铃声响起时，我与泽维尔收拾完毕，朝着草坪南面走去。天气预报曾播报下午天气晴朗，但此刻的太阳却进行着一场艰难的挣扎。天空阴霾清冷，呈现出青铜般的死灰。偶尔，几缕淡淡的阳光会从云层当中穿透而出，落在地面，映出点点的余晖，也温暖着我的后颈。

“今晚来吃饭吗？”我挽着泽维尔，问道，“加百利想换着做做玉米馅饼。”

泽维尔看着我，不禁哈哈大笑。

“有什么好笑的？”

“我只是在想，”他答道，“天使在许多经典的绘画中被描绘成天堂的守护者或者驱逐魔鬼的角色……我很好奇，他们为什么从不出现在厨房做玉米饼。”

“因为我们要维护形象，”说着，我推了推他，“那你来吗？”

“我去不了，”泽维尔叹了口气，“我向小妹保证过，要待在家里雕南瓜。”

“哎呀，我都把万圣节忘了。”

“你应该试着融入这种精神文化当中，”泽维尔说，“这里的人都很看重万圣节。”

我知道他并没有夸大其词：为了庆祝这个节日，镇上家家户户的前廊都已装饰好南瓜灯，石阶上也被抹上了灰泥。

“我明白，”我接着说，“但我还是接受不了。为什么每个人都要打扮得像个幽灵或怪兽一样？就像可怕的梦魇都变得活生生似的。”

“贝儿，”泽维尔停下脚步，扶住我的臂膀，“这只是个节日，别生气嘛!”

没错，我不应该这样顾虑重重。自从经历了杰克·索恩一事以来，时间已经过去六个月了，目前一切情况良好。和平重新降临到维纳斯湾，我也比以前更加眷恋这个小镇。这座毗邻风景如画的佐治亚海岸线的慵懒小镇俨然已经成了我的家。精致漂亮的阳台、装修考究的店面、风景古雅的中央大街，整个城镇看上去如同明信片上的画一般美丽。实际上，从电影院到政府大楼，这里的一切无不散发出一种南方情调、一个久远时代的魅力与雅致。

过去一年，在我的家人的影响下，维纳斯湾已经变成了一座现代化的城镇。这里的教堂数量比以往翻了三番，越来越多的人投身慈善，甚至都有些忙不过来。镇上的犯罪率也是少得可怜，以致镇长不得不找点其他的事来打发时间。如今，唯一可以发生口角的原因听起来也是微不足道的，譬如几个司机你一言我一语地争论谁先看到停车位，但这只不过是人之本性罢了，人性是改变不了的，而且也不是我们的职责所在。

然而，最令人高兴的是我和泽维尔的关系比以往更加亲密了。此时此刻，我凝望着他，他的领带松松垮垮地垂在胸前，运动衣被随意搭在肩上，迷人的帅气一如往常。我俩并肩而行时，他紧致的肌肉偶尔会蹭过我的身体。我们的步调如出一辙，这种情景很容易让人以为我俩是连体人。

自从去年遭遇杰克那桩暴力事件以来，泽维尔去健身房的次数比以前频繁许多，而且更加忘我地投入到运动健身当中。我知道他这样做是为了更好地保护我，但这并不意味着我不会享受这份特权。泽维尔的胸膛和块状腹肌上因此刻画出更多的印记。他的身形越发紧实精壮，身材比例堪称完美。尽管如此，我仍能看出他棉质衬衫下饱满连绵的肌肉。此刻，我仰望着他那优美的身躯：挺拔的鼻子、高高的颧骨、饱满的双唇。在阳光的照射下，原先栗色的头发此刻变成了金黄色，杏仁般的双瞳则转为湛蓝的黄玉般的色彩。他的无名指上戴着我送给他的礼物，那是他把我从杰克魔掌中拯救之后的信物。这是一条厚厚的银色带子，它铭刻着三种信念：五角星代表着伯利恒星[1]，车轴草是对三位圣人的敬意；而大写字母IHS是Ihesus的缩写，这是中世纪时期人们对耶稣基督的称呼。我也给自己做了一个一模一样的，这枚许愿戒对我俩来说有着特殊的意义。倘若换了其他人，像泽维尔那样亲历过如此惨痛之事的人兴许

① 在《马太福音》等宗教书中，伯利恒星与耶稣一起诞生，这颗星就是耶稣。

会从此失去对天父的一切信念，但他不同，泽维尔拥有强大的内心和精神信念。他曾经向我们作出承诺，我知道没有什么可以令他食言。

我俩随后来到了停车场，碰巧遇见几个泽维尔水球队的朋友，我的思绪就此打断。我认识其中几个人，从而零星地捕捉到了他们谈话的一些内容。

“真不敢相信，威尔森竟然搭上了凯·本特利。”一个叫劳森的小伙子暗自窃笑。

“他的末日到了，”其中一人嘀咕着，“人人都知道她做的次数比我爸那辆克莱斯勒跑的路还多。”

“只要不发生在我床上，我就不在乎。我得把东西都烧了。”

“别担心，伙计，我很确定他俩就在草坪后方。”

“我这脑子太不管事了，记不起他妈的一件事。”劳森说道。

“我可记得你曾经找过我。”一个叫卫斯里的少年扮了个鬼脸，快活地说道。

“不管怎么说……那时天黑了，你干的事更坏。”

“这一点儿也不好笑，”卫斯里顿时变得一脸愠怒，“有人在FACEBOOK上贴了一张照片，你们说我该怎么向杰西交代？”

“告诉她你抵挡不住劳森那扭曲的身体呗，”这时，泽维尔刚好经过，拍拍他朋友的背，说道，“那可是花了无数的小时打游戏练成的。”

我不禁哑然失笑，泽维尔随即打开他那辆天蓝色雪佛兰敞篷车的车门。我钻进车里，伸了个懒腰，迎面而来的是熟悉的皮革坐椅的气味。如今，我像当初泽维尔那样爱上了这辆车。无论是相识之初，还是甜心咖啡厅的初次约会，甚至在公墓与杰克·索恩决战之时，这辆车都一直伴随我俩左右。虽然我从未承认过，但我觉得这辆雪佛兰实在很有个性。泽维尔转动钥匙，发动引擎，整辆车随即发出一声轰鸣，一瞬间变得朝气蓬勃。他俩看起来几乎是同时完成上述动作，就像是刻意为了迎合对方似的。

“这么说，你还从没有参加过化装舞会喽？”

“化什么装？”我不解地问道。

泽维尔摇摇头：“万圣节呀，你要跟上时代！”

“这方面确实不行，”我承认道，“我正在努力呢，那你想怎么打扮？”

“你觉得蝙蝠侠怎么样？”泽维尔向我眨眨眼，问道，“我一直都梦想成为盖世豪侠。”

“你只是假装自己驾驶着一辆蝙蝠人赛车罢了。”

泽维尔惭愧地笑笑：“被戳穿了，你实在太了解我了。”

随后，我俩到达了拜伦府十五号。泽维尔倾身向我靠来，将他的唇贴上我的。他的吻柔软而甜香，令我感觉整个世界都已消失不见，只为与他融为一体。指尖下，他的皮肤光滑细腻，气息如同海洋一般清新宜人，将我层层包围。这种气息有如某些比较浓烈物质的混合体，像是香草和檀香。我一直保存着一件泽维尔的T恤，放在枕头底下，上面喷上了他用的古龙香水。这样一来，每当夜晚降临，我就想象着和他在一起。这种痴傻的行为在爱情来临之际却感觉是如此自然，实在是可笑至极。我明白有人会对我和泽维尔侧目而视，若真如此，我俩只会专注于彼此，而不会去在乎他人的目光。

泽维尔随后努力克制着分开，我也被拉回到了现实当中，就像从熟睡中醒来一样。

“明天早上我来接你，”他露出梦幻般的笑容，“老时间见。”

我站在纵横交错的前院，默默注视着那辆敞篷车掉头驶离，直至消失于街道的另一头。

拜伦府依然属于我的精神家园，我喜欢回到这里。从门廊蜿蜒的石阶到里间宽敞通风的房间，一切的一切再熟悉不过，那是一种温暖安逸的感觉，犹如一个结实坚硬的茧，隔绝于喧嚣的尘世之外。坦白说，当我爱上人类这种生命之后，有时候我仍旧会感到恐惧。这个世界上存在着太多问题——这些问题庞杂烦琐，难以理解。一想起这些，我就会头晕目眩，感觉自己十分无能。但是艾薇和加百利告诫过我不要再过多浪费精力，这样便可全神贯注地完成使命。我们计划去维纳斯湾周边的几个城镇，以驱逐那里的黑暗势力。事实上，在找到那些黑暗势力之前，我们自己也对他们知之甚少。

到家时，晚饭还没好。哥哥和姐姐正在外面的阳台上，各自沉醉于自己的娱乐当中。艾薇聚精会神地读着一本书，加百利则全神贯注地拨弄着吉他。他的食指轻柔地撩拨着琴弦，这些琴弦似乎也在对他安静的指令一一作出回应。我蹲下身，加入到他们的行列，轻拍着小狗“魅影”，它正把脑袋枕在自己那柔软硕大的爪子上睡得正酣，令我忍不住上前抚摸，那银白色的身体溜光平滑，一如往常。“魅影”抬眼望去，一看是我，目光随即变得哀怨清亮，仿佛在问：你一整天都跑哪儿去了？

艾薇窝在吊床上，将身子蜷成半球形。一头金发拖到腰间，在落日的余晖中看起来闪闪动人。姐姐并不十分清楚如何在吊床上休息，看起来过于泰然自若。她的姿态提醒我，一个神秘的生物发现自己不经意地被投掷于人间却可以丝毫不受影响。她穿着一件粉蓝色蜡染的棉裙，旁边竟然支起了一顶镶着花边的阳伞，以保护她免受落日余晖的照射。毫无疑问，她是在某个古董店里淘到这把伞并且情不自禁地买下来。

“你是从哪儿弄来这把伞的？”我不禁捧腹大笑，“我想这个款式刚刚才过时。”

“哦，我倒觉得很迷人。”艾薇放下手中的小说答道，我顺势瞟了一眼封面。

“《简·爱》？”我感到迷惑不解，问道，“你肯定知道这是部爱情小说，对吧？”

“我当然知道。”姐姐没好气地答道。

“看来你要变成第二个我呢。”我和她开起了玩笑。

“我强烈怀疑自己会像你一样痴痴傻傻得昏了头呢。”艾薇的语气听起来很实际，眼神中却透着一丝戏谑。

这时，加百利停下了手中的吉他，注视着我俩。

“我觉得在那方面，贝瑟尼无人能及。”他微微一笑。加百利小心翼翼地放下吉他，倚着栏杆，向海面远眺。如往常一样，加比[①]的身子站得笔直，灰白的头发在脑后扎成马尾。他眼神刚毅，完美的身形看上去像是天神战士——而现在却像凡人一般穿着皱巴巴的牛仔裤和松松垮垮的衬衫，表情开朗友善。我很乐意看见加百利这段日子里变得越发惬意，似乎哥哥姐姐对我少了些指责，而更加接

① 加百利的昵称。

受我的选择。

“你怎么总是比我还提早到家？”我抱怨道，“我可是坐车，而你是走路呢！”

“我有办法呗，”说完，哥哥诡谲地一笑，“而且，我又不必每隔两分钟就停下来表达爱意。”

“我们可没停下来表达爱意！”我忍不住回嘴道。

加百利扬起一边眉毛：“这么说，学校外两街区旁停的不是泽维尔的车喽？”

“也许是他的车，”我不经意地甩甩头，心想怎么他总是猜对了，“但是每隔两分钟这个说法倒是有些夸张！”

艾薇不禁哈哈大笑，瓜子脸陡然间变得光彩照人。

“我说，贝瑟尼，放松点，我们现在经常用PDA了。”

“你们是从哪儿学来的？”我好奇地问道，“我可从没听艾薇说过什么简略语，她那正式的文艺腔常常让人听起来不像是现代世界的人一样。”

“你知道，我常花时间和年轻人在一块儿呢，”她说道，“我想做个潮人。”

我和加百利不禁放声大笑。

“即便如此，初学者也先别说‘潮’这个字。”我向她建议。

艾薇弯下腰，怜爱地抚弄着我的秀发，换了个话题：“这个周末，我希望你没什么安排。”

“泽维尔能来吗？”没等她来得及说明与加比的打算和安排，我便迫不及待地问道。长久以来，泽维尔已经成为我生活中的一部分，哪怕我们分开了，也没有什么行动或者注意力可以让我不去想他。

加百利当即翻了个白眼，说道：“如果他必须要来的话就可以。”

“当然，他必须要来，”我咧嘴一笑，说，“那，是什么样的计划？”

“离这儿二十英里外有一个地方叫黑脊镇，”哥哥说道，“我们听说，那里正在经受着一些……干扰。”

“你的意思是，有魔鬼干扰？”

“哦，上个月有三个女孩失踪了，一座桥也坍塌了，阻碍了交通。”

我眨眨眼：“听起来像是我们要处理的问题。咱们什么时候出发？”

“本周六。”艾薇接道，“你最好能好好休息一下。”

Chapter2

彼此依赖

第二天，我和茉莉与一帮女生坐在草坪西面聊天，这是我们新的据点。自去年失去最好的朋友以来，茉莉整个人都变了。黛拉死于杰克·索恩之手一事给我的家庭敲响了警钟。我们没有预见到他的阴谋，直到那天他撕开了黛拉的喉咙才给我们发出信号。

自那时起，茉莉就远离了她以前的圈子。出于忠诚，我一直伴随着她，而且并不介意这样的角色转变。我知道，如今的布莱斯·哈密顿中学对茉莉来说一定充满了痛苦的回忆，我很想尽自己所能地支持她。而且，我们俩的新团体和以前的圈子也差不多。这些朋友是我俩偶然认识的，但是从来不和她们深交。这些女生认识同样的人，八卦着同样的事，因此和她们打成一片相当容易。

这些相互聊天的话题当中曾经也包括黛拉之死一事，我明白茉莉和她们在一起没法做到真正放松。偶尔，在悲凉的气氛下，大家的谈话会尴尬地止住。这是一种停顿，是一种你知道所有人都在想同一件事的停顿：如果换了黛拉，她会说什么？然而，没人有勇气提到她的名字。可我和这些女孩的感觉不同，她们想回到从前，但是大多数情况下又过于不自然。她们笑声太大，开的玩笑也好像预先彩排好似的。看起来，无论女孩子们说些什么做些什么，她们仍旧经常令人想起黛拉已经不在了。茉莉与黛拉曾是这个团体的核心，对很多事情都很有主张。如今，黛拉已去，茉莉变得孤僻离群。其他的女生同时失去了这两个主心骨，这个团体也变得松散不堪。

眼睁睁看着这些女孩在悲伤中苦苦挣扎对我来说太艰难了，那是一种难以名状无法释怀的悲伤。我很想告诉她们，死亡并不是结束而是重生。黛拉只是坐上了重生的飞机，这种重生是不被肉体所控制的。我想让她们知道，黛拉仍在，而且只有她得到了自由，她将会在天堂找到和平。然而，向她们灌输这些知识肯定是不可能的。因为若是如此，不仅我会违反最神圣的密码，让我们一家的存在公之于世，而且我也会由于这看似疯狂的言辞而被剔除于整个女生团体之外。

此时，我们新交的朋友们正围坐在石门下的几排木凳子上打闹成一团，这几排木凳很早前就被声称归她们所有，这种领土归属感至今未变。如果哪个人不小心闯进了我们的领域，他们是不会逗留长久的，女孩们脸上露出的“闲人免入”的神情足以令擅闯者逃之夭夭。尽管头顶上阴云密布，这帮女生也不会回教室，除非别无选择。如往常一样，她们梳着精致的发型，套上美丽的裙子，在若隐若现的阳光下晒太阳。阳光摇曳在云层后，映出点点的余晖。这些女生不会放过任何可以让自己的肌肤晒得黝黑的机会。

定于本周五举行的万圣节舞会让每个人激情澎湃、内心荡漾。举办的地点设在镇外一幢废弃的庄园内，这座庄园属于学长奥斯汀·诺克斯的家族。他的曾祖父托马斯·诺克斯于1868年建造了该庄园，也就是内战结束后几年。此人也是维纳斯湾镇最早的修建者之一。虽然诺克斯家族已经若干年没有拜访过该镇，但是由于相关法律的出台，使得这幢建筑免受拆除。自此，这座庄园一直无人居住。这是一幢破旧的老式乡村建筑，每一面都是幽深的门廊，周围又没有其他建筑，只有田地和一段废弃的公路，当地人称之为布·拉德利[①]之屋，而且从未有人进出过这幢房屋。奥斯汀曾声称他亲眼见过曾祖父的鬼魂在楼上的窗户上出现过。除非在路上掉错头或是有人误闯，这里从没有人在附近经过，因此就连茉莉在内都认为这里是绝佳的万圣节舞会举办场所。另一个原因是，这里离镇上很远，因此不会听到有人投诉舞会太吵。最初，只是一小部分人准备参加这个舞会，但是由于走漏了风声，致使现在整个学校上上下下都在谈论这个话题，甚至一些性格外向好打交道的二年级老生也受邀参加这场万圣节舞会。

我坐在茉莉旁边，她金黄色的鬈发被松垮地盘在头顶。她有一双天蓝色的眼睛和一张玫瑰红的嘴唇，不化妆的时候就像个中国娃娃。茉莉抵挡不住各式唇彩的诱惑，除此之外，她基本上不施粉

① 影片《杀死一只知更鸟》中的主角名字，代表无辜的受害者，也象征着人类的罪恶对公义与善良造成威胁。

黛，目的是为了赢得加百利的好感。我到现在都期待她不要在我哥身上再浪费时间，那是毫无希望的。不过，迄今为止，似乎她对加百利的感觉只是有增无减。

相比之下，我更喜欢茉莉素颜的样子，这样她看上去才和自己的年龄相符，而不是要老上十岁。

“我要打扮成一个调皮的女学生。”亚比加尔向大家说道。

“就是说，你不准备装扮喽？”茉莉不屑一顾地哼着鼻子。

“那，就让大家听听你的高见吧……”

“我要扮成叮叮[①]。”

“你是说谁？”

“就是小飞侠童话故事当中的小仙子。”

“这不公平，”曼德逊发起了牢骚，“我们都说好了，要一起扮成兔女郎！”

“兔女郎过时了，”茉莉甩甩头，说道，“别扯些没用的东西。”

“对不起，”我打断了她的话，“难道不是应该化装成可怕的样子吗？”

“唉，我说贝儿，”莎雯娜嗟叹一声，“我们是不是什么都没教过你？”

我不好意思地笑笑：“那要不要重新给我洗脑？”

“基本上，整件事只是一件大型的……”哈莉开口说道。

“干脆说，这只是一个让我们和异性接触的大好机会。”茉莉

---

① 1902年英国作家詹姆斯巴里创作的《小飞侠》当中的小仙子的名字。

插了个嘴，同时向哈莉投去锐利的一瞥，“你应该打扮得既恐怖又性感。”

“你们大家知道万圣节在过去被称之为萨温节吗？”我说道，“人们是真的对此感到害怕。”

“萨温节是什么东西？”哈莉看着我，一脸迷惑。

“这个不是什么人也不是什么东西，”我答道，“这个词在各个文化中有不同的含义。但基本上，人们相信这一晚是死者遇见生人的时候。那时，死人能在你我之间行走自如，而且要重新获得肉体。人们就会装扮起来，诱骗他们拐道而行。”

话音刚落，大家都一个劲儿地盯着我看，一副肃然起敬的样子。

“哦，贝儿，我的天哪。”莎雯娜吓得瑟瑟发抖，“你把我们都吓坏了。”

“大家记得七年级的时候搞了一个降神会吗？”亚比加尔问，其余人纷纷想起，都鸡啄米似的连连点头。

“你们举办了什么？！”我不禁脱口而出，难以掩饰自己的情绪，感到不可思议。

“降神会，那是当你……”

“我知道降神会是什么，”我说，“可你们不能瞎搞一通啊。”

“我告诉过你了，亚比！”哈莉大喊道，“我告诉过你什么是降神会，你记不记得当时门是‘砰’的一声关上的？”

“当然，那是因为是你妈关的。”曼德逊回击道。

“不可能的，她那时一直在睡觉呢。”

“不管怎样，我在想，咱们本周五可以再试一次。”

亚比加尔调皮地拂着自己的眉毛，说道：“你们的意见呢？谁来加入？”

“我不会的，”我的语气坚决，“我肯定不会掺和进来。”

说罢，大家彼此交换着眼神，似乎对我的拒绝难以置信。

“她们真幼稚。”一起上法语课的时候，我向泽维尔抱怨道。教室里，门被“砰”的一声关上，人声鼎沸，四周的同学在随意交谈，但我和泽维尔只沉浸在彼此的二人世界中。

“她们想举办一场降神会，而且还要穿得跟兔女郎似的。”

“什么样的兔女郎？”他疑惑地问道。

“花花公子型的呗，我想她们是这样说的。不管怎么说，差不多就是那个意思。”

“听起来不错啊。”泽维尔放声大笑，“但是别让他们说服你做任何你不喜欢的事。”

“她们是我的朋友。”

“那又怎么样？”他耸耸肩，“如果你那些朋友要跳悬崖，你也跟着做吗？”

“为什么她们要跳悬崖呢？”我不禁警觉起来，“是不是有人出现了什么问题？”

泽维尔笑着说：“我只是假设罢了。”

“这个想法很傻，”我答道，“你觉得，作为天使，我应该去吗？就像《罗密欧与朱丽叶》里面的片断一样？”

“那绝对是一大讽刺，”泽维尔得意地说，“化身成人的天使又得装扮成天使，我喜欢。”

我们随后进入教室，坐到各自的位子上。柯林斯老师不禁瞪了我们一眼。看来他很反感我和泽维尔走得这么近，我很好奇，是不是因为他三次失败的婚姻令他对爱情这个东西有些嫉妒？

“今天，我希望你们俩能从那些爱情泡沫里跳出来，以便好好地学点东西。”柯林斯老师生生地打断我们的谈话，其他的同学都在暗自窃笑。我顿时感到窘迫不安，尽力躲闪着他们的目光。

“没事的，老师，”泽维尔随即答道，“这些爱情泡沫就是要让我俩从中学习。”

“你很有趣，伍兹同学，”柯林斯老师说道，“但课堂可不是谈情说爱的地方。当结局令人心碎之际，也是让你们付出代价之时。L’amour est comme un sablier，avec le coeur remplir le vide du cerveau.”

我想起这句话是法国作家朱尔·勒纳尔[①]的名言，翻译过来就是“爱情如同沙漏，当心灵溢满之时，头脑却变得空空如也”。我讨厌柯林斯老师的如意算盘，好像他知道我和泽维尔的关系注定是逃不脱厄运似的。我刚想张嘴申辩，但泽维尔在课桌下拉了拉我的手，然后侧过身子，对我窃窃私语。

“贸然得罪那些对咱们期末成绩有生杀大权的老师很可能不是什么好主意。”

随后，他转向柯林斯老师，用最谦卑的语气答道：“老师，我们明白了，谢谢您的关心。”

柯林斯老师看起来十分满意，随后重新在黑板上讲授起虚拟语气动词来，我忍不住对着他的背影连连吐了好几次舌头。

① 法国小说家、散文家、剧作家，著有《博物志》等。

下课后，和我同班的哈莉与莎雯娜跟着我一起朝更衣室走去，她俩友好地搂着我，与我并肩而行。

“你现在要上什么课？”哈莉问道。

“数学啊，”我困惑地答道，“怎么了？”

“太好了，”莎雯娜说，“跟我们走。”

“有什么问题吗？”

“我们只是想和你谈谈。你知道的，女生之间的话题罢了。”

“明白了，”我慢吞吞地回答，脑海里努力在想怎样才能摆脱这种怪异的拦截，“关于什么？”

“是关于你和泽维尔，”哈莉脱口而出，“瞧，虽然你不喜欢听到这些话，但是作为你的朋友，我们还真替你担心呢。”

“为什么你们要替我担心？”

“你们整天黏在一起是不妥的。”哈莉的口气听起来像个专家似的。

“没错，”莎雯娜插嘴道，“就像你们俩一下子把对方从上到下都看透了。我从没见你俩分开过。泽维尔到哪，你就到哪；你到哪，他也去哪……他妈的时时刻刻。”

“这难道不好吗？”我问道，“他是我男朋友，我想和他在一起。”

“你当然可以，但是花的时间太多了。你应该和他保持点距离感。”哈莉特意强调了“距离”二字，仿佛它是个医学术语。

“为什么？”我不解地看着她俩，心想到底是茉莉让她们二人来的还是这俩人自己的意思。虽然我和这些朋友度过了一整个夏天的时间，但是我觉得提出这种淡漠我和泽维尔关系的建议还是早了点。另一方面，我化身成为一个少女也才不到一年的时间。换句话说，我感到自己在任由这些女生摆布，因为她们的经历比我多。哪怕傻子都看得出我和泽维尔的关系亲密无间，只是问题在于，我们的这种亲密关系难道很做作吗？我们天天如胶似漆，并没有什么不妥啊。当然，这些女孩子永远不会知道我俩曾是如何挣扎。

“这个是经过调查研究得出的事实结论，”莎雯娜打断了我的思绪，“瞧，我拿给你看。”她把手伸向书包，掏出一沓翻旧了的《十七岁》[①]杂志，“我们发现了一张调查问卷，你可以试试看。”

说完，她翻开光滑的封面，翻到一张卷了角的页面。画面上，一对男女坐在椅子上，各自面向相反的方向，身体却被锁链绑在一起，缠住了各自的腰间和脚踝。他们的神情困惑沮丧。标题上写着：“您正处于相互依赖的关系当中吗？”

“我们俩还没那么糟呢，”我不禁抗议道，“我们只是喜欢两个人在一起的感觉，而非时间。而且，我觉得一份杂志的调查问卷并不能用来衡量情感。”

“《十七岁》杂志提供了许多相当可靠的建议——”莎雯娜开始猛烈开炮。

“好吧，不做问卷，”哈莉打断道，“就回答几个问题，行吗？”

“行。”我回答。

“你最喜欢哪支足球队？”

“达拉斯牛仔。”我毫不犹豫地回答。

---

① 一本为12~19岁年轻女性设计的美国杂志。

“为什么？”哈莉问道。

“因为那是泽维尔最钟爱的球队啊。”

“我明白了，”哈莉心照不宣地说，“你最后一次在没有泽维尔的情况下单独行事是什么时候？”我很不喜欢她问话的方式，听起来像是法院里的公诉人。

“我单独做了很多事啊。”我不屑地答道。

“真的吗？那么，他现在在哪儿？”

“他在健身房上关于急救措施的培训课，”我明快地回答，“他们正在复习关于心肺复苏术的知识，但他早就在九年级上水上安全课的时候就学过了。”

“这就对了，”莎雯娜说，“午餐时间他都在干什么？”

“他要去水球队开一个会，”我答道，“他们队来了个新人，泽维尔要帮他训练防守。”

“晚餐时候呢？”

“到我家做烤排骨。”

“那你是什么时候喜欢上吃排骨的？”两个女孩扬了扬眉毛。

“因为泽维尔喜欢呀。”

“看来，我得歇一歇了。”哈莉托着腮说道。

“好吧，我猜咱们也在一起不少时间了，”我不耐烦地打断她们，“但是又有什么问题呢？”

“问这句话就不正常，”莎雯娜一字一顿地说，“你的同性朋友同样重要，好像我们对你来说已经无关紧要了，每个人都这么想，包括茉莉。”

我顿时瞠目结舌，迷雾最终散尽，这次谈话的目的变得清晰明了——这些女孩觉得自己被忽略了。不得不承认，我为了和泽维尔在一起，总是尽量减少和她们外出的邀约。我原本一直想除了和泽维尔在一起之外把剩余的时间都拿来和家人分享。也许我一直神经大条，没有意识到这点，其实自己很看重和她们的友谊。我当场表态，以后要多多留心。

“对不起，”我随后说道，“谢谢你们对我坦诚相见，我保证以后会做得更好。”

“太棒了，”哈莉微笑着说，“哦，你可以从加入我们为万圣节舞会设计的‘专供女生’一事开始。”

“当然可以，”我附和道，内心非常渴望弥补这段裂痕，“我非常愿意，是什么计划？”问完这个问题后，我忽然有种被推入陷阱的感觉。

“我们要和死人对话，还记得吗？”莎雯娜说道，“这件事情禁止男生参加。”

“是降神会。”哈莉快活地说，“这种事怎么会可怕呢？”

“非常可怕。”我直截了当地答道。我可以想出一大堆的辞藻来描述她们所谓的计划，而“可怕”只是其中之一。

Chapter3
邪恶之夜

星期五比我预想的来得早。我倒不是特别渴望参加万圣节舞会，相比之下，我宁愿晚上在家里和泽维尔待在一块儿，但我想，把这种与世隔绝的生活强加于他也是不公平的。

加百利随后瞧见我的装扮，不禁大吃一惊，他摇了摇头。我身穿一件白色缎子的紧身裙，脚上是从茉莉那儿借来的角斗士形状的拖鞋，背上插了一对毛茸茸的人造翅膀——那是我在当地的服装店里租来的。我拙劣地复制了自己的形象。正如我之前猜想的一样，加百利对我这副尊容无动于衷。对他来说，这副打扮还带有一丝亵渎的意味。

“你不觉得这太明显了吗？”他嘲讽地问道。

“没关系，”我答道，“如果有人怀疑我们

是超人，这副打扮正好可以打消他们的疑虑。”

“贝瑟尼，你是上帝的使者，不是谍战片里的侦探，”加百利说，“你要记住这点。”

“那你想让我换成其他样子吗？”我不得不叹息一声。

“不，他可不想，”艾薇拉起我的手，说道，“这身服装很可爱。毕竟，这只是场高中生的舞会呀。”说完，她朝加百利投去一个严厉的眼神，旨在结束这个话题。加百利耸耸肩，即便他整天伪装成布莱斯·哈密顿中学的音乐教师，他仍然融入不了青少年的圈子。

这时，泽维尔到了。他下身穿一件退色的牛仔裤，脚蹬一双棕褐色的皮靴，上身是一件格子花纹的衬衫，甚至还戴了顶牛仔帽，活脱脱一副西部牛仔的打扮。

“不给糖就捣蛋[①]。”他咧嘴一笑。

“我没有冒犯的意思，但你看起来一点也不像蝙蝠侠。”

“我说女士，没必要现在就弄得那么恶心吧，”泽维尔转而换成一副浓重的得克萨斯口音，说道，“准备好出发了吗？咱们的坐骑在等着哪。”

我不觉哈哈大笑：“你是不是一晚上都是这副样子？”

“很可能吧，”泽维尔说，“我特渴望带上你兜风不是？我弟弟刚提醒我，要考虑他的存在，感情太外露总令他感到别扭。”

“别待得太晚了，”艾薇说道，“我们明早还要出发去黑脊镇。”

---

① 万圣节期间，孩子们会挨家挨户要糖果等礼物，如不遂愿就恶作剧一番，这已经变成了一种风俗。

“别担心，”泽维尔向她保证，“午夜钟响之时，我一定送她回家。”

加百利摇摇头：“难道你们俩一定要把书本里那些陈词滥调都表现出来吗？”

我和泽维尔相视而笑，异口同声地答道：“当然。”

半小时后，我们到达了那座废旧的庄园。漆黑的公路被其他参加聚会的车辆射出的车灯装扮得星星点点。四周空无一物，只有一片开阔的田地。当晚，我们异乎寻常地兴奋。这是一种奇怪的感觉，仿佛整个世界都属于布莱斯·哈密顿中学的学生们。这场舞会标志着一个属于我们时代的结束，这是一种难以名状的感觉，五味杂陈。我们即将毕业，要去塑造自己的未来。新生活的开始令我们对此充满了预想，同时也不由得对即将告别的校园生活感怀不已。独立自主的大学生活将要来临，不久之后，友谊就要因为距离的因素而面临重重考验，一些情谊也随之付诸东流了。

夜晚的星空比平日里显得更为广阔，一弯新月在云团里漂浮不定。路上，只见泽维尔淡出了我眼角余光的视线范围。在这辆雪佛兰的轮胎后，他看上去舒适惬意，脸上没有一丝焦虑。我俩的速度不紧不慢，泽维尔一只手就能驾驶。月光洒落在车窗上，照亮了他的脸庞。泽维尔转过头看着我，树影在他平坦的身躯上若隐若现。

“宝贝，你在想什么？”他问道。

“在想我能比一个牛仔做得好多了。”我向他调侃。

“你真的会在今晚提升运气的。”说着，泽维尔装出一副严肃的样子，“我快要变成牛仔了。”我不禁哑然失笑，尽管没有完全理解这句话的出处。我本想要求他解释一番，但是毫无意义，重要的是我们俩在一起就足够了。如果我忽视这个意外的笑话呢？只会让我俩觉得更加有趣。

我们随后转向那条蜿蜒崎岖、杂草丛生的小道，尾随着一辆老旧的卡车，卡车上都是年龄较大的男孩，这些搭便车的男孩被称为"狼群"。我不太确定这个词的指向，但是他们都穿着咔叽色的印花上衣，胸膛和脸上分别都涂上了黑色的条纹。

"任何理由都可以让他们脱掉衬衫。"泽维尔开起了玩笑。

这群少年在卡车的车厢后随意走动，一边不停地吸烟，一边越过中间一个小桶费力走动着。卡车停住了，他们立即爆发出一声号叫，纷纷跳出车厢，朝庄园奔去。一些人不得不停下，在附近的灌木丛中拼命呕吐，一旦把腹中的内容吐空，这几人便立即直起身，朝着目的地一路小跑而去。

这幢建筑本身足以折射出万圣节的主题。前院是嘎吱作响的门廊，显得极其老旧杂乱。此外，房屋看起来急需重新粉刷，原本的白漆已经斑驳碎裂，露出下面的挡雨板，更像是长期无人照看的地方。

奥斯汀必定是帮着他的异性朋友们收拾了一番庄园，门廊点上了杰克灯，显得十分亮堂。除此之外，还摆上了明晃晃的手杖。然而顶楼的窗户却依然是漆黑一片。除此之外，看不见其他表示文明的形式。即便附近住着邻居，也因为距离太远而无法看清。现在，我终于明白这幢建筑为什么被选做舞会地点，因为大家可以尽情玩闹而没人听见。这个念头随即令我感到一丝不安。放眼那段公路，唯一隔绝这幢房屋的只是一片倒下的篱笆，这片篱笆曾见证了这座庄园从前的辉煌。远处大约一百米，一个稻草人伫立在院子的正中央，身体歪歪扭扭，脑袋则怪异地耷向一边。

“看起来真是令人毛骨悚然，”我低声说，忍不住向泽维尔靠过去，“这副景象看起来太真实了。”泽维尔随即用强壮的胳膊搂住我。

“别担心，”他说，“这家伙只会去找那些不知道感激男朋友的女孩子。”

我嗔怪地推开他：“这一点儿都不好笑！再说，那些女生觉得咱俩打发各自的时间有利于彼此的关系。”

“哦，我可不同意。”泽维尔又伸出一只胳膊将我围绕。

“那是因为你太会观察人了！”

“小心哦，我想，那个稻草人可能听到了你刚才说的话……”

此时此刻，这幢房子里已经挤满了来宾。房屋此前被空置了太久，现在却到处都亮着灯和蜡烛。大厅左侧是一排歪歪扭扭的楼梯，楼梯破旧不堪，每一层都已经腐朽。显而易见，奥斯汀的父母已经将这幢房屋废弃。有人在每节楼梯的边缘放置了蜡烛，蜡烛熔化，滴滴落下，乍看上去像是在木板上凝结了一层霜。宽敞的大厅里到处都是空荡荡的房间，我知道那些醉醺醺的家伙很可能会立即占用这些房间，但是周边的夜色仍然令人感到不寒而栗。我们沿着走廊前行，身边充斥着奇装异服的人群。有些人在服装方面可谓是费尽心思、别出心裁，我瞥见了一副吸血鬼的牙齿、恶魔头上长的两只角以及被抹成一大摊假血。也有人因为长得太高，结果穿得像个死神。当那个人路过我们身旁的时候，他的脸完全覆盖在一顶面具下面。此外，我还看见了《爱丽丝漫游仙境》里的爱丽丝（僵尸版）、破烂娃娃[①]、剪刀手爱德华[②]、汉尼拔·雷克托[③]似的脸孔面具。我紧紧握住泽维尔的手，虽然并不想把他喜欢的这一晚弄糟，但我还是感觉整个气氛总有些令人不安，仿佛那些恐怖故事里的角色一下子变得活生生地出现在我们的周围。唯一可以让人从那种阴森森的场面当中放松的是周围不绝于耳的喧嚣与欢笑。这时，有人插上了iPod，整幢房子忽然之间响起音乐，沸腾的曲调甚至把头顶上的吊灯震得发抖。

我俩在人群当中艰难地穿行，发现茉莉与别的女生正在起居室里，躲在一幅退色的挂毯后休憩。她们面前的咖啡桌已经杯盘狼藉，桌上还有半瓶喝剩的伏特加酒。茉莉按照她之前所说的构想打扮成了叮叮。她穿着绿色的裙子，裙边镶着几片破布和芭蕾花边，而且插着一双仙女翅膀。然而，她对剩余的附件处理仍然是小心翼翼的，也尊重了万圣节的主旨。她的手腕和脚踝上戴着一圈圈银色的锁链，脸上和身上都涂上了人造的血浆和尘土。此外，茉莉还将一把塑料的匕首别在胸前。就连泽维尔也对她这副装扮印象深刻，他扬了扬眉毛，似乎对茉莉的打扮予以认可。

“原来是哥特式风格的叮叮，茉莉，你着实下了番工夫啊。”泽维尔不禁赞美道。我们挑了个靠近曼德逊的位子坐下来，她果然守约，穿着黑色的紧身胸衣，后面接着一只毛茸茸的尾巴，头顶上装了一双兔耳朵，活脱儿就是个花花公子版的兔女郎。她的眼线掉

---

① 设计师杰尼·格瑞林为自己的独生女设计的玩具，于1915年推出，之后成为最受欢迎的玩具之一。

② 一部关于机器人的现代童话，美国20世纪福克斯公司于1990年出品。

③ 一个系列的小说中的虚构角色，是一个天才的精神病医生和食人凶手，也是电影《红龙》与《沉默的羔羊》中的主角。

了妆，令她看上去像是长了一对熊猫眼。她将酒杯一饮而尽，然后胜者般地将其猛掷于桌面上。

“你们这两个挫人，”当我们坐下靠近她时，她开始批评我们的装束，“这种打扮是最烂的。”

“我们怎么了？”泽维尔问道，听起来像是不太在乎曼德逊的评论，但也得出于礼貌问一下。

“你看起来像是《玩具总动员》[①]里的伍迪。”曼德逊随即说道。忽然之间，她大笑起来，“我说贝儿，我的天哪，你至少也得像查理的天使[②]那样才行啊，你们俩看起来一个都不吓人。”

“你也不怎么吓人。”茉莉随即插嘴说道，要帮我俩辩护。

“别太相信她的话。”泽维尔说道，我勉强笑了笑，他对曼德逊从未有过好感。此时的她已酩酊大醉，正忙着吞云吐雾。她一边抽烟喝酒，一边时不时爆出不恰当的言论。

“闭，闭嘴，伍迪。”曼德逊慢吞吞地说道。

“我想，有些人应该别再喝下去了。”泽维尔建议道。

“你们难道没组织竞技表演什么的吗？”

这时，泽维尔忽然猛地起身，原来是他的水球队来了，人群顿时爆发出一阵长久的狂吼。我听见队友们向泽维尔打招呼。

“嘿，伙计！”

“我说哥们儿，你这身打扮搞什么呀？”

“是不是贝儿帮你打扮的？”

---

① 皮克斯的动画系列电影，于1995年起在北美公映，主角是牛仔警长伍迪和太空骑警巴斯光年。

② 又名《霹雳娇娃》，主角是三名漂亮性感、身手矫健的女郎。

“靠，你们也太失败了吧！”其中一人两腿叉开，看上去活像一只黑猩猩，那人随后打闹着将泽维尔打倒在地。

“放开我！”

“哟呵！”

人群中瞬间发出一阵善意的笑声，大家相互打闹起来。过了一会儿，泽维尔再次现身，他的装备已被扒光，身上只剩下一条牛仔裤。我俩刚到时，他的头发还整齐地梳在脑后，现在却被揉得乱糟糟的。他无奈地向我耸耸肩，似乎在说他对那些朋友荒唐的行为无能为力，随后赶紧将其他人扔给他的一件T恤胡乱套上。

“你还好吗，抱抱熊？”我问他，小心翼翼地帮他拨弄着头发。我其实并不喜欢他那些朋友这些疯玩的方式，我的专注随即引起了他那帮死党的注意。

“贝儿，”泽维尔把手放在我的肩上，“你不应该在公开场合那样称呼我。”

“哦，对不起。”我尴尬地答道。

他欣然一笑，说道：“来吧，我们去喝点东西。”

泽维尔拿了瓶啤酒，我点了一杯苏打水，我们随后来到后阳台，有人在那里摆了张沙发，我们就近坐下。屋檐上挂满了五彩缤纷的灯笼，为这个枯萎缭乱的院子抹上了一丝柔和的光晕。前方的道路向四周浓密漆黑的树林延伸而去。

没有了屋内那些参加舞会的小丑，此时的夜晚显得宁静清幽。一辆废弃生锈的拖拉机正孤独地伫立在高深的草丛中。这样的画面看上去如此生动，如同久远时代的一幅素描，忽然，一件蕾丝内衣从拖拉机侧边的窗户中滑出，掉落在我们的脚边。我不禁深吸一口气，意识到里面原来躲着一对情侣，而他们却没有专注于深入而有意义的谈话当中。我赶紧避开视线，想象着这座庄园在被诺克斯家族废弃前是一番何等景象。那时的房屋必定是被装饰得大气华丽，少女们则拥有自己的舞伴，在巨大的钢琴伴奏下优美地跳着华尔兹，而全然不会像现在这样霓虹闪烁、相互推搡。相比此刻对这栋庄园的破坏与蹂躏，当时的社交舞会想必时尚且温和，身着燕尾服的优雅绅士对着裙摆婀娜的女士弯腰行礼，那时的阳台必是粉刷得亮丽崭新，丝丝的忍冬将古雅的围栏层层包围。在不断的臆想中，我仿佛看见星罗棋布的夜空下，通向屋内的大门被缓缓推开，悦耳的舞曲也随之飘向了星空。

“万圣节挫人。”此时此刻，和我一起上文学课的本·卡特忽然出现，“咚”地一屁股坐在我和泽维尔的身边，顿时打断了我刚才的浮想联翩。我正要向他打招呼，但泽维尔那强壮的臂膀正环绕着我，使我根本没法集中于别的事情。透过余光，我看见他的手松垮地垂过我的肩膀。我喜欢看见他手上戴着那枚银色戒指，这是一个标志，一个他不属于别人而只属于我的标志。一个十八岁的男孩如此英俊和备受欢迎有点异乎寻常，任何人在见到他的第一眼，都会忍不住驻足，细细打量他完美的身形，浅绿清亮的眸子，迷人帅气的微笑，那栗色的头发从额头款款落下，但凡是人都会觉得他身边必定会有一大堆的女孩。

人们会想当然地以为，就像其他普通少年，泽维尔会十分享受年轻与富有魅力的感觉。而只有他的挚友们才知道，泽维尔对我一心一意。他不仅帅气得惊为天人，而且也是个领军人物，被所有的人尊敬与仰望。我爱慕他，但却不十分确定他是属于我的，我自始至终都不敢完全相信，自己原来如此幸运。有时，我会担心泽维尔也许只是个梦，假如自己一分心，他也许就会离我而去了。然而此刻，他却坐在我身旁，沉着稳重，一切都是如此真实。接着，他回答了本的问题。

“放松点，卡特，这只是个舞会。”泽维尔微笑说道。

“你的服装呢？”我问道，同时强迫自己中断思绪，回到现实中来。

“我才不化装呢。”本发出一声冷笑，他是那种认为“世人皆醉唯我独醒”的人，并试图以不参与任何事情来树立他的自我优越感，同时又经常出现以免让自己错过任何好事。“我的天哪，这些人一个个都有病。”本看见散落在门廊前的蕾丝内衣，厌恶地皱起眉头，“我希望自己绝对不要这样去恋爱，居然同意在拖拉机里亲热。”

“我不知道这辆拖拉机怎么了，”我戏谑道，“但我敢打赌，等你恋爱的那一天，你绝对干不出什么惊天动地的事。”

“根本不会，”本伸出双臂枕在脑后，闭上眼睛继续说道，“我可受不了。”

“我倒可以试试把你介绍给我其中一个朋友。”我向他抛出了橄榄枝。其实我很喜欢帮别人配对，同时对自己做红娘的本事十分自信，“亚比怎么样？她长得很漂亮，又没有男朋友，要求也不高。”

“上帝啊，还是不要吧，”本说道，“那将会是历史上最糟糕的一对。”

“你能再说一遍吗？”本对我能力的怀疑所表现出的不信任让

我觉得非常失望。

“说N遍都行。”本不屑地说道，“最终的决定取决于我，我是不会和一个喜欢喝酒又踩着高跟鞋的蠢女人在一起的。除了互道再见，我们之间没什么好说的。”

“现在知道你对我朋友有这么一番高见也不错，”我顿时变得怒气冲冲，“你也是这么认为我的吧？”

“错，你不同。”

“怎么个不同？”

“你很怪。”

“我才不是！”我不禁嚷道，“我有什么怪的？泽维尔，你觉得我是个怪物吗？”

“宝贝，冷静一点儿，”泽维尔说，他的眼神里闪着一丝戏谑的光芒，“我相信卡特所说的‘怪’很大程度上是一种恭维的意思。”

“好吧，你也很怪。”我顺道回敬了本，同时意识到自己听起来很是蛮不讲理。

本嘿嘿地笑个不停，灌下剩余的啤酒，随后吐出一句：“彼此彼此。”

这时，屋内忽然传来几声刺耳的声音，吸引了我们大家的注意力。前廊的纱门被打开，几名水球队的少年出现在台阶上，他们彼此推搡、东倒西歪的样子倒是让我想起了一群年幼的狮子。这几人跌跌撞撞地朝我俩走来，泽维尔随即朝他们摇摇头，做出温和的警告。我在人群当中认出了卫斯里和劳森，这俩人很容易区别；卫斯里长了一头溜光浓密的黑发和一对低矮的眉毛，劳森则是满头淡黄色的发丝，一双深蓝色的眼眸。我注意到，他俩的眸子是黯淡的天蓝色，不像泽维尔那样炯炯有神。两名少年都是上身赤裸，涂着迷彩。他俩随后认出了我，朝我匆匆点头示意。刹那间，我的思绪又飞回到了过去那个年代，那个绅士们踩着鞋子发出咔嗒声响向在场女士弯腰行礼的年代。我随即向他们微笑致敬。我可做不到朋友们说的那种“微微点头”——让我感觉像是茉莉观看的音乐电视里播放的头戴“马仔”兜帽、挂着“亮闪”[①]饰品的嘻哈人群。

“来吧，伍兹，”男生们向泽维尔喊道，“我们正出发去湖边呢。”

泽维尔附和了一声：“就来。”

“你知道规则的，”卫斯里嚷着，“最后一个到的要罚裸泳。”

“我的天啊，他们真是找到了智力刺激的巅峰。”本喃喃地说。

泽维尔不情愿地起身，我吃惊地瞪着他。

“你不会去的，对吧？”我说道。

“这种竞赛是布莱斯中学的传统。”他哧哧笑道，“无论在哪儿，我们每年都会举行。不过别担心，我从没当过最后一名。”

“别太自信了。”劳森得意扬扬地说，接着跃下门廊的石阶，朝庄园后方的树林一路小跑而去。“捷足者先登！”其他的男生则尾随其后，互相推搡。他们竞相踩踏着齐高的灌木，如同惊逃的人群一般朝着前方开阔的空地奔去。

我看着这帮男生渐渐远去，留下一旁不停发着牢骚的本，回屋内找茉莉。她和其他女生现在正偷偷地挤成一团，躲在楼梯的角落

① 亮闪：“Bling”在HipHop的领域里可以泛指一切奢侈品，只要这玩意儿很亮闪，都被称为Bling。

里。亚比加尔的臂下夹着一本超大尺寸的纸包，每个人的神情都无比严肃。

“贝儿！”我加入到队伍中，茉莉一把抓住我的臂膀，“我很高兴你能来这，我们准备开始了。”

“开始什么？”我好奇地问道。

“降神会啊。”

我在内心嘀咕起来，原来她们一直惦记着这件事。刚才女生们尽情娱乐的时候，我还曾一度希望这个计划被取消。

“你们不是来真的吧？”我说，但她们一个个诚心诚意地注视着我。我于是换了种说法，“嘿，亚比，汉克·亨特回来了，看起来很需要有人做伴。”

自初中以来，亚比加尔就开始迷恋汉克·亨特，整个学期都忍不住想他。可是今晚，就连他都无法让她放弃手边的计划。

“谁管他呀，”亚比加尔冷笑一声，“这件事更重要——咱们走，去找个空房间。”

“不，”我摇摇头，语气坚定，“我说大伙们，咱们就不能找些别的事做做吗？”

“可是，这是万圣节啊，”哈莉像个孩子似的撅起了嘴，“我们想和鬼魂交谈。”

“死人应该安息，”我断然止住她的话，“你就不能去骗些苹果吃或者做点别的事情吗？”

“别扫大家的兴，”莎雯娜说道，随后起身，开始拽着我跟她走。其他人匆匆地跟在后面，问道，“会出什么事吗？”

“这是关于修辞学的问题吗？”说着，我挣开莎雯娜的手，说道，“难道不会出什么事吗？”

“实际上，你根本不相信世上有鬼，对吗，贝儿？”曼德逊问道，“我们只是想找些乐子。”

“我只是觉得咱们不应该围着这件事情乱转。”我叹了口气。

“那行，你就别来了，”哈莉插嘴道，“你就乖乖在这待着，直到泽维尔来，就跟平常一样。我们知道你早就想置身度外了，没了你，咱们一样快活。”说完，她瞟了我一眼，认定我就是个背信弃义之人，其他的女生都点头称是，以此来支持她的看法。我没有任何机会和选择让她们发觉这个计划是如此危险，这就像假如不被烧伤的话，你怎样才能在孩子们玩火的时候解释清楚？我真希望加百利能在现场，他就是权威的象征，而且知道如何说明才会改变她们的看法，因为他拥有影响他人的能力。此时此刻，我根本就像个扫兴之人。我很想证明自己是个扶困济弱的天使，我知道凭己之力，已经无法阻止这帮女生，但我仍然不想让她们单独行动。假如发生了什么状况，至少我还可以帮她们处理。此刻，女生们已经走上楼梯，手挽着手，正激动万分地窃窃私语。

“伙伴们，”我忽然喊道，“等一等……我现在就来。”

Chapter4
越界

楼上的房间传来一股夹杂着腐臭的霉味。台阶上，斑驳的象牙色墙纸被日渐潮湿的水汽撕成了条条碎片。尽管大家能听到楼下舞会传来的嘈杂声响，二楼却是异乎寻常的安静，仿佛在期待着一次非同寻常的经历。这群女生欣然接受了如此氛围。

“这样的背景真是完美。”哈莉说道。

“我敢打赌这个地方早就闹鬼了。”莎雯娜接上说，她的脸颊因为激动不已变得通红。

忽然之间，我关心的问题在这样的氛围下显得格格不入，是不是有些反应过度了？为什么我总是把每件事想得最糟，然后把自身这种保守的天性传播给周围每一个人？我潜意识里对自己一直那么悲观感到自责，这些爱玩的女孩与另一界联系的概率能有多少？人们早就知道这种事情会发生，但是一般来说，需要受过训练的灵媒指导才行，迷失的魂魄一般不喜欢被青少年当做娱乐一般地召唤。不管怎么说，等到她们期待已久的希望落空，这些女生很可能就会觉得枯燥无聊。

我跟着茉莉及其他姐妹进入一间房，这个房间原先被当做客房使用。高大的窗户因为陈年的灰尘与污垢而变得昏暗模糊。除了一张紧靠窗户的铁制床架之外，没有其他陈设。这张床架摇晃不稳，它本身为白色，但因为时间久远，已经模糊得变成奶黄色。此外，还有一床缀满玫瑰花瓣的皱巴巴的被子。我猜诺克斯家族根本没再来打理这栋老旧的乡村建筑，更别提邀请客人来此度假了。由于日晒雨淋，房间里的窗框看起来已经风化退色，此外，也没有窗帘用来阻挡月光。我注意到，这个房间方位朝西，面向后方的树林。我瞥见田地中央伫立的那个稻草人，它的稻草在微风中轻轻飘荡。

这群女生不由分说，自行围成一圈盘腿坐在一张颇为破败的地毯上。亚比小心翼翼地将手伸进那个纸包，仿佛在取出一件无价之宝。这块从绿色包装中取出的显灵板如此陈旧，几乎可以称之为古董。

“你是从哪儿弄来的？”

“我奶奶给我的，”亚比答道，“我上个月去萨凡娜[1]看她。”

随后，亚比以一种十分夸张的仪式将显灵板置于大家中间。以前，我只是在书上见过显灵板的图画，但此时这个显灵板看起来比我预想的更加花哨。它的四周是一些潦草的字母、数字以及其他类似的符号。这些符号十分模糊，难以辨认。相对的几个角铭

① 美国佐治亚州东南部一城市。

刻着大写字母YES或者NO。哪怕从未见过显灵板的人也不想就此与黑暗艺术擦肩而过。接着，亚比掏出一个纸巾包着的长柄大酒杯。她不耐烦地把包装纸剥下，然后将这个上翻的玻璃杯置于显灵板上。

“这个东西怎么操作？”曼德逊问道，神色迫切。除我之外，她是第二个对这项活动不怎么热衷的人，我怀疑那更多是因为这个房间没有美酒和帅哥，而不是考虑自身的安全。

“你需要一块木板或者一个口朝上的玻璃杯作为传感器来与灵异世界交流，”亚比向曼德逊解释，看起来她十分享受这个所谓专家的角色，“我的家族都有强大的通灵能力，所以我没有胡说八道。现在需要集合起各位的能量，显灵板才能运转。大家要集中意念，每个人把食指放到杯子的底部。别按得太紧，否则能量会被阻碍，无法释放。一旦与鬼魂联系上，显灵板就会显示出它想告诉我们的话。好，我们现在开始。大家把指尖放在杯子上，记得轻一点。”此时此刻，我也不得不按照亚比说的做了。她是非常具有说服力的人，令我绝对相信亚比在现场所煽动的一切，女孩们都急切地配合着亚比的指令。

“现在要干什么？”曼德逊问道。

“等着杯子移动。”

“你当真？”曼德逊对她翻了个白眼，“就这样吗？鬼魂想说什么，让大家都停下来？”

亚比瞪了她一眼：“曼曼，区别玩笑和真实的通灵信息并不难。而且，鬼魂晓得不为人知的事情。”她捋了捋头发，继续说，“我没指望你能明白，只有我知道这种事是因为我已经做过很多次。现在，准备开始了吗？”她向大家发问，语气庄重。

我用指尖摩挲着脚底下的地毯，希望可以找到方法悄悄溜出房间又不被察觉。这时，茉莉划了根火柴点燃之前铺在地上的蜡烛，我顿时吓了一跳。灯芯随即被点燃，发出嗞嗞的声音。

“召灵期间，千万不要突然移动，”说着，亚比投给我一个严厉的眼神，“我们不想惊扰鬼魂，要让它感觉和我们在一起很舒服。”

“你是自己经历过还是在约翰·爱德华[①]的表演中学到的？”曼德逊不禁挖苦道。

“我家族的女性一直都与另一界的人联系。”亚比随即答道。我不喜欢她强调“另一界”，好像是在校际比赛中演讲鬼故事似的。

“那你见过鬼吗？”哈莉低声问道。

“见过，”亚比宣称道，语调极其严肃，“这也是为什么今晚我可以像个灵媒一样。”

我不知道亚比说的话是否真实，人们有时跨越阴阳两极世界的时候会有那么一瞬间看见死去的人，但大多数时间是由于漫无边际的臆想而造成的幻象，一闪而过的影子或者是一道光都很容易被误认为是超自然的东西。可对我来说却不同——我无时无刻都能感知魂魄的存在——他们无所不在。如果我集中意念，就能说出谁失踪、谁刚过世、谁在寻找自己的挚爱。加百利告诫过我无须理会这些——因为这不是我们的职责。我还记得去年当老朋友爱丽丝过世

① 美国最著名的灵媒，他在电视频道里当场与在场观众过世的亲人沟通。

后向我道别的场景，她消失之前站在我的卧室窗外。然而，不是所有的鬼魂都像爱丽丝那样温和；有些无法放手尘缘的魂魄会在人间逗留许久，从而变得越发纠结，甚至被周身所围绕的无法超度的生命弄到崩溃。他们与人类失去了联系，从而变得憎恨人类，经常以暴力的方式宣泄。我想知道假如亚比知道这些真相，还会不会这么热衷。然而，这完全没有办法让她知道，因为会暴露我的身份。

此刻，在场的女生们都一致点头，很乐意放弃充当灵媒的角色。我感到身旁的茉莉在瑟瑟发抖。“现在大家把手伸过来，”亚比说，“不管你们怎么做，绝对不能放手。我们要组成一个保护圈——假如你们破坏了这个保护圈，就会把鬼魂放出来。”

“谁告诉你这些的？”莎雯娜小声询问，“难道放手不是意味着终止降神会吗？”

“是的，假如是无害的鬼魂，大家一旦放手就可以将其送回休息。但若召来的是怨灵，咱们就得小心了，所以不知道召来的到底是什么样的鬼魂。”

“哦，我们只召友好的鬼魂如何？”说着，曼德逊推了推亚比，轻蔑地看着她。

“你的意思是，就像《鬼马小精灵》[①]一样吗？”

曼德逊并不喜欢嘲讽，但我们都知道亚比说的话是对的。“我想不是这样的。”她承认道。

“那就是凭运气了，像抽签一样。”

我咬紧牙关，克制着自己不去评论亚比那白痴的计划，在这样

① 一部以鬼怪幽灵为题材的儿童卡通电影，是迪斯尼公司的一部经典之作。

一个日子举办降神会简直愚不可及。我摇摇头，试图打消顾虑，同时提醒自己，这只不过是个幼稚的游戏，是大多数青少年予以娱乐的方式而已。早一点结束，就可以早一点下楼去享受夜晚剩余的时光。

茉莉与莎雯娜分别坐在我的两侧，紧紧握住我的手。她们的双手冰冷潮湿，令我感受到了一种激动与恐惧。接着，亚比低下头，闭上双眼，一头金发转而垂到额前，使得她不得不中断几分钟，将手腕上一个荧光头绳扎成松松的马尾。接着，她夸张地清了清喉咙，投给我们一个意味深长的眼神，然后开始低声吟诵，吟诵的内容听起来倒像是一首赞美诗。

“四处游走的魂灵啊，请求你来到我们中间！无须害怕，大家不会伤害你，只想与你交谈。如果你有故事，我们愿洗耳恭听。我在此重复诺言，大家不会伤害你，也请你不要伤害我们。”

此时此刻，整个房间一片死寂，女孩们面面相觑，神色紧张。我知道有些人开始为参与亚比的计划后悔不已，巴不得赶紧下楼与朋友痛快畅饮，与帅哥调情一番。我咬紧牙关，尽量不去想这发生在我面前令人讨厌的仪式。我非常了解打扰死人的做法不仅鲁莽，而且愚钝，同时，这也颠覆了我曾学到的关于生死概念的知识。难道他们没听过“安息”这个词吗？我真想将手收回，离开这个房间，但我知道亚比会因此大发雷霆，而我多半过后也会被冠上“扫兴的家伙”这一头衔。一想到此，我深深地叹了口气，希望接下来的一切风平浪静，这些人便会因此感到枯燥乏味，放弃这个游戏。茉莉与我彼此相视，一脸疑惑。

五分钟过去了，时间是如此漫长，我们只听到各自的呼吸声和亚比不断重复的咒语。有人变得焦虑不安，也有人公然抱怨腿抽筋。突然，立着的玻璃杯开始不住地四下摇晃。在场的每个人立即笔挺挺地坐直身子，集中注意力。杯子继续打晃，开始在显灵板上不住抖动，渐渐地，显现出一条信息。这个自称灵媒的亚比，正在读出杯子上显示的字母，字母最后拼成了一行文字。

停下，赶紧停下，离开这里，情况很危险。

“哼，听起来真是激动人心啊！”曼德逊挖苦道。其他的女孩彼此相视，一副不确定的神情，试图找出谁才是恶作剧的幕后黑手。由于每个人的食指都按在杯子上，因此无法找出究竟是谁移动了显灵板。接着，另一条信息显出来了，我感到茉莉更加用力地握紧我的双手。

听着，停下，恶魔在此。

“为什么我们要相信你？”亚比没头没脑地问道，“我们认识你吗？”

现在，玻璃杯开始剧烈摇晃，而且完全凭着自己的主观意念，在显灵板上四处游走，最后挑衅性地停下来，显出是的。

“好吧，现在我知道了，这只是个玩笑，”曼德逊说，“行了，承认吧，这是谁做的？”亚比则对她提出的抗议置之不理。

“闭嘴，曼曼，没人这样做，”哈莉断然喝道，“你在扰乱大家的心情。”

“你不能指望我相信……”

“如果我们认识你的话，告诉我们你的名字。”亚比坚持道。

过了一会儿，玻璃杯不再动弹了。

“我已经告诉你们了，这是一堆垃圾。”曼德逊大加评论，可是不久之后，玻璃杯又开始四处在显灵板上晃动。起初，杯子在几个字母下逗留徘徊，随后又忽然避开，似乎在戏弄我们，看起来着实令人困惑。我就像个小孩，对整个程序完全不熟悉，确定不了是怎么一回事。陡然间，杯子猛地穿过显灵板，然后拼出T－A－Y三个字母。接着，原地停住，似乎这名游魂不太确定怎么去做。

“你可以相信我们。”亚比催促道。

玻璃杯接着移回到显灵板的中央，然后以环状形式显示最后三个字母：L–A–H。

最终，茉莉打破了这种毛骨悚然的寂静，问道：“黛拉？”

她低吟一声，语调像是窒息一般。随后，她拼命地眨着眼睛，生生地将眼眶里的泪水憋回，愤恨地瞪视着每一个人。

“好吧，这一点儿都不好笑，”她不满地说，“谁做的？你们这帮家伙到底出了什么问题？”

每个人都极力摇头，竞相说道：“不是我，我没做。”

此时此刻，我感到脊背一阵阵发凉。事实上，我知道没有哪个人人品如此低劣，将她们的死人朋友带到这个游戏中。黛拉的死仍然是那样历历在目，没人敢开这种玩笑。这种情况只意味着一件事——亚比打破了那层壁垒，与黛拉联系上，我们正在涉足一片危险的领域。

“假如这不是玩笑呢？”莎雯娜试探性地建议道，“没人会那么不正常，如果真的是她呢？”

“只有一种方法可以查出，”亚比答道，“我们必须召唤她，请求她给出信号。”

“可她刚才还告诉我们要停下来，”茉莉提出抗议，“如果她不想被我们召唤呢？”

“那个，如果她是想警告我们呢？”哈莉的声音开始发抖。

“你们太容易上当了，”曼德逊翻了翻白眼，“继续召唤她，亚比，什么都不会发生的。”

亚比随后前倾，将身体越过显灵板，发话道，“我们命令你，”她的语调愈加强硬，“上前来。”

透过窗玻璃，只见空中飘过一缕黑色的云团，将房间里的微光完全遮蔽，房里顿时变得伸手不见五指。有那么一会儿，我的掌心好似有一股热量，感到了黛拉的存在。但她又忽然消失不见，什么也没留下，只剩下冰冷的空气。

“我们命令你，”亚比的语调越来越激动，“上前来！”

此时，狂风开始呼啸，各扇窗户剧烈摇晃。我感到整个房间陡然间冰冷无比，茉莉紧紧地绕着我的胳膊，几乎要把我从大伙的圈子中拽脱。

“上前来！”亚比再次命令，“赶快现身！”

突然，窗户被猛地吹开，一阵罡风吹进房间，飞速掐灭了所有的蜡烛。几个女孩吓得惊声大叫，每个人都更加握紧对方的手。我感到颈后有阵阵凉风吹过，仿佛一根根冰冷灰死的手指。我本能地向前倾身，试图躲过这恐怖的夜风。莎雯娜正在低声啜泣，我知道她和我的感受一样。这些女生也许记不清很多事，但此时此刻，每个人都能感到有东西降临在这个房间里，而且一点儿也不友好。

我意识到不能再迟疑了，这个时候必须得说些什么。

“咱们一定要停下来，”我喊道，“这已经不是个游戏了。”

“贝儿，你现在不能走，你会毁了一切的。”说着，亚比环视四周，问道，“有人在吗？如果你能听到我说的话，请给个信号。”

我听见哈莉大口大口地喘着气，接着低头看见大家指尖下的玻璃杯正安静地在显灵板上移动，最后在“是”这一栏中停住。这时，我感到莎雯娜的手心已经大汗淋漓了。

“谁在做这个？”茉莉小声问道。

“为什么你要来？”亚比问道，“你有信息给在座的某个人吗？”玻璃杯滑过显灵板，又回答了一个“是”字。

“是谁？”亚比接着又问，“告诉我们你来看谁。”

玻璃杯缓缓地在显灵板上滑动，逐渐地形成了一个字母“A”。接着，杯子以优雅的幅度拼出一个名字，亚比把这个名字在脑中略过一遍，表情困惑。

“安娜贝·李？”她不解地说道，“这里没人叫这个名字呀。”

我陡然感到心底一阵冰凉，这个名字也许对其他人来说毫无意义，对我却颇具意味。我仍然记得他站在讲台前朗诵诗句，声音如蜜汁般厚重丝滑：“很久很久以前/在大海边的国度里/住着一位少女/你或许认得/她名叫安娜贝·李。”我依稀记起他勾魂摄魄的双瞳，猛然间却产生一种紧张不安的感觉，那种感觉十分恐怖。如今，这种感觉又一次向我袭来，我感到喉咙发干，心跳几近停止。难道真的是他吗？本来是一个天真的游戏，结果却召来了可怖的生灵？我不敢相信，可是看看四周的人脸上困惑的表情，我明白了，之前的猜想并没有错。这个信息只为我一人，杰克·索恩回来了，而且就在这个房间里，和大家在一起。

我本能地想要立即离开，但随后内心又挣扎不已，因为我要保护其他人。我在内心祈祷，希望还有时间可以及时结束这场降神会并且送回我们召唤的阴灵。

“告诉我们你想要什么。”亚比艰难地吞咽着口水，她的声调比平时高了好几倍。

她在干什么？难道她不明白我们已经越来越离谱了吗？我准备站出来，命令亚比停止。突然，门把手开始剧烈地摇晃，不住地抖动，似乎某种看不见的力量正试图离开这里。然而，按逻辑推理来说，这是不可能的——因为这扇门根本没锁！这种事如此诡异地发生，几名女孩们压根没有心理准备。

“大家保持冷静，”我以大家都能听到的音调劝告道，然而一切都太迟了。茉莉猛然间抽回了自己的手，连带着其他四人也挣脱了食指。其间，她又不小心踢翻了显灵板，显灵板顺势滑落到地面。接着，玻璃杯也被抛向空中，然后“砰”的一声掉在我身边。那一刻，我感到一丝雾气击中了我的胸口，甚至可以说是一阵风几乎将我吹倒在地。客房的门被吹开了，门闩在嘎吱作响。

“茉莉！”哈莉终于明白眼前所发生的景象，她大叫着问，“你都干了些什么？”

“我不想再玩下去了，”茉莉哽咽地说。她环抱着自己的身体，似乎要把那一丝仅存的暖气拥入体内，“贝儿是对的，这是个蠢主意，我们再也别干了。”我随即站起身，笨手笨脚去寻找开关，一想起屋子里那股尚未联结的邪恶之力，肚子里就犹如翻江倒海一般。

“没事，茉莉。”我搂住她的双肩，紧紧地拥抱她，而且也不想让她看到我逐渐增加的恐慌。有人需要保持冷静。茉莉的身体控制不住地颤抖，我很想告诉她这只是个愚蠢的游戏而已，随后便可以一笑置之。但实际上，我知道，这不是一个简单的恶作剧。我抚弄着茉莉的手臂，对她说着所能想到的最贴心梯己的话。

“我们下楼吧，就当什么事也没发生。”

“我觉得没那么容易。”亚比的声音虚弱无力，透着一丝不祥。她仍然跪在地板上，捡起散落在地上的玻璃碎片，眼睛直视着面前的杂物。

“亚比，停下来，”我生气地说，“你已经吓坏她了，就这样算了吧，好吗？”

“不行，贝儿，你不明白。”说着，亚比抬头看我，只见她之前所有的自命不凡都已消失不见，湛蓝的双眸惊恐地张大着，如同茉莉一样，“她破坏了这个包围圈。”

“那又怎么样？”我问道。

“无论我们召来的是怎样的鬼魂，它已经潜入到这个圆圈里了。”亚比低声说道，“我们本可以把它送回去的，可是现在，”她不安地环视四周，瑟瑟发抖地说，“茉莉把它放出来了。”

Chapter5

通向地狱之路

我立在原地望着身边惊慌失措的朋友连滚带爬地逃出整个房间。不久以前，有人曾扬言万圣节的夜晚会撞见鬼。即使没人真正见过鬼，但我确信这个故事在万圣节过完前已经被加工过许多次了。

忽然之间，一阵眩晕袭来，令我几乎无法站立，只能勉强扶住楼梯把手才能支撑住身体。一切到此为止，为过节增添乐趣的计划已经证明实现了。我也受够了这样的经历，该是离开的时候了。现在我必须找到泽维尔，让他带我回家。眩晕过后，我找到了一条通向厨房的路。在那里，我很高兴可以目睹一个更加单纯的万圣节活动。一行人正在比赛往一个罐头桶里削苹果，这个罐头桶是之前从谷仓里翻出来的，现在被放置在厨房中央。与此同时，一个女孩正把脑袋放在膝盖上练习深呼吸，好为待会儿伸入水里作准备，一旁的观众都在为她加油打气。她最终够到了脚后跟，黑色的长发缓缓落下，露出脖颈和双肩，只见女孩的齿间紧咬着一只新鲜的苹果，她胜利了。这时，有人推了我一把，我才猛然意识到自己已经不知不觉加入到了此项游戏的行列。

“轮到你了!”我感觉四周的人潮向自己涌来一阵阵的热气。

出于反抗，我本能地将脚后跟牢牢地钉在地面，声称道：“我才不管是否轮到我了，我只是个观众。”

“来吧！”周围的人催促道，“试试看。”

我认为比起令这些人扫兴，捡苹果这种事似乎更容易。于是，我不顾头脑中让我离开的小声音，望向涟漪的水中自己那被扭曲变形的倒影。我拼命闭上双眼，逼迫自己不去想这样的警告。当我再次睁开双眼看见水中的倒影时，我吓得心脏几乎骤停。我的身后是一张不堪的脸，整张脸若隐若现，骷髅一般的轮廓被一件厚厚的长袍遮盖着，瘦骨嶙峋的手中握着一件物品。那是不是一把镰刀？这个人向我伸出一只手，纤长的手指仿佛我脖颈旁的鬓发。尽管我明白不大可能，但是这根手指看起来却惊人的似曾相识。我曾在书上和画里见过黑色长袍所代表的意义，也从家人灌输给我的知识中得知过，甚至从万圣节舞会中也重新认识了这个意义。这是死神……死亡的代表。可是，他要从我这里拿到什么？我不会死，因此死神降临肯定另有原因。这是一个预兆，然而，是什么样的预兆呢？我感到阵阵恐慌，随即匆匆地逃出人群，朝后门奔去。

门外，我仍能听见人群中传来阵阵沉闷的抗议声，那是因为自己临阵脱逃。我顾不上那些，将掌心放在胸前，想让自己的心跳平稳一些。凉爽的空气令我舒服许多，但死神追随我并在附近潜伏的景象仍旧在我脑中挥之不去，似乎他正等着机会抓住我，然后用那纤长的手指缠住我的喉咙。

“贝儿，你在这里做什么？没事吧？”

忽然之间，我听见一个奇怪的声音，我很快意识到这是从自己这边的方向发出的。我长嘘了一口气，这个声音听起来非常熟悉，但却不是来自我所希望的泽维尔。本·卡特走下门廊的台阶，来到我身边。他轻轻摇晃着我的身体，似乎要将我从恍惚中抽离，与人类的这种肢体接触令我感觉稍稍好转。

“贝儿，发生什么事了？你听起来像是哽着了……”本惊慌地看着我，乱蓬蓬的发丝在他褐色的眼帘间飞舞。我努力让自己呼吸自如，可是无济于事，身体开始不听话地向前倒去。若是本没有在对面扶住我，我一定会直挺挺地摔向地面。本似乎觉得我快要窒息了。

“你到底在干什么？”随后，本确定我并没有死，开始大声地质问我。他仔细观察着我，从那忧虑的神情中我读出了他的想法，“你是不是喝醉了？”

我正想极力申辩这样的谬论，忽然意识到这个理由很可能对我古怪的行为作出最好的解释。

“也许。”我答道，随后整个人在他手心中拼命挣扎。我退后一步，努力不让泪水涌出眼眶，飞快对他说：“谢谢你的帮助，我很好，真的。”

我正准备离开，脑海中却涌现出一个问题，这个问题非常清晰地在我脑中徘徊：泽维尔在哪儿？我突然感觉事情不大对劲，与生俱来的天神本能向自己发出警告，我们必须离开这，要快。

这时，我看见前院一缕垂柳贴在自己敦实的树干上，本仍站在门廊，关心又困惑地望着我。然而，此时此刻，我没法去想自己的失态是否冒犯了本，因为我有更重要的事情需要思考。难道这种事如此严重，仍旧要卷土重来吗？难道恶魔又重新回到了维纳斯湾吗？我明白，实际上这个地方没有邪恶力量，加百利与艾薇早已查过。杰克已被驱逐出去——那愤怒的火舌早已吞噬了他，他回不来了。然而，为什么我身上的毛发根根竖起？为什么寒气犹如细小的闪电一般在我的血管里奔腾？

我感觉自己似乎被盯上了，我独自站在碎石小路上，眺望着来时的路和远方的丛林。田地里的稻草人，脑袋仍旧耷拉在胸前。此时此刻，我真希望泽维尔正在从湖边赶回来的路上。我知道当自己看见他的那一瞬间，所有的恐惧便会像退潮的海水一样消失殆尽。两个人在一起，力量就会变得强大，就能保护彼此。我要找到他。

这时，一阵风掠过，吹得干枯的草丛瑟瑟发抖。稻草人的衣服被吹得飘起，脑袋也啪啪作响，黑洞洞的眼睛直勾勾地盯着我。我的内心惴惴不安，不禁发出一声刺耳的尖叫。我转过身，开始朝着房子的方向往回跑。

还没跑出几步，我就撞到了一个人。

“哟哟，放松点，”一名少年轻轻地跳到一边，“发生什么事了？你看起来吓坏了。”

他的话对一个魔鬼来说还够不上条件。我定睛一看，这名少年看起来也不像是什么魔鬼。他没有穿舞会戏服，我模糊地认出他是茉莉的前男友瑞恩·罗伯森，这令我的恐惧稍稍减退了一些。他正和别人站在一起，一堆人挤在门廊上。瑞恩的手上把弄着一支燃了一半的香烟，这些人漠然地看着我，空气中弥漫着一种无法识别的气味，有些辛辣，有些苦涩，又掺杂着一股刺鼻的怪味。

我将一只手贴向面颊，感到一股热乎乎的温暖，非常感激冰凉的空气能够摩擦过我的肌肤。“我很好。”我回答并试图让人相信自己的话。我最不想看到的是因为自己个人的疑虑而引起不必要的恐慌。

“那就好。”瑞恩微闭着眼睛说，“我可不想看到你出什么事，如果你明白我的意思的话。”听了这句话，我不禁皱起眉头，他这话听来毫无逻辑。我心下暗忖，难道是我自己出了什么问题？是我不正常还是这诡异的舞会惹的祸？

这时，纱门“吱”的一声被推开，我不禁吓了一跳，只见茉莉出现在门廊上。

“贝儿，你在这啊！”她看见我，似乎松了一口气，赶忙跑下台阶。“你可把我吓坏了！我都不知道你跑哪去了。”说着，她的目光轻蔑地扫了一眼瑞恩和他的同伴，“你和他们在一起干什么？”

“瑞恩刚才帮了我一把。”我低声答道。

“我助人为乐。”瑞恩恼怒地说。

茉莉瞧见瑞恩手上的卷烟，她重重地拍了一下他的肩膀，问道：“怎么，很爽吗？”

“不爽，”瑞恩解释着，“我想这玩意可以恢复活力。”

“你个挫人！”茉莉不禁当场发飙，“你应该开车送我回家，在这样一个毛骨悚然的垃圾地方度过一晚上，我可不干。”

“别抱怨了，要是让我开我可能会更爽，”瑞恩说，“那样会加剧我的快感。顺便说一句，我需要一只水桶……”

“如果你要吐的话，记得离我远一点儿。”茉莉向他厉声说道。

“我想今晚就到此为止吧。”我对她说，“你能不能帮我找到泽维尔？”我的建议立刻遭到瑞恩和他朋友的抗议。

“当然，”茉莉说道，随即向那群人翻了个白眼，“我怀疑今晚会有什么诡异的事发生。”

我们开始掉头，朝那幢房屋的方向寻找泽维尔。这时，草丛中传来摩托车的轰鸣声，我俩不由得转身一看。这辆车突然在我们面前戛然而止，随之发出尖利的刹车声，巨大的冲力将地上的小石子喷向空中，似乎发生了一件要紧的事。茉莉不得不遮住眼睛，以避开车灯射出的强光。骑车的人淡定自如地跨下车，却没有关掉引擎。他随意地套着一件破旧的航空式夹克，头戴一顶棒球帽并且将帽檐转到了脑后，我一眼就认出这个高大健美的少年是卫斯里·考文。每当周五下午来临，我和泽维尔放学回家时都要经过他家。每当路过他家的车道，卫斯里总是在给他父亲那辆旧奔驰打磨抛光，以便为周末的舞会作准备，弄得我俩总是不得不避开。卫斯里和泽维尔同是水球队的成员，他把泽维尔列为他的死党之一，而且他是最不会大惊小怪的人，很少有事情可以动摇他脸上自信淡定的神情。但是此刻，他却身着泥泞肮脏的衣衫，一脸忧郁的神情，这不得不让人感到惊异。

出于本能，茉莉立即伸出手，一把抓住了卫斯里的臂膀。

“卫斯里，出什么事了？”

卫斯里的胸膛剧烈地起伏，随后艰难地吐出了一句话，“湖边出事了，”他大口喘着气，“赶快报警！”

一听到此，瑞恩和他的朋友们立刻被吓醒，每个人都掏出手机拨打电话。

“没有信号啊，”瑞恩连续拨打了好几次，最后说道。他懊恼地晃着手机，边喘着粗气边忍不住咒骂着，“咱们肯定超出了接收的范围。”

“发生什么事了？”茉莉问道。

卫斯里没有立即回答她的问题，只是怪异地看了我一眼，这样的眼神更像是一种恳求，似乎在寻求我的某种原谅。

“大家刚才一道起哄，让他从树上俯冲跳进水里。可是，原来水里有块大石头，他撞到脑袋了，醒不过来。”

他说这番话的时候，眼睛一直盯着我看。为什么唯独他这样看着我？我一直努力保持镇静，可是体内却涌出一股寒气，如同冰冷的手指一般缠绕着我。不，不会是泽维尔，绝对不可能。泽维尔是最具责任感的人，他一定会好好地照顾大家。他应该待在原地，利用在急救训练课上所学的知识救护别人，等待其他的救援到来。然而，我明白，直到得知真相后，人的心跳才会放缓。接着，有人说出了那个我始终不敢开口的问题。

“谁受伤了？”

卫斯里的眼里充满了内疚，他停顿了许久，犹豫着是否说出这个答案。于是，在他说出那个名字之前，我明白了。

“是伍兹。”这个答案终究还是说出来了，语调像是在缓缓陈述一桩事实，不带一丝感情色彩。直到我在脑海中重组当时发生的景象，这个现实才重重地击伤了我。然而那个时刻，我只感到自己的双腿毫无知觉。我最惧怕的事就是泽维尔受到伤害，可现在这种伤害比我曾经遇到的状况还要严重。并且，最为担忧的事却在此刻变成了赤裸裸的现实。我感到难以接受，身体开始不听话地摇晃，随后无力地倒向一边的瑞恩。瑞恩顾不上考虑身体的平衡，匆忙伸出手扶住我。原来，这就是我计划要与泽维尔分开打发时间的所谓回报。我不相信，命运是如此残酷，在这样一个夜晚，我们竟是以他的不省人事而结束。卫斯里懊恼地遮住脸，不住地低声呜咽。

“天哪，我们醉得一塌糊涂。”

“难道他也喝醉了吗？”瑞恩问道。

“当然啊，”卫斯里猛然打断他的问话，“我们都喝醉了。”

我和泽维尔相处这么久，却从不知道他会喝酒。我也从未见过他碰过烈酒，因为他觉得这是一种不负责任的行为。我没法想象他醉酒失态的样子，无论如何也没法想象。

“不，”我木然地回应，“泽维尔不喝酒的。”

“是吗？哦，凡事都有第一次。”

“你给我闭嘴，赶紧叫救护车！”这时，茉莉忍不住扯着嗓子尖声嚷道。她搂着我的肩膀，将身体向我侧过来，红褐色的鬈发摩挲着我的面颊。“没事的，贝儿，他会没事的。”茉莉不住地安慰我。

卫斯里注视着大家，他的痛苦在我的悲痛当中似乎已经转化成为一种变态的快感。此时此刻，其他人都已赶过来，每个人都声称着自己最好的解决方案。大家你一言我一语，只不过，那都是些毫无意义的胡诌罢了。

“有多严重？要不要叫医生？”

“要是报警的话，我们会倒霉。”

“嗯，这是个好主意。”有人反唇相讥，“那就坐等着看他自己醒来吧。”

“卫斯里，情况有多严重？”

“我没法确定，”卫斯里一脸懊丧，“他撞到了头，流了点血……”

“废话，我们要去救他。”

这时，泽维尔倒地流血的画面促使我要立即付诸行动。

“带我去见他！”说着，我跌跌撞撞地朝卫斯里走去，“带我去湖边！”茉莉随后出现在我身边，扶住我的双肩。此时此刻，她的手掌如此紧实，温暖着我的内心。

“贝儿，冷静下来。”茉莉说，“有人能搭她一程吗？”

“茉莉，别傻了，那面湖可是在树林里，”本随即答道，“不能开车去，有人去镇上叫那该死的救护车去了。”

我再也没时间听那些人讨论解决方法了，泽维尔受伤了，而我拥有的魔法可以治愈他。

“我现在就去。”我大声说，开始不顾一切地向前奔跑。

“等等！我带你去。”卫斯里一下子回过神来，“这里乌漆抹黑的，骑车比跑步快得多。”他无力地向我解释，似乎知道即便带我去见泽维尔，也不能免除他卷入这场事故当中的责任。

“不，”茉莉出于保护我的目的，拒绝了他，“我们去叫医生，你就待在这里。”

“叫他爸来怎么样？”有人提出建议，“他是不是外科医生？”

“好主意，去找电话号码来。”

“伍兹先生为人不错，他不会揭发我们的。”

“对，可是没有信号，你们怎么联系他？”本听起来有些愠怒，“难道要心灵感应不成？”

此时此刻，我的内心剧烈地挣扎着，极力克制着不让翅膀张开飞去湖边看望泽维尔。这是来自我身体的本能反应，我不知道是否可以继续这样控制自己。我看着卫斯里，开始变得不耐烦。

“咱们还在等什么？”

卫斯里立即跨上车，向我伸出手臂，帮助我跳上后座。擦得锃亮的摩托车在月光下闪闪发亮，仿佛一只发出异光的昆虫。

“喂！头盔呢？”等到卫斯里一脚踩下引擎，本忽然粗声粗气地质问他。他十分憎恨这些校际运动员，认为他们总是冒冒失失的。从本脸上的表情可以看出，他也很关心我的安全并且质疑卫斯里的责任和细心。我理解本的意思，具备防卫意识没有错。只是现在，我的脑海中只有一个目标，那就是赶快找到泽维尔。

“没时间了。”卫斯里匆匆应答一声，接着抓起我的两只手，牢牢地环绕在他的腰间。

“抓紧了，”他告诫道，“无论你做什么都别松手。”

摩托车原地绕了一圈，随后便开始朝着公路旁的漆黑小径一路奔去。

“这是不是通往湖边的另一条路？”伴着引擎发出的巨大轰鸣声，我扯着嗓子问道。

“抄小路去。”卫斯里大叫着回答。

我尝试用自己的意念接近泽维尔，从而可以感知他的伤势。然而我的脑海却一片空白，这让我感到十分讶异。通常，无论他做什么事，我都能感觉到他的情绪。加百利曾经告诉我，即便他身处险境，我也能立即感应到。但是这次，我失手了，这是否因为我一直忙于一场荒唐的降神会呢？

此刻，卫斯里带着我拐上了公路，开始全力加速。我忽然听见身后有人叫自己的名字。即使夹杂着巨大的引擎声，我依然分辨出这个声音是我整晚都在期待的。我顿时变得神采奕奕。卫斯里随即调转车头，只见在月光的照耀下，泽维尔正站立在路边，样子看起来十分健康，我的心霎时被点亮了。

“是贝儿吗？”泽维尔小心翼翼地重复着我的名字，他的位置只离我们几米远。见他一切安好令我十分激动，顾不上去想为什么泽维尔看到我们会让他如此惊讶。

“你们俩去哪啊？”泽维尔问，“卫斯里，你是从哪弄来这辆摩托的？”

“泽维尔！”我心里的一块石头陡然落地，忍不住大喊道，“谢天谢地，你醒了！你的头怎么样了?大家都很担心你，我们赶快回去通知他们，你没事了。”

“我的头？”他的神情越发愕然，“你在说什么呀？”

“我在跟你说那起事故啊！也许你得了脑震荡，卫斯里，让我来处理这件事。”

“贝儿，我很好。”泽维尔挠了挠脑袋，接着说，“我什么事也没发生啊。”

“可是我以为……”我刚想解释，忽然停住了嘴。泽维尔不仅看上去状态良好，而且身上脸上也没有任何受伤的痕迹。他确确实实就是我们刚才分别时候的样子，上身穿着一件合身的黑色T恤，下身套着一条牛仔裤。我看见泽维尔立即敏锐地将身体换成防卫的姿势，他湛蓝色的眼睛黯淡下来，一切再清楚不过了。

“贝儿，”泽维尔缓缓地说，“我要你从那辆摩托车上下来。”

“卫斯里？”我轻轻地拍了拍他，突然意识到刚才我和泽维尔对话的过程中他一言未发。此时此刻，我们脚下的摩托仍在震荡抖动，然而眼前的这个人却一动不动，眺向前方。

泽维尔绷紧身体，向前一步，可是仿佛有什么东西阻止了他，令他不能动弹，无法前行。他努力让自己的语调保持平稳，而我却仍然感到这当中的暗潮汹涌。

“贝儿，听见了吗？现在下车！”

我按照泽维尔的话，将双脚放在地上，以便缓和他的情绪。但是，正当我试图把环绕在卫斯里腰间的双手松开时，他忽然发动引擎，摩托车随即猛地向后退去，结果令我不得不抓紧他以防跌倒。

直到那一刻，我还站在卫斯里一边，以为所有的一切只是个精心安排的恶作剧，以为是泽维尔想出来的娱乐点子。接着，我看见泽维尔无助地抓着头发，额头上因为愤怒而青筋毕现。他的眼里涌现一种神色，自从在公墓那个决定命运的下午以来，我再没看见过这种神情。当时，他眼睁睁地看着我被人抓去却无能为力。而此时此刻，这种眼神又出现了——这样的眼神告诉我，即便我们已被逼入绝境，他仍在奋力找寻逃离的方法，似乎泽维尔要面对的是一条随时随地都可能发起攻击的毒蛇，任何细微的贸然举动，都足以致命。卫斯里则随意地原地绕圈，十分享受这种因他而起的焦虑。泽维尔大叫着想要跑过来，然而一种无形的力量却阻断了他的道路。他随后紧咬牙关，猛力扑向这股阻碍他的无形屏障，但是于事无补。摩托车朝各个方向猛冲，充满着挑衅与嘲弄。

“到底怎么了？”过了一会儿，摩托车终于停下，嵌进了泥土里。我不禁大喊一声，“泽维尔，发生了什么事？”

我们离泽维尔更近了，我看见他眼中写满了深深的痛苦，然而同时由于他的无助所引起的愤怒与强大的挫败感却帮助了我。我终于明白了，自己真真正正地处于危险之中。也许，我和泽维尔都身处险境。

“贝儿……那个人不是卫斯里。”泽维尔的话让我顿时脊背发凉、心寒到底，失落的感觉遍布全身。我试图跳车逃离卫斯里，但我的手臂却无法动弹，似乎被一种无形的力量牢牢地钳住。

“快停下！放开我！”我苦苦地哀求道。

“太晚了。”卫斯里答道。只能说，眼前这个人已经不再是卫斯里。他的声音变得平滑流畅，听得出是一副优美的英国口音。它萦绕在我的梦中如此之久，我随时随地都能认出这个声音。这个让我用臂膀环绕的身体开始在指尖下扭动，原先宽厚壮硕的胸膛和线条分明的臂膀渐渐变得冰冷瘦削，宽大的手掌变得又细又长，呈现出骨骼一般的雪白。戴在脑后的棒球帽也不翼而飞，随之露出了几缕发丝，悠然地在风中飘扬。这个人第一次转过脸来面朝着我，他的面容是如此之近，我的胃里忍不住一阵阵痉挛。杰克的脸一点儿也没变，齐肩的黑发与他苍白的脸色形成鲜明的对比，稍稍塌陷的狭窄鼻梁、轮廓立体的颧骨，这张脸一度曾让茉莉比做CK服饰的模特。此刻，他苍白的嘴唇张开，露出一排小巧夺目的白齿。只是他的眼睛与众不同，杰克的眼里涌动着一股黑色的能量，我仔细观察，发现此刻他的双瞳既不是我记忆中的绿色也不是黑色，而是微微空洞的酒红色，仿佛干透的血一般。

“不！放开她！”此时此刻，泽维尔忍不住叫喊着，他的五官因为绝望至极而扭曲在一起，声音在空旷的公路上被呼啸的罡风吞没。

我的意识随后开始变得模糊，记不清发生了什么事，只知道泽维尔不再被那股无形的力量阻拦了，因为我看见他不顾一切地冲向我。我的双臂变得可以动弹，我尝试跳车，却忽然感到头顶上火辣辣的疼痛，立刻意识到杰克正用一只手拽住我的头发拉扯，同时却用另一只手把弄着摩托。我顾不上这种灼痛的感觉，更加奋力地挣扎，可是所有的努力都无济于事。

“抓到你了。”他吐出一口气，听起来像是个心满意足的掠食者。

接着，杰克将一只脚伸向排气管，我听见引擎陡然间发出一声轰鸣，犹如一头愤怒的野兽。车身随之一振，踉踉跄跄地朝前驶去。“泽维尔！”我向他大声呼喊，终于，他来到了我身边。我们不约而同地伸出双手，就在即将触到的那一刻，杰克突然粗暴地掉转车头，径直冲向泽维尔，我随后听见这件庞大的金属物“砰”的一声撞在他身上，泽维尔被掀得连连后退，跌跌撞撞地滚落在路边，四肢绵软无力。我吓得惊声尖叫，接着，便再也看不清他。车子迅速地驶过他的身旁，留下阵阵的尘土。透过余光，我看见人们已经被刚才发出的响声惊动，开始朝着公路的方向前行。我的胸腔紧缩到几乎无法呼吸，心中暗自祈祷大家能及时发现泽维尔，救他一命。

摩托车在这段荒芜的公路上疾驰，公路向前方不断延伸，犹如一条黑色的皮鞭。杰克飞速地行进，甚至在一个路口拐弯时，身体几乎贴近地面。我的内心大声呼喊着要回到泽维尔身边，他是我的真爱，是我的生命之光。一想到他躺在泥地里昏迷不醒，我就心痛得难以呼吸。我顾不上身体的疼痛，也不在乎杰克将要带我去向何方抑或前方到底有什么危险在等着我。我只想知道泽维尔是否一切安好，而不是毫无知觉地躺在地上。尽管耳边不断响起“死”这个字，我仍然努力不去设想最为糟糕的后果。过了好一会儿，我才明白自己已经泪流满面。此时此刻，我的身体在剧烈地抽搐，我大声地抽泣着，滚烫的热泪溢满了整个脸颊。

现在，唯一能做的事就是呼唤上帝，祈祷、恳请、乞求、交换条件，我想尽一切办法，只求老天开眼，能够搭救泽维尔。我不能让他就这样离开我，我可以压抑情感的悸动，也可以忍受最痛苦的肉体折磨，哪怕世界末日来袭，圣火降临大地，我也一样可以独活。但是若是失去了他，我便活不下去。随后，一个奇怪的想法涌入我的脑海：如果杰克杀了泽维尔，那么他一定要为之付出代价。我不管自己是否将违反神界条令——我会为自己的损失寻求报复。我可以饶恕一切罪过，唯独针对泽维尔不行。上帝啊，请您帮帮我，杰克将受到他应有的惩罚。忽然之间，我很想一把拽住并撕碎眼前这具肉体——为了惩罚他再一次邪恶地存在于这个世上，惩罚他再一次影响着我的生活。哪怕和他如此靠近，我仍觉得十分肮脏。我随即决定把整个身体重量只倾向一边，试图将车子掀翻在地。我也知道以当前的时速，自己和杰克很可能在这条柏油路上摔得粉身碎骨，但是，我已经无所谓了。

正当我的想法愤怒得要失去理智之时，突然，发生了一件事——这样的事情哪怕在最可怕的梦魇里也未曾出现过，否则我应该会被吓得毫无知觉。这个东西深不可测，它从我的心里涌出，在身体里如同毒药一样扩散开来，令我感到一种病变的可能。突然，这条公路失去重力，竟然在我们面前直立起来，随后在中间撕开了一条深广又参差不齐的裂缝。公路随即裂成两半，这条裂缝就像一张布满洞眼的饥饿大嘴，等待着将我们二人一道吞噬。微风掠过我的双颊，令我感觉稍稍暖和，而此时断开的柏油马路上，又有一股蒸汽升腾而出。这些空洞虚幻的景象令我本能地意识到里面散发的是什么。我们正前往地狱之门。

地狱正在离我们越来越近。

摩托车在半空中又盘旋了好一会儿，我不由得害怕得惊声尖叫。随后，杰克关闭了引擎。我们即将坠入这个真空世界。我回头看着身后这条裂缝，它缓缓地遮住了月光，遮住了树林，遮住了鸣叫的蝉虫，也遮住了这个令我挚爱的世界。

我不知道多久才能再次看见这些美丽的事物，在黑暗吞噬我俩之前，我只感到身体不断地下坠以及自己发出的刺耳尖叫。

Chapter6
欢迎来到我的世界

我环视四周，害怕得躲在衣服里瑟瑟发抖。我记不清自己是如何来到这里的，发丝已被汗水浸湿，原先舞会服装上两片毛茸茸的人造翅膀也早已不翼而飞，想必是在刚才的疾驰奔行中扭断了。

这里的一切都是如此陌生，哪怕稍稍熟悉的东西都没有。我孤寂地站在黑暗之中，摸索着前方的巷道。一股雾气从我的脚边升腾而出，空气中弥漫着一种刺鼻的怪味，闻起来像是腐臭的东西。另外，空气本身也像是死气沉沉的一般。这里看起来倒像是城市中被荒芜废弃的景点，远处有几缕烟雾弥漫，朦胧地显现出一幢幢高楼和塔尖，但是这些建筑又不像是真实的，更像是退色的老照片里的景象，模糊又粗糙。我站立的地方没有这些建筑，只有几面画着简陋涂鸦的砖墙。

墙上一些地方的水泥已经脱落，露出了几个口子，几张报纸被胡乱填塞其中。我听见（或者说我觉得自己听见了）有成群的老鼠从墙后匆匆跑过，周围放置着几只堆积如山的垃圾桶。这几面墙都没有窗户，取而代之的是用木板封住的框架。我抬起头，上面根本没有天空，只有一片奇怪的黑色空间，有些地方模糊而潮湿，有些地方又厚重得好似柏油。这些黑色空间仿佛生物一般自如地呼吸着，比单纯的夜色更加有漆黑的感觉。

远处，一盏老式的路灯正发出银白色的光。借助灯光，我看到几米开外停着一辆黑色的摩托车，车主却不知所踪。瞧见这辆摩托车的一刹那我头晕目眩，只得逼迫自己将思绪拉回到当前的困境中来。我在脑海里努力搜索着刚才的画面，可是却什么也记不起来，只浮过一些杂乱无章的片断。我记起公路旁有一幢房屋、一只咧着嘴笑的南瓜灯以及少男少女们嬉笑打骂的声音。接着，随着一记轰鸣的引擎声传来，有人在呼唤我的名字。然而，这些景象就像拼图一样支离破碎，我只得慢慢地将其整理拼凑，仿佛我的意念不允许我重拾这段记忆，以免自己无法去面对解决。这些炮制出来的片段似乎没有多大意义。忽然，一幅生动的影像冲破了这些记忆堡垒，情景的再现令我不禁大叫起来：我回到了地面上，心中惶恐不安，一名满头黑发的男孩骑着一辆摩托车鲁莽地疾驰在公路上，随后公路撕开了一条大口子。这些是怎么发生的?

我感觉一直站在一条废弃的小巷，无法感知时间到底过去了多久。我步履沉重、无精打采，费力地向前穿行。我一边不住地抽泣着，一边按摩着自己的太阳穴。无论刚才发生了什么事，此刻我的体力都已透支。我感觉身体踉踉跄跄，如同刚跑完一场马拉松一样精疲力竭。

“你需要一两天的时间适应。”这时，一个甜美流畅的声音在我耳边响起，杰克·索恩化成人形，出现在我身旁。他用一种轻快的亲密语调同我说话，好像我们已经认识很久彼此可以很随便似的。杰克的突然出现令我的神经立即高度警觉。“接下来你可能会迷失方向或者喉咙发干什么的。”他接着说，若无其事的语气听上去令人不禁惊骇。我顾不上害怕，只想对着他大吼一番。要不是喉咙如沙漠一般干涩，我很可能已经这样做了。

“你都干了些什么？”此时的我只能对他发发牢骚，“我在哪儿？”

“没必要太紧张。”杰克·索恩答道。也许他努力让自己看起来安心可靠，但是由于他本身根本做不到，因此最多也就是表现得略微谦逊些而已。我审视着杰克，毫不掩藏我的疑虑，只听他随后继续说道：“放松点，贝儿，你安全了。”

“杰克，我在这里干什么？”与其说这是个问题，不如说是一项指令。

“这还不明显吗？贝儿，你是我的客人，我已经打点好一切了，我要让你觉得在这里很开心。”他的脸上露出一般人具有的期待表情，弄得我竟然一时半会儿不知道怎么回答，只能瞪大眼睛看着他。

“别担心，贝儿，只要你碰对了人，这个地方会很有趣的。”

为了突出他的这番言论，我们脚底下的大地忽然开始振动摇晃起来。接着，一首歌骤然响起，随后又回荡在这些墙壁之间。我记得去年夏天曾经听过这首歌，现在它似乎是传自小巷另一头几扇厚重的钢门之后。这几扇门可能会令你想象成安全级别最高的监狱入口。门檐上的红光犹如霓虹灯一般闪烁不停，这里与其说是一座监狱，不如说是一间俱乐部。大写字母“P”的尾端在屋顶的框线上逐渐缩小，代表着“孔雀毛”的意思。

“‘傲气’是我们这里最受欢迎的俱乐部之一，”杰克向我解释，“这里是唯一的入口，怎么样，要不要进去看看？”他转而做了个优雅的姿势让我先行，然而我的双腿却像被钉住一样立在原地，不愿配合他的邀请。杰克随即抓起我的手臂带我进入。雾气渐渐吹散，只见一对年轻男女出现在门口。这位女性身材精瘦、脸色苍白，身上只穿了一件缀满金属亮片的黑色短裤和一件皮制内衣，脚上还蹬着一双松糕鞋，这双松糕鞋是我迄今为止见过的鞋底最高的松糕鞋。此外，她的内衣上挂着做工精致的银色锁链和吊钩，一直坠到脐间，这样的饰件给她的身体制造了一张网状的帷幕。她白金色的头发削得短短的，涂着黑色唇彩的嘴上正叼着一根烟。令我惊讶的是，旁边这位男性的打扮比他这位异性朋友还出位。他画着醒目的眼线，涂着黑色的指甲油，上身只穿了一件皮质背心，裹在裸露的胸膛上，下身是一条格子裤子，裤口在脚踝处收紧。此外，身体上凡是暴露的部位都被穿了孔。女人伸出舌头，挑逗性地舔着嘴唇，我顺势瞧见她的嘴里有颗舌钉。他们的眼神在我身上扫视，女人的眼里随即透着一股饥渴的神情。

“哦，哦，”这时，我们已走到路口，女人喃喃说道，“看看大猫抓了什么猎物进来啊，原来是个黑夜里会发光的娃娃。”

“晚上好，拉莉莎……艾略特。”说完，杰克默不做声地朝他们俩甩了甩头。

一旁的男人皮笑肉不笑，朝杰克的方向投去一个“请进”的眼神，说道：“看起来有人带了不属于他们的东西。”

杰克随之露出一副沾沾自喜的神情，答道：“噢，我想她是属于我的。”

“哦，她现在当然是。”女人不禁轻笑一声。她的眼线向上挑成弧形，令她的样子看起来很像只猫。

他们以这种方式对我说话，似乎我的存在并没有引起什么不安，相反，我感觉自己倒像是个战利品。如果我不是不明方向的话，我很可能会表达自己的不满。只不过，我只问了一个问题，谁知一开口就令人感觉幼稚，听起来就像一个流浪儿。

“你是谁？”

那个男人随即舔了舔嘴唇，不以为然地说道：“她明显是没出过门嘛。”

“这一点儿也不关你的事！”我即刻反驳，结果却令这两人捧腹大笑。

“她也蛮有趣的嘛。”女人说。接着，他俩抬起头，极其不安地打量着我，问道：“她还能干什么？”

“嗬，和平常一样啊，”我愤怒地回击，“后空翻啊，扔刀子啊，类似这样的动作。”

这时，杰克忽然嘘出一口气，显得十分烦躁：“请问，我们可以往前走吗？”

女人立即善解人意地耸耸肩，随后弯下腰直视着我，问道：“娃娃脸，你想知道我们是谁吗？我们是门卫哦。”

“劳驾，您的意思是？”这回轮到我不得不退后了一步。

“我们掌管着俱乐部的入口，只要我们不允许，任何人都休想出入这里。”

“不过嘛，如果你是贵客的话，”男人嘲笑一声，说，“你可以直接进去，或者说，要不要我批准？”这对男女随即一同阴阴地窃笑。

“如果我不愿意呢？”我公然挑衅道。

男人扬了扬眉毛，一脸的嘲讽。他朝我背后的方向随意一挥，说道：“宝贝，你还有别的地方可以走吗？”

我不得不承认，他的话没说错。这条小巷周围除此之外没有别的建筑，只有无边无际的黑暗，仿佛要将你吞噬殆尽。巷道的尽头只有一扇门，这是我们唯一的路。一想到要穿越那几道门，就让我感觉恶心。但我知道，至少这并不会像独自在黑暗中摸索那样危险，即便不知道门的那头是什么地方，会遇见什么人，甚至不知道自己身在何处。此刻，我感到耳后传来杰克温热的气息。

“你会没事的，”杰克在我耳边低语，“我会照顾你。”真奇怪，他们几个都等着我作决定，好像我还有得选择似的。

我随即挺了挺肩膀，挺胸抬头地朝前一步，这种硬着头皮装出来的勇气连我自己都察觉不到。

看到我这架势，女人咧嘴一笑，接着紧紧地抓住我的手腕向上抬举。她的手像鹰爪一样冰冷刺骨，不过我并没有畏缩。她随后把我的手腕面向他们，接着将某样东西按了下去。我感到有点疼痛，只得紧咬牙关。接着，我看到手腕上盖着一个黑色的印记，那是一张笑脸，表明准许进入。

随后，女人按下开关，几道厚重的门缓缓打开。

我跟随杰克走进一条狭窄的楼梯间，接着来到了一间宽敞的舞池，舞池中一大群人正挤在一起，人头攒动，绚烂的霓虹灯四处摇曳。我惊讶地发现这里居然各种年龄层次的人都有。有些是身体硬朗、全身上下裹着皮革的老人，有些是身体结实却穿着暴露的年轻人，二者之间形成了鲜明的对比。更让人讶异的是，舞池里还有几个孩子。他们都是服务生，各司其职，有的擦桌子，有的负责给客人续杯。无论老少中青，这里的人都有同一个特点——他们的脸上清一色带着木然的神情，似乎他们的肉体虽在，但其他至关重要的部分却被移除了。这些人有如梦游者，机械地迈着舞步，即便是驻足片刻也只是为了喝下另一杯酒。偶尔，我会从这些面具般的脸上捕捉到一丝飞速闪动的眼神抑或紧张不安的悸动，仿佛可怕的事情即将来临。舞曲是由系统生成的一组数字，只是不断地重复："操，我在迈阿密。"灯光时而掠过抛光的水泥地，随着音乐的节拍将这些同步移动的人影投射到彼此的身上。除此之外，空气中弥漫着一片烟酒和香水的气味。

在此之前，我从未踏进过任何娱乐会所，因此也不存在什么对比，但是眼前的景象对我来说仍是十分离奇。天花板上点缀着无数的灯光，墙上贴着红色的绒布，看起来很像直立上举的沙发。房间的四周遍布着白色的立方体，似乎是桌子和用旧磨损的绒布沙发，桌上则摆放着圆锥形的灯具。这间俱乐部的旁边是个吧台，样子像一座火山熔岩。身着黑色西装的保安呆呆地坐在长凳上看护着各自的饮料。吧台身后是一个夺目显眼的女人，她摆弄着面前的玻璃杯，灵巧地将瓶子抛来扔去，样子娴熟得像马戏团里的杂耍。她的鬈发如同羊毛一般柔软，配上金色的发质，令她的脸看上去仿佛马驹的鬃毛一样。女人穿着一件紧身的红色短裙，胳膊上别着一枚铜制的臂章，喉咙处还文着一枚小型毒蛇，沿着黝黑的肌肤向上延伸。这名女招待懊恼地望着我们俩，即便有人点单也未曾转移她的视线。

我和杰克穿过拥挤的人群，朝着吧台的方向费力地挪动脚步。每当我们经过，人群便一分为二。尽管他们继续迈着舞步，但是每个人的眼睛却紧跟着我俩。有人甚至伸出手，试探性地摸摸我。杰克立即低吼一声，眼光锐利地瞪着他们，这些旁观者便立即收起他们的好奇心。接着，他又朝那名女招待郑重其事地点点头，她随即一脸疑虑地转过身去。

“你想喝什么？”杰克问我，由于音乐太响，他必须对着我大喊才能听清。

“什么都不想喝，我只想知道自己现在在哪儿。”

“你已经不在堪萨斯了。”杰克为自己开的这个玩笑窃笑不已。我忽然有一种冲动——想让他知道此时此刻我有多害怕。

“杰克，”我抓住他的手臂，坚持说出自己的想法，“我不喜欢这里，我想离开，请你带我回家。”看到我如此主动，杰克倒是吃了一惊，因此并没有马上回答我的要求。

“你肯定是太累了。”他最后这样说道，“我的反应是迟钝了些，没有注意到这一点。当然，我会送你回家的。”随后，他朝两名身材魁梧、虎背熊腰的男人点头示意。这两个人站在吧台两侧，身着黑西装，戴着墨镜，这样的打扮在地底这种灯光昏暗的场所看起来十分可笑。

“这位年轻女士是我的贵客，把她带到‘芳香’酒店。”杰克向他们发出指令，“要确认把她安全地送到顶层的总统套房，他们都在期盼她的到来。”

“等等，你去哪儿？”我不禁嚷道。

杰克幽幽地看着我，得意地笑了起来，似乎很享受我对他如此依赖。

“我要处理一些事，”他回答，“不过别担心，他们会照顾你的。”说着，杰克的眼光扫过两名保安，“他们就靠这个过活。”

两名保安仍是一脸木然的表情，只微微地点了点头。接着，他们护送我离开这间俱乐部并且大肆地将靠近的舞者推向一边，我感觉自己整个就被结实坚硬的肌肉包裹在其中。

回到地面入口处的大厅，我的眼神扫过两旁的护卫，瞥见“傲气”只是其中一家俱乐部，放眼望去，这些娱乐会所的外形犹如一座座陵墓。这时，楼梯间里一个黑暗的角落里传来了时断时续的哭声。片刻之后，两名身着西装的男人匆匆拽着一个头发散乱的女孩，女孩脸上的睫毛膏随着泪水的晕开而滑落脸颊。她上身穿着一件花边的紧身胸衣，下身套着一条粗纹布的短裙，裙子的长度几乎遮不住大腿。她努力挣扎，想要逃离两个男人的束缚，但是无济于事。我们的目光随后碰撞在一起，只见她脸上露出惊恐的表情。出于本能，我上前一步想要帮她一把，但却被身旁其中一名保安挡回来了。

我顾不上这些，极力装出校园闲谈似的腔调，从而令自己的问话听起来随意自然：“她怎么了？”我知道，自己越是显出警惕的样子，获得的信息也就越少。

“瞧瞧她，她不走运了。”一名保安回答，另一人则掏出手机，按下一连串数字，然后对着电话那头的人汇报我们所处的位置。

“走运？”我机械地重复道。

“不就在游戏室里吗？”他这样的回答再显然不过了。

“他们要带她去哪儿？”这一次，这名保安只是略微摇摇头，似乎是对我的无知难以置信。接着，他领着我走向一辆配备有色窗户的加长轿车，这辆车一直停在俱乐部外面。看见一辆停在室内的车会令人感觉比较奇怪，但我随后意识到地底隧道极其宽阔，可以作为马路行驶，足以同时容纳两辆车。轿车后门已经为我打开，两名保安各站一边，他们庞大的身躯遮挡着我的身体，两人的周身都散发着雪茄味。

我们在起伏逶迤的公路上不断穿行，看上去像是无路可走。路上漫游的社交客们看见我们都纷纷让道。我注意到，即便我们离开了这个娱乐区域，这些人也没有表现出庆祝的样子。他们瞪着两眼，表情木然，漫无目的地随处漂移，如同一群活死人。我凑近他们定睛一瞧，只见这些人的脸上确实呈现出浅灰色。

最后，在一条陡峭的隧道尽头，一幢高耸的大楼映入眼帘。这幢建筑本身很可能是白色的，但是由于风化退色，基调已然变成了羊皮纸似的黄色，而且这幢楼肯定有二十层高。大楼的窗户上涂抹着石膏做的卷轴，属于古典主义的风格。

我们一行人随后穿过几道旋转门，来到一间宽敞贵气的大厅。酒店的装潢被精心设计，每层楼的房间皆可俯瞰大厅，这样的效果就像是来到了一座迷宫。大厅里挂着一整排细小的彩灯，从天花板直垂到地面，照亮了大厅中央的大理石喷泉，喷泉里立着一具爱神相互嬉戏的雕像。紧邻前台的是一架华丽的透明电梯，形状好似一台大型的太空舱。与刚才俱乐部的简陋相比，这里的员工都穿着明艳的制服，脸上带着忙碌无比的表情。当我进入时，每个人都愕然了好一会儿，眼中迸射出秃鹰似的光，随后又恢复到各自的角色当中。他们表面上看起来普普通通，但是眼神却是桀骜不驯，令我感觉体内有什么东西在蠕动。我忽然很感激身旁有两个身材健壮的保镖陪伴，也不愿意离开他们单独行动。

“欢迎来到‘芳香’酒店。”这时，位于前台的一个女人温柔明快地说道。她身着一套合体的制服，金色的头发整齐地盘在脑后，看起来精明干练，只不过她的眼珠一动不动，而且还闪着鲨鱼般狡黠的目光。“我们正期盼您的到来，房间已经准备好了。”她愉悦的表情掩盖了眼里的戾气，精心修剪的手指在键盘上飞速地跃动，发出轻柔的啪嗒声，“楼顶的总统套房已经为您预备好了。”

“谢谢，”我说，“这个酒店很美，不过您能告诉我这是哪里吗？”

“杰克没告诉她？”女人不可思议地注视着我的左右护卫，那两个人面面相觑，似乎在说：“别来问我们。”我忽然感到胸口阵阵发紧，恐惧的感觉仿佛真菌一般迅速在体内扩散开来。“哦，亲爱的，”酒店服务员的眼里闪着幽光，“你如今身在冥界，别担心，就当在自已家一样。”接着，她将房卡装入纸套里，放在光亮的柜台上。

“请问？”我问，“你刚才说冥界，你的意思不会是……你不能说……”我支支吾吾着。当然，我本能地知道她的意思是什么，我甚至从书本上得知这个词意味着“不见天日”。然而，我脑海中却一直不承认这是个事实，直到听到这个词我才不得不相信。

“也可以说是地狱，”这名服务员语气明快，“但是别让索恩先生听到您说这个词，他更喜欢听冥界这种古典的叫法，你也知道魔界王子多么的风雅。”

而我，只听见了她的只字片语，因为我再也不想听下去了。我的双膝不住地颤抖，只见黑色的大理石地板向我袭来，两名保安猛然上前一步。除此之外，便什么也不知道了。

Chapter7
地下空间

当我醒来时，四周已是万籁俱寂，银白色的灯光溢满了整个房间 我揉揉眼睛，想要看清周围的景象。首先映入眼帘的是一排正对壁炉的座位，炉内的余灰正发出星星点点的微光，映出屋内各式景物的影子，房内家具的边角也因此变得颇为柔和。这个房间大量地运用黑色的木料作为主色调，天花板上吊着一顶水晶灯。

我随后发现自己躺在一张橡木制成的大床上，床上铺着金缎的床单和绚丽的酒红色床罩，自己则穿着一件花边袖口的老式睡衣。我感觉奇怪，心下暗忖，原本穿在身上的戏装哪去了？记忆中我并没有脱衣服啊。我支撑着起身，环视四周。房间的地板上铺着豪华地毯，墙壁上挂着厚重的天鹅绒窗帘，一个巨大的礼宾花篮放在镀金的矮脚茶几上。此外，床沿下还垫了一块巨大的豹皮地毯。床上放着几只硕大的枕头和数量繁多的流苏靠垫。正在这时，我感到脸颊下传来一股芳香怡人的气味，转头一看，原来枕头上铺满了红色的玫瑰花瓣。

一面巨大的梳妆台立在墙边，镜框清一色用宝石镶嵌而成。台上陈列着一把用珍珠母制成的发梳和一面手镜，几只蓝色的玻璃罐里盛着貌似昂贵的香水和乳液。此外，一件象牙白的丝质睡袍挂在床沿边上，壁炉前则颇为有序地摆着两把扶手椅。浴室的门敞开着，我瞅了一眼，只见里面安着一把金质的龙头和一个古色古香的浴缸。看起来这个房间并不是按照统一的格调装饰的，就像有人翻开杂志，不经意地读到有关所谓贵气的指导和建议并依此照搬设计装修的。

茶几上摆着一份早餐，早餐由一罐热气腾腾的茶水和几盘糕点组成。接着，我尝试着打开房门，却发现已经锁上了。我的喉咙又干又涩，只得喝上一杯茶。我坐在豪华地毯上一边饮茶，一边整理着自己的思绪。我内心很清楚，尽管四周雍容奢华，自己也只是个囚徒罢了。

房卡已经被拿走，因此无路可逃。即便我设法逃离，一旦走到酒店大厅就会遇见杰克的盟友。我可以试着和他们擦身而过，然后一路狂奔。然而，在再次被抓到之前自己又能跑多远呢?

此时此刻，我能确定的只有一件事。一股凉气随之在我的体内升腾，一切的挚爱都已离自己而去。我会在这里完全是因为杰克·索恩，可是促使他做这件事的动力是什么？难道是报复？若是这样的话，为什么他不逮到机会直接杀了我？难道他想要看到我生不如死吗？难道杰克还安排了别的计划吗？但是他看来却又是真心地想让我感觉舒适和自在。我以前从未冒险来此，因此对“地狱”这个词的理解比较模糊。此时的我头痛欲裂，我在脑海中努力回想加百利曾教授我的片断，然而头脑却一片空白。我只是一直被告知在地底深处的某个地方，存在着一个爬满黑暗生物的大坑。对我们来说，这些生物都是深不可测的。此次杰克带我到这里来一定是为之前羞辱他而做的报复，除非……忽然之间，我的脑海中产生了另一个念头。目前来说，杰克似乎并非特别地怨恨我，相反，他的眼中存有一种奇特的兴奋。有没有可能令他真正觉得我会在这里感到快乐？一个在地狱的天使？那样的话，只能证明他对我知之甚少。我唯一的目标就是回家，回到我爱的人身边。这不是我的世界，而且永远都不可能是。我在这里待得越长，返家的路就越艰辛。我可以确信一件事：我所遭遇的事在以前从未发生过。没有哪个天使曾被绑架而且从地球上生生地被拽入地狱，拽入到水深火热之中。也许，这件事离杰克荒谬地想与我在一起的想法发展得更深一步，也许是因为某个可怕的东西正处于被释放的边缘。

房间里，一排高大的窗户沿着墙壁的长度延伸开来，但只能看到外面一团盘旋的灰雾。这里没有日出，所谓黎明只是一缕淡淡的光线，仿佛阳光是从地球上的裂缝渗透而进。一想起要很久都见不到阳光，我的眼泪就不住地在眼眶里打转。可是我只能眨眨眼，生生地将其憋了回去。我拿起丝质的睡袍穿上，走进浴室洗脸刷牙，接着将打结的头发梳理整齐。在这间总统套房内，有一种令人窒息的安静，发出的任何一种声响都觉得有些过于夸张的大声了。随着心中涌起的渴望，我想起每天在维纳斯湾醒来的样子，那里到处是刺耳的杂音：欢快的晨间音乐、小鸟唧唧喳喳的唱歌声以及楼梯上来去匆匆的脚步声。我依稀记得房里那满是洞眼的小木板和四下摇晃的书桌。如果闭上眼睛，几乎仍能想起柔和的白色床单摩挲肌肤的感觉，每当望向屋顶，我就觉得仿佛被自己的小窝包裹其中。破晓时分，屋内迎来的只是一道银色的光线，然而这道光线很快就被金灿灿的阳光所取代。阳光随即洒满屋顶，伴随着海浪共同嬉戏，一道点亮整个小镇。我记得，过去的我总是在鸟儿的吟唱中醒来，微风轻轻地拍打着门廊，仿佛要将我唤醒。即便房里空无一人的时候，大海也永远在原地呼唤着我，告诉我自己不是独自一人。我记得，每当清晨来临，下楼时总能听见加百利慵懒地拨弄着吉他，空气中弥漫着一股华夫饼干的沁人香味。而此时此刻，我却无法记起最后一次见到家人以及如何分离的时刻。当我想起了维纳斯湾，便感觉希望之鸽在胸中震翅，似乎自己已经下定决心要回到从前的生活。然而，过了一会儿，这样的希望又荡然无存，转而取代的是一种绝望，犹如一块沉石压在心上。

我睁开双眼，看见镜中的倒影，立即意识到情况不太一样。我的外形倒没变什么，仍是原先一对大大的褐色眼睛，可是若是再看一眼，却变成了金黄色与绿色相间的眼珠。小小的耳朵，衬上粉色白瓷般的肌肤并无异样，但我眼里的神情却好似一个陌生人，曾经好奇的眼神如今已变得死气沉沉，镜中的这个女孩看起来已经自我迷失了。

尽管这个房间的室温调控得非常舒适，但我仍旧瑟瑟发抖。我快步走向壁橱，随手从里面拿出一件衣服——那是一件袖口肥大的黑色薄纱晚装。我不由得嗟叹一声，接着四处寻找更为合适的服装，却发现没有一件实际可穿的衣服。这些装备花样繁多，从长及地板的晚装到剪裁合身的夏奈儿丝质衬衫和礼服，应有尽有。最终，我翻到了一款最为简单的样式（一件皱巴巴的齐膝长袖的绿色长裙，由天鹅绒制成）以及几双芭蕾舞鞋。接着，我坐在床上，静候着即将发生的事情。

尽管我清楚地记得兄弟姐妹和维纳斯湾这个小镇，但我知道自己忘记了一些事一些人。这种想法不时地侵袭着我的神经，想要拉回我的记忆。我很想记起，但是回忆的过程却极度疲惫。此刻，我躺在床上，两眼瞪视着天花板。我能感到身体里有种强烈的痛苦，却无法判断它的来源。我甚至希望杰克即将出现，这样，和他交谈时，也许能碰触这些丢失的记忆。我感到这些记忆在我的脑海深处不断激荡，然而每当我试图抓住，它们却迅速溜走了。

忽然，一声“嘀”音响起，房卡被激活了，一个圆脸女孩走进房间。她穿着标准的家政制服：那是一件朴素的灰褐色裙子，裙子上绣着一个印着“芳香”酒店标志的口袋，另外她还套上了米黄色的长袜及舒适的便鞋，蜜色的头发梳成马尾，用夹子固定好。

“小姐，请问您是要我现在整理房间还是等会儿再来？”她的样子十分羞怯，眼睛直视着下方以便避开我的视线。在她身后停着一辆手推车，车上装满了整理客房的清洁用品以及成堆的清新洁净的亚麻布。

“哦，那倒不重要。”我答道，很想表现得平易近人，但是我的建议显然只是让这个女孩感到浑身不自在。她不知所措地立在原地，等待着下一步的指令。“要不，现在也行。”我随后对她说，接着走到一把椅子旁。女孩明显松了一口气，她随即抚平床单并换掉了花瓶里的水，做起事来灵活干练，一副训练有素的样子，尽管她看起来顶多十六岁。很奇怪，这个女服务生的存在给我带来了一种镇静剂的感觉，也许是因为她脸上的那份坦然，这份坦然与周围古怪的环境相比，显得格格不入。

“我可以知道你的名字吗？”我随即问道。

“我叫汉娜。”她回答得干脆利落。我注意到她的英语听起来有些生硬，似乎不是母语。

“你在这家酒店工作？”

“是的，小姐，我被派来服侍您。”我听后困惑不已，因为她又补充了一句，“我是您的仆人。”

“我的仆人？”我重复道，“我可不需要什么仆人。”

由于回应如此直接，这个女孩似乎误解了我这样过激的反应，她再次向我保证：“我会努力工作的。”

“我相信你会的，”我说，“只不过我不需要仆人的原因是因为我没打算在这里长待。”

汉娜讶异地看着我，随后猛烈地摇摇头，“您不能离开。”她说，“索恩先生从不让任何人离开。”说着，她忽然意识到自己说得太多了，慌忙“啪”的一声将一只手按在嘴上。

“没事的，汉娜，”我说，“你什么都可以跟我说，我不会吐露半个字。”

“我的意思不是要跟您说什么，要是王子发现……”

“你是指杰克？”我不由得哼了一声，“他可不是什么王子！”

“小姐，您不能大声说这些话的，”汉娜低声道，“他是第三重界的王子，谋反可是一等大罪。”

我此时的样子必定是一脸不解，因为她接着解释道：“地狱有九重界，每一层都有一个王子守护，索恩先生就负责管理这个辖区。”

“是哪个白痴授予他这么大权力的？”我怒气冲冲地说，只见汉娜变得一脸戒备，我随即迅速调整自己的语调，“我的意思是……这从何说起？”

“他是冥界的巨头之一。”说着，汉娜耸耸肩，似乎上述几个字就已道尽了一切。

“我听说过他们。”我说道，这个词听起来耳熟能详。我确信听过哥哥加百利用过这个词。我知道，这要追溯到开天辟地之时。

“当老大失宠的时候……”说着，汉娜偷偷地朝房门瞥了一眼。

“对不起，”我不由得打断她的话，“你刚才说什么？”

“这也是我们这样叫他的原因。”

“叫谁？”

“哦，我猜，如果说撒旦或者路西法，你们应该会认识他。”

我忽然感到茅塞顿开。

“当路西法从天堂坠落后，有八位天使为了承诺自己对他的忠诚……”我帮她接着往下说。

“是的。”汉娜拼命点头，急切地表示同意。

“米迦勒驱逐了他们的叛军首领，他们遂成为第一代魔鬼。从那以后，他们想尽一切办法在人间制造灾难，以报复当初的驱逐之辱。”说着，我停顿片刻，尽量不去想那些滔天大罪。此刻，这样的罪恶在我脑海中却显得有些似是而非，我不禁皱了皱眉。

“小姐，怎么了？”汉娜瞧见我脸上的表情，问道。

“只是很难想象杰克曾经是一名天使。”我答道。

“换了是我，我不会说‘很难’，而是‘不可能’。”汉娜的话听起来如此冒失，令我不由得哑然失笑。

然而，这种念头仍然在我的脑中挥之不去，杰克和我同属一个族群，我们拥有共同的始祖。他会变成今天的样子，是因为他最初的角色被驱逐出界。我明白这一点，一直都明白，但我想自己如此渴望把杰克从脑海中挥去是因为我不允许自己去想这件事。我不可能和这个人言归于好，这个我曾经认识的杰克，这个企图毁灭我居住的城镇和我挚爱的人的杰克，就像曾企图要杀死我一样。我知道冥界巨头的故事，他们是魔鬼路西法最忠实的仆人，他们陪着他一起出生入死。在人类历史的长河中，路西法将他们派往社会的最高层，从而去征服人类。他们潜伏进人间的各个社团，继续施加对人类腐化堕落的影响力。他们渗透进人类的政界，这样就能做到毁灭人类而无须负担任何后果。这些魔鬼的影响力有害无益，他们放任人类，纵容人类的缺点，利用人类达到自己的目的。突然，一种可怕的念头在我脑中闪现，如果杰克为更高一层的权力机关工作的话，那么谁才真正应该为这件事负责？

“我想知道杰克这次想干什么？”我不禁喃喃道。

“很容易。”汉娜用她生硬的英语调皮地说道。她看起来很高兴让自己找到用武之地并且透露了一些我不知道的信息，“他只想让你快乐罢了，毕竟，你马上就要成为他的新娘了。”

我的第一反应竟然是哈哈大笑，认为汉娜只是开了个可怕的冷笑话。然而，当我注视着她那圆圆的娃娃脸和大大的褐色眼睛时，我明白了，她只是复述着自己的所见所闻而已。

“我想，我需要见见杰克。”我随后说，试图掩盖自己渐渐升起的恐惧，“要马上见，你能带我去见他吗？”

“行，小姐，”她飞快应道，“不管怎样，他都会见您的。”

汉娜领着我沿着“芳香”酒店昏暗的灯光一路下去，这种感觉如同鬼魂在厚重的地毯上游荡。这里的一切仍是怪诞恐怖，一旦遇上别的客人，也是悄无声息面无表情的样子。我们乘坐透明的玻璃电梯，仿佛气泡一般悬浮在半空中。电梯里的各个视角都能看到大厅中央的那座喷泉。

“我们这是去哪儿？”我问汉娜，“杰克有特别的地方处理公务吗？”

“没有，地下一层有间会议室。”我意识到汉娜能领悟我想说的一切，因此“挖苦”这个词对她起不了什么作用。

随后，我俩停在了两扇华丽的大门前，很明显，她不愿再前进一步。

“小姐，如果您一个人进去会更安全，”她一针见血地指出，“我知道，他对您是没有伤害性的。”

我没有和汉娜争辩，因为并不想让她知道杰克那变幻莫测的性格。虽然即将与他面对面接触，我却不感到害怕。事实上，我需要的是一种对抗，哪怕只是告诉他本人在我心目当中是什么形象以及说出他心中蓄谋已久的万恶计划。杰克的算盘打错了，他再也伤害不了我。

我随后进入，面前的杰克看起来十分焦躁，似乎是由于等得过久的缘故。这个房间也有个壁炉，杰克背对着壁炉站立。他的穿着比平常正式许多，下身是一件剪裁合身的西裤，上身穿一件翻领衬衫，外面还套上一件深紫色礼服。灯光在他那惨白的肌肤上摇曳。杰克的样子仍像我记忆当中那样，长长的黑发垂下眼帘，呆滞的眼神令我想起了鲨鱼的眼睛。他随后瞧见了我，开始在房里踱步，审视着一个又一个细节。桌子中央摆着一瓶长梗玫瑰，杰克抽出一枝，闻了闻它的香气，接着随意地将其在手中把玩。他没注意到上面的刺，血从他的指尖上滴落，可是他却无动于衷，好像感觉不到疼是什么滋味。我觉得很可能是这样的。过了一会儿，这些被刺的伤口竟奇迹般地愈合了。

这个房间里摆放着一张超大型会议桌，桌子已经被精细地打磨抛光，反射出头顶上的天花板。此外，长桌周围摆放着几只高背转椅，一台巨型显示器占据了整面墙，上面播放着每家俱乐部的经营画面，我立刻被其中许多人大汗淋漓地跳舞的场景所吸引。这些人彼此簇拥在一起，几乎要融为一体。即使这样的画面只是出现在屏幕上，可依然令我感到头晕目眩。接着，这幅画面忽然变换为一组排列组合的计算方法，随后又转回到那些不知疲倦的舞者身上。镜头看似给了这群人特写，然后再汇总关于他们的信息。

“你觉得我的这群俱乐部老鼠怎么样？”杰克向我夸耀，“一群永远只知道喝酒跳舞的家伙！这个点子就是我想出来的。”他转动着一只高脚杯，时而从里面呷一口琥珀色的液体，旁边的烟灰缸里盛着一支抽了半根的香烟。

忽然，我听到一阵咳嗽声，随即环视四周，发现这个房间其实另有他人。一个貌似和我年龄相仿的少年正坐在远处一个角落里，抚弄着一只睡猫。他上身穿着一件格子衬衫，下身套着一条肥硕无比的裤子，致使两只裤腿不得不卷起。他的头发参差不齐地耷拉在额前，似乎是出自两位理发师的杰作。这名少年像个孩子一般脚尖朝内地坐在原地。

“贝儿，来见见塔克，他是我的助手，会一直照看你。塔克，站起来，大家握个手。”说着，杰克朝这名少年猛然咳嗽几声，随后平静地转头对着我，说道：“我对他的失礼表示抱歉。”

乍看起来，杰克只是把塔克当做一只正在训练的宠物。当塔克站起身向我走来时，我发现他竟然拖着自己的右腿，看起来有点跛。他伸出一只手和我相握，那只大手上长满了老趼。他的上唇有一道刀疤并向上延伸至鼻头，这令他的嘴唇轻微地向上提起，看上去似乎永远都是一副嗤之以鼻的姿态。除了个头之外，他对我一点都构不成威胁。我对他微微一笑，但他只是阴郁地皱皱眉，把目光投向别处。

塔克发出的动静吵醒了那只睡猫，这只猫一点都不友好。它拱起背，凶狠地朝我龇起牙。

“我觉得他不喜欢竞争。”杰克温和地向我说道，“真是受够了小孩脾气。贝瑟尼，你的住地怎么样？很抱歉你的到来充满了戏剧性，不过我那时想不出别的方法。”

“真的吗？”我回嘴道，“我可不觉得过分是你唯一喜欢的方式，你才是戏剧之王。”我尽量让自己显得失态无礼，我可没心情和他逗趣。

杰克惊讶地把嘴张成一个“O”字形，十指紧紧地交叉在一起。

“哦哟，哦哟，我们已经学会了阴险恶毒。这是桩好事，你总不能像小孩似的天真地过一辈子吧。”

杰克提醒我，他可以像变色龙一样随着四周的环境改变自己。身处地狱的他和我记忆里在学校时完全不同。在布莱斯·哈密顿中学时，尽管他自信满满却仍与周围的人格格不入。他的确有很多甘于奉献的追随者，但是他代表的这种黑暗亚文化才是他最吸引别人的地方。杰克知道他不属于那里，因此也不想掩盖自我。相反，他似乎十分沉醉于吸引别人的目光，当他引诱学生时，他就会产生一种自以为是的满足感。然而，杰克自始至终都在居安思危，为任何可能的不测做好准备。但是现在，在他自己的地盘上，杰克的身心完全得以放松，他的双肩松松垮垮地垂下，笑容慵懒惬意。在这里，他可以随心所欲，他的权威不容置疑。

这时，杰克不耐烦地将头转向一边，朝塔克质问一声："你是要给我的客人倒杯酒，还是要像个没用的大瘤子一样摆上一整天？"

听罢，这名少年赶忙走向茶几，笨拙地抓起一只水晶杯。他从一个容器里倒出鲜红色的液体，然后粗暴地把杯子推到我面前。

"我不想喝。"我断然对杰克说，同时将水晶杯推向一边，"我想知道你到底对我做了什么，我有很多事想记起来，但是记忆却被你封住，我要你开启！"

"你想记起过去什么事？"杰克狡黠地笑道，"你只要知道你曾经是个天使就行了。现在嘛，你是我的天使。"

"你真的觉得你可以不顾后果将我滞留在这里吗？如果有来自神界的惩罚怎么办？"

"我还没做得那么糟。"杰克哧哧地笑了起来，"另外，你离开那个乡下地方真爽，那里的环境让你变得落伍。"

"你真恶心！"

"哦，哦，咱可别在你来到这里第一天就吵架，请坐呀。"杰克的音调忽然变得十分热情，好像我们是久别重逢的朋友似的，他接着说，"咱俩之间可是有好多话要说说呢。"

Chapter8

无处可逃

“等我找回失去的记忆，才会和你讨论别的事。”我咬紧牙关说，“你抹不去的，我一定会记起来。”

“贝儿，我并没有抹去你的记忆，”杰克语带嘲讽，“你认为我有足够的能力这么做，真是过奖了。我只是暂时地将其掩埋起来，但是并没有藏得很深，你会找回记忆的。就个人而言，我当然希望那些记忆一去不复返，这样咱们就可以有一个新的开始。”

“你会教我吗？我自己干不来。”

“那你给一个可以说服我的理由。”说罢，杰克一屁股坐回到转椅上，“我想你只是在歪曲事实，让我看起来像个坏人。”

“我说真的，我受够了这些游戏！”

“贝瑟尼，你有没有想过，我做的这些事也

许是为你好？也许这样做，对你会更好。”

“杰克，求你了，”我柔声道，“我和以前不一样了，已经迷失了自我，如果我连自己都弄不明白，留在这里又有什么意义？”

杰克随即夸张地叹息一声，好像我的要求特别过分似的。

“哦，好吧。”说着，他麻利地走到我站立的位置旁，说道，“我看看能做什么。”

杰克随后将两只冰凉的手指按压在我右边的太阳穴上。我看见了，原先被抑制的记忆此时却如潮水般涌来，令我不得不扶住桌角才能支撑住自己。我仍然记得拜伦府里安逸和谐的生活，但是曾经错过的片断也重新回到了我的脑海。我记起了其他事是怎么一回事。我看见万圣节舞会之夜，因为只有这个时段我不是独自一人。我看见那双湛蓝色的眸子，栗色的头发，还有那亲切的笑容。我的双膝顿觉绵软无力，重新找回关于泽维尔的记忆令我周身感到有一种难以名状的快感。

然而，这样的记忆只停留了片刻。片刻之后，另一种记忆蛮横地替代了前者。只见泽维尔瘫倒在沙地上，与此同时，一辆摩托车迅速驶入黑夜之中。这个片断令我悲痛欲绝，我真想让这份记忆清除出我的脑海。分离的痛苦与泽维尔生死未卜的画面令我全身隐隐作痛。我无法带着这种他或许不在人世的伤痕过活，只要知道泽维尔活着并且一切都好，我甚至可以忍受待在这个堕落的废墟里。没有他，我也就失去了生存的欲望。那一刻，无论我的想法是睿智抑或莽撞，我只知道自己一切的快乐都来自同一源泉。假如那个源泉被毁，我将得不到一点儿快乐，也不想变成这样。

“泽维尔。”我吸了口气，为什么这里如此令人窒息？似乎所有的空气都被排出房间。他的画面定格在我的脑海中，挥之不去。我随后问杰克："请你告诉我，他没事。"

杰克向我翻了个白眼，答道："你的回答真是经典，我早应该知道你一定会想着他。"

我努力憋回眼眶里的泪水："你绑架我难道还不够吗？你怎么能伤害他！你是一个残酷无情的懦夫。"油然而生的愤怒取代了痛苦和悲伤，我不禁双手握拳，不住地敲打着杰克的胸膛。他没有阻止我，只是等待着我的怒气平息。

"现在，感觉好点了吗？"杰克随后问道。虽然我的情绪没有好转，不过却有一丝放松的感觉。"我们就省掉那些电视剧情节吧，"他说，"你那帅哥还活着——只是受了点轻伤。"

"你说什么？"我猛然抬起头。

"当时的冲力并没有令他致命，"杰克继续说道，"只是把他甩出去罢了。"

我松了一口气，随后默默地祈祷，感谢上苍挽救了他。泽维尔还活着！此刻的他呼吸正常，行动自如，也许只是比我最后一次见他时多点淤青而已。

"我想这么做的话，事情会更好些，"杰克随即狡黠地一笑，"他的死也许会让我们之间重新开始的关系错位。"

"你可以发誓，永远不伤害他吗？"我试探地问道。

"永远是一个很长的时间，只能说他现在很安全。"

我不喜欢"现在"这个词背后蕴藏的寓意，但我决定不再冒险。

"艾薇和加百利呢，他们也安全吗？"

"他俩加在一起意味着一股强大的力量，"他说，"无论如何，他俩都不列入这个计划之中。我只感兴趣把你一个人带到这里来，现在，计划完成了，虽然曾经有那么一会儿，我怕自己做不到。你知道，让一个魔鬼把天使拽入地狱，这可不是件容易的事，我不相信以前发生过这种事。”说着，杰克不禁为他自己开创的成果沾沾自喜。

“这件事在我看来很容易。”

“哦，”杰克说着，笑得肆无忌惮，“我可从没想过被你那圣洁的哥哥打回到地狱后能够东山再起，可是你那些白痴朋友居然在维纳斯湾召唤阴灵！真不敢相信，我还有这份运气。”

杰克的眼里闪着幽光：“那个女孩的咒语并不强大，只是唤醒了一些不安分的鬼魂罢了，不过他们很乐意交换场地。”

“她们根本没想召集群魔，”我回嘴道，“降神会只应该唤回鬼魂。”这一次，我不想再动摇这份责任感，我本应阻止那帮女生的荒谬行为，本应把显灵板砸得粉碎后扔出窗外，而我当时却选择了视而不见。

“这可真是一次幸运的碰撞，”杰克说，“谁知道从地底召唤上去的是什么。”我不禁怒视着他。“别这样看着我，这不全是我的错。要是你没接受我的邀请，我是不会带你到这里来的。”

“邀请？”我讥讽他，“我可不记得你问过我是否想来地狱。”

“当时我想搭载你，你也接受了。”杰克窃喜不已。

“那不算数，你耍了我——我以为你是别人！”

“那就太不幸了，规则始终是规则。况且，你有多天真啊，那个满怀责任心的先生能从树上一头栽进水里，难道你一点儿都不觉得奇怪吗？难道你真的以为他会和你玩恶作剧吗？就连我，也没想到你这么容易就上当了。你们大家本该进一步了解情况再说，但只花了一点时间，你就不信任他了。当你一坐上那辆摩托车，就注定了你自己的命运，跟我几乎没什么关系。”

他的话深深地打击了我。我逐渐意识到自己原来有多愚蠢。此时的杰克在一旁哧哧直笑，我从未听过有人笑得如此沉闷。接着，他伸出手，将我的双手放入自己的掌心。

“贝儿，别担心，我是不会让一个小小的错误改变自己对你的看法的。”

“让我回家。”我恳求他，希望在他心灵的某个角落还残存着些许正义，这样一来我向他乞求、与他周旋，他也许就会感到一丝悔恨和内疚。我不能一错再错。

“你就在家里啊。”杰克的语气十分平缓。他将我的掌心按在自己的胸前，他的肌肤犹如面团一般柔韧，有那么恶毒的一瞬间，我甚至想将手指戳入那个空心的大洞，他的心脏就在那儿。

“我很抱歉这样对你。”杰克懒洋洋地说，“但是，显然你也有错，所以我觉得你这么说并不公平。”说着，他松开一只手，将指尖磨蹭着我收拢的翅膀。

“至少我还有颗心，那就是我要对你说的，”我反驳他，“你没有感觉也不足为怪。”

“你错了，贝儿，你让我有了感觉，这也是你要留下的原因，你的到来可以让地狱变得更加光明。”

我挣脱开他的双手，说：“我没做什么。也许，我是你的囚徒，但你控制不了我的心。杰克，你迟早要接受这一点。”说完，我转身想要离开。

“你觉得自己能去哪儿？”杰克命令道，“你不能一个人到处走的，不安全。”

“那就试试看。”

“我真心希望你能重新考虑一下自己的决定。”

“别管我！”我转过头大喊道，“我才不在乎你想要怎么样。”

“别说我没提醒你。”

随后，我来到了酒店大堂，看见汉娜正恭恭敬敬地等候着我。

“我要离开这个鬼地方。”我大声宣布，说完便朝着旋转门的方向走去。大堂里似乎无人看守，这样一来，我就不太可能会被劫持。

“小姐，等等！”汉娜一路小跑过来，劝我停下，“王子说得没错，你出不去的，无路可逃。”

我不顾她的劝告，飞奔出旋转门，夺路而逃，结果来到了一块前不着村后不着店的地方。我很惊讶没人出来阻止我。我不知道接下来应该去哪儿，不过这也没关系，我只想尽可能地和杰克保持距离。如果有进入地狱的入口，那么就一定有出口。我只要找到出口就行。然而，当我跑进迷宫般的隧道时，耳畔忽然回想起汉娜的话——无路可逃。

离“芳香”酒店近的几条隧道纵深漆黑，里面满是啤酒瓶与燃尽的废车的残骸，这些车由内到外都被烧焦，囤积在我的周围，一旁路过的人们踉跄着四下游荡，眼神茫然，全然无视我的存在。从他们空洞的眼中，我明白他们是些被下了咒的鬼魂。如果我能找到通往酒店的路，也许就能说服门童放我出去。

随着隧道越发深入，我看到的事情也愈多。忽然传来一股像是头发烧着的味道，我不得不掩起鼻子。四周诡异的雾气围绕着我，渐渐在我面前汇集。待到雾气散尽，只见“傲气”俱乐部出现在前方，就是我第一次参观过的娱乐会所。除此之外，没有其他出路。实际上，我并不知道自己身在何方，却感到一股深深的邪恶之气，犹如寒气一般潜伏在血液中，首当其冲的是这群陌生人围绕在我的周围。我不确定该怎么称呼他们，但我知道他们也曾经是“人”。现在，却没有办法如此称呼。这群人看起来如同幽灵，正漫无目的地四处游走，隐没于黑色的缝隙之中。即使他们眼神茫然，双手徒劳地在空中挥舞，他们的能量依然存在。我仔细打量一个离我最近的幽灵，尝试着搞清楚发生了什么事。这是个西装笔挺的男人，剪着整齐的短发，戴着一副镶边眼镜。过了一会儿，一个女人在他面前出现，携带着一套厨具。整个景象犹如海市蜃楼一般若隐若现，但我却感觉里面的剧情更为真实。两人之间正爆发出一阵激烈的争吵。我极不自在地注视着这一对，仿佛闯入了一个私人空间。

“别再撒谎了，我知道一切。”女人说道。

“你不知道自己在说什么。”男人的声音颤抖不已。

“我知道，我要离开你了。”

“别这样说。”

“我要和妹妹待一阵子，直到事情解决。”

“解决？”男人变得越发不安起来。

“我要离婚。”女人坚决的语气让男人情绪崩溃，他随即低吼一声。

“闭嘴。”

“我受够了，受够了你待我有如草芥。没有你，我才会变得快乐。”

“你哪儿也不准去。”男人的肢体开始摆出威胁性的姿势，但女人并没有意识到。

“离我远点。”

她试图推开他，他顺势在案板上抓起一把刀。即使这把刀不是真的，刀刃却闪着幽光，看起来十分坚硬。突然，男人向他的妻子直扑过来，将她撞到了柜台上。我只看见刀柄竖起，但是过了一会儿，这把刀却结结实实地插在了她的肋骨之下。喷涌的鲜血并没有引起悔恨，反而激发了愤怒。这个男人不顾一切地将刀柄捅进去，全然不顾妻子凄惨的尖叫，直到刀口血肉模糊后再次凝结。等到他将匕首丢向一边，妻子的身体已经变得绵软无力，无声地从他的掌心中滑落。她睁大双眼，木然地瞪向前方，面颊上星星点点地沾满了自己的血渍。女人倒在地板上，接着遁隐，厨房也随之不见了。

我瑟缩在墙角，呼吸如鲠在喉，极力让自己的双手不再颤抖。这样的场景令我难以忘怀。那个男人看起来茫然失措，控制不住地原地打转，我忽然明白他渐渐意识到了我的存在。然而这时，刚才的女人突然又完好无损地出现在他的面前。

“别再撒谎了，我知道一切。”她说。

这样的场景似乎变成了电影中复播的画面，我意识到整个可怕的场景即将在我的眼前重复上演。男女主角注定了要循环再生，我周围的其他人也在相互上演着曾经的罪行：谋杀、强奸、打架、不忠、偷窃、背叛，似乎无穷无尽。

我对罪恶两字的理解原先只停留在哲学的层面上，现在却显得如此的逼真，这种感觉将我层层包围。我跌跌撞撞地向回跑，时而感到有东西划过身体或是抓住了裙角。我拼命抖开，一路狂奔。我感到肺要炸开一般，不得不停下喘口气。

刚才那些隧道消失了，我意识到，自己迷路了。此时此刻，我站在一片空旷的场地中。场地的前方有一条像火山岩般的大坑，大坑四周布满了炽热的灰烬。我看不清里面发生了什么事，只听见痛苦的呐喊和尖叫。我从未亲历此事，可是为什么又感觉如此怪异的熟悉？**我的女士，火焰之湖等候着您**。难道这是数月前我在更衣室里发现的纸条上的密码所提及的地方吗？我知道自己不应该将二者联系起来，而是应该转身离去，寻找回“芳香”酒店的路，即使那里只是我的监狱。无论里面潜伏着什么，都不是我想看到的。迄今为止，冥界是由地下隧道、几间阴森的酒吧以及一间空旷的酒店所构成的超现实的世界。然而，当我第一次朝着这个炽热的大坑试探性地迈进时，我知道，这个世界即将变得不同。

还没等我靠近，远处便传来这些地狱居民难以形容的哀号声。以前，我一直觉得中世纪关于地狱是由扭曲的肢体和刑具所组成的描述不过是用来吓唬和控制无知的信众罢了。但是现在，我明白了，那些传说都是真的。

仅仅透过裂缝里发出的红光就知晓里面所发生的事比较困难，但是可以肯定的是，里面有两组人——用刑者和受刑者。用刑者穿着皮质马甲和短靴，其中几人像刽子手一样蒙着面具。受刑者则或是全身赤裸，或是衣衫褴褛。四周的土墙上挂着一连串用于增加痛苦的金属器具。我的目光逐一扫过那些锯子、烙铁以及生锈的钳子。地面上摆着一桶桶滚烫的油、用来浸泡的设备和一堆烧红的煤。屋顶上吊着几具尸体，他们事先捆好了再被塞进这些残忍的设备中。刽子手们则无情地继续着他们残忍的工作，这些魂魄痛苦地扭曲着身体，不断地发出哀号。这时，只见一名刽子手拖着一个浑身赤裸的男人，逼迫他钻进一具铜质的棺材，随后他固定好开关。接着，他们把棺材塞进一个炉子，炉子慢慢变热，发出橘红色的光芒。棺材里发出时断时续的尖叫声，叫声似乎逗乐了这帮恶魔。另一人则被五花大绑，他抬起头，眼中透着一丝哀求。一开始，我并没意识到他大腿间飘动着一块黄色的护套，这块护套犹如被洗过一般皱成一条线。随后我才明白，原来那是他自己的皮肤，这个人被活生生地剥了皮。

眼前血淋淋的景象一一闪现。过了一会儿，我只觉喉咙里苦涩无比，像是被胆汁噎住了似的。我赶紧回到这条干燥裂缝的地面，死死地捂住耳朵。大坑的声音和气味都无法令人忍受。我费力地匍匐前进，不敢相信自己竟然没有昏死过去。

仅仅爬行了几米，忽然，一只靴子踩上了我的手。我抬起头，只见周围出现了三个刽子手，他们一边挥舞着鞭子，一边审视着我的到来。他们冷漠的脸上看不出一丝人情味，手中的锁链仍旧在哗哗作响。但是当他们走近一看，便可以猜出其年龄也不过是一群少年。这些青春无瑕的脸上却透射着冷漠与残酷，相比之下十分地格格不入。

“看来，咱们这里来了位访客。”其中一人开口说道，随后用脚尖戳了戳我。他的声音听来十分悦耳，带着一点西班牙口音。接着，他用靴子撩起我的裙角，露出了我的两条大腿。他的鞋尖翘得太高，给人一种不安的感觉。

“她还是热乎乎的呢。”这名刽子手的同伴说道。

“不管是不是热乎，未经邀请就进入禁区一点儿都不礼貌，”

第三个魔鬼插嘴道，“我说，咱可是给她上了一课。”他的双眼犹如大理石一般闪闪发亮。他撅着嘴，懒洋洋地说着话，金色的头发遮住了双眼和面部轮廓。

“我先发现她的，”另一个回嘴道，“等我干完了，你们怎么教她都行啊。”接着，他对我咧嘴一笑。这个人比其他两人更加矮胖，古铜色的刘海儿让他看起来更加愚钝，大蒜鼻上还撒了一圈雀斑。

“算了吧，叶芝，”那个顶着一头鬈发的第一个男孩接嘴道，“我们得先搞清楚是谁把她送到这里来的。”

叶芝将他的脸贴到和我一样的高度，两排细小的牙齿令我想起了比拉鱼：[①]“这么漂亮的小东西一个人跑到这里来干什么？”

“我迷路了，”我答道，声音不住地抖动，“我住在‘芳香’酒店，是杰克的客人。”我努力让自己听起来像个重要人物却又不敢直视这三个人的目光。

“该死，”金色头发的男孩听起来十分懊恼，“她是杰克的人，我想咱们最好别把她弄得太糟了。”

“纳什，我可不信，”叶芝不屑地哼着鼻子，“如果她真的是杰克的人，她就不会跑到这来了。”

我忽然感觉天旋地转，身体渐渐地支撑不住，那个叫叶芝的男孩神情漠然地看着我。

“我说，要是你想吐的话——到那边去，我刚刚才擦了皮靴。”此时此刻，我止不住一阵阵干呕，胸腔像要抬起一样。

① 一种南美淡水鱼，能掠食活的动物。

“喂，起来啊！”叶芝开始对着我大声咆哮。他的手臂环绕着我的腰间，随后带着胜利者的笑容看着其他二人。“我们会好生待你的，如何？我说，让你当个观众怎么样？”说着，他粗暴地去解我的上衣纽扣。

“要是这妞真的是杰克的人，如果他知道了，谁知道会怎么样……”叫纳什的男孩听起来紧张不安。

“闭嘴，”叶芝说道，转而面向第一个少年，“迪亚哥，帮我一把。”

“把你那肮脏的爪子从她身上拿开。”正在这时，一个冰冷如铁极具威胁的声音忽然传来。

杰克渐渐从黑暗中现出了身影。他的黑发没有束在一起，倒是和愤怒的表情合在一块，令他看上去有一股野兽般的凶猛。他的出现比其他人更加具有威胁性。事实上，当这三人站成一排，看上去更像是门外汉或者犯了校规的淘气生。杰克的出现令他们大惊失色，傲气全无，看上去像是被吓瘫了。他的气场明显压过了他们，脸上的威严令这几个人瑟缩不已。如果地狱里有权力等级划分的话，这三人必定只是负责比较低的阶级。

“呃，我们刚才不知道她……是谁，”迪亚哥抱歉地说，“否则根本不会碰她。”

“我告诉了他们她是谁的。”纳什刚开了口头，就被迪亚哥狠狠地瞪了一眼，只好不做声。

“你们运气好，我现在心情不错，”杰克哼了一声，“在我把你们放到架子上之前，赶快从我眼前消失。”这三人一听，立即一溜烟地逃向来时的那个大坑，犹如三只乱窜的大野兔。接着，杰克将他的臂膀伸向我，给我带路。这也是第一次我为他的存在感到高兴。

“那个……你都看到了什么？”杰克问我。

“全看到了。”

“我原来就提醒过你的，”杰克的道歉听上去真心实意，“你要我帮你抹去刚才的记忆吗？当然我会很小心，不会去碰触原来的记忆。”

“不用，谢谢，”我漠然地答道，“我需要看清一些事实。”

Chapter9
梦想之湖

日子一天天过去，没有来自维纳斯湾的消息，我的痛苦也有增无减。

我想起了那些生命当中错过的挚爱，我知道他们一定会担心得发疯。他们是否会想到杰克究竟带我去了哪或是干脆贴上寻人启事？我知道，假如自己被劫的地方是在人间，那么无论身在何处，我的哥哥姐姐所拥有的神力都可以找到我。但我不知道他们能否追踪到地底深处。一旦想起了家，就记起了最平常的事情；哥哥经常在厨房里自创菜肴，把东西烹饪得如同艺术品一样。我想起加百利的双手随意拨弄着乐器，当然还有艾薇的一头金发。但令我想念最多的仍旧是泽维尔，他微笑时温柔闪动的眼角以及我们在那辆雪佛兰车里吃完汉堡俯瞰大海时的情景都历历在目。尽管我只是离开了几天，却时时为逝去的时日感到悲痛。最让我难过的是，我知道泽维尔一定会自责，而我却对此无能为力。

时间成为我在冥界最大的敌人。原先在人间时，时间便显得十分宝贵，因为我不知道什么时候时间会戛然而止。然而在这里，时间却被无限制地放大。无聊是最难以忍受的滋味，不仅因为我是杰克的囚徒，而且虽为天使却身在地狱，为此我受到的不是嘲笑就是一种怪异的好奇。很多时间，我觉得自己像个小丑。这个地方仿佛癌细胞一样从内部将我慢慢蚕食，当然变成那种状态相当容易——只要不去思考不去挣扎就行——而我自己也觉得这种状态正在发生。一想到某一天醒来时已经不再关心人间疾苦，也不再关心自己生存还是死亡，就让我感到一阵阵恐慌。

自从经历了巧遇火焰之湖以及类似的惊悚之事后，我陷入了一种深深的沮丧当中。虽然我没什么胃口，但汉娜却非常耐心地陪伴着我。杰克的助手塔克也被派来照看我。他经常在周围注视着我，尽管很少和我说话。就这样，他和汉娜两人成了我的固定伙伴。

一天晚上，这两人像平常一样待在我房里，汉娜想尽办法哄我吃些备好的肉汤，塔克则随意将纸团扔进壁炉看其一点点燃尽以供消遣。我推开汉娜准备的点心，只见她的脸上顿时呈现出一丝压力。塔克抬起头，对她摇了摇头，一副心照不宣的神情。汉娜只得重重地叹息一声，将盘子放下。接着，塔克走到壁炉边，拨弄着火里未燃的灰烬。我蜷在床上不发一言，原来的贝瑟尼像是死了，烧成了灰。我感觉自己永远都不会忘记所看到的那一幕。

忽然之间，我听见房卡“滴”的一声响起，杰克进来了，每个人都为此不敢怠慢。他对自己的权威自信无比，觉得没有必要敲门，完全不在意这样的行为已经侵犯了我的隐私。在他看来，随时随地靠近我完全属于他的权力范围。塔克立即起身，自觉地四下徘徊，似乎令自己看起来很有用处，但杰克对他熟视无睹，径直来到我的床前，认真地凝视着我。我不像塔克一样，也没打算起床，甚至转过头来面朝他也不愿意。

“你看起来糟透了，”他说，“我真后悔对你说了那些话。”

“我不想见你。”我淡淡地回答。

“我想你现在已经明白了，地狱有很多事情比见到我更可怕。起来吧，你不能因为看见了那些东西就来责怪我，即使我在地狱有自己的管辖区，可是这也不是我创造的地方啊。”

“难道你喜欢遭受痛苦和折磨吗？”我抬头直视他的眼睛，瓮声瓮气地问，“你是不是因此感到很兴奋？”

“不好说，”杰克反驳道，“我个人并没有折磨任何一个人，因为我有更重要的事情去做。”

“但你要知道，这种事正在发生，”我坚持自己的观点，“可你却置之不理。”

杰克转而困惑地看着塔克，他正皱着眉头注视着我，仿佛我是个白痴。

“那为什么我要让这种事停下来？”杰克接着问我。

“因为他们是人啊。”我无力地回答，和杰克交谈是件费劲的事，令我感觉仿佛在绕着圈子跑步又无处可寻。

“不，实际上，他们只是些魂魄，而且受到刑罚是由于活着的时候做了坏事。”他耐心地向我解释。

“没有人活该受这种罪——无论他们做过什么。”

“哦，真的吗？”说着，杰克双手交叉放在胸前，“那你根本不了解人类。而且，他们可以选择是否悔悟，这就是我们用刑的原因。”

“哦，好吧，你的那些刑具真令人恶心，可以把好端端的人变成怪物。”

“这个嘛，”杰克若有所思地拨弄着手指，“就是你和我之间的区别。你一直坚持人类天生是神圣纯洁的，即使有各种各样的证据显示并非如此。人类嘛——哦！”杰克打了个哆嗦，接着说，“他们有什么神圣的？吃饭、传宗接代、睡觉、斗争——只是最基本的有机体罢了。看看成千上万的人们对地球都做了些什么，人类的存在带来的是对整个星球的污染，而你却为了他们这些所作所为来指责我们。如果人类是上帝最伟大的杰作，那么他真应该认真地重新设计一下自己的作品了。咱们拿塔克举个例子，你怎么不去想想，我为什么要把他留在身边？因为他的出现让我想起了上帝是多么不可靠。”塔克的脸“刷”地一下憋得通红，但杰克似乎没留意。

“人类做过的事情还有很多，”我赶紧答道，也有一部分原因是为了掩盖塔克的屈辱和尴尬，“他们有梦想和希望，也有爱，难道这些抵不过任何东西吗？”

“那样通常会变得更糟，因为只是妄想罢了。贝瑟尼，收起你的同情心吧，这样不会带给你任何好处。”

“等我到死的时候，才会变成你这个样子。”我说。

“恐怕这不可能，”杰克快活地答道，“你在这里是死不了的，只有人间才有生死这类荒谬的概念，这是你的天父的又一个小怪癖。”

我正想着如何反驳杰克，这时只听有声音从走道传来，一个气质有如名媛的女人自信大方地踱进房来。

“这是我的房间，”我不禁喃喃道，“为什么每个人都可以随心所欲地闯入……”

我凑近瞅了一眼那个女人，不禁愣了一会儿，想起她就是“傲气”俱乐部的女招待，要忘记她当初投给我那恶狠狠的一瞥可不是件容易的事。她这次只是匆匆看了我一眼，似乎我的存在没必要占据她过多的时间。她一副怒气冲冲的样子，我瞧见她嘴上有一条固定的弧线。这个女人唐突地撞过塔克。

“原来这就是你躲藏的地方。”她讥笑杰克。

“我只是想知道在你出现之前要花上多长时间，”杰克懒洋洋地答道，“你知道，你为自己赢得了‘侦察员’的名声。”

“坏名声固然丢验，但并不意味着可以在这里泡妞。”女人答道。

杰克原本只是嘲弄她，可是这个女人似乎倒是乐在其中：“贝儿，认识下艾莎，这是我……非同一般的……私人助理。不管什么时候，只要她不确定我在哪儿，她就会变得抓狂。”

听完这番话，我即刻坐起身，更加仔细地打量她。艾莎身材高大健硕，引人注目。她穿着一件金色的三角背心和一条皮质的迷你裙，看起来颇具挑逗的意味。她一头乌黑的长发垂下，被一圈羊毛制成的围领环绕。艾莎具有猫一般的气质，她的嘴唇夸张饱满，光滑润泽，并且总是微微张开。她双肩向后的站姿令我想起了拳击手，褐色的肌肤微微发亮，像涂了一层油。她的鞋子也很特别，看上去犹如一对工艺品，淡黄色的露趾高跟短靴仿佛两只冰锥一般。

“是周仰杰[1]牌的，”她读出了我脸上的疑问，“是不是很赞？杰克每年都特别为我订制。”

她的眼中又闪出我熟悉的那种幽幽的神色。这样的眼神以前曾在学校看到过，如同女生向对方发出一个清晰的警讯：“不许碰！”艾莎无须对我多言，她的神情已经说明了一切。作为杰克的爱人，她向我发出了清晰的信息，如果我珍惜自己生命的话，就禁止和杰克有任何往来。艾莎为了让她和杰克的关系更加明朗化，便挪向杰克，将她裸露的肌肤像一条毒蛇般磨蹭着他的咽喉。杰克将手抚过她光滑的大腿，但他的眼中却是一丝厌烦。艾莎随即从头到脚地打量着我，确认自己对我没有任何印象，便说道：“那么，这就是大家谈论的小婊子喽？她长得小巧玲珑，对不对？”杰克咂了咂嘴。

“艾莎，好好说话，别撒野。”

“我不明白干吗这么大惊小怪。”艾莎转而直直地盯着我，“宝贝，如果你问我，我会觉得你很没品位。”

“哦，没人问你，”杰克警惕地看着她，“我们谈论的就是这个，贝儿很特别。”

“你的意思是说我就不特别？”说着，艾莎将双手放在臀部，挑逗似的扬起了眉毛。

“哦，不，你也很特别，”杰克哧哧笑道，“但是味道却不同，你可别觉得自己的才华不受用。”

“那，和玛丽苏[2]比起来怎么样？”艾莎拉住我的裙角问道，

① 近年风头正劲的鞋子品牌。

② 玛丽苏（Mary Sue）出自外国同人小说圈，即虚构出一个真实剧情中没有的主角，此主角往往很好很强大，与真实剧情中的人气角色纠缠不清，暧昧不断，桃花朵朵开。

“你是不是有什么南部佳丽的秘密武器？很单纯。就是这么一回事，对吗？但是一定要像这样穿得像个十二岁的小丫头吗？”

“没人刻意打扮我。”我厉声说道。

“哦，多可爱啊！”说着，艾莎看了我一眼，挖苦道，“终于开口了。”

“我刚才只是在和客人解释这里的事情是怎么运转的，”杰克说道，将对话转移成一个相对安全的主题，“我刚才在向她解释为什么生死在这里毫无意义，你介意做个简单示范吗？”

“荣幸之至。”艾莎答道。随后，她站在杰克面前，甩了甩头，吊带衫随即缓缓滑落，露出光滑的奶酱色的背。除此之外，身上只剩一件黑色的胸罩。杰克的眼睛兴奋地在她身上游走。接着，他环视四周，从壁炉旁找到了一根拨火棍。当我意识到他的意图时已经太晚了，只见杰克将拨火棍厚重的一端直伸进她的胸部，我吓得不禁尖叫起来。我原本以为会随之传来痛苦的尖叫和喷溅的鲜血，然而我看到的显然不是这样。艾莎只是喘了口气，接着便兴奋地抖动着身体，惬意地闭上双眼。当她重新睁开眼看见我惊恐的表情时，情不自禁地哈哈大笑。这根拨火棍戳入了艾莎的胸部有几寸深，却看不到一点伤口，似乎她的身体已经腐朽，那只是她身体的一部分。等到她将拨火棍抓住从身上挪开来，她的身体发出了一种可怕的“吱吱”声。不一会儿，刚才被烫的伤口愈合了，光滑的肌肤重新长出。

“明白了吗？”艾莎说道，“死神拿我们没办法，而且还为我们工作。”

“可是我并没有死啊。”我不假思索，脱口而出。

艾莎捡起扔在地上的拨火棍，不满地哼道："咱们何不彻底检验一下呢？"说完，便疾速将拨火棍扔向我，但是杰克却以更快的速度阻止了她，他一把抽出艾莎紧握在手中的武器，接着将她推到沙发上，摁住她的身体，将拨火棍的一端飞快地压住她的喉咙。艾莎的眼里迸射出激动不已的光芒，紧咬牙关，将双手沿着臀部摩挲。

"贝瑟尼可不是玩具。"杰克说，仿佛在责备一个调皮的孩子，"你要把她当做小妹妹。"艾莎只得举手投降，然而始终无法抑制住深深的失望。

"你以前多有趣啊。"

"别管她，"杰克看着我，"她会适时适应你的。"

如果我还活着的话，我不禁悲哀地想道，"没有意义，"我说，"如果那些魂魄感觉不到痛，你又是怎么折磨他们的？"

"我从没说'他们'感觉不到痛，"杰克向我解释，"只有魔鬼对痛觉是有免疫力的。换个角度说，魂魄的触觉非常敏感，冥界的美就在于不断地重生、不断地体验。"

"这里的酷刑设置了重复周期，"艾莎歇斯底里地看着我，"我们蹂躏他们。等到日落时分，那些魂魄又会变得完好无损。那些可怜的傻瓜看起来松了一口气，因为总算要结束了。等他们醒来，你应该会看到他们脸上什么痕迹也没有，然后又周而复始，从头再来。"

我忽然又觉得头晕目眩，只得一屁股坐在椅子上，用手肘支撑着休息。杰克将艾莎的手从自己的胸前放下，向我走来，将冰冷的手指抬起我的下巴。

"告诉我怎么了。"他的声音出奇地没有了昔日的讽刺。

“我觉得不舒服。”我淡淡地答道。

“哟，可怜的小宝贝生病了。”艾莎轻轻哼了一声。

“我能帮忙吗？”杰克问道。

我不经意地瞟了一眼艾莎，我知道与她结仇是不明智的，但是她的存在的确令我感觉不安。杰克轻描淡写地看了她一眼，毫不犹豫地命令道：“出去。”

“什么？”她听起来是真真正正地感到惊讶，有那么一会儿，甚至不确定他是在对谁发出指令。

“现在！”

艾莎如今的地位已经非常明了，她已经不是杰克心中的最爱了，而这并不是她喜欢的结果。最后，她怨毒地瞪了我一眼，随后气势汹汹地离开。她的离去令我呼吸顺畅了一会儿，她表现出的恶毒令人神经衰弱，仿佛在吸取我生命的养分。

“塔克，给我们来杯酒。”杰克命令道。塔克的神情重新变得生动起来，从碗柜里拿出一瓶威士忌，倒进一只高脚杯里。随后，他将杯子递给杰克，脸上带着憎恨又恐惧的神情。杰克将玻璃杯伸向我。

“喝点吧。”

我试探地呷了几口温热的烈酒，惊奇地发现确实好多了。酒精在我的体内燃烧，带着一丝麻醉的效力。

“你可得保持体力。”杰克说，接着随意将一只手臂搭在我的肩上，我本能地甩开，“你不能总这么充满敌意吧。”他调皮地绕着床柱摆动，灵巧自如地在我身边滑动，而我几乎没有时间作出反应。虽然四周是一片令人惊讶的黑暗，可是杰克的脸庞在这昏暗的灯光下却显得十分俊美。他的嘴唇在微笑中渐渐舒展，只听他的呼吸开始变得急促起来。他深黑的双眸从容地掠过我的脸颊，杰克总有办法令我感到心神不宁和脆弱不堪。

“你必须努力让自己变得快乐。”他的手指在我的手臂内侧打转。

“我比以往任何时候都要难过，你叫我怎么努力？”我答道，这个时候没必要掩盖我内心的感受。

“我理解你，渴望见到失去的爱人，”杰克用几近严肃的语调说道，“但是那个人根本不能让你快乐，因为他从不知道你想要的是什么。”

我推开他，但他却紧紧地抓住我的胳膊，开始凝视那半透明肌肤下的静脉血管。我有些惧怕，想起过去他的触摸伴随而来的是一种多不舒服的烧灼感。然而这一次却不同，是一种镇静慰藉的感觉。我心里清楚，自己现在已经在杰克的掌控中，他可以随心所欲地操纵事物。

杰克离开后，我仍不能平复下来。塔克关上门，在房间里随意走动，这种举动只会令我感到更加不安。这次他没有走向壁炉，而是从衣袋里掏出个电子设备，开始强迫自己玩游戏打发时间。

“你可以坐下的。”我向塔克建议，想起他瘸了的那条腿，一定很令他困扰。因为他在一直变换着站姿，两只脚轮流承受着重量。

塔克抬头望了望，被我的示好愣住了。

“我不会告诉别人的。”我微笑着对他说。

塔克犹豫了一会儿，随后他的身体软下来，靠在门后坐着。

“你应该睡一会儿。”他向我建议道，这是我第一次听见他直接和我对话。他的声音并不是我原先期待的那样，而是一种柔和醇厚、略带明快的南方口音。然而，他的语调却令人不由得惊讶在这个年龄段就如此厌世。“如果你是因为担心艾莎这个人，只要我在，她就不会来打扰你。”看起来，塔克对自己作为保镖的能力显得自信满满，“她确实不好对付，但是我也没那么傻，尽管你会这么觉得。”

“我没担心什么，”我给他打气，“塔克，我相信你。”

“你可以叫我阿塔。”他说。

“好。”

阿塔犹豫了一会儿，随后饶有兴致地注视着我，问道：“为什么你一直这么悲伤？”

“我表现得有这么明显吗？”我勉强笑了笑。

阿塔耸了耸肩，接着说：“我从你的眼中看出了悲伤。”

“我只是在想自己深爱的那些人……”我说，“在想自己能否再见到他们。”

此时此刻，一种痛苦的表情划过阿塔的脸庞，仿佛我的话令他自己的记忆重现。

“如果你想的话，你会的。”他用一种几乎听不见的语调说道。我是不是听见了？忽然之间，我所有的希望被再次唤醒，但我尽量让自己的声音显得平静。

“对不起，能再说一遍吗？”我缓缓问道。

“你刚才听见我说的话了？”阿塔嘀咕着。

“你是说你知道出去的路吗？”

“我可没那么说。”他不屑地说，“我是说你能再次见到他们。”

这一次他对需要解释的事情显得有些不耐烦，而这些话又是显而易见的。我忽然意识到，这个满头鬈发、步履蹒跚的男孩可能比他刚才泄露的话知道更多，他对杰克表现出的忠诚是否只是一种单纯的伪装呢？在冥界是不是还有一个人具备良知？阿塔是不是要告诉我他准备帮助我呢？只有一个办法可以找到答案。

“阿塔，告诉我你是什么意思。”我满怀期待地向他问道，心脏一个劲地怦怦直跳。

“有一个办法。”他简短地回答。

“能告诉我吗？”

“不能，”阿塔答道，“但是能展示给你看。”接着，他将自己宽大的手指搁在唇边，“嘘”了一声，“不过，我们得特别小心。要是被抓到的话……”正在这时，他突然打住不说了。

“无论要我做什么，我都答应。”我向他保证。

“冥界有五条河，一条让你忘掉从前的事，另一条则让你回到人间的生活，哦，起码也是暂时的，”阿塔说，“喝了河里的水，你就能随时去看望你爱的人。”

“怎么个看望法？”

“你可以透露出这种愿望。”阿塔答道，看起来他越解释，我越困惑。我茫然地看着他，之前的期许渐渐变成了失望，心想阿塔这个人很可能精神不正常。事实上，我极度期待的事情换来的却是深深的绝望。

阿塔读懂了我脸上的神情，他努力将自己的话解释得更为清晰。

“这里有些事是你在书上读不到的，梦想之湖的水能让你的身体与魂魄分离，从而达到一种昏睡的状态。虽说需要点技巧，但是像你的话，应该会很容易办到。一旦你学会怎么分离，你就可以去任何想去的地方。”

“我怎么知道你有没有撒谎？”

塔克看到我不相信他的话，显得很沮丧。“为什么我要撒谎？要是杰克发现的话，他会把我扔入大坑受刑的。”

“那你为什么要帮我？为什么要冒险？”

“你就当我是解决一件伤脑筋的事呗，”他说，“况且，你看起来真的很想回家。”他蹩脚的幽默令我不由得咯咯直笑。

“你想过吗？我是说，回家？”

他的眼中忽然掠过一丝凄凉：“等我找到办法的时候，我认识的人都已不在世了。但你能去看看你在乎的人，因为他们都还活着。”

梦想之湖的巨大潜力顿时令我满怀希望。

“现在就带我去吧。”我恳求道。

“别这么快，”阿塔警告我，“那会非常危险。”

“怎么危险？”

“因为喝太多的话，你就醒不了了。”

“怎么会那么糟呢？”我想都没想，脱口而出。

“如果你不介意下半生都处在昏迷状态，日复一日地看着你的家人犹如电影中的人物一样，而自己却永远无法和他们交谈、永远无法触摸他们。你愿意吗？”

我摇了摇头，尽管这种方法不令人满意，但总比我现在的处境强。

“那行，”我说，“由你掌握剂量，但你得立刻带我去！”

Chapter10
魔鬼的盛宴

我与阿塔即将走到门口，忽然，门悄无声息地开了，随后杰克意想不到地出现。我们俩不约而同地慌忙掉头回去，以掩盖各自的惶恐不安。杰克扬了扬眉毛，嘲弄地看着我和阿塔。他身穿深灰色的礼服，颈上系着红色的丝质领结。

“亲爱的，看到你精神饱满，真令人高兴。”他说话的语气非常正式，听起来十分别扭，仿佛是从五十年代电影走出来的人物一样，“我希望你饿了，现在带你去用餐，咱们得舒缓一下这儿的情绪。”

“我其实特别特别累，”我推诿道，“我正打算上床休息呢。”

“真的吗？可是你看起来精神抖擞啊，”说着，他凑近仔细打量着我的脸，“非常清醒啊——我是说你看起来很激动，红光满面啊。”

“那是因为这里太热了。”我向他解释，“我说真的，杰克，我真的很希望早点睡……”我尽量让自己的语气坚决，但是杰克不快地挥了挥手，打断了我的话。

“够了，我不是来找答案的，快点，准备一下。”杰克的这种情绪化让人很是震惊，可以前一秒阴郁粗暴，下一秒却像个孩子一样兴奋激动。转瞬间，他的语调又变得活泼轻快，对我微微一笑，说，“另外，我想带你见见世面！”

我一脸恳求地看着塔克，但是他的神情又变回到先前的面无表情。对于如何让我们摆脱这种水深火热的局面，他显得无能为力。

“我只想一个人待着。”我告诉杰克。

“贝瑟尼，你必须明白，你现在的地位赋予了你许多义务，这里有很多重要人士等着要见你。所以说……我二十分钟后回来接你，你准备一下。”这并不是一个请求，杰克走到门口又停住了，似乎想到了另一个主意。“顺便说一句，”他回头道，“今晚要穿粉红色的晚装，那些人会因此感到很愉快。”

晚宴在一家豪华的地下餐厅举行，餐厅的末端是一面映着熊熊烈火的墙壁。另一面墙上则悬挂着各式各样的武器装备，包括罗马式盾牌、狼牙棒和长矛——就像弗拉德公爵[①]在十四世纪罗马尼亚城堡内使用的刑具种类。

杰克与我首先抵达。我们来到休息室内，服务生立即为我们端来了盛在银质餐盘里的小零食和从高瓶里倒出的法式香槟。忽然，

① 弗拉德·德古拉，罗马尼亚历史上最著名的人物之一，惯用严酷刑罚，习惯把犯人毫不留情地钉死在木桩上，而且喜欢频繁用刑。

屋子里传来一声声轻佻的打情骂俏，其他的宾客也到了。我环顾四周，发现他们都是来自杰克王朝的上流社会。每个人首先向杰克点头示意，随后不约而同地向我投来赤裸裸的目光。他们之中大部分人都穿着精致的皮草。我则是上身穿着一件粉红色晚装，下身套着一件齐膝的长裙，颈上戴着一串贝壳项链，这样的打扮看上去与现场的气氛格格不入。我很庆幸在这里没有见到艾莎，不知道是否杰克有意不让她来，我相信这样的决定只会徒增她对我的怨恨。

过了一会儿，只听一声锣响，晚餐正式开始。我们走到橡木制成的长桌边指定的位置坐下。作为主人，杰克坐在中间。由于我不愿与他面对面，于是将座位调到了他身旁。正对我俩的是之前在大坑里遭遇的迪亚哥、纳什和叶芝三人，与他们同席的是三位穿着醒目的女士。所有的宾客无论男女都打扮得光鲜亮丽，但是却是一种怪异与恐怖的风格与样式。他们表面上俊俏得就像精雕细琢而成，然而仔细一看却与艾薇和加百利非常不同。我忽然想起了哥哥姐姐，眼泪瞬时夺眶而出。我紧咬下唇，生生地将其憋了回去。我也许很幼稚，但是起码我还知道在这样所谓的同伴面前展现自己的脆弱是多么的愚蠢。

我仔细打量着周围的面孔，这些神情包含着贪婪和自负并且目露凶光。他们的感官看起来十分突出，犹如野兽捕食一样对味道和声音极其敏感。我知道他们可以像以往引诱人类一般魅惑迷人，尽管他们的美丽显而易见，但当我匆匆瞟过几眼掩藏在完美的面具之下真实的相貌时，惊异得不禁瑟缩不已。我无法抑制这样的惊骇，这群魔鬼只是伪装成人类的外表而已。

这些魔鬼的原形一点都不完美，样子甚为可怖。我凝视着一位轮廓极美的女性，她有着一头巧克力般的褐色鬈发，皮肤白皙清透，杏仁色的双眸脉脉含情。精致的钩鼻和浑圆的肩部线条令她看上去宛如希腊女神。然而，在她迷人的外表下却是一副腐烂的面容。她的骨骼畸形，前额突出，下巴尖得像把匕首。此外，她的皮肤也是青一块紫一块，好像被人咬过似的。脸上到处是一道道的溃烂化脓的伤口，鼻子离额头靠得太近，看起来犹如一张猪嘴。她的头上光秃秃的，只有几缕余发垂下脸庞。她回过头冲我莞尔一笑，可是眼神却阴森险恶，眼泡浮肿，嘴巴比狭缝还窄，嘴里则是一排残牙和腐烂的牙根。我不禁放眼望去，看见整张桌子的客人都是类似的画面，我开始感到肚子里翻江倒海。

“别盯着看。”这时，杰克在我耳边提醒，“放松点，别集中精力。”我只得照他的话做，随后发现我一旦采纳了他的建议，刚才的画面竟然戛然停止，这些晚宴上的脸庞重新变回残酷又美丽的面具。我的心不在焉最终引起了这些人的注意，同时也被他们误解为是一种无礼。

“怎么了，公主？”迪亚哥从宴桌对面问道，“难道是我们的热情没有达到你的标准？”如果整桌客人之前都在尽量克制的话，迪亚哥的话无疑就像一剂催化剂，怂恿着其他人说出自己的心声。

“哦，哦，地狱里的天使。”一个红头发哧哧笑道，我刚才听杰克叫伊露兹，“谁曾想到咱们会看到这一天。”

“她是不是觉得待长了的缘故？”一个留着整齐胡子的男人抱怨道，“她看上去缺乏美德，令我看起来头痛。”

“兰德，那你希望是什么样？”一人不屑道，“正直的人总是不愿左顾右盼。”

“她是处女吗？”红头发接着问，“我这段时间还没看过有人下来的。杰克，咱们能不能给她找点乐子？”

“噢，是吗，咱们一起把她分了吧！”

“要不干了她，我听说处女的血对肌肤有奇效。”

“她还有翅膀吗？”

“当然，笨蛋，这阵子她是不会丢的。”

我一听说自己的翅膀不久就会丢失，身子不由得挺得笔直，但是杰克一边摸着我的手肘安慰我一边抛给我一个眼神，似乎是说过会儿他会解释一切。

“殿下，这次您可是超越自我了。”另一个人奉承道。

每个人都唧唧喳喳起来，就像一群孩子比赛谁最引人注目。杰克极力忍受着这些人滑稽可笑的样子。突然，他将拳头重重地砸在桌子上，将餐盘震得叮咚直响。

“够了！”他朝这群嘈杂刺耳喋喋不休的魔鬼吼道，“贝瑟尼不是用来出租的，也不是带来被你们质问的。请你们记住，她是我的客人。”一些人因为自觉无意间扰得主人不快而开始变得局促不安。

“确实。”纳什皱着眉随声附和。接着，他举起酒杯，“请允许我成为第一个起来敬酒的人。”

我第一次将注意力投向餐桌，不由得对其装满了溢美之词。呈递的食物丰盛可口，餐桌上的物品被精心布置过，所有的餐巾、银器以及水晶餐具都整齐地排成一行。此时此刻，桌上摆满了一盘盘的烤鸡和奇异的水果，脏兮兮的酒瓶数甚至超过了来宾的数量。很明显，这些魔鬼不知道自省，暴饮暴食这种罪孽在这里俨然成了一种时尚。

尽管这些人满怀期待地望着我，可是我连酒杯都不愿意碰一下。杰克在桌下轻轻地踩了踩我的脚，脸上的表情仿佛在说，**现在别给我难堪**。但我对在他随从面前怎么给他留面子这个问题实在没什么兴趣。

“为了杰克和他迷人的附属品干杯。”纳什继续说，压根不想等我加入进来。

“也为了我们永远的领导和灵感源泉干杯。”迪亚哥补充道，同时轻蔑地瞟了我一眼，“路西法啊，冥界之神。”

我不明白自己为什么要选择这个时候发言，这不是因为勇敢的原因，很可能是由于一种纯粹的愤慨令我开腔。

“确切地说，我不会称他为‘神’。”我轻率地说道。

这下子，现场一片死寂，氛围令人不觉胆寒。杰克不可思议地看着我，为我的愚蠢感到十分震惊。他在冥界保护我的能力一定是有限的，而我很可能是越过了这条权限。忽然，叶芝爆发出一声大笑，大力拍起手来，从而打破了原先紧张的气氛。其他人立即照做，都在极力掩饰我的失态，而不是仍停在其中纠结，毁掉整晚的时光。叶芝审视着我，他的眼中透着一丝戏谑，但是威胁的语调却十分明显。

“我希望你马上去见见老大，他会爱死你的。”

“老大？”我记起来了，汉娜曾经用过同样荒谬的称呼，听起来像是黑社会电影中的台词一样。“你不是认真的吧，”我说，“你确定要这么称呼他来着？”

“你会发现我们在这里没什么拘礼的，”叶芝继续说，“就像一个大家庭。”

“有时，我们也称他路西法爸爸，”伊露兹喝下剩余的酒，插嘴说，“也许当你了解他更多后，他也会让你这么称呼他。”

“我可没打算这么称呼他。”我声明道。

“那很丢人，”叶芝说，“瞧瞧，你可是在他的授意下才到这里来的。”

这句话是什么意思？我不由得怒视着杰克，让他给我一个解释。他对我微微一笑，表情黯然，随后匆匆啜了一口酒。他握着杯子对着我，指示我应该这么做。

“亲爱的，咱们何不待会儿再谈这个呢？”他夸张地嗟叹一声。接着，杰克环过一条手臂搂住我的肩膀，将我的一缕秀发别在耳后，说道：“今晚只是来娱乐的，公务嘛，先放在一边。”

这群魔鬼最终对我失去了兴趣，开始心无旁骛地大吃大喝，很快醉得不省人事。他们尽管身形苗条，却一个个狼吞虎咽。过了几个小时，一些客人起身中途离开，跌跌撞撞地消失在一块石头后，石头通向内室，接着传来一声声干呕和嘟嘟囔囔的细语，伴随着冲水的声音此起彼伏，可是并没有人在意这一点。随后，客人们回到餐桌上，用餐巾小心地擦拭着嘴角，又开始大吃大喝起来。

“他们这是去哪儿？”我侧过身子问杰克。

迪亚哥听见我的问话，帮他回答：“当然是去通道，那些吃客这些天都有好吃的喽。”

“那真恶心。”我说，把目光望向别处。

杰克耸耸肩：“许多当地文化对外人来说都很恶心。贝儿，你还没吃过什么，我希望大通道一说不会令你觉得不快。”

拒绝食物的话只要做个手势就行，但我知道自己不能再无限制地绝食下去。我的身体正在一天天委靡，如果要活下去的话，终归是需要食物补给的。这时，一旁的杰克不悦地皱了皱眉。

“你真的要试着吃点，我确定不骗你，好吗？”说着，他端起一大盘水果，放在我面前。水果看起来美味饱满，露水还沾在果皮上，就像刚刚摘取的一样。“来颗荔枝怎么样？”他故意将荔枝在我面前摇晃，我随即听见自己的肚子传来咕咕作响的声音。“要不然来个柿子，你吃过吗？”接着，他用刀将其切开，露出里面黄色的果肉。杰克用刀挖下一块，伸到我面前。

我很想把头转向一边，但是水果散发的香气却令我难以抗拒。我很确定，普通食物闻起来并不会像这般香甜，这个味道像是钻进我的脑中，正在嘲弄着我。或许吃一小口水果并不会对自己造成什么伤害？一想到这里，我的心迅速得到释放。可是，这也太不正常了。食物原本是一种补给，是为身体提供燃料。加百利以前一直这么形容。我在人间曾经历过许多次饥饿的感觉，但是这次却极其明显。不过无论饥饿与否，我都没法和杰克·索恩分享食物，我粗暴地将餐盘推到一边。

“很及时嘛，”杰克说道，像是在安慰自己，“你的身体很好，贝儿，但还没强壮到折不断你。”

过了一会儿，晚宴宣布结束。这个房间忽而变成了一个开阔的场地。房里点着蜡烛，垫子和可供休憩的东西四散在地上。来宾的情绪也在此刻变得亢奋起来。他们开始相互爱抚，不是一对一的方式，而是一群肉体只想着寻求快感的饥渴。一个男人对伊露兹送上秋波，她立即用牙齿撕开他的衬衫。随后，她开始舔舐着男人的胸膛供其挑逗，男人随之发出激动的呻吟。我小心地转过身去，杰克和我是唯一还坐着的两个人。

“你不加入到他们当中去吗？”我问他，语气里带着几分挑衅。

“沉湎于酒色这种事在两千年后变得有些太过老套了。”

“要不要试着做个禁欲主义者？”我的语气显得极其刻薄。

“不用，我只是想找寻另外的感觉。”说着，他凝视着我，我感觉他的眼中有一丝不安和忧郁。

“哦，你和我在一起可找不到。”我严肃地答道。

“也许不是今晚，但总有一天，我会得到你的信任。我会非常耐心的。毕竟，我经过了几世轮回的时间，就是为了得到你的心。”

我由于太过闷闷不乐，最终将这种情绪传染给了杰克，由于他发善心让我早点退席，我得以乘车返回相对安全的住所——“芳香”酒店。塔克早已在大厅等候多时，表面上却装做要护送我回房似的。

“这些年你是怎么熬过来的？”我一走进电梯就爆发了，“怎么有人能够忍受待在这个地方？这个地方又无聊、又可怕。”塔克意味深长地看了我一眼，接着，按下按钮，我猜要去的目的地不是楼顶的套房。

“跟我来。”他简短说道。

我们随后走出电梯，默不做声地一路前行。穿过了一条废弃的走廊之后，接着我看到一幅巨大的挂毯悬在远处的一面墙上。毯上彩色的丝线灵巧地编织出一群满身绒毛的魔鬼和正在追捕猎物的飞鸟，飞鸟相继降落在一个男人身上，男人被锁链铐在石头上，几个魔鬼正撕扯着他的肉，其余的则对其开膛破肚。即便这只是一幅画，但这个男人脸上痛苦的表情仍栩栩如生，令我不禁胆寒。塔克将挂毯推到一边，露出一段台阶，这段台阶通向一块石头，看起来是通向地底深处，也是通向这间酒店的地心所在。比起满是香氛的酒店大厅，这里的气味也不同，阴湿霉潮。由于没有灯光，因此四周伸手不见五指。

“跟紧我。”塔克说。

我随着他拾级而下，紧紧地抓住他的衣衫以让自己在这种令人窒息的黑暗当中不会迷路。台阶蜿蜒狭窄，但我们仍旧努力找到通向底层的路。接着，塔克停住了，墙上悬着的一个火盆忽然变得栩栩如生。我俩就如同身处一条地下运河当中，浑身都是污浊肮脏的泥水。忽然，一缕轻风在我腿间盘旋，如果我竖起耳朵，就能听见似乎有声音在轻唤着我。一面面泥泞的土墙上覆盖着一大片厚厚的青苔，隧道上头不时有潺潺的流水渗出。随后，我留意到一只木船停留在台阶附近。塔克走过去将木船的缆绳解开，将绳子丢向一边。

“上船。”他说，“别出声，咱们别惊扰了其他东西。”我并不喜欢他说“其他东西”这个词，而不是用“其他人”，他的话顿时令我变得紧张不安。

“比如说？”我问道，但是塔克已经在专心致志地摇桨，不愿再去解释更多。船桨无声地划过运河浑浊的水面，我笔挺挺地坐着，指关节因为紧抓船舷两边而变得发白。我刚刚感到刚才的动静离我们越来越远，突然，水面开始跌宕起伏，仿佛有人从岸堤上丢了石子一样。

“那是什么？”我紧张地低声问道。

“嘘，”塔克答道，“别出声。”

尽管我表面服从，眼神却望向水面，只见不时有气泡从水面下冒出，这些气泡苍白胀开，显而易见。苍白的圆盘围绕着我们，犹如浮标一样在水面上游动。我把头探出小船，眯起眼睛，想看清楚这是什么奇怪的东西。当我看清楚它们原来不是浮标而是空空的头颅时，我惊骇地赶紧捂住了嘴，差点叫出声来。一张张冰冷的死人脸在我们周围浮出，他们的头发像海草一样四散而开，空洞的眼神直勾勾地盯着我们。靠我最近的是个女人，但是皮肤已经灰白起皱，似乎在水里已经泡得太久，被残忍切断的头颅时不时地撞击着船舷的边缘。塔克丢给我一个警告的眼神，我只得生生地把嘴边的问话咽回去。

随后，塔克停住，将小船系在一块露出地表的石头上，我感激万分，慌忙跳出船舱。我俩站在一块凹地上，地面的尺寸相当于一个小小的入口。入口中间有一滴水珠正闪闪发亮，犹如钻石一般。水珠流向四周的支流，支流则流向一片未知的目的地。此时的道路显得如此清晰，我可以透过铺着鹅卵石的小路直视过去，我们所站地方的石头被磨得像丝绸一般光滑。我疑惑地瞅了一眼塔克，不确定这时开口是否安全。

“这就是我说过的地方，”塔克说，“梦想之湖。”

“就是能带我回家的地方吗？”我问他，想起上一次谈话被杰克的突然到来打断了。

“对，”塔克说，“当然，不是肉体回去，但是你的意识可以到达那里。”

“那现在怎么做？”

“如果你只喝一口，你就能看到心中最渴望见到的人和事。这条河的水就像毒品，会停留在你的血管里许久，所以你可以随时随地，想看就看。”

我忽然变得十分大胆，飞快地跪向湖边，舀取一勺清亮的河水到掌心里，随后毫不犹豫地捧起手，一股脑地喝下去。

一声轻柔的催眠如蝉鸣一般在我耳边响起。我凑近水面，想看看是否有什么迹象。这个动作令我感觉像是中了魔法一般，整个人从身体里分离而出。忽然，我的胸口像是被人用沙包击了一拳似的堵得难受。当我终于重新恢复了呼吸，我看见自己呼出的气体仿佛一个发光的球体，犹如水中升起的珠链在我面前盘旋。球体里，成千上万的小球迅猛地在四周相继掠过。接着，球体缓缓下沉，消失不见。

“别担心，”我听见塔克低语道，“梦想之湖在读取你的记忆，这样才知道带你去哪儿。”

接下来一段时间，什么都没有发生，只听见我和塔克的呼吸声。塔克在和我说话，但是语调低沉。慢慢地，我一点儿都听不清他的声音，随即知道是怎么一回事。我俯视着他，梦想之湖和周围的景致都已消失不见，尽管我知道自己还在这里。

我随后来到了一个新的地方，不禁感到有些恐慌。一开始，这些画面模糊不清，就像有人失败地放大了一张照片似的。但是随着意识渐渐集中，恐惧开始消失了。

我忽然感受到一种激荡的情怀，如同一个猛子扎进旋涡之中，我回家了。

Chapter11
重聚

拜伦府的厨房仍是我记忆当中的模样，宽敞明亮，四周每一个角度都可以看到海景。站在中间，我所有的感官都被调动起来。然而，我明白此刻的自己只是一个观众而已。尽管我在这个空间里可以随意走动，但却不属于这里的一分子，就像是看电影的感觉。此时正是清晨，只听不断传来林间的鸟鸣声和水壶烧开的声响。邻居多利·汉德森的房门敞开着，有人正在修剪草坪。室内，一个多层蛋糕盘里装着几个做好的冰冻纸杯蛋糕，我记得失踪之前艾薇曾经烤过。这些蛋糕看起来不太新鲜，好像一直没动过。长椅上放着一瓶凋谢的矢车菊，厨房是个快乐的地方这个概念像是几天前的事了。

然而一瞬间，这些场景忽然又变得活色生香。泽维尔坐在餐桌边，双手撑着脑袋，离我只有几米远。他的姿势引起了我的注意，因为以前从未见他如此颓废。他上身穿一件往常的合身灰色T恤，下身是一条宽松的运动短裤。从他满脸的胡须可以看出，他一宿都没睡。

我发出意念，让自己朝他靠近一点，随后非常欣喜地发现不需要太过费力就可以做到。我靠近他的速度非常快，非常渴望能够伸手触摸他，但我却不能。我的魂魄没有肉体支撑，双手只能直直地穿过他的身体。泽维尔看起来和以前截然不同，我看不清他的全貌，但是双肩和前臂的肌肉依然紧致。我感到房间里弥漫着一种悲伤的氛围。

忽然，一阵小苍兰[1]的香味掠过，这种气味对我来说再熟悉不过了。姐姐出现在门口，一脸关切地看着泽维尔。如同往常一样，艾薇像天使一般圣洁高贵、镇定沉着，而此时的她眉宇之间一道不寻常的褶皱令她看起来有些不同，她在尽力克制自己的忧虑。

“我能帮你什么吗？”她温柔地问泽维尔。

“不用，谢谢。”泽维尔答道，他听起来心烦意乱，神智似乎有些恍惚，甚至连头都不抬。

“加百利回来了，马上要去诺克斯庄园。”艾薇接着说，“他说，也许能找到点线索。”

泽维尔过于沉迷在自己的思绪当中，没有回答艾微的话，她走过来，站在泽维尔的身边。看到他情绪不佳，艾薇试探地将一只手放在他的臂膀上，泽维尔立即犹如触电一般，他不允许别人来安慰自己。

① 一种鸢尾科植物。

“我们绝不可失去信心，大家会找到他的。”

泽维尔抬头仰看艾薇。他的脸庞比以前苍白了许多，蓝色的眼珠下堆积着深深的黑眼圈。他的嘴唇抿成一条线，看起来悲伤孤独。我真想伸出手，将他的脸庞埋在我的掌心之中，告诉他我一切安好——尽管孤独凄凉、深陷困境，却毫发无伤。也许，我不能像彼此希望的那样伏在他的臂弯中，但我仍在尝试，我还活着啊。

“怎么找？”过了许久他才问道，泽维尔努力让自己的声调保持平稳，“我们不知道他带她去了哪儿……或者说他对她做了什么。”他的想法非常实际，声音渐渐变得哽咽。

此时此刻，我感到喉咙里一股可怕的凉气升起，如果他们不知道我在哪儿，那寻找我还存有什么希望？加百利与艾薇都没有亲眼目睹我失踪，只是从泽维尔看见杰克逃跑前大概的描述当中得知，因此他们不得不硬着头皮继续搜寻。也许他们觉得，我只是被劫持到人间某个遥远的角落而已。

“加百利一直在处理这件事。”艾薇答道，同时努力令自己的声音听上去信心百倍，“他很擅长找出办法。”

“难道我们不应该和他一起去吗？”泽维尔无助地问道。

“他知道怎么做，可以通过留下的记号和线索寻找。”这时，一丝尴尬的气氛忽然在两人之间蔓延，四周变得一片静默，只听见墙上滴答的钟摆声。

“是我的错。”泽维尔最终大声地说出了积压在心中的话，这样似乎令他自己感到获得了释放，“我本该保护她的。”他的睫毛闪动着泪光，但是在艾薇看见前又匆匆拭去。

“没有人能够反抗那种能量，”姐姐说，“泽维尔，你不必自责，你做不了什么。”泽维尔坚决摇了摇头。

“不，我能。”他咬紧牙关说道，“我本该陪着她的。要不是我傻得跑到湖边去，一切就都不会发生了。”他将双手紧握成拳，“你还不明白吗？我曾经向她保证，我会照顾她，结果却让她失望。”

“可是你也不知道这些会发生啊？你怎么能预料到呢？但如果你现在不委靡崩溃，就是帮助了贝儿。你若为她着想的话，就要变得强大。”

泽维尔闭上双眼，点了点头。

正在这时，饭厅里传来钥匙插锁的声音，艾薇赶忙说道：“加比回来了。”泽维尔本能地站起身，踉踉跄跄地朝前走去。过了一会儿，加百利来到厨房。即便他是我哥，即便我和其他人一样熟知他，他的光辉仍然令我不能自已。此时，他雕塑般的完美脸型神情肃穆，银色的双瞳散发出庄严凝重。

“有收获吗？”艾薇问道。

“我找到些东西。”加百利犹豫片刻说道，“也许是个门户，我闻到诺克斯庄园附近的高速公路上有硫黄的味道。”

“哦，不。”艾薇不禁低吟一声，身子瘫软在椅子上。

“为什么你说得这么重要？门户？什么门户？通向哪里的门户？”泽维尔一连串地问了好几个问题，但加百利却谨慎地回答他。

“人间有好几个入口，”他说，“通向另一世界。我们管这些入口叫‘门户’。它们随机出现，或者，由具有超能量的人召来。”

“是什么样的世界？贝儿又在哪儿？”此时，泽维尔的声音越发痛苦。*我就在这儿啊*，我真想朝他大喊一声，但却无能为力。

“高速公路上的柏油有烧过的痕迹，”加百利尽量回避着这个问题，“在那里，四周的一切都被烧焦了，只有一个地方会留下这样的痕迹。”

泽维尔深吸口气，似乎在让自己的情绪平复下来。那一瞬间，他最终明白了加百利的话，脸上的表情已经说明了一切。

“这不可能是真的。”泽维尔无助地说，他仍然无法接受这个事实。

“是真的，泽维尔。”哪怕加百利也不得不转过头去，为的是不想目睹自己这番话对泽维尔所产生的影响，“杰克把贝瑟尼拖入地狱了。”

此时此刻，泽维尔的表情仿佛是最可怕的噩梦变成了逼真的一幕，这个消息如同打了他一个耳光。他张大嘴，目不转睛地盯着我的哥哥，似乎等着他开怀大笑，然后告诉他其实真相只不过是个糟糕的玩笑罢了。他目瞪口呆，犹如石雕一般。忽然，他整个身体因为愤怒至极而开始剧烈抖动。而我的魂魄，如蒸汽般透明脆弱的魂魄，也不由得在他身旁悲伤啜泣。我们是一对悲伤的怨侣——人类男孩和爱他胜过人间无数的幽灵。

在我失踪的这几天，每个人的性格似乎都变了。加百利甚至做出一些我以前从未见过的行为举止。只见他径直走来，竟然蹲在泽维尔的跟前，将双手轻柔地放在泽维尔的手臂上。这是一个超乎寻常的举动——一个天使长谦卑地半跪在人类面前。

“我不会骗你的，”加百利眼睛直视着泽维尔，“我现在不知道怎么救贝瑟尼。”这是我听到的最可怕的话，他从不掩饰残酷的事实，这不是他的本性。他现在做的就是要让自己和泽维尔做好最坏的打算。

“你在说些什么啊？”泽维尔哭喊道，“我们必须做点什么！还记得吗？贝儿没得选择，她是被绑架的。这样的行为在我们的世界是彻彻底底的犯罪，你的意思是难道在你们的世界里，这种事是无所谓的吗？”

加百利叹息一声，耐心地答复泽维尔：“自开天辟地之时，就有管辖天堂和地狱的法律存在。”

“那意味着什么？”

“我想，加比是在解释我们不是制定法律的角色，咱们必须得等待指令。”艾薇说。

“等？”泽维尔喃喃道，转而为他俩的犹豫不决更加愤怒，“你们要等，就等到世界末日吧，但我没打算这样坐等。”

“我们没得选择。”加百利严厉地说。天使与凡人是多么的不同，他们对宇宙的看法根本就是两极分化。我明白，加百利正在失去耐心。泽维尔一连串的问题已经在耗尽他的精力，他渴望独处的原因是想与上层力量对话。另外，泽维尔一定要看到实实在在的求援计划才会感觉好受，他的逻辑思维是每个难题都有解决的方法。艾薇更加关注泽维尔的情绪，她抛给加百利一个眼神，建议他应该小心说话。

“你放心吧，如果有解决方法的话，我们一定会找到的。”她的语气听上去很像是鼓励。

“没那么容易的。”加百利补充道。

“但是不会走投无路的，对吗？”尽管希望十分渺茫，但泽维尔仍旧不放弃任何一丝努力。

“是的，不会的。”姐姐莞尔一笑。

“我想帮她一把。”泽维尔说。

“你可以的，但现在来看，我们必须小心谨慎地筹划下一步的行动计划。”

“一味地向前冲只会把事情变得更糟。”加百利警告他。

“怎么会变得更糟呢？”泽维尔进一步询问。

听见他们的谈话，我不由得更加沮丧。我真想加入他们的谈话，帮他们出谋划策。这真是一种奇怪的感受，他们在谈论我，而我恰恰就在房间里。只要我能告诉他们我掌握的情报，也许就能帮助他们制订出一个更为有效的方案。尽管身在现场却又帮不上忙，这种感觉真令人气恼。我觉得自己快要崩溃，一定有方法让他们知道我的存在。为什么他们感觉不到我向他们靠近呢？我爱的这些人离我只有一臂之遥，却完完全全触摸不到。

“我们没有指令，不能单独行动。”艾薇努力安抚道。

“那要等多长时间？”

“上天已经意识到这次危机，他们会在合适的时候联系我们。”除此之外，加百利不愿再透露更多内容。

“那这段时间我们要做什么？”

“我想，我们可以祈祷。”

我忽然感到十分担心。很明显，他们首先得寻求帮助，否则无法采取行动。这不仅是标准的做法，而且也是最明智的决定。从这一点看，我可以理解。但是，上帝会作出什么建议？刚才加百利的话听起来信心满满，但他无权代替上帝作决定。如果他们权衡再三，最终决定减少损失，那结果会怎么样？毕竟，当我活着的时候，就没有多大价值。我永远是制造麻烦和冲突然后让他们去解决问题的角色，而不是乖乖地服从指令。服从不是我的强项，人类认为叛逆是种性格，然而对于天使来说，这是不可饶恕的。如今，这个缺点是否会因此让我被分离出自己的世界，导致我在天堂中价值的完结呢?

即使天父开恩，认为我值得救，但是闯入地狱是我的兄弟姐妹有史以来面对的最大挑战，这样的尝试很可能令他们毁灭。因此，值得这样冒险吗？我不想让他们的安全受到威胁，尽管与他们团聚的渴望相当迫切。至于泽维尔，我无法忍受有任何对他有害的想法产生。在我允许这些事发生之前，我宁愿忍受自己在大坑里受刑。此时此刻，我看见泽维尔光滑黝黑的手臂搭在桌面上，手腕上缠绕着那条熟悉的用软皮织成的细绳，曾经送他的银色戒指在他的食指上闪耀。我绷紧身子朝他倾去，指尖摸索着他的手指。

“泽维尔！”我喊道，“泽维尔，我在这！”

令人惊讶的是，我听见房间里竟然有微弱的回声。加百利、艾薇和泽维尔不约而同地朝我的方向转过头，犹如人造卫星在寻找无线信号。泽维尔一脸的不可思议，仿佛怀疑自己的心智出了问题。

“是我迷糊了还是你们俩也听到了？”

我的哥哥姐姐面面相觑，一脸的不确定。

“我们听到了。”加百利随后说，他的头脑开始飞速旋转，想着对刚才的事情作出尽可能的解释。我希望他没觉得这是魔鬼在和大家玩恶作剧。

艾薇也闭上双眼感应，但是当她测定我在这个房间的位置时，她却直直地穿过我的身体。我明白了，自己取得的任何联系都只能持续一会儿，接着，便烟消云散。

“这里什么都没有。”姐姐说，但我看见她的脸上呈现着不安。

泽维尔显然不相信她的话，说：“不，我明明听见了贝儿的声音……她在这个房间啊。”

“可能贝瑟尼比我们知道的更靠近大家。”加百利答道。

泽维尔飞快地环视四周，搜寻我的气息。我赶紧集中精力，不顾一切地要将自己的思想传递给他。结果，相反的事情发生了，我在这个房间的存在开始变得模糊。我感到自己的意识正从拜伦府这间熟悉的饭厅脱离，我拼命挣扎，甚至双手拉着椅背挣扎着不想离开，然而，整个房间仍旧慢慢消失了。

接下来的一切都归于黑暗。当夜色消失，我看见自己的身体趴在梦想之湖的岸边，正如我离开时一样。塔克在我身边，摇动着我的双肩。

“回来吧，贝儿，该回去了。”我踉踉跄跄地转过身体。拜伦府的温暖转瞬即逝，取而代之的是运河里的冰冷与潮湿。

“为什么你这么做？”我大声抗议道，“再给我多一点儿时间吧。”

“咱们不能再这么消失不见，太冒险了，但是别担心。从此魔法会一直存于你的体内。”

“你的意思是说，我可以随时随地都去看他们吗？”

“那是，”塔克自豪地说道，“一旦喝了梦想之湖的水，魔法就会在你的体内游走，释放能量，只有喝了遗忘河的水才能恢复原样。”

“还有这样的河？”我好奇地问。

“当然啊，”塔克说，“确切地说，这条河名叫忘却河，有些人称做健忘河，它甚至可以让你忘记自我。”

“听起来真可怕，是被下了咒吗？”

“这个不重要，”塔克说，“有些人生前干了一些他们想要忘掉的事。喝了遗忘河的水后，一切不好的记忆都会消失不见。”

我将身体凑近，凝视着塔克，问道：“听起来，你很肯定。你知道有人以前干过吗？”

“是的。”塔克低头看着自己的鞋子，“那就是我。”

“你想逃避什么？”我不假思索，脱口而出，塔克不由得大笑起来。

“现在还不是问我这个问题的时候，对吧？”

“我猜也是，”说着，我挽住他的胳膊，“我很高兴，这条河给了你很多安慰。”

塔克随即握紧我的手，但他看上去并不确信。

我们按比出发时快一倍的速度原路返回酒店，一路上生怕被发现。我的脑子里想的尽是泽维尔的双手，尽管刚才那双手不那么紧实，但是仍像原先抚摸我时的感觉。我们彼此觉得，这个世界一切的黑暗都影响不了我们的幸福。

那时我们的想法是多么天真，现在我才明白什么是致命的黑暗。我要鼓起所有的勇气去和它进行斗争，哪怕并不喜欢这样的抉择。

Chapter12
汉娜的故事

在我首次尝试塔克的计划后，我的心里已经很难再去想其他事。既然我尝过回家的滋味，那待在“芳香”酒店就比以往更加乏味。几天过去了，我发现自己变得不再怨声载道，心里只想着下一次去维纳斯湾的机会，想去看看情况怎么样。因此，每当汉娜帮我梳头或者关心我的时候，我的心里都在筹划着如何实现自己唯一的目标，那就是再去看一次泽维尔。每当塔克值班时，我就在心里默数时间，直到他最后上床睡觉。如此一来，我便可以自由自在地徜徉漫游，飞赴我向往的地方，即使我只是个看不见的幽灵。

塔克比我自己更能读懂我的心思。

“上瘾了，对吧？”他说，“你一开始就不满足。”我没法对此否认，如今，回到拜伦府的愿望比我曾经期待的更加强烈。

“感觉是如此真实，我和他们靠得那么近，都能闻到他们的气味了。”

塔克凝视着我，说：“你应该照照镜子，知道吗，你谈论他们的时候，脸上都充满了光彩。”

“因为他们是我的一切啊。”

“我懂，不过有些话你应该记住。你每回去一次，他们的人生就向前一步。随着时间的推移，他们的痛苦便会消逝，而你只会成为一个美好的回忆。最后，你只会觉得自己是个探访的幽灵而已。”

“这种情况不会发生在我身上。”我瞪视着塔克说。泽维尔的生命在加速前进这种想法让我不堪忍受，我不愿意产生这种想法，“另外，难道你忘了吗？我又不是鬼，我还活着，明白吗？”我适时地捏捏手臂，只见雪白的肌肤上出现了一个红色的斑点，“哎呀！”

塔克对我展示的论证微微一笑：“你现在就想再体验一次，对吗？”

“当然，难道你不想吗？”

“你是不是一直都这么不耐烦？”

“不，”我反唇相讥，“只要我还是个人，我就会这样。”

塔克皱皱眉，我想知道他是否在怀疑我使用这个新能力的可靠性。我决定再试一次，减轻他的疑虑。

“再次感谢你介绍这个方法给我，阿塔。我需要有帮助自己在这里活下去的动力，而一旦让我看见家人，我的动力就回来了。”

一向不习惯被赞美的塔克，此时脸却涨得通红，双脚局促地在地毯上挪来蹭去。

“不客气，”他小声回应。接着，他的神情渐渐变得忧郁，

“你要小心，我不知道杰克一旦发现后会怎么做。”

“我会小心的，”我对他附和道，“而且我会找到方法让咱俩逃出去的。”

“咱俩？”他不禁重复道。

“当然，咱俩现在是个团队。”

塔克料准了，那晚我确实计划回去一趟。自第一次回去以后就一直吊着我的胃口，我并不因此感到满足。当我告诉塔克我要带着他一起逃出去时当真没有骗他，但却不是我最初的想法。我原始的想法更为任性冲动，只想再去看一眼泽维尔且假装什么也没有改变。无论他做什么，我都想在他身边陪伴他。我想要尽力吸引他的目光，然后将这种记忆带回，这就如同一个护身符，陪我度过无尽的长夜。

因此，当汉娜端着晚餐出现在门口的时候，我的第一念头就是让她走。我非常渴望赶紧爬上大床，开始神游一番，这样梦想之湖的能量就可以再次把我送回家。汉娜如往常一样注视我，正如她希望自己可以尽可能地帮助我。即使她年龄比我还小，她却因为我养成了一种母性的关怀，好像我是只幼鸟，必须小心呵护，确保身强力壮。当我匆匆扒下几口汉娜精心准备的食物——硬皮面包、黏稠的炖汤以及水果馅饼时，才让她感到心满意足。而且她并没有马上离开，相反不断地在我面前逗留，我感到她有什么话要说。

“小姐，”她最终开口说道，“你来冥界之前的生活是什么样的？”

“我住在一个小镇，读高三，那里的人彼此熟悉。”

“可是那里不是你来的地方啊。”

汉娜主动谈及我以前的家，这令我非常震惊。我已经习惯在人间隐瞒自己的秘密，却忘了在地狱我的真实身份已经是公开的事实了。

“我也许不是来自维纳斯湾，”我承认，“但是那里已经变成了我的家。我在一家叫做布莱斯·哈密顿的中学上学，有一个最好的朋友叫茉莉。”

“我的父母是工人，”这时，汉娜忽然说道，“因为太穷，我上不了学。”

“你家里有藏书吗？”

“我没有学过。”

“这还不晚，”我鼓励她，“如果你喜欢，我来教你。”

我的话并没有像自己希望的那样令汉娜重拾信心，相反对她起了反作用。她垂下眼帘，笑容也消失了。

“小姐，现在还不到时候。”她说。

“汉娜，”我开始小心地措辞，“我能问个问题吗？”

她惶恐地看着我，接着，点了点头。

“你在这里多久了？”

“七十多年了。”她顺从地答道。

“一个像你这么温柔好心的人怎么会一直待在这里呢？”我问。

“说来话长啊。”

“我想听听。”我应声问道，汉娜随后耸了耸肩。

“没什么要说的，我很年轻，比起我自己来说，我想拯救更多的人。我订下契约，出售自己这一生，然而当我意识到自己所犯的错误时，已经太晚了。”

“如果你还有时间，你会作出不同的选择吗？”

“我想，我会尝试以不同的方式换回相同的结果。”说完，汉娜的眼睛蒙上了一层水雾，她若有所思地盯向前方，陷入了自己的回忆当中。

“这意味着你很难过。你太年轻，不知道自己在做什么。一旦我的家人前来救我，我就把你带走，不会丢下你的。”

“小姐，您别浪费时间担心我，是我自愿来到这里的，我已经没有退路了。”

“哦，我不知道，”我明快地说，“所有的交易都应该重新谈判。”

汉娜微微一笑，放下了些戒心，小声说道：“我想得到原谅，但是这里没人领情。”

“如果你告诉我，也许你会感觉好些。”

尽管我很渴望回到泽维尔的身边，我却不能不管汉娜。一直以来，她精心照料着我，陪我度过这些黑暗的日子，我非常感激她。此外，我只在冥界待了几周而已，但是是怎样的精神负担，令她得以怀揣几十年？我能做的起码可以在权限范围内让她心安。我换了个姿势，向她拍了拍床沿，给她腾出个地方坐。在旁观者看来，我们就像两个分享心事的少女一样。

汉娜犹豫不决，向门口看了一眼，随后在我身边坐下。她感到十分不自在，因为她一直低头看着自己因为浆洗过多而变得红肿的手指，紧张不安地拨弄着制服上的纽扣。此时的汉娜在脑海里挣扎，是否可以选择相信我。然而，谁会因此而责备她呢？在杰克的统治王国里，她孤独一人，没有一个人对她说过一句好话、提过一句建议。她为可以吃到每一餐和无恙地度过每一晚而心下感激。若是有人企图欺侮汉娜，她也会像殉道者一样忍辱负重，因为她不相信自己应该受到善待。

汉娜向后靠了靠，嗟叹一声："我不知道该从何说起，我已经很久没有向人谈起以前的生活了。"

"那就从你想说的地方开始吧。"我提醒她。

"那我就从布痕瓦尔德[①]说起吧。"她轻柔地说道。她的话断断续续，年轻的脸庞面无表情，似乎是在讲述一则寓言而不是一个掌握第一手资料的见证者。

"集中营？"我感到不可思议，"你曾经在那里待过？我怎么也没想到！"我的反应惊得汉娜不得不将自己的思绪拉回，我赶紧为自己的突兀道歉，"请继续。"

"我生前名叫汉娜·施瓦兹，1933年，我十六岁。当时，大萧条[②]大大打击了工人的生活。我们一家很穷，我也没什么技能，就加入了希特勒青年组织[③]。那时，布痕瓦尔德开始招人，我就被送到那里工作。"她停顿一会儿，深深地吸了口气，"我知道，那里发生的一切都是错误的，不只是错，我知道自己的四周都是邪恶势力，但我无能为力，而且我也不想让家人失望。我周围的人都问我：上帝在哪里？他怎么会让这些惨剧发生？我努力不去想，但是在心底，我对上帝是有怨言的——我埋怨他。后来，我正计划申请转走，离开这个集中营，回家和父母团聚。这时，一个我认识的女孩来到了那里。早在

---

① 二战时期德国法西斯设立的集中营遗址。

② 是指1929—1933年全球性的大衰退。

③ 对青年进行思想灌输的德国纳粹组织。

家里的时候，我就认识她，我们两小无猜。她和我住同一条街，去当地开办的学校上学。她的父亲是个医生，我弟弟有次出麻疹，是在他手上看的病，而且他分文不收。这个女孩名叫艾丝，她把书本借给我看，因为她知道我非常想学认字。那时我太年轻了，无法理解我俩之间的不同，只觉得我们俩的生活差不多，不过她家更有钱罢了。她上了学，她是犹太人。我只知道党卫军[①]驱逐了她的家人，又把她一家重新安置。从此，我再也没看过她，直到在布痕瓦尔德的再次相遇。那时，她和她母亲在一起，我只有装做视而不见，因为我不想让她们看到我在那里工作。当党卫军把她带进来的时候，她看上去很不好，而且身体状况越来越糟。她得了肺病，不能顺畅地呼吸。艾丝太虚弱了，又不能干活，我也明白她将来的命运会是怎样，这只不过是个时间问题。无论如何，我不能让那样的惨事发生。

“后来，我遇到了杰克。他是集中营里最年轻的看守之一，但那个时候的他和现在截然不同。他的发色比现在更浅，而且穿着军服，不怎么显眼。我知道，他喜欢我。每当我给长官端茶送水的时候，他总是对我微笑。一天，我突然悲凉地想起了艾丝，他问我出了什么事。结果我错信了他，一股脑儿地告诉了他我对童年小伙伴的忧虑。后来，他告诉我有办法帮得上忙，我当时简直不敢相信自己有这等好运气。我想，要是能做成一件好事，我就能重新正视自己了。卡尔——也就是杰克当时的名字，非常的英俊迷人。事实上，像他这样的人会承认我的存在，更别提对我碰到的问题非常感兴趣，他很想巴结我。他问我是否仍然相信上帝，我回答说生活已经

① 希特勒的私人卫队，专门在东线处理犹太人，后来成为集中营的看守。

穷尽，如果上帝真的存在，他必定是遗弃了我们。接着，卡尔说要和我分享一个秘密，因为他觉得可以信任我。他为更高的大师卖命，但是要忠诚于他。卡尔说，如果我发誓永远效忠于他的师父，他就能救艾丝，并且告诉我，不要害怕，我将因为自己的牺牲而获得永生。后来我回想起来，不知道为什么他会选择我。我觉得，也许那时的他很无聊，就想找个人消遣一番。”说着，汉娜顿了顿，思绪又飞回到那个黑暗时期，“在当时，这样的话听起来是多么简单。”

“后来发生了什么事？”我追问道，尽管答案不言自明。

“艾丝病愈了。杰克治好了她的病，党卫军也没有理由迫害她，我也因此来到了这片黑暗的世界。但是，我真不确定杰克是否信守了承诺……”

“他有吗？”我屏息凝神地问道。

“他令她安然无恙。”汉娜忧郁的褐色眼睛一闪一闪地看着我，“但却不能阻止她两周后被送进毒气室。”

“他背弃了你！”我简直不敢相信自己听到的话，“他设下陷阱让你廉价出售自己的生命。杰克这种行为太可耻了。”

“这还不算最糟的，”汉娜说，“我进了地狱后，尽量避免自己被投入大坑。我被分配到酒店干活，自那时起，就一直待在这里了。现在你明白了，小姐，这样的命运是我自找的，我不能抱怨。”

“但是你的出发点是好的啊，汉娜，我想，每个人的心中都有希望。”

“那是因为你还在人间，而这个地方是我最终的目的地。现在，我已经不抱任何希望了，也不相信有奇迹发生。”

“你已经目睹了魔鬼的法力，”我说，“为什么你不能同样相信天堂的力量呢？”

“天堂对我这样的人是不会仁慈的，我订下契约，现在只是地狱的人，就连天使也动摇不了这层关系。”

我不禁皱了皱眉，挪向床边。汉娜的话对吗？天堂和地狱的法规会将她囚禁在这个监狱里吗？当然，她的牺牲有一定意义，她也听话地遵照服刑，然而却不应是这种方式。我希望自己不会向她许下不能实现的诺言。此时此刻，汉娜忙着整理我的梳妆台上的瓶瓶罐罐，主要都是些法国香水、护肤乳和粉饼之类的——杰克自以为能让我快乐的东西。他真是不了解我。

我打量着汉娜，她正四处打扫，不敢接触我的目光。

“你相信他们找不到你，对吗？”我温柔地问她。汉娜没有回答，只是更加卖命地收拾整理。我忽然有种冲动，想要强行抓住她的肩膀，摇醒她，让她明白。因为，如果我能成功说服汉娜，那么我也可以说服我自己不会永远地成为一名囚徒。“你不明白！”我突然向她喊道，声音大得连我自己都吓一跳，“你不明白我是谁，现在正有一大群天使长和六翼天使在找我，他们会找到方法带我逃离这里的。”

“小姐，如果你这样说，那就是吧。”汉娜敷衍地答着。

“别用这样的语气跟我说话，”我气呼呼地冲她嚷着，“你到底在想什么？”

“好吧，我告诉你我真正的想法。”汉娜扔下防尘布，直视着我的眼睛，“如果天使们那么容易就可以攻占这所监狱，那为什么现在不来采取行动呢？”说着，汉娜的语气变得和缓了一些，“如果那些天使能将受折磨的魂魄解救，那他们为什么不这么做呢？上帝为什么不介入？小姐，你知道，自天地初始，天堂和地狱就有法规约束着彼此。天使不受邀是不能进入地狱的，你换个角度想，魔鬼能去天堂吗？”

“不可能，”我不愿跟随她的思绪，答道，“一百万年之内是不可能，不过这次不同，对吗？”

“对你唯一有利的是杰克骗取了你的信任。你们天使首先得找到门户，就像他那么干。这不是不可能的事，但是难度很大。地狱的入口守卫森严。”

“我不相信你的话，”我大声向她宣称，似乎在向观众发表演说一样，“有志者事竟成，泽维尔比任何人都具有强大的意志。”

“哦，对了，你家乡的那个人类男孩，”汉娜感慨道，“我听到过一些关于他的话。”

“你听了些什么？”我赶紧问她，同时因为提起泽维尔而变得十分恼怒。

“王子很羡慕他，”汉娜说，“他具备人类所祈祷实现的一切心想事成的条件——英俊、强壮、勇敢。他不惧死亡，符合天使的要求。此外，他还拥有一样东西，而那是杰克最想得到的。”

“是什么？”

“就是通往你心灵的钥匙，这令杰克觉得泽维尔相当具有威胁性。”

“汉娜，明白吗？”我说，“如果杰克受到威胁，也就意味着有希望存在。泽维尔会为我们而来的。”

“是为你，”汉娜纠正道，“尽管如此，他只是个勇敢的少年，人类怎么能够抵挡杰克的魔法以及那么多魔鬼呢？”

“他能，”我驳斥道，“如果他身边具有来自天堂的力量，他就可以。毕竟，基督也曾是人。”

“可是他是上帝之子，这是不同的。”

“你觉得耶稣基督若不是人，他会被钉在十字架上迫害致死吗？”我问，“那时的他是个有血有肉的人，就像泽维尔一样。你在这里待的时间太长了，从而低估了人类的力量，他们是大自然的力量。”

“小姐，如果我不是你希望的那样，请原谅我，”汉娜谦卑地说，“我不想将梦想归于这片尘土之外，让它们一点一点地消失，你能理解我吗？”

“好吧，汉娜，我能，”我最后说，“这就是为什么如果你不介意，我希望咱们之间就此打住的原因。”

汉娜走后，我久久地回味着汉娜的故事。尽管此刻我特别想再去看看维纳斯湾，但是却无论如何也没法释怀。年轻时的艰辛已经在汉娜的头脑中定了格，我想，自己真的不太理解人类的苦难。我了解的人类历史上最黑暗的片段只有冰冷生硬的事实。人类的经历是如此复杂。从汉娜的故事可以得出，我知道的还远远不够，我要学习的还有很多很多。

不过有件事我可以确定：汉娜的确犯了个大错误。但她已经后悔，也为自己的行为感到难过。如果，她注定要永远活在地下，那天地的体系定是出了问题。上天无疑不会对此袖手旁观，也不会让这样的堕落继续沉沦。“主说，申冤在我，我必报应。”[①]汉娜的想法是错的，上天将寻求正义，而我，只需要耐心等待。

① 《旧约圣经》中的语录。

Chapter13

关于魔鬼

当下，我不知道维纳斯湾是几点几分，脑海里只想象着泽维尔的卧室，卧室里的地毯上一边堆满了运动用品，一边是成堆的课本。从某种原因来说，这也是我最向往的地方。一想到他的房间堆放着这些物品，就令我心驰神往。此时此刻，泽维尔会在哪儿？他是快乐还是悲伤？他是否会想起我？但我可以确定一点，他具有那种可以化腐朽为神奇的魔力。他从来没有在危难时刻放弃过朋友，现在也不会放弃我。

我忽然感到有些寒冷，壁炉里的火灭了，只剩下一片灰烬。我拿起脚边的被子，将自己包得严严实实。蜡烛也已燃尽，将一张被拉长的影子投射到墙上，看起来有些怪异。

自决定不会让自己在这个由杰克统治的死气沉沉的王国里渐渐枯槁之后，这种想法令我的心绪平复许多。一旦感觉想要入睡，我便集中意念再次让自己的魂魄去找泽维尔。我的身体开始变得沉重，随之却感到一种不可思议的轻松。当肉体和意识选择转向不同的道路，尽管不可能精确地找出两者分离的时间，但我心里很清楚，那一刹那整个房间会变得一片模糊。忽然间，我的面前出现的是天花板的水泥块。接着，可以开始让自己神游了。

在我神游之时，我的魂魄犹如一个嗡嗡叫的振动器一样，穿越了时空，穿越了水陆，直到抵达了我最终的栖息地——泽维尔的房间。我在门口没有逗留片刻，随即像门缝里的一阵风一般吹进了他的房间。泽维尔正倦怠地趴在床上，脸埋进枕头，他甚至没有脱鞋。地板上是一打被晾在一边厚厚的《普林斯顿评论》[①]，里面总结了全美最好的371所学校。他母亲白尼曾给过我相关的复印件并且坚持让我们必须列出十个院校作为填报志愿。一想到这些过去，我不禁微微一笑，随后又回忆起了万圣节舞会前与泽维尔的谈话。当时我俩正躺在草坪上，轮流读着最感兴趣的学校的招生信息。

“我们要去同一所大学念书，对不对？”泽维尔问我，他的语调听起来不像是问题，更像是总结陈词。

“希望是吧，”我答道，“但我想这取决于哥哥姐姐是否会把我带到别的地方定居。”

“他们只有闭嘴的份儿，贝儿，没有如果。”泽维尔说，“我们现在就去告诉他们咱们的愿望，我们俩经历了那么多，上天应该让我们美梦成真。”

---

① 美国的一本杂志，其公布的学校排名被全美各大学采用。

“好。”我随声附和，同意这种观点。接着，我拿起一本卷集，随意地翻看。

“宾夕法尼亚州立大学怎么样？”我指着学校排名问道。

“有没有搞错？那我爸妈肯定会得心脏病不可。”

“为什么？有什么问题吗？”

“因为这所大学被称为舞会学校。”

“我想，最终的决定在你自己。”

“那是当然，但并不意味着他们一定要选择‘常春藤联盟’[①]，不过至少也得像范德堡大学[②]这样的地方才行。”

“亚拉巴马大学可以吗？”我问，“茉莉和其他人已经向这所学校递交了申请，她们想组成个女生联谊会。”

“难道你又要和茉莉一起待三年？”泽维尔戏谑地皱皱鼻子。

“我也喜欢密西西比大学，”我陶醉地说道，“而且牛津就像这里一样，有我们自己的生活圈子。”

泽维尔瞬间眉开眼笑：“这个主意不错，离家也近，就把这所学校放在志愿表上。”

那次谈话在我脑中依稀重现，就像昨天发生的事一样。此时此刻，泽维尔蜷缩在床上，显得十分委靡，他放弃了一切关于未来的计划。忽然，泽维尔翻过身来，眼神迷茫地望着天花板。他一脸倦容，看上去在想心事。我太了解他了，知道他这样的神色意味着什么。他肯定在想：*现在该怎么办？要怎么做才好？我又能做什么？*

---

① 由美国东北部八所大学组成，常春藤联盟已成为美国及世界领导人的母校。

② 位于美国田纳西州的一所私立研究型大学，闻名全美。

泽维尔具有强大的逻辑思维能力，所以大家都喜欢找他答疑解惑。哪怕他不太认识的学生也会来找他，希望他就应该选哪个快班①或是什么样的运动给出建议。无论是什么问题，这些学生几乎都能满意而归。泽维尔的能力就是这么不可思议，他可以立即从各角度分析问题，找出关键所在。事实上，越是碰到难题，他越会下定决心解决，除了现在面临的这个难题之外。这个问题令他完完全全束手无策。无论泽维尔从哪方面来考虑，他完全找不到答案，我知道这令他十分抓狂。无助是泽维尔如今要习惯的感受。

我记起了一切事情，忽然很想在他耳边低语。**别担心，事情会解决的，我们一直是这样的，是不可战胜的，记得吗？**这种感觉很奇怪，我们之间的角色突然转变了，这次轮到我来帮助泽维尔渡过难关。我凑近了几步，离他的脸只差几尺。他的双眼微闭，仍是湛蓝色的眸子，但眼神却是忧郁的，失去了以往的光彩。他浅褐色的头发陷在枕头里，睫毛上挂着晶莹的泪珠。这一幕景象令我难以自持，几乎要转身离去。泽维尔从未像现在这样一蹶不振。哪怕当他严肃的时候，他的双眼也是炯炯有神。只要他一出现，整个房间就会变得熠熠生辉。他是布莱斯·哈密顿中学的学生会主席，是受整个学校尊敬和景仰的人，是无可非议的人。此时此刻，我真不愿看到他如此颓丧。

陡然间，一声轻轻的敲门声吓了我一跳，我犹如一阵疾风一般飞过房间，慌乱得差点掀翻一把椅子，但泽维尔似乎并没在意。过了一会儿，门开了，泽维尔的母亲白尼探身进屋，看上去对打扰儿

---

① AP Class:Advanced Placement Class，高级课程班，美国高中的课程设置，相当于中国的快班。

子的独处时间表示非常抱歉，然而，当她看见泽维尔无精打采地躺在床上，立即显得十分关切，而且又努力装出一副开心的样子予以掩饰。她的脸上是对儿子的爱和保护他的渴望。泽维尔是如此俊美，他本身就应是个天使，然而现在却悲伤得不能自拔，这种状态令我忧心如焚。

“你要吃点什么吗？”白尼问，“你都没吃过什么。”

“不，妈妈，谢了，”泽维尔淡淡地答道，听上去毫无生气，“我只是想休息一会儿。”

“亲爱的，发生了什么事？”白尼朝床的位置挪了几步，试探性地坐下。她看起来小心翼翼，担心闯进儿子的私人领域不是个明智的做法。泽维尔则一脸的无动于衷，这是向母亲暗示他需要一个人独处，“我从没见过你这个样子，是不是和女朋友出了状况？”

我明白了，他的母亲并不知道发生了什么事。泽维尔没有告诉她我失踪的消息，我猜那是因为如此一来，她肯定会联系镇长并想知道为什么他们没有彻底地调查我失踪一案。

“可以这么说。”泽维尔答道。

“哦，这些事有自己的发展规律。”说着，白尼将一只手温柔地搭在儿子的肩上，“如果需要，我和你爸爸都会帮你的。”

“妈，我知道，别担心我，我很好。”

“别硬撑着，”白尼说，“人在年轻时，就会想象一切比实际上的要糟多了。我不知道你和贝儿之间发生了什么，但也不至于这么糟。”

泽维尔干巴巴地笑了一声，我猜他在想什么。也许他很想说：“好吧，妈妈，我的女友被布莱斯·哈密顿中学一名以前的学生绑架了，他是个魔鬼，他把她从摩托车上拽进地狱。现在，我们根本不清楚怎么带她回来，所以实际上，就有这么糟。”

然而相反，泽维尔只是调整了下卧姿，和母亲相视道，“别想那么多，妈妈，”他说，“这是我的问题，我会没事的。”

从他的眼中，我看出泽维尔不想让自己的母亲过多担心。我的家庭与他们无关，因此让白尼掺和进来没有任何意义。她知道得越少，对每个人就越有利。我的失踪不是一件容易解释的事情，没有充分的理由很难说明诸事包办的父母，而且是在SATS[①]考试来临之前。

“那好，”白尼弯下身子，吻了吻儿子的前额，“可是，泽维尔，亲……”

“嗯？”泽维尔抬头仰看，却没将视线转向母亲的目光。

“她会回来的。”白尼对他意味深长地一笑，“一切都会圆满解决的。”接着，她站起身，悄悄离开，温柔地带上身后的门。

等白尼走后，泽维尔最终感到了筋疲力尽。他踢掉鞋子，两只鞋子随即滚落在其脚边。我不禁为此感到高兴，他马上就要沉沉睡去了，无助感带来的精神折磨即将消失，至少也会消失几小时。入睡之前，只见泽维尔从枕头底下翻出一样东西，我立刻认出那是自己曾经穿过的一件棉质针织衫。每当夏日凉爽的夜晚来临，我总是喜欢穿着这件棉衫。这是一件浅绿色的上衣，领口上绣着一圈小雏菊。泽维尔曾说，他喜欢看我穿这件衣服，这样衬得我的发色仿佛一道道赤褐色的波浪。随后，泽维尔将枕头推向一边，将脸庞埋进我的衣衫中，深深地吸了口气。他一直保持着这种姿势，渐渐地，

---

① 美国的高考。

他的呼吸变得深沉而规律，我意识到他睡着了，随即盘腿坐在床上，像母亲照看生病的孩子一样注视着他。我就这样静静地待着，直到黎明的曙光散落在皱巴巴的床单上，泽维尔的眼皮开始悸动。

“娃娃脸，起床了，擦擦眼睛！”

这个声音是谁的？泽维尔并没有醒来啊，他既没有挪过身子，也没说梦话，而且听上去不像是他的声音。我环视四周，除了我俩之外，房间里空无一人。突然，一声犹如开门的金属转动的声音传来，令我大惊失色。一个实实在在的门口随即出现在房里，黑色的影子靠在门框上。忽然之间，我明白了。两个世界已经纠结得模糊不清，我必须得迅速采取行动。此时此刻，我不得不回去，否则杰克会奇怪为什么我还不醒来。但是，离去为何变得如此艰难？

“我的爱人，做个好梦。”我轻声对泽维尔说，将无形的唇贴在他的额上。我不知道他是否能感觉得到我的吻，他依然睡得香甜，喃喃地念着我的名字。他的脸庞也因此变得明亮起来，看起来更加宁静安详，“我一有空就回来。”

我强迫自己的魂魄回归到肉体上，随后一瞬间便醒了过来，只见杰克正全神贯注地凝视着我。他上身穿着一件合体的西服，下身套着一条微微发皱的直筒牛仔裤。一回到冥界，失落的情绪总是伴随着我。现在杰克又出现在我眼前，这种感觉真是雪上加霜。我实在没有力气从床上爬起，然后面对和过去一样阴郁的日子。我决定继续蜷缩在被子底下，直到汉娜走过来哄我，而杰克看上去并没有因为我的毫无反应而受到任何情绪上的影响。

“我不知道你还在睡，我只是顺路过来给你一件象征爱情的礼物。”说着，杰克将一束玫瑰随意地丢在枕头上。我翻了个身，嘟嚷道，“你能不能不这么迂腐？”

杰克听了佯怒道：“你真不应该这么侮辱我，和你的另一半这样说话是不行的。”

“你才不是我的另一半！除了敌人，咱俩之间什么都不是。”我说。

杰克随即将一只手按在胸口上，说：“看，它受伤了。”

“这就是你想要的吗？”我生气地问，真不敢相信就是因为这个人自己不得不中断和泽维尔的相处。

“哦，有人心情不好。”杰克开始发表评论。

“我还想知道为什么心情会不好呢。”他故意显得思维慢了半拍，我也不由得挖苦他一番。

杰克温柔地开怀大笑，明亮的眼睛直视着我。他飞快地靠近我，以至于我根本来不及反应，他便弯下腰来，一头黑发披到肩上，在模糊的灯光下，杰克的脸庞英俊，身材修长。令人惊讶的是，我在无比愤恨他的同时，却牢记了他俊美的面容。他毫无血色的嘴唇微微张开，呼吸开始变得急促起来。一双黑瞳拂过我的身体，但是他并没有像我之前以为的那样向我调情，而是皱起了眉头。

“我不喜欢看见你这么忧伤。”他喃喃道，“为什么不让我使你变得快乐？”我惊讶地看着他，不仅是因为杰克毫无顾虑地干扰我的私人空间，而且他还自作多情地将我俩比做一对情侣。“我知道，你还没对我发展到情感上的连接，但我想咱俩能做到。要是我们能进一步地发展彼此之间的关系，也许会很有帮助的……”他的话显得意味深长，“毕竟，咱俩都有需求。”

“别这么说。”我立即将身体挺得笔直，瞪视着他，同时向他发出警告，“你不敢的。”

“为什么不敢？这是一种完完全全的自然反应。另外，还可以改善你的情绪。”说着，杰克将手指在我的手臂上慢慢地画圈，“我的技术可是出了名的，你甚至什么都不用做，我会好好照顾你的。”

“你是不是得了妄想症？我不会和你发生性关系的，”我厌恶地向他表态，“而且，为什么你要从我这里得到需求？你不是打一个电话，就有女孩蜂拥过来吗？”

“亲爱的贝瑟尼，我不是要求性，这不是我的风格，性对我来说什么时候都行。我想要的是，和你缠绵的滋味。”

“你不要再说那些废话，赶快从我眼前消失。”

“我知道，你觉得我很吸引人，我记得很清楚。”

“那是很久以前的事了，而且是在我知道你的真面目之前。”说完，我将视线投向别处，实在难以掩饰自己对他的蔑视。

杰克随即坐直身体，直勾勾地盯着我看：“我一度希望咱们可以到达一个成熟的阶段，但现在，我觉得你也许需要点刺激来帮助改变你的想法。”

“什么意思？”

“意思是，我需要找到一种肉体上的联系。”他的话语中透着一股隐隐的威胁，我感到有些害怕，可是并不想让他知道。

“别再打扰我了，没用的。”

“那就拭目以待。”我和杰克的谈话总是以相同的方式进行，每每他调情在先，而我抗拒在后，最终他又怀恨在心。我们俩像是在兜圈子，是时候尝试别的战略了。

“我需要改变现在的处境，然后再考虑这件事。”我补充道，同时真恨自己冷不防陷入他布置的迷局当中，但我别无选择。

一听到此话，杰克顿时因为期待变得红光满面。

“比如呢？”

“首先，作为主动方，你必须得尊重我的隐私。我很讨厌你心血来潮的时候不打招呼就擅自闯入，我要一把属于自己房间的钥匙。如果你想见我，你得先征求我的同意才行。”

“很好，我会做到的，还有别的吗？”

“我想要自由一点，可以四处走动。”

“贝儿，你不清楚外面是多么危险。不过，我可以让工作人员退下，明白吗？我保证。”说着，他一边将一只手指沿着我的下唇摩挲，一边得意地讪笑，为我们之间迈出新的一步而兴奋不已。

“还有一件事，我想回去——就一小时而已。我要告诉家人以及泽维尔，一切安好。”

杰克当即哈哈大笑：“你把我当成什么样的白痴了？”

“那你就是不相信我喽？”

“咱俩别玩游戏了，我们之间彼此了解，你根本不擅长撒谎。”

我随即注意到杰克的脸色微微一变，我不应该提到泽维尔，这个名字总是令他抓狂。

“你有没有注意到，日子一天天过去，可是什么也没有发生？”杰克问道，“我并没看见天堂有援兵来。想知道原因吗？因为，这是不可能的任务。如果他们照做的话，就得花几个世纪的时间撞开通往地狱的门户。贝儿，你现在明白了，你没得选择。如果我是你，我就会在今天想方设法在你面前制造机会。这里的一切供你支配，我要让你当冥界的王后，让每个人都臣服于你。好好考虑，这就是我的要求。”

此时此刻，我的胃里正翻江倒海，我不知道还能支撑多久，可以和杰克对抗。他的态度如此嚣张，我完全不清楚下一步他又有什么诡计。他一直纠缠我，赢他的希望越发渺茫。我必须要想办法，禁止他侵入我的脑海中。这是我唯一的武器。我必须忠于自己的心，而且要在精神上强过他。我随即闭上双眼，全神贯注地向自己输入积极的念头。

我开始设想从冥界解脱的日子将是如何到来，想象着加百利与艾薇直破地狱之门，将他们光滑柔软却威力十足的大翅膀飞越城墙解救我。而泽维尔则会与他们一道化身天使，拥有自己可以随意振动的翅膀。哥哥姐姐会在泽维尔身后，与他释放的能量一起互动。泽维尔会为永生而光耀无比，任何人都会保佑他不朽的忠诚。他们三人是来自天堂的光明使者，一定会来救我的，唯有这样想才能平息我的恐惧。

身在炼狱，让我感到痛苦万分的是自己的翅膀被绑缚得不得动弹，藏于衣袖之下。一直以来，我只想着自己的困境，却忽略了它们。我不安地扭动着，希望可以将翅膀释放出来，杰克则用怀疑的目光审视着我。

“贝瑟尼，你最终会向我屈服的。”说着，他朝门口缓缓走去，“这只不过是个时间问题。”

Chapter14
信使

我再次神游之时，正值拜伦府下着倾盆大雨，淋漓的雨声淹没了其他的声响。雨点噼里啪啦打在屋檐上，犹如涓涓的细流倾泻而出。草地被浇得一片平整，好似被人熨过一样，碾平了整个花园。嘈杂的雨声吵醒了小狗“魅影”，它一溜烟跑到大门前一探究竟。得知没人需要它忙活后，它又心满意足地返回小窝，一屁股趴下，美美地打起了呼噜。

屋里正召开着一场家庭会议。加百利、艾薇与泽维尔围坐在餐桌旁，桌上摆着几个比萨饼的盒子和苏打水——这些物品在我们家不常见。他们一定是用完了纸巾，因为桌上摆着一卷一次性毛巾。这令我感到已经没人顾得上日常琐事，而吃饭和购物就首当其冲。加百利与泽维尔相对而坐，一动不动。艾薇忽然站起身，开始烧水，收拾碗碟，忙不迭地穿梭于厨房和饭厅之间，金色的长发随着身影在腰间摇曳。无论他们之前谈过什么，三人俨然已经将问题拐进了死胡同，每个人都在等着灵光一现——有人想出供大家讨论分析的妙计。此时此刻，他们的头脑如同身体一样筋疲力尽，真是无法想象。加百利一度欲言又止，似乎想到了新办法后又改变了主意，神情再次变得迷离起来。

每个人默默无言。接着，一阵门铃声响起，打破了死一般的寂静。“魅影”立即竖起耳朵，要不是加比给了一个安静的指令，命它原地待住，它肯定会冲到门口查看究竟。“魅影”只得乖乖照加百利的话做，不过呜咽了一声，以示抗议。门铃一直响个不停，由于时间太久，想必无论是谁在门口，都会等得不耐烦。但是屋里仍旧没人愿意起身开门。随后，加百利低下头，嗟叹一声，天赋异禀令他可以预见来访者的模样。

“咱们应该开门。”他说。

艾薇疑惑地看着他：“我想，咱们不欢迎拜访者。”

加百利拧起眉头，集中意念想象谁正站在门廊等候，“我想，咱们没得选择。”他最终开口说道，“没有充分的理由，她是不会走的。”

艾薇看来似乎对加百利的指令感到不悦，希望时间可以决定一切，但是房里的氛围依旧十分紧张，她只得抿紧嘴唇，走去开门。我的姐姐依旧气质优雅，走路的时候双脚几乎不会着地。与此相反，开门之后，茉莉“咚咚”地踩着地板，风风火火地跑进来。她的脸蛋红扑扑的，草莓似的鬈发在肩上轻轻弹起，开口说话的样子带着以往的率直。

“我最后问一句，”她愤然道，“你们这些人都跑到哪里去了？”

我很高兴看到茉莉一点儿没变，但她的出现却让我感到忧伤。直到那一刻，我才意识到原来自己是多么想她。茉莉是我第一个朋友，也是我最好的朋友，同时还是我与人类世界之间最强的纽带之一。此时此刻，她是如此靠近，又如此遥远。她的鼻翼两侧长着点点的雀斑，有一身桃红色的肌肤，长长的睫毛掠过脸颊。我曾经感到害怕，以为尘世的记忆就此变得模糊。现在，我很感谢塔克送给我这个礼物。如果我只记得茉莉绮丽的鬈发和甜美的笑容，那就太过分了。我用一种全新的视点打量她。此刻，她湛蓝的双眸里尽是责备。她甚至叉起了腰，看上去十足的挑衅。

“茉莉，很高兴见到你。”加百利向她问候，而且表现得真像是这么回事似的。茉莉年轻的活力确实有驱走阴霾的效果，让他们如释重负，“请你加入到我们中来。”

“要喝茶吗？”艾薇问。

“我可不是来开联谊会的，她在哪儿？”茉莉问道，“学校说她病了，可是都这么久了。”

“茉莉……”加百利缓缓道来，“这件事很复杂……很难解释。”

“我只想知道她在哪儿，发生了什么事。”茉莉停顿一会儿，极力克制着情绪，“我要得到答案才走。”

艾薇僵硬地立在原地，纤长的手指在亚麻制成的桌布上摩挲，说道，“贝瑟尼离开了一阵子。”姐姐和我一样不擅长撒谎，她一直很诚实。她的声音听起来像背好的台词，而且脸上的表情也出卖了她，“她得到一个出国留学的机会，并且决定这么做。”

“她当然可以这么做，难道走了都不告诉朋友一声吗？”

“哦，时间很紧，”姐姐说，“我想要是时间充裕的话，她肯定会告诉你。”

“你这是什么屁话！”茉莉打断她，“我可不买账，我已经失去了一个最好的朋友，不能再失去另外一个。我再也不想听到别的谎话了。”

这时，泽维尔将椅子向后挪了一步，在壁炉旁起身站立。他深深地吸了一口气，又重重地呼出来。茉莉将脑袋迅速转向他的方向。

“你别以为跟你无关。”她厉声说道，随后朝他径直走去。接着，茉莉痛斥了他一番，听得泽维尔甚至连头都没敢抬，“几个月来，我一直都没能把贝儿从你身边拉开。现在，她忽然人间蒸发，而你却站在这里一个劲地玩手指。”

我不敢去细想茉莉的话，只知道这些话深深地刺伤了泽维尔的心。即便没有她的一番数落，他也在不停自责，不断给自己增加压力。“我也许不怎么精明，但却不是个白痴。”她继续说道，“我知道，肯定出状况了，如果贝儿真的走了，你们不可能还坐在这里，你们肯定会陪她一起去。”

“我倒是希望可以。”说罢，泽维尔苦笑一声，继续盯着地板。

“你什么意思？”茉莉想到了最坏的事，脸色刷地一下变得惨白。泽维尔担心透露太多，只得背过身去。他看上去茫然无措。此时，加百利认为是时候有必要介入了。

“贝瑟尼不在维纳斯湾，”他平静地解释道，“她也不在佐治亚州……但在这件事上，她没得选择。”

“胡说八道，我告诉你，不要对我撒谎！”

“茉莉，”加百利迈着两条长腿走过房间，用力地按住茉莉的肩膀。她瞪着他，那种神情意味着你觉得某些事物完全出乎你的意料，与平常全然不同。我与他们离得很近，感到茉莉惊讶得有些失色。自她认识加百利以来，他从未碰过她。茉莉从加百利的眼神得知，他在为是否透露真相而举棋不定，“我们知道贝瑟尼在哪儿，但还是不确定，”加百利说，“这也是我们试图解决的问题。”

“你是想告诉我她失踪了吗？”茉莉屏住呼吸问道。

“不是失踪，”加百利犹豫不决，“更像是被绑架。”

茉莉慌忙掩住口鼻，惊恐地睁大眼睛。泽维尔微微抬起头，注视着她的反应，神情沮丧。

“你为什么要改变立场？”忽然，艾薇走到加百利身边，将自己置身于他与茉莉之间。加百利的手无力地从茉莉的肩上滑落。

“我们没必要对她撒谎，”他对艾薇说，语气坚定，“她和我们一样，和贝瑟尼的关系这么亲近。咱们现在不能独自去别的地方，也许她会是个帮手。”

“我不明白怎么个帮法。”艾薇银铃般的声音此刻听起来却尖厉刺耳，银灰色的双眸一闪一闪，犹如成片的冰粒，“这又不关她的事。”

“当然关。”茉莉猛然打断艾薇的话，与她争吵起来，“要是哪个精神病人带走了贝儿，我们该怎么办？”

“看看你都开创了什么先河，”艾薇忍不住嘀咕道，“人类帮不了咱们。”说着，她认命地瞟了一眼泽维尔，接着说，“特别是那些感情用事的人。”

“那天晚上咱们不在那儿，”加百利反驳道，“人类是我们的唯一证人。”

“劳驾，”茉莉瞪视着他俩，“你刚才叫我什么来着？人类？我很确定，我不是这屋里唯一的人类。”加百利没理睬她的评论，继续沉浸在自己的思维之中。

“万圣节当晚，你记得和贝瑟尼说过或做过的最后一件事是什么？”

我看见艾薇周围的空气轻轻波动，发出了几许微光，意识到她正努力克制自己反抗的情绪。很显然，她对加百利让茉莉参与进来存在异议。她只有闭上双眼，咬紧牙关。我读出姐姐脸上的表情，似乎她正准备作个决定，虽然她明知道这个决定会带来灾难性的后果。

“哦，她那时不太高兴……”此时，茉莉开始回顾整个事件，接着，又变得有些犹豫不决。

“怎么了？”

“嗯，我们打算在舞会那晚举行降神会，那只不过是为了好玩罢了。贝儿从一开始就不乐意，她觉得这是个糟糕的主意，从一开始就劝说我们别玩。不管她怎么劝，我们都听不进去，依旧照玩不误。接下来的事情就变得很诡异，我们都有些吓坏了。”

茉莉一口气陈述完整件事，努力令自己的话听起来漫不经心。艾薇却双眼圆睁，毫无瑕疵的手掌本能地捏成了拳头，她低声问茉莉：“你刚才说什么？”

“我说，我们都吓坏了，然后……”

“不，之前的话，你是说你们举行了降神会？”

“那个，是的，但我们只是去里面混了一下，因为是万圣节。”

“你这个蠢丫头，”艾薇不满地说道，“难道你的父母没告诉你，不要轻率对待你不懂的事吗？”

茉莉吃了一惊，“只是恐怖罢了，艾薇，”她说，“有什么大不了的呢？一个降神会和这件事有什么关系？”

“和这件事息息相关，”艾薇几乎是自言自语，“事实上，我敢拿生命打赌，降神会就是这件事的起始。”说着，她和加百利心照不宣地交换了个眼神，又对他说，“那时肯定是开启了个门户，如果不是这样的话，他没有办法在我们施法驱逐之后还回到维纳斯湾来。”

“啊？”茉莉茫然地问道。当她努力将听到的只字片语重新整合，我竟然看到她的脑袋里有轮盘转动。我真想大吼一声，让哥哥姐姐停止——他们泄露得太多了。这些话未经天堂批准，很可能只会增加他们的难题。

忽然之间，泽维尔整个人变得精神抖擞，他转过身面对艾薇，同时狠狠地瞪了一眼茉莉。

“你觉得是降神会把他召来的吗？”他问。

“召来了谁？”茉莉大声问道。

“他们比大多数人认为的更厉害，”姐姐说，“加比，你觉得这会是个开头吗？”

“我觉得一切的信息很值得考量，情况紧急，我们得找个方法突围。”

“突围什么？”茉莉要求得到大家的回答。她看上去一脸困惑，也为被排除在这场谈话之外感到伤心。我的哥哥姐姐忘记了应有的礼节，也不会觉得这样忽略她显得轻率无礼，找到我是目前他们唯一关心的事。事情忽然出现了转机，以至于大家都忘记了可怜的茉莉正渴望着加入到他们的讨论中来。

“但是，我们怎么找到门户呢？”艾薇喃喃地说，“难道要重新举行降神会吗？不行，那太危险了。谁知道呢，也许我们会把大坑里的东西都放出来。”

“什么大坑？在哪儿？”茉莉的声音瞬间提高了几个八度，大声质问道。

“闭嘴！”此时此刻，泽维尔终于爆发了，我从未见他如此大怒，“你给我闭上几分钟的嘴！”

茉莉立即变得十分抗拒，她的眼睛挑衅地眯成一条缝，冲着泽维尔吼道：“你才给我闭嘴！”

“还击得不错嘛，”泽维尔咕哝着，“你难道要永远这么幼稚吗？”

“我很确定自己是目前在这个房间里心智唯一健全的人，”茉莉说，“你们几个都不正常。”

“你根本不知道自己在说什么，”泽维尔冷冷地说道，“难不成现在有什么事令你抽不开身吗？”

“你怎么敢这样说！”茉莉嚷道，“是不是塔拉对你说过什么？别听她的话，她胡说罢了，因为……”

“别说了！”泽维尔挥舞着双手，感到心灰意冷，“我们根本不在乎你和塔拉，还有你那些小孩子家的纠纷。贝儿不见了，你根本帮不上忙，那你为什么不赶紧走？”

茉莉双臂交叉，声称道：“我哪儿也不去。”

“对，你就是这样的人。”

“那你就想办法让我走啊。”

“别指望我会。”

“够了！”这时，加百利深沉浑厚的声音忽然响起，中断了这场不断升级的争吵，“这一点儿意义都没有，”他转向艾薇，“看见了吗？茉莉知道一些我们不了解的情况。”

“当然，哦，我要知道真相才会告诉你们。”茉莉固执地说道，泽维尔鄙夷地看着她。艾薇则温柔地埋怨了茉莉几句，随后将一只手按在她的太阳穴上。茉莉的样子十分拼命，姐姐认为她已经心力交瘁了。

“不管她是不是贝瑟尼的朋友，这个女孩可以让传教士都抓狂。”

“也许我们应该试着向她解释。”加百利友好地说。

泽维尔不禁扬了扬眉毛：“继续说，这应该会很有趣。”

“茉莉，你坐下，”加百利说，“别打断我的话，只管听。如果你有疑问，我待会儿会答复你。”

茉莉乖乖坐在沙发上，加百利则来回踱着方步，不知从何说起。

“我们并不是外表看起来的样子，”最终，他开口了，小心地措辞，“这很难解释，但是首先，你得信任我。你信任我吗，茉莉？”

茉莉从头到脚打量着加百利，他是如此俊美，当她注视着他的面庞时，不禁有些心驰神往。我很奇怪，茉莉是否能集中精力听他陈述。加百利完美无瑕的脸形配上一头金发，银色的眼眸凝视着她。金色的微光随之在他的周围散放，如同一道朦胧的薄雾萦绕在他左右。

“我当然信任，”茉莉喃喃道。她喜欢这种专注的眼神，很想将这种氛围延伸下去，“如果你不是外表看起来的样子，那你是什么？”

“关于这个，我不能告诉你。”加百利答道。

“否则的话，你要杀了我？”茉莉忍不住翻了个白眼，样子看起来很滑稽。

“不会，”加百利语气平和，“但是这个事实的真相可能会危害到你的安全，也会危害到我们几个的安全。”

“他知道真相吗？”茉莉忽然朝泽维尔的方向指去，我感到他们之间的关系急转直下，真希望自己可以站出来修补这道裂痕。

“他是例外。”艾薇平静地说。

“真的吗？为什么我就不能成为第二个例外？”

“因为如果我们告诉你，你根本不会相信事情的真相。”加百利试图安抚她的情绪，但是茉莉偏偏不听。

“告诉我。”

“这么说吧，你是怎么看待超自然的？”

“我对这种事看得很淡然，”茉莉的回答冷静沉着，“我曾看过《冥冥之中》[①]和《吸血鬼巴菲尔》[②]以及类似的电视剧。”

加百利微微地动了一下身体，接着说：“这个不一样。”

“那好吧，听着，上星期我那本《时尚》杂志星座运势上说我会遇见一个陌生人，他会在公交大巴上给我电话号码。现在，我完

---

① 一档美国电视剧，1998年开播，讲述的是四个具有特异功能的姐妹的故事。

② 一档美国电视剧，1997年开播。

全相信了。”

“是啊，你已经看到希望了。”泽维尔压低嗓门说。

“你知道射手座的人对讽刺的话都不感冒吗？”茉莉立即回嘴。

“这倒很有启发意义，除非我是里奥。”

“是啊，哦，每个人都知道他们是一群讨厌鬼。”

“天哪，真像是对牛弹琴！”

“你才是牛！”

泽维尔对这样的争论感到厌烦，他皱起眉头，转过身不理茉莉，随后走到远处的沙发上，径直坐下来。艾薇缓缓地摇摇头，似乎不敢相信他俩把时间浪费在这些琐事上。我也似乎没了主意——加百利真的会让茉莉知道这个秘密吗？这根本不像他的风格。哥哥连对泽维尔进入我们的小家庭都一直很抗拒，怎么会随意拉另一个人进来呢？他一定是绝望至极，才会决定这样做吧。

加百利投给泽维尔一个眼神，提醒他继续挑衅茉莉对解决问题无济于事：“茉莉，我们到厨房谈吧。”

茉莉得意扬扬地看着泽维尔，随后毕恭毕敬地跟在加百利身后。

“随便。”她故作矜持地说。

突然间，紧急的情况发生了。而且，这种情况是加百利无法掌控的。整个房间开始颤抖，脚下的地板也在不住地摇晃，天花板上的灯具同时在剧烈摆动，哪怕像我这样的幽灵，也能感到房里渐渐增大的一股压力。

艾薇与加百利靠在一起，他们并没有感到惊恐，只是对发生的事感到不知所措。泽维尔猛然从沙发上一跃而起，环视着整个房间，寻找着危险的来源。他绷紧全身的肌肉，时刻准备投入一场战斗，一旦看到类似的信号，他就会付诸行动。此刻，窗框上的玻璃嘎吱作响，随后朝中间哗啦倒下。泽维尔惊讶万分地注视着眼前这一切。茉莉正好站在危险发生的位置，她的脚底却如生根一般一动不动，呆若木鸡。只见泽维尔挪向她的位置，飞快地在头脑中计算着风险程度。出自保护的本能，他随即一把抓住茉莉，猛然推开，同时扑上去护住她的身体。陡然间，玻璃被炸得粉碎，雨点犹如冰雹一般打在他的背上。茉莉吓得惊声大叫，但我的哥哥姐姐并没有躲闪，也没有上前保护他俩。当玻璃碎片一股脑散落在他们身上时，哥哥姐姐却纹丝不动，只是紧紧地抓住自己的头发和衣服，没有受到一丝伤害。我心下暗忖，哪怕是大火和硫黄也不能将他们移开。他俩立在原地一动不动，无论何种危险到来，他们都无所畏惧。

“护住你们的眼睛！”这时，加百利大喊一声，命令跌倒在地上的茉莉与泽维尔。

一时间电闪雷鸣，随后一道炽热的白光照亮了房间的各个角落，整个房间就像一只大熔炉，每个人都被这道白光包围其中。而事实上，室内的温度却下降了十度。哪怕像我这样透明的形体，也有一丝凉飕飕的感觉。即便对我构不成威胁，可我依旧环视四周，想找到一个地方躲藏起来。最终，我将自己藏匿在沙发背后。这时，只听一声尖厉的鸣响划破长空，犹如电视机上的静电一般刺耳。随后，一个天使出现了。他站在房间中央，低着头，两只翅膀完全展开，投射出一道长及墙壁、头顶及地板的大影子。他的翅膀如此硕大，占据了整间餐厅，以至于将其拍打在了墙壁之上。光束从他亮闪的皮肤下渗出，散落在地上，凝结成一粒粒的珠液。天使抬起头，他的面庞美丽无邪，然而在其俊美的外表之下，却可以瞥见一股暗藏的威严和危险。正常情况下，天使要比常人高出许多，而这个天使巨大强健得如此明显，哪怕在他身披这件金属长袍之后，人类看上去也与他相差甚远，令人不得不对他充满敬畏之心，似乎只要一眨眼的工夫，他就能一脚碾碎整个房间，让一切都灰飞烟灭。

这个天使孩子般的美丽脸庞与他大理石般的壮硕身形奇异地形成对比。他的双眸闪亮，面无表情，似乎在独自做一场白日梦，而不是站在一脸惊讶的观众面前。他的头僵硬地挪动着，并不习惯这样的氛围，骇人的双眼环视着整个房间，最终将目光定格在其他人看不到的东西上。

他定定地看着我，我不用瞧第二遍就能认出——原来是天使长米迦勒[①]。

① 米迦勒又称米迦勒王子，被认为是最强有力的天使，也是天使长。“米迦勒”的意思是“如同上帝”。

Chapter15

你可否保守秘密?

不久，耀眼的强光和耳边的轰鸣渐渐平息了下来。

“现在安全了。”加百利宣称道。泽维尔飞快跃到他的脚边，但是一看见天使长，却又踉跄地退回去，将身体贴向墙壁，似乎很需要墙体的支撑。片刻之后，他试图让自己停下方才的动作，随后立在天使长面前。面对这样的人物，泽维尔既没有畏缩，也没有转身而去。

天使特有的美丽通常都令人类不知所措，但泽维尔已具备了某些经验。只见他似乎屏住了呼吸，仿佛肺部根本无法呼吸，或者说，自如地运作。面对着如此的庄严威仪，自如的呼吸好像变得多余。茉莉的反应则更加的戏剧化：她的眼睛瞪得硕大，好像要爆出眼眶，同时双手无力地垂向两边。随后，她发出一种奇怪的令人窒息的喘息声进而以其崩塌之势传遍四肢百骸，并通过无形的链条传导给米迦勒。过了一会儿，茉莉突然两眼一黑，翻了个白眼，随后瘫倒在地，昏死过去。米迦勒转过头，平静地注视她。

“人类，”最终，米迦勒开口说话，他的声音听起来像是教堂的唱诗班齐声歌唱一般的天籁，“他们的反应有些过度。”

“哥哥，”加百利走上前，即使他有如此完美的人类外形，在米迦勒的光环面前，仍显得矮小无比，“我很高兴你能来。”

“现在的情况比较被动，”米迦勒答道，“我们有一个成员被绑架了，这样出格的行为必须予以解决。”

“我们探讨了所有的可能性，但你知道，通往地狱之门的入口守卫重重，”加百利说，“《神界条令》有没有规定怎样才能突围？”

“即使对我们来说，也不知道答案，只有藏匿于下界的魔鬼才知道怎样找到门户。”

泽维尔一听见这样的回答，忍不住怒火丛生，他毫不畏惧米迦勒的权威，上前一步断喝道：“那就纠集一支军队，以你的实力绝对做得到，我们再闯进地狱把她救出来，这有什么难的呢？”

“你的建议确实属于我们的能力范围之内。”米迦勒答道。

“那还等什么？”

米迦勒的眼神扫过其他人，随后将视线停在泽维尔的脸上。米迦勒的样子未免有些骇人，像是由许多彼此不相关的部分组成，但这些部分却可以组合成一个整体。例如他的眼睛极度深邃，不包含任何情感。我不喜欢他看泽维尔的表情，那个样子活像是研究一件标本，而不是人。

“这个人看起来根本不会想到这样做会引发世界末日。”他随后说道。

“别怪他，”加百利飞快地回答，“他不知道派兵的后果，而且他与贝瑟尼有很强的情感纽带。”

米迦勒游移不定的眼神在泽维尔的脸庞上徘徊，随后说：“人类的情感是一种不理智的暴力。”

泽维尔不禁蹙起眉头，我知道他讨厌被人说成是执拗的孩子，无法从逻辑的角度看待事物。

“我刚才没意识到派兵会导致世界末日，”他淡淡地答道，“那会产生非常不幸的副作用。”

米迦勒听出了泽维尔语带讥讽，他下意识地扬起一边精致的浓眉。正在这时，一直站在远处从头至尾保持沉默的艾薇却慌忙跑到泽维尔身边，似乎公开宣称对他的支持。

“《神界条令》上是怎么注释的？”她问。

“我们已经找到了可以向你们提供援助的源头，”米迦勒的声音变得空旷悠远，“她就是玛丽·克莱尔修女，你们可以在田纳西州费尔霍普县的圣玛丽修道院里找到她。”

“她怎么帮我们？”泽维尔希望能够得到一个答案。

“这是目前我们所能提供的一切帮助——祝你好运。”说着，米迦勒转向泽维尔，“我要向你提出几点建议，如果你想成为人类当中的领导者，那就要学会克制。”

“我还有一个问题。”泽维尔追问道，毫不理会艾薇与加百利向他投来嗔怪的目光。

“请说？”米迦勒缓缓地问道。

“您认为贝儿是否安好？”

米迦勒奇怪地看了一眼泽维尔，我想不出有哪个人类会赤裸裸地质问神界的一员，更别提不停地追问问题、耽误他的时间。

“那个魔鬼把她带到那里引发了很多麻烦，你放心吧，如果他不重视她的生命，他是不会那样做的。”

说完，米迦勒低下头，交叠双臂，随意地将其掠过胸前。伴着一道耀眼的强光和雷声般的轰鸣，他重新飞回了天堂。我原以为他会遗留下许多破坏的痕迹，但当那道强光变得微弱之后，整个房间又重新恢复成原本的样子，只是在天使长着陆的地方落下了一块烧焦的印记。随着米迦勒的离去，每个人都如释重负，似乎松了一口气。尽管米迦勒出现为我们打气出力，但他的存在仍令人不禁敬畏，让每个人都不敢大意。随后，加百利绕过咖啡桌，搀扶起茉莉，轻轻地将她靠在沙发上歇息。艾薇放了块湿布在她的额间。茉莉因为受到惊吓张大了嘴，但已经可以自如地呼吸。加百利将两只手指放在她的太阳穴上，查看她的脉搏是否正常。待他确定茉莉即将恢复意识，便挪开身体，将指尖在头发里摩挲，同时在思索着米迦勒给出的建议。

“修女？”泽维尔轻声问他，“她怎么帮助我们？她能告诉我们《神界条令》上不能做到而她能做到的事吗？”

“如果米迦勒指引我们去找她，那就肯定有相关的原因，”加百利答道，“人类比我们更加能与下一界联系。魔鬼将引诱地球上的生灵作为他们的一项日常工作。这样做，对他们来说无非就是一项体育运动。玛丽·克莱尔修女曾经遇见黑暗力量的假设是极有可能成立的，我们必须找到她，搞清楚她知道些什么。”

艾薇立即起身，果断地说道：“我想，我们要去田纳西州了。”

这时，我变得开始有些昏昏欲睡，一时间发生了太多的事情，其中大部分都令人感到压力重重。花费太多时间在肉体之外起到了一种奇特的效果。我很想再次感受自己的身体，恢复到血肉之躯，然后在这副皮囊下尽情地活动四肢；但此时此刻，我坚持令自己不要离开，直到茉莉苏醒为止。我很想看看她会如何面对自己刚才亲眼目睹的一切，艾薇与加百利会被迫告诉她真相吗？她是否记得那位华丽的陌生人还是他们绝口不提她滑倒击中头部的事呢？

我的哥哥姐姐随后匆匆离开，准备收拾行囊，泽维尔则留下来负责照看茉莉。他一边看着茉莉，一边窝在沙发里沉思，偶尔会望一眼查看她是否安好。他疲惫地嗟叹一声，随即起身将一张毛毯搭在她的肩上。尽管刚才起了口角，但是泽维尔对茉莉表现出的关怀和照顾令人动容，也让我更加地思念他。泽维尔并不是个小心眼的人，保护弱者已经成为他的使命，这也是我挚爱他的原因之一。

正在这时，茉莉略微呻吟了一声，随即抬起一只手放在额上。看见她醒了，泽维尔整个人开始警觉起来。他小心翼翼地起身，不想惊扰到茉莉，只想与她保持距离。忽然间，茉莉睁开了眼睛，用手背揉了揉。

“怎么回事？”她一边嘟囔着，一边东倒西歪坐起身，眨了眨眼睛。她的脸庞因为米迦勒的到来晕倒在地而变得毫无血色。随后，当记忆重新在脑海中闪现，她的脸上立刻显出惊恐的表情，下巴不住地抖动。

“你感觉如何？”泽维尔试探地问。

“我想还好，刚才发生了什么事？”

“你昏倒了，”他如实回答，“一定是情绪过激。对不起，我刚才失控了，我现在不想和你吵架。”

茉莉瞪着他，说：“你得告诉我到底发生了什么事，就算我闭上了眼，我也能看见那道光……”

泽维尔的眼神出卖不了哪怕在他情感当中最微小的暗示，他沉着地审视着茉莉：“也许你该去看医生，刚才那么响，或许你得了脑震荡。”

茉莉立即坐得笔直，打断他的话：“别给我打哑谜，我知道自己看见了什么。”

“真的吗？”泽维尔平静地答道，“那是什么？”

“一个男人，”茉莉谨慎地接话，随后又想了想，“至少我觉得像是一个男人，一个真真正正高大阳光的男人。他全身发光，声音听起来像是几百人在同时说话。而且，他还有一双翅膀——那是天使才有的大翅膀！”

泽维尔凝视着茉莉，这样的眼神似乎想让她怀疑起自己的神智。他抿紧嘴唇，扬起眉毛，随后又微微收回，像是肯定了茉莉的精神错乱。他比我之前赞扬的演技还要出色，但是茉莉完全无视这一套。

“别这样看着我！”她叫道，“你也看见了，我知道你看见了。”

“我真不知道你在说什么。”泽维尔故作迟钝地回答。

“刚才是天使站在这里，”茉莉疯狂地指向米迦勒刚才站立的地方，“我看见他了！你不能骗我，让我觉得自己是个疯子。”

泽维尔随即撕去之前的伪装，将双臂交于胸前，一脸的疑虑，他忽然变得怒气冲冲。

“加百利，”他喊道，“你最好来一下。”

过了一会儿，我的哥哥来了，立在门口。

“茉莉，欢迎回来，感觉如何？”

“为什么你不告诉加百利刚才看到的事情？”泽维尔插嘴问道。

茉莉看上去有些犹疑不定。也许她并不在乎泽维尔会怎么看她，毫无疑问，她很在乎加百利的看法，不想显得冒冒失失的，从而令他觉得自己不稳重。只不过，她的顾虑只是暂时的，很快便消失不见。

“我看见一个天使，”她言之凿凿，“我不知道为什么这个天使要来，他又说了些什么，但我知道他刚才就在这里。”

加百利一直保持着缄默，一副若有所思的神情。他既没承认也没否认茉莉的话。相反，他看着茉莉，大理石般坚硬的前额微微一皱。虽然从他沉着的表情很难猜测他的想法，但我知道加比在考虑控制损失的程度。茉莉的发现将会给我的家庭带来灾难性的后果。哥哥姐姐曾经极其不情愿地让一个人类知道这个秘密并且豁达地接受他，那是因为别无选择。当初我没有征求他们的意见就向泽维尔透露了自己真实的身份，现在变成两个人都知道了真相。在像维纳斯湾这样的小镇里，过多地透露身份将会带来真正的难题。但是，哥哥姐姐能做什么呢？茉莉可是亲眼目睹米迦勒的啊。

此时此刻，我真恨不得当场现身，来安慰面对内讧的哥哥。我游移在加百利周围，试图向他传送我对他支持的信息。我想要他知道，无论他作何种决定，我都会义无反顾地支持他。这不是他的错，即便他会承担责任。米迦勒是毫无征兆地出现，其间根本来不及避开茉莉。当天使承担使命时，是不会体谅到人类的脆弱的。他们一心一意地服侍上帝，将他的指令和意愿贯彻到底。数千年前，罗德的妻子因为违背上帝的指令，天使们便毫不犹豫地将其变成一根盐柱。[①]他们怀着激烈的决心执行使命，扫除道路上的一切阻碍。由于茉莉对米迦勒构不成任何威胁，米迦勒便忽略了她的存在，结果却让加百利来善后。我想如果换成是我自己，哥哥就会改变他以前的做法。和人类生活在一起仍保持神的中立是件非常艰难的事情。一方面，加百利对天国忠诚，另一方面当他亲眼目睹了泽维尔对我的承诺，他便知道了我们之间联结着深深的情感纽带。加百利决不会违背对上天和天使这个使命的忠诚，但现在的他已经与我们初次抵达维纳斯湾时不一样了。那时，他作为天父的代表，审慎而又超然地看待人间的潮起潮落。如今，他似乎真正想要了解人间是怎么一回事。

加百利踱起步来，如同我之前所预料的，他径直地穿过我的身体。突然，他停住了，从他的眼中，我看出他发现了空气中微妙的波动。我非常渴望他能够告诉其他人我的存在，但我也清楚哥哥是怎样的一个人，他的头脑又会如何运转。让泽维尔与茉莉知道我在这里没有必要，因为他们无论如何都看不见我的样子、听不到我的声音乃至碰不到我的身体，这样只会让事情变得更糟。加百利的神情重新恢复如常，他跨过茉莉的座位，在她身旁的沙发扶手上坐下。她本能地凝视着他，但加百利不为所动。

“你确定你能接受这个真相吗？”他问，“请记住，这个结果

---

① 罗德是《圣经·创世记》里的一位君子，索多玛、娥摩拉两地的人罪孽深重，上帝决定降天火毁灭他们，并且事前让天使携罗德一家出城，同时嘱咐他们中途不能回头观看。罗德的妻子按捺不住好奇，出城之后回头看了一眼，于是马上变成了一根盐柱。

可能会影响你下半辈子。”茉莉默默无言地点点头，一动不动地看着他。“很好，那么——你看到的的确是个天使。事实上，他是米迦勒。他是来向我们提供帮助的，所以你无须害怕。”

“你是说，他是真的天使？”茉莉随即喃喃自语，神情变得有些恍惚，“天使原来是真的吗？”

“像你一样真实。”

当茉莉确认加百利告诉她这个惊人的消息之后，她不禁蹙起眉头：“可是为什么只有我一个人吓坏了？”

加百利深吸一口气，我看到了他眼中的踌躇。此时此刻，他已经透露了太多，无法自圆其说，“米迦勒是我的哥哥，”他轻声说道，“我们是一体的，是一样的。”

“可是你……”茉莉开口，“你不是……这怎么能……我不明白。”她有限的理解力令她不禁感到慌张。

“听着，茉莉，你还记得小时候，父母告诉你圣诞节的故事吗？”

“当然，”茉莉结结巴巴地说，“每个人不都记得吗？”

“你记得《圣母颂报》的故事吗？能告诉我是怎么一回事吗？”

“好……好的，”茉莉磕磕巴巴地接道，“天使到了一座名叫伯利恒的城市，告诉童贞女玛利亚她将得到一个孩子，取名叫耶稣，这个孩子将成为上帝之子。”

“很好，”哥哥对她的话表示认可，他朝她靠近一点，说道，“现在，茉莉，你记不记得那个天使的名字？”

“他的名字？”茉莉很是不解，“他没有名字啊。哦，等等，对，他有名字，那个……他就是……那个天使！”说着，她抽了口气，似乎要昏厥过去，“加百利天使。”

“那就是我。”加百利近乎谦逊地答道。

“别担心，让我梳理下思绪。”这时，泽维尔主动补充道。茉莉几乎听不见他的话，她仍旧盯着加百利，说不出一个字，“加百利、艾薇与贝儿都是天使，”泽维尔接着说，“这是另一个围绕在我们周围，而大多数人却浑然不知的世界。”

“我需要知道你明白过来了，”加百利进一步说，“如果你承受的太多，我可以让艾薇把你的记忆抹去。如果你想参与进来，你就需要头脑清醒。我们不是人间唯一一种超自然的生物，还有一些比你想象中更为黑暗的生物，是他们抓走了贝儿。如果我们要救回她，就需要团结一致。”

“茉莉，没事的，”泽维尔看出她脸上的惶恐，“加百利和艾薇不会让任何情况发生在你身上。另外，魔鬼对我们这些人不感兴趣。”这句话引起了茉莉的注意。

“你刚才说魔鬼！”她尖叫着跌下沙发，“从没有人说起魔鬼啊！”

加百利看了一眼泽维尔，摇了摇头，表示反对。“没有用，”此时他已经下定决心，“我想，需要艾薇出手了。”

“别，等等，”茉莉插嘴道，“对不起，给我一分钟。我想帮你们，你刚才说谁把贝儿带走了？”

“她在万圣节当晚被以前这里的一个魔鬼挟持了，”加百利说，“我们觉得，他是被你们搞的降神会召回来的。你也许记得他的名字，杰克·索恩。他去年在布莱斯·哈密顿中学读过几天书。”

“那个澳大利亚小伙子？”茉莉问道，她不停地揉搓着整张脸，就像查找计算机文件一般试图去探入那些曾被艾薇抹去的记忆。

“是英国人。”泽维尔纠正她。

“相信我，他是一个你从不想与之有任何交集的人。”加百利说。

“我的天哪，”茉莉禁不住自责道，“贝儿关于降神会的建议是对的，为什么我没听她的话？都是我的错。”

“现在责怪你也无济于事，”加百利说，“这并不能帮我们救她回来，我们现在需要团结。”

“好，那你要我做什么？”茉莉鼓起勇气问道。

“几小时后，我们就要起程去田纳西州，”加百利说，“你只需待在这里，不要向任何人透露半个字。”

“打住。”茉莉站起身，说，“你们不能丢下我就走。”

“我们当然可以这样。”泽维尔接话道，我感觉两人之间的战火又要重新燃起。

“躲在幕后对你来说相对安全些。”加百利强调。

“不，”茉莉坚持说，“你不能像丢颗重磅炸弹似的，然后丢下我，让我不知所措。”

“我们不能再等了，”加百利说，“你应该去和你的父母谈谈，通知学校……”

“谁去管学校那帮废物？”茉莉说，“我的神经一直都绷着呢。”说着，她从牛仔裤后边的口袋里掏出手机，“我跟我妈说一声，要去塔拉家待几天。”

还没来得及有人出面阻止，茉莉已经按下号码，飞快地溜到厨房打起电话。我听见她滔滔不绝地陈述着一个熟悉的故事——塔拉和男朋友分了手，慌乱而不知所措，需要朋友在身边陪伴。

“这真是个坏主意。”泽维尔说，“我是说茉莉。她可是镇上嘴巴最快的人，她怎么能保守秘密？”

然而，我百分百相信哥哥的判断。一方面我担心茉莉参与进来此事，同时我也了解，她在危急时刻，头脑反而可以清醒。

艾薇的想法似乎不符合我的观点，这是第一次我亲眼目睹她与加百利之间存有异议。随着客厅里“啪”的一声门响，艾薇忽然一脸怒容地出现在饭厅里。她扔下两只打包好的行李袋，冰蓝色的眼睛忽闪忽闪。她先是朝厨房的方向望去，接着将目光转回到加百利的身上。形势的压力带给艾薇新的一面，之前温柔耐心的姐姐迅速地转变成为一名天国的战士、一名时刻准备战斗的六翼天使。六翼天使很少发怒，要很大程度才能激起他们的怒火。艾薇的行为让我感觉到，也许自己的被捕比我本身意识到的意义还要重大。

“这是严重违反规定，”艾薇转向加百利，冷冷地说，“我们再也经不起挫折了。”

“是什么样的规定？”泽维尔问，“似乎没什么规定啊。”

“魔鬼在此之前从未把目标对准过我们，”姐姐答道，“他们诱导人类错误的行为，只是为了刁难上天。可是这次，他们却带走了我们的人，我们必须要予以还击。除非确实是他们要我们这么做……万一他们试图发动战争的话。”接着，她的目光落在茉莉身上，“对她来说，咱们的行动不安全。”

“就像我之前所说，”加百利解释道，“我们已经别无选择了。”

“不能因为茉莉和贝瑟尼是好朋友就意味着咱们就能轻而易举

地免掉正常的程序。”

“就当前形势来说，已经没有什么正常的了，”加百利断然道，“很显然，《神界条令》并不关心人类是否知道我们的身份，如果在意的话，米迦勒就会非常小心地算准他到达的时间。如果你考虑更重要的事情正在发生，那才是正确的。”

艾薇仍是一脸怀疑：“如果我的想法是对的，你想想我们面对的将是什么，她是我们的一个负担。”

“她很固执，我和她之间评不上理。”

“她还是青春期少女，而你却是神界中人，”艾薇苦涩地说道，“你必须处理那些更加糟糕的事。”

哥哥只是耸了耸肩，答道：“我们需要一切可行的办法。”艾薇不禁皱了皱眉，指着他说：“很好，可我不想为她承担什么责任，那是你的事。”

“为什么你们花时间讨论茉莉的事？”泽维尔忍无可忍，向他俩大吼道，“难道我们没有更重要的事去操心吗？比如说赶快上路找到那名修女啊？”

“泽维尔说得没错，”加百利说，“咱们得把各自的成见放在一边，应付目前的局面。我只希望不要太晚到达那间修道院。”

加百利说这些话的时候，似乎为此感到遗憾，同时，脸上掠过一丝痛苦的神色，而泽维尔却激动得脸红脖子粗。

“看样子你已经放弃了？”

“我没这么说，”加百利答道，“现在是单向情形，我们不知道该应付什么。见过地狱内部的天使凭的是自己的意志，他们是一群被骄傲遮蔽了双眼的白痴，背叛了天父，选择追随魔鬼路西法。”

“你在说什么？”泽维尔语带愤怒，“你觉得贝儿是故意这么做的？加百利，她根本没这么选择，你难道忘了我当时也在场吗？”

此时此刻，我恨不得踹上哥哥一脚，他真的相信是我自己选择了一条黑暗之路？

艾薇飞快地穿过房间，将一只手搭在加百利的背后：“我们在谈论的是杰克不应该把一名天使拽入地狱，无论是贝瑟尼本身愿意还是我们即将遭遇世界末日。”

Chapter16

合二为一

坚持变得愈加艰难。此刻，我的灵体似乎即将变得模糊，急需回到肉体中。但艾薇的话又让我犹疑不决。难道我的被捕真的是对某些可怕的事情行将发生的预警吗？

我不同于泽维尔，并不怪加百利持有那样的观点。他总是相信眼见为实。确实，我接受了杰克抛出的橄榄枝。尽管我这样做是不知不觉，但看起来也不怎么要紧。我明白，加百利想往好的方面想，可是通盘考虑是他的职责，我只希望他能站在泽维尔的立场着想，让事情变得容易处理一些。然而，哥哥从未逃避过现实。他的存在就是为了体现和保护真相。泽维尔不理解，他感到十分沮丧，因为他已经习惯了艾薇与加百利对每件事情都给出答案。不过这一次却不同，他们迟迟给不出答案令他不由得感到恐惧。

泽维尔逐渐变得焦躁起来，他刚坐下又立即起身，整个身体绷得像张弓，压抑许久的能量几乎可以瞬间爆发，触手可及。

“我看见了她，”一阵长长的静默后，泽维尔才缓缓说道，“你们不在那里，所以看不到贝儿当时意识到和谁在一起时的表情。当她回过神来明白发生了什么时，她吓坏了。我很想救她，但是太晚了，我已经尽力了……”他的声调渐渐变弱，随后低下头，木然地盯着两只手。

“当然，你尽力了。”艾薇说，她一直比加百利与泽维尔走得更近，“我们了解贝瑟尼并且信任她，我们也知道杰克使用了最卑鄙的手段取得她的信任。但是现在说这些都毫无意义，杰克赢了——贝儿在他的手上。现在的形势十分微妙，真相是，如今救她回来不是件容易的事。”

加百利则比较不会粉饰事实：“如果有方法进入被称为‘地狱’的范围，我可从没听说过。自从将魔鬼路西法封印于地底之下，就再也没有天使返回那个地方。”

“我以为你会说，咱们需要找到门户。”泽维尔抿紧嘴唇，努力克制着自己的情绪，看见他这个样子不由得令我的眼睛微微刺痛。此时此刻，我多想张开双臂拥抱他，轻抚他的脸庞，慰藉他的心灵，低声向他诉说我还活着，哪怕身在炼狱，我也一直想念着他。

“我确实说过，”加百利承认，“但是这项任务说起来容易，做起来难。”说着，他将目光向远方眺望。我知道他这是让自己的意识暂时地抽离现实世界，心无旁骛徜徉在遐想的心绪中。尽管刚才听见加百利说出自己心中的疑虑，但我仍旧信任他。如果可以找到救我的方法，那必定是他发现的。

“我搞不懂，如果杰克能违反规定，凭什么我们不能？”泽维尔固执地问道。

“如果杰克使诈让贝瑟尼相信他，那么就没有什么规定可以违反，”艾薇向他解释，“几世纪以来，魔鬼一直操纵并诅咒人类的魂魄坠入地狱。”

“所以，咱们也得卑鄙一回。”泽维尔应声道。

“没错。”说着，艾薇将一只手搭在他的肩上，“为什么你就不能不那么担心？大家要明白，也许这趟田纳西之旅可以点燃一丝曙光。主的天使被生生地拽入地狱，贝瑟尼所经历的事情可谓是前所未有，这次不能靠规定来协商，你明白我的话吗？”

“我想，这也许是个预警。”这时，加百利已经从自己的思绪中回过神来。

“是什么样的预警？”泽维尔问。

“就是路西法的势力在不断地膨胀扩大，也许这件事只是他魔力提升的引子罢了，即便是通过杰克来引导。我们必须仔细斟酌，贸然闯入地狱只会把事情弄得更糟，这也是米迦勒让我们找到事件源头的原因。”

“瞧，坐在这里喝凉茶并不能救贝儿。你们俩要仔细斟酌，通盘考虑，但对于我来说，这只是关乎她一个人的事。只要能带她回家，我什么都愿意做。如果你们不和我一伙，我就单独干。”

说完，泽维尔起身要走，我一时有些恐慌，生怕他做出什么鲁莽的事情，不过加百利却以闪电般的速度挡住了他的步伐。

“你什么都办不了，”加百利冷冷地说，“听清楚了吗？控制一下你那冲动的雄性激素吧。听着，我知道你很想让贝儿回来——我们都希望——不过假如弄得像漫画里的英雄救美那样是没什么用的。”

“那像你这样干坐着无所事事也一样没什么用。贝儿曾告诉我，你名字的含义是‘天之勇士’，你应该证明自己配得上这个名字。”

“注意自己所说的话。”加百利立即向他发出警告，眼里闪着寒光。

“那又怎么样？”此刻的泽维尔情绪激动，也许他会随时采取激烈的行动，从而做出令他后悔的事情出来。我很希望自己能够现身制止他，告诉他加比的想法是正确的。尽管我爱他的忠实与果敢，但有些事不能光靠勇气解决。事实上，我明白加百利正在脑海里酝酿一个计划，至少我希望他会这样做。泽维尔只需要给他时间，让他好好思量。加百利仍旧在阻挡泽维尔的脚步，他俩死死地瞪视着对方。令人欣慰的是，泽维尔首先做出了让步。

“我需要出去透透气，理顺一下头脑。”说着，他推开加百利。

“好。”艾薇对做出让步的泽维尔喊道，“我们会等你的。”

我跟随着泽维尔一路出门，只见他走下通向海滩的沙质石阶时竟然微微打了个踉跄。我竭尽所能向他释放出成倍的可以使人平静的能量，至少希望他能感受得到。泽维尔随后来到海滩，看上去稍稍放松了些。他贪婪地呼吸着海边的空气，努力让自己紧绷的神经松弛下来。泽维尔沿着长长的海岸线径直前行，脚下是软软的黑色细沙。他的双手插在口袋里，目光远眺大海。我看见他局促地轮换着双脚，那是在挣扎着克服自己内心的焦躁不安。如果他能不再一心只想着自己的失败，我也许可以争取一次机会，让他感觉到我的存在。他应该停止对我失踪一事的悲伤和自责，让自己的感情释怀。

忽然之间，泽维尔像是读懂了我的想法，他平静地脱掉毛衣丢到一边，接着又脱掉鞋子，将其搁在海滩上，身上只穿着白色T恤和短裤。泽维尔低头看着荒芜的沙滩，忽然猛吸一口气，一路狂奔起来。我幽灵般的魅影就这样陪伴他奔跑，为他加速的呼吸和心跳感到振奋。这是自从我们分离以来，彼此最为靠近的一次。泽维尔的步伐矫健优美，是一个受过专业训练的运动员的脚步。运动一向是他释放压力的方式。随后，我感到他的身体慢慢放松。相对于挂记着我失踪这件事，泽维尔忽然将思绪转向另一件，奔跑这种运动可以助他一臂之力。此刻，泽维尔脸上的表情明显松弛了许多，身体也随着自己的韵律上下摆动。他宽大厚实的肩膀肌肉饱满，身体的重量有节奏地敲打着海滩，几乎让人可以感受到他敏捷的脚步。我不知道泽维尔到底跑了多久，但是直到远处的拜伦府最终变成了一个小黑点之后，他才让自己停下来。泽维尔随即弓着腰，将双手绷紧贴在大腿两侧。此时此刻，暮色四合，渐沉的夕阳将海洋染成一片红色。他的呼吸逐渐趋于平缓，胸腔上下起伏。我敢说此时的泽维尔不会想任何事——这也可能是数周来，他的头脑第一次如此放松。我立刻意识到，不能再浪费时间了，必须得抓住这个天时地利的好机会。身后是峭壁悬崖，不远的地方就是我第一次向他透露身份的地方。当我张开双翅，纵身跳入悬崖的那一刻，我便无可救药地将自己融入他的人生之中，将他紧紧地与自己联系在一起，也同时带给他许多从未遇过的问题。

我审视着泽维尔的神情，他只比我应该站立的地方远了几寸。他的脸上布满忧郁，身体也恢复到了正常的体温。身体锻炼有助他暂时地得以放松，不久他又要重新回到本应可以避免的痛苦之中。这时，我的时间也已经耗尽。我向后退了几步，这样可以飘离几米开外。接着，我紧闭双眼，集中意念通往肉体存在的地方，想象着将这股能量集中成为一个旋转而强有力的球体。这个球体拥有我所有的爱，所有的思想，所有一切关于我的东西。接着，我一路朝泽维尔奔去。他正紧盯着海面，将两脚埋在沙滩里。当我触及他的那一刻，我的灵体犹如轨道一般击中了他，球体的能量仿佛一阵宇宙的潮汐穿透他的身体，仿佛他的身体由液体组成，令我可以径直地越过。一刹那，我感到他在我的身体里，两个人合二为一，我们分享同一个身体、同一颗心灵。随后，这样的时刻猛然间消失了。泽维尔呆呆地立在原地，试图弄清刚才发生的事情。他本能地将掌心放在胸口，我几乎看到他脸上细微的表情变化。我本以为自己的做法是正确的，却没有顾虑到这样做很可能把他吓出心脏病。泽维尔随即花了点时间梳理刚才发生的一幕，接着，他的表情从困惑转而变为纯粹的幸福。我看见他环视四周找寻着我的踪迹，我知道，自己成功了。我为自己跨出了第一步感到自豪！尽管只是小小的一步，但我却做到了——我可以与他交集了。

泽维尔直视着前方，那是我徘徊等待的地方。尽管看不见肉体，但此时透明的我却比以往任何时候都坚定地出现在他面前。他清澈的绿松石色的眼睛似乎迎合着我的眼神，接着，一丝笑容浮现在他的嘴角。

“贝儿，”他喃喃自语道，“你怎么这么久才来？”

Chapter17

帮凶

自从与泽维尔在海滩上的激情碰撞后，从此事情便不一样。我们之间的再次邂逅比单纯的吻要好得多，也比拥着他入眠要温馨许多。我将自己包围在他悸动的心跳中，在他的血液中流淌，感受他的脑海里释放的电波。我终于明白什么叫做真正的交集，也知道自己必须为这一刻而不断努力。

直到现在，我仍旧信心满满，耐心地坐等着援救我的人到来，除此之外便觉得自己无事可做。如今就像泽维尔，我感觉自己等不了了，必须捷足先登，掌握自己的命运。此刻，与他团圆的决心正在胸腔里熊熊燃烧。我曾扮演过受害者的角色，也曾经历过无助的感受。毫无疑问，杰克令我害怕。但是更令我恐惧的是，永远和泽维尔分离。

一方面，我微微感觉自己让泽维尔很失望，另一方面我每天在酒店的总统套房里无所事事，只与汉娜与塔克聊天。为了尽量避免与杰克见面，我总是不停地装病。与此同时，泽维尔却在作一切准备，他近乎疯狂地思考、计划、把所有的事情都搁在一边，而我却像个陷入悲痛的少女。现在，我好多了，可以自如地控制自己的身体重量，这就是我能做的。但是，我一个人却做不到。

“塔克，计划有变，”当塔克走到门口时，我开口对他说，“我需要你的帮助。”

塔克不安地推诿道：“我不喜欢这种声音……”

我不能完全确定自己要这么快相信他，但我别无选择：“我想试着找到门户。”

塔克不禁嗟叹一声，“我原先就想到了这件事，这会儿终于来了。”他说，“但是贝儿，这是不可能找得到的，只有几个高级别的魔鬼才知道门户的地点。”

“塔克，我是天使，”我向他施压，“我也许有个内置探测器或者别的什么，这样就能帮到我们。这是你不知道的。”

“我应该佩服你的信心。”塔克说道，接着略微停顿后又补充了一句，“但是正如你所了解的一样，我已经寻找门户上千次了，可是到现在也没发现。”

“也许这次咱们走运了。”我向他微微一笑。

“我愿意帮助你。”塔克接着说，“但是假如咱们被抓到，被钉在架子上吊死的可不是你。”

“我们不会被抓到的。”

“没那么简单。”

“不，简单，”我企图进一步说服他，“如果被抓，我就说全部是我的主意，是我逼你这么做的。”

塔克只好叹口气：“我想，这值得一试。”

“太棒了，那，那些高级别的魔鬼都会在哪里出现？”

“我知道要是我听了你的话，就是自找苦吃。”塔克说，“不过无所谓了，我们就这样干吧，咱们要怎么才能溜出来？酒店的每个角落都有人巡逻监视，他们会贪婪地盯着你。”

“我有个主意。”我猛地扑倒在床上，一把抓起床边的服务电话。我以前从未使用过这个，以至于电话另一头的声音听起来有些惊讶。

“晚上好，女士。”前台的接线员说，“有什么可以为您服务的吗？”

“你可以帮我接通索恩先生的房间吗？”我礼貌地要求，“我要和他通话。”

电话那边传来哗哗的翻纸声，“恐怕索恩先生现在正在开会，”接线员随后干巴巴地答道，“他一直要求，闲人勿扰。”

“你能告诉他是贝瑟尼·秋琪找他吗？”我说。

“请稍等。”

电话再接回时，那位女接线员的声调来了个一百八十度大转弯，这次她把我当成了VIP，“秋琪小姐，抱歉久等了，”她急不可待地奉承道，“我马上给您接。”

电话响了两声，随后听筒里传来杰克柔滑的嗓音：“喂，小甜心，想我了吗？”

“也许吧，”我和他开玩笑，“但这可不是我找你的原因。我想为某件事征求你的同意。”杰克可不是唯一一个可以施展魅力的人。

“贝儿，你是不是在开玩笑？你什么时候征求过我的同意了？你每次都是自作主张。”

这次，我努力让自己的声音听上去甜美哀怜，“我刚才在想咱们之间的关系已经够糟的了，”我说，“我不想再让事情变得更加不好。”

“啊哈，”杰克的语气听上去疑虑重重，“你想要什么？”

“我想知道自己是否能去那些俱乐部玩玩，”我用最谦卑的口气说道，“你知道，和那些会所老鼠闲逛，好好地了解一下那个地方。”

“你想去那里玩？”杰克收回了话。我知道自己已经让他放下戒心了。

“哦，倒不是那么回事，”我说，“我只是觉得这么久都没迈出过这个房间，我要不做点别的事的话，会憋疯的。”

杰克沉默了，他在斟酌我的提议，“那好吧，但你不能一个人去，”他最终说道，“我现在正在开一个很重要的会，过几小时去接你行吗？”

“实际上，”我说，“塔克可以陪我一起去。”

“塔克？”杰克忍不住哈哈大笑，“他这个样子在舞池里对你可没多大用处。”

“我知道，”我说，“但他可以做个伴。”忽然，我压低声音，换成一种令他消除顾虑的亲密语气说道，“我只是想知道和他在一起是否安全……如果你觉得……我就……？我还不了解他，根本不像朋友什么的。”接着，我后悔地看了一眼塔克，继续说道，

“你觉得他会照顾我吗？他不会伤害我之类的吧？”

杰克哧哧地笑了几声，随后语带威胁地说：“你和塔克在一起会特别安全，他不会让任何事情发生在你身上，因为他知道要是这么做的话，我会活剥了他的皮。”

“好呀！”我一边努力掩饰自己对他的厌恶，一边说道，“要是你信任他，我就这么做喽。”

杰克忽然产生了一个新的念头：“我相信你不会做什么蠢事的吧？”

“如果我要做，我要首先请示得到你的允许吗？”我故意拖长音调，听起来好像我预想到的失望情绪，“那好，你放心吧，我会好好待着的，哪儿也不想去。”

“不，你应该去。”杰克敦促道，非常希望不要再压抑我的情绪，“如果你打电话回来，你应该知道这个地方。我会通知保安送你出去。”

“谢谢，我不会很晚回来的。”

“那再好不过了，你不知道到时自己可能会撞见谁。”

“我会没事的，”我简短地答道，“现在每个人都知道我是你的人。”

“很高兴最后听到你这么说。”

“我没必要否认嘛。”

“我很高兴你改变立场了，我知道你会适时这么做的。”尽管他的声音很低沉，但他听起来是发自内心地喜悦。他牢牢在心里树立我和他之间的关系，这种感觉倒是有些骇人——满脑子的癔症。我真希望自己能帮助他，但我知道现在为时已晚。

“杰克，我不想承诺什么，”我向他澄清道，“只是出去一会儿。”

“我理解，玩得愉快。”

“我会的，噢，对了，我想去比上次还高档的地方，有没有什么建议？”

“贝瑟尼，你总是让我感到吃惊……去‘魔幻之地’吧，我会把一切都交代好的。”

我随后放下听筒，心满意足地对着塔克微笑，就像是登上珠穆朗玛峰一样兴奋。

“他上当了？”塔克一副不可思议的表情。

“带上铁钩、绳索和锤子。”

“我会给你的，比起从前让我佩服的你，现在的你更像个骗子。”

“我很不错，不是吗？”我从床上一跃而起，向门口径直走去，十分渴望赶紧离开这间沉闷的客房。

“那个……贝儿，”塔克打量了下我的行头，随后阻止了我，“你可不能穿成这样去任何一家俱乐部。”

我低头瞟了一眼自己的花裙子，不禁叹了口气。塔克说得没错，我得注意一下形象。接着，我翻遍了整个衣橱，却找不到一件哪怕贴近我喜欢的风格的服装。

我开始感到沮丧。正在这时，有人毫不客气地敲起门来。塔克打开门，发现艾莎一只手拎着一个衣袋，另一只手拿着一个名牌化妆箱立在门口。她踱进屋，夸张地咧嘴一笑，很显然，她是被迫来到这里的。她上身穿着一件系带紧身衣，下身套着一件超短皮裙，脚下蹬着一双红色的高帮靴。由于她的皮肤是奶咖色，她身上的装备在灯光的映衬下变得五光十色。

“杰克让我来的。”艾莎用她那沙哑的嗓音说道，“他觉得你也许需要点帮助，好准备准备，看起来他的判断是对的。”接着，她将手袋扔向最近的一把椅子，说道，“这应该符合你的尺寸。试试吧，然后我们就忙接下来的事。”艾莎上下打量着我，好像我无可救药似的。还没等我开口，她已经领着我进了浴室。我转过身背对她，匆忙地套上她递给我的那件黑色相间的裙子，将两脚塞进镶嵌着蝴蝶结的水晶高跟鞋中。艾莎愤恨地将大理石梳妆台上各种化妆盒和粉刷一字排开。看到这里，我不禁蹙起眉头。我知道，除非杰克明确要求，否则她是不会在我身上浪费时间的。

“噢，甜心，”艾莎懒洋洋地说，“如果你想艳惊全场，你就得好好打扮自己，可不能穿得像个童子军一样现身舞会。”

“那就一次性搞定。”我嘟囔道。

“好，让我来。”艾莎咧嘴一笑，随后将一只睫毛夹对着我，仿佛那是个致命的武器。

当我从浴室里出来时，我几乎认不出自己。头发上的每个结都被拉直，嘴唇上涂着黏稠的草莓色的唇彩，眼睑上闪烁着蓝色的珠光眼影。脸上抹满铜色的粉，让我本身苍白的皮肤看起来像是被阳光晒过一般。除此之外，两只巨大的扇形耳环分别吊在耳垂两边。我一闭上双眼，艾莎粘上的假睫毛就挠得我的脸颊痒酥酥的。她甚至从一个金色的瓶子里喷了点棕褐色的油在我的大腿上，味道闻起来很像是一只巨大的椰子。

我的形象大转变令塔克感到无语。

“贝儿，是你吗？”他说，“看起来……非常……”

“别流口水了，乡下小子。”艾莎打断他的话，“现在，我们走吧。”

“你也要来？”他问。

“当然，为什么不？有问题吗？”艾莎随即眯起两只眼睛，满脸的怀疑。

“一点儿都没问题。”塔克答道，同时意味深长地看了我一眼，这肯定是杰克为了保险起见出的主意。

一行三人随后离开总统套房，来到酒店大厅，所有的人都不约而同地注视着我们。

我的新装备也许对一名天使来说不怎么合适，但若是用来对付躲在冥界黑暗隧道里的危险分子却令我感觉更加良好。我巴不得立即赶去，从而可以寻找隐秘的门户。我明白，尽管这趟旅程十分危险，但我并没有畏缩。几周以来，我感觉自己仿佛一直置身于黑暗之中，“黑暗”这个词既是书面用语也是隐喻的象征。

我们走出旋转门，我故意对工作人员殷勤讨好的笑容视而不见。因为我飞快地认识到，如果自己想得到来自冥界的尊敬，礼貌和友好是行不通的。门外，一名身着制服的门童正向我们脱帽致敬，一辆黑色加长轿车静静地停在一旁，目的是用来接送我们。

“索恩先生为您叫了辆车。”门童介绍道。

“他可真是周到。”我勉强回答，接着便同塔克溜进后座。这个杰克哪怕人不在，也要做到严密监控。

艾莎坐在副驾驶的座位，司机似乎和她相识，两人略微寒暄了几句。从后视镜的角度来看，我与塔克捕捉到了他俩一点零星的谈话。

“要靠近‘魔幻之地’，”塔克提出建议，“听说那里有一群有趣的人。”我没让他解释“有趣”的含义是什么，因为不久之后，我自己就会得知。

冥界的娱乐区与“芳香”酒店的区域截然不同。“芳香”酒店地处偏僻，而娱乐区犹如一个隧道迷宫，镶嵌着金属门和混凝土的围墙。门口的保镖个个理着板寸头，面无表情，犹如一群克隆人一样。劲爆的音乐激烈地回响着，好像这个地方本身具有心跳似的，结果就是令人不由得感到幽闭恐惧。

“魔幻之地”俱乐部所坐落的地方比其他娱乐会所稍远，须经一条特殊的隧道进入。艾莎随后亮出通行证，我立即意识到这里只能凭邀请卡方可进入。一进去我才明白这是为什么。首先引起我注意力的是空气中弥漫着一股昂贵雪茄的味道，“魔幻之地”不仅是间夜总会，也是冥界上层人士消磨时间的游戏场所。这里的主顾都是高级别的男女魔鬼。他们犹如猎豹一般行动敏捷并且极度自负，只要从其华贵迷人的服饰便可得知。但并不是所有的客人都是魔鬼，我看到有其中有几个居然是人——不是单纯的魂魄，而是像诸如汉娜与塔克这样有血有肉的人。无须多问，便可得知，他们都是为了取悦主人而来的。

俱乐部的装饰属于巴洛克风格[①]，伴着久远时代的富丽堂皇。古典的雕塑随处可见，柱子是由大理石砌成的，地上摆放着黑色天鹅绒布装饰奢华的坐椅，墙上则悬挂着华丽的丝质窗帘，此外每面墙上都镶着镜子。我听出了天花板上扬声器里传出的歌声，这首歌

① 指17世纪初至18世纪上半叶流行于欧洲的主要艺术风格。

以前在泽维尔的车里也放过，此刻在这个场合里听来却觉得更为合适："一轮弦月升起，难题即将到来。地震与闪电同时来临，今日厄运突袭不例外。"

几名客人坐在一张小桌旁，桌上摆放着流苏的灯罩。他们正呷着鸡尾酒，观看着身穿珠绣内衣的钢管舞女郎热辣起舞。在大厅中央的几张桌子间，这些高级宾客正沉醉于各种游戏当中。我认出有几项特定的游戏，比如扑克和老虎机，但是还有一项名为"幸运轮"的游戏让我困惑不已。大概有六个游戏者环坐在一张桌子边，每个人盯着面前小小的电脑屏幕。屏幕上显示的是舞池中的一群人。每个舞者都被标上不同的轮盘标记。交易者旋转轮盘，若是轮盘最终落到他们之前选择的标记上，游戏者就算赢。如果我没有亲眼目睹大坑里那些受尽酷刑的舞者，我肯定会对这样的游戏无动于衷。

"魔幻之地"俱乐部的客人们没什么私密可言。在人间被反对的行为可以在这里公开炫耀，伴侣们公开进行性爱时的前戏，有些人恬不知耻地从柜台上吸食白色粉末，相互扔抛犹如糖果一样的彩色药丸，几个魔鬼则粗暴地对待作为人类的陪侍。令人警醒的是，这些陪侍倒似乎很是享受被虐的感觉。如此毫无道德的行为实在令人作呕。

我开始彻底怀疑自己为什么要来到这种地方，更别提找到通向门户的线索。曾经的信心满满转眼间消失殆尽。

"不管怎么说，我不确定这是一个好主意。"我对塔克说道，立场开始动摇。塔克回答了我几句话，但由于头顶上震耳欲聋的音乐声，我完全听不清。当我进场时，所有的目光都聚焦在我身上，尽管我打算避免让自己引起注意并融入到里面的氛围当中。几个魔鬼甚至嗅了嗅空气，好像知道我并不来自地狱。靠我们最近的几个竟然朝我们挪了挪身体，眨着贪婪的眼睛。塔克将一只手臂环绕着我的肩膀，带我走向吧台的方向，到了吧台，我赶紧坐上高脚凳，真感谢他的存在，可以保护我。

艾莎给我们点了伏特加，她带头飞快地将其一饮而尽，随后“砰”的一声放下。我则试探性地抿了一口。

“这不是兴奋剂，是糖水。”她嘲笑着说，“你是不是想引起注意还是别的？”

我投给她一个挑衅的眼神，接着仰起头将剩下的酒一饮而尽。伏特加没有味道，却如同一团火焰一般顺着我的喉管滑下。我回敬她，摆出一副胜利者的姿态，也将我的空杯子“砰”的一声放下，随后才意识到那是让酒保再续杯的意思。第二杯我没敢喝。我的头脑开始变得昏昏沉沉，塔克紧张地注视着我。接着，艾莎出人意料般地爆出一句让我俩惊讶不已的话。

“我能帮你们找到你们要找的地方。”

“我们到这儿只是来找乐子的。”塔克赶忙掩饰。

“你们当然是来玩的，看你们的表情就知道，”说着，艾莎哼了一声，“废话少说，塔克，和你说话的人是我，我知道你想要什么，我可以帮你们出个主意。”

“你会帮我们？”我劈头盖脸地问道，“为什么？”

艾莎的口气忽然变得友好平和，像是为人着想似的：“哦，我本来不想帮你的，但是殿下如今变成了一个怀春般的少年，这或多或少会令人觉得难堪。作为他忠实的实验对象，帮助他解决问题是我的义务所在，而且我认为最好的方法是——”

“把贝儿带出地狱。”塔克接上她的话，似乎要将此次交谈画上一个完美的句点。

“没错。”说着，艾莎将她的目光转向我，“相信我，我不会做对自己不利的事。我现在最希望的就是真正的损失降临到第三重界之前，看到你的背影离去。”

我记得自己到了冥界之后，汉娜曾向我提过第三重界，但我不明白为什么第三重界正处于威胁之中。

“你想说什么？”我向她问道。

“艾莎提到的是造反派想看见杰克倒台，”塔克解释道，“他们感觉他近年来一直渎职。”

“我不相信。”我说，“怎么会有一撮魔鬼来反对他们的首领？”

艾莎翻了个白眼：“杰克不仅是魔鬼，更是堕落天使。他是开国功臣之一，也就是和老大从开天辟地之时一起坠入地狱的那批天使。他们共有八人，分别担当八重界中的王子。当然，路西法本人主持第九重界……地狱最酷热的一界。”

“如果当初只有八个魔鬼，那其余的魔鬼一定是被他们造出来的。”

“哦，哦，”艾莎嘲弄似的看着我，“你不只长了一张漂亮的脸蛋嘛。的确，这批最原始的魔鬼操纵着时局，其他的魔鬼没有真正的控制权，他们随时随地都有可能被丢弃，只是当做工蜂的角色。最讨喜的人则被分配到刑场或是受邀进入权力阶层。有时，他们会团结起来，试图推翻其中一个大魔鬼。当然，这些魔鬼的阴谋一直都没得逞。”

“如果他们发现了怎么办？”我问。

“杰克会将他们整体屠杀。”

“大魔鬼不会做损害自己的事，”塔克补充道，“杰克尤其如此。”

“那，这些造反派要怎样推翻他的统治呢？”我接着问。

“什么都不做，”艾莎耸耸肩，“这群魔鬼几乎是白痴，只是坐等机会摧毁他的权力。”

“我想你是杰克最大的支持者，”我故作镇静地说，心想也许我们可以和艾莎谈判，“为什么你不告诉他我们的计划？”

“有些时候，对一些事缄口没什么坏处。”艾莎回答。

“那些造反派对杰克不满是不是因为我的原因？”我问。

“对。”艾莎索性摊开手，“他们向杰克表达了自己的担忧，但他不听。”接着，她对我讥笑一声，“我猜，萝卜青菜，各有所爱嘛。”

“你帮我们会不会让自己的处境陷于危险？”

“难道你没听过一句话吗？‘拒绝可以令一个女人变得狂怒而危险。’这么说吧，我的内心很受伤。”

“你能告诉我们门户是怎么个情况吗？”塔克问。

“我可没说我什么都知道，但是有人出去后又回来了，他叫阿舍。”

俱乐部的后墙上挂着一块厚重的窗帘，那里通向一条巷道，那里坐落着一间意大利套房，房里住着一个魔鬼，他正等待着我们。阿舍看上去三十五六岁，他个子高挑，黑色的头发参差不齐，长得很像一个罗马帝国的国王。他的前额顶着一头蓬乱的鬈发，脸上还长了些粉刺。他正叼着根牙签，样子看上去很像流氓电影当中的痞子。他的鼻子有一点钩，也同样具有鲨鱼般贪婪的双眼，从而可以辨别出也是个魔鬼。阿舍正靠着墙，一看到我们便故作优雅地走来。他上下打量着我，这个魔鬼原先的好奇心转而飞快地变成一种批判。

“这身装备骗不了人的，甜心，”他说，“你不属于这里。”

“嗯，至少我们在这方面观点一致，”我答道，“你是和造反派一道吗？”

“我当然是，”阿舍说，“我现在有两分钟时间，听好了，你们要找的地方不在这个区，门户有多种形状，但我听过最多的那个在‘废墟’，就在隧道外面。”

“我不知道隧道之外的任何地方。”我说。

“当然有啊，”阿舍不屑地对我说，“当然，那里没活物，只有迷路的幽灵在游荡，一直要到盯梢的人把他们拉回来。”

“我们怎么辨别？”

“你是说门户吗？你离开这里朝南边一直走，到了‘废墟’那去找来回飘动的风滚草①。等你找到后，你就会知道发生什么事了……如果你走得了那么远的话。”

“我怎么知道可以相信你？”我问。

“因为我想和你一样看到杰克崩溃的样子，他对待我们就像一坨污泥，我们对此非常讨厌。如果他这么快就把战利品给丢了，他的权力就会受到质疑和挑衅，我们也许就有机会推翻他的统治。”

---

① 戈壁中常见的一种植物，会从土里将根收起来，起风的时候经常看见其随风滚动。

我看见艾莎在阿舍的背后翻了个白眼，想知道他的计划是如何的牵强，因为听起来一点都不像杰克的权威会受到质疑。塔克点点头，对他表示感谢，随后挽住我的胳膊，带我穿过这间娱乐会所。我在想，也许他知道如何找到废墟，便顺从地跟着他。

离开“魔幻之地”俱乐部之前，我又回头看了一眼阿舍。他正在吧台和艾莎聊天，两个人靠得很近。只见他将舌头伸进她的耳里撩拨，同时将手放在艾莎的大腿上。我不由得心下暗忖，她一定是以此来交换阿舍所提供的信息。

“魔幻之地”的经历令我感觉这个地方是如此缺乏信任与忠诚，一切的一切都是建立在谎言与欺骗的基础上。这里不可能明确与谁工作，与谁同眠，或者，又操控着谁。

那一刻，我意识到，即便自己可以成为杰克的王后奢侈地生活，我也绝不会在地狱存活。

Chapter18

门户

“你应该回去了。”当我俩跋涉在肮脏昏暗的隧道时，我对塔克说，“这是我出的主意，不应该把你拖下水。你只需告诉杰克是我甩开了你，你找不到我了。艾莎会帮你说话的。”

即便说出了这些话，我自己也知道现在让塔克返回为时已晚。假若他独自一人返回“芳香”酒店，杰克会把气撒在他头上。

塔克一定是知道后果的，但他只回答了一句：“你不能一个人去那里。”

“我不会让杰克伤害你的，”我告诉他，“不管发生什么事。”

“现在我们别想那么多。”

说完，塔克迅速地冲到前头带路，我别无选择，只得跟在他身后。

我们离娱乐区没走出多远，陡然间，地形开

始戏剧性地发生变化。空气闷热不堪，周围的一切变得极其贫瘠，犹如荒漠一般，似乎一切活色生香的东西都被吸走，除了一条肚皮饿瘪的灰色哈士奇之外，别无他物。雾气在我们头顶上盘旋，遮蔽了一切天空中的飞物。狭窄的隧道已经落在身后，我们却陷入了一道既无始也无终的地段。最可怕的当属一种时断时续的声音，那是四周隐约传来的孤魂野鬼的哀鸣与哭号。当这些孤魂野鬼路过时，我感到了他们的存在，犹如在已然令人窒息的空气之中突如其来的一股热气。我看不清他们，这些魂魄只是一团路过的微光，但我明白，他们就在那里，谁也无法撼动他们幽灵般的哭泣。此时此刻，一种令人窒息又可怕的荒凉感袭遍我的全身，仿佛自己的灵魂被拖出了体内。我的心跳不由得加剧，同时感到一种巨大的紧迫感。我想要停下脚步。塔克立即握紧我的手，步伐也变得小心谨慎。

“塔克，我累了。”我听见自己这么说。

“别停下，”他低声道，“这个地方会影响人的磁场，我们必须走下去。”

“废墟”并没有以同样的方式影响到塔克。也许是因为他在冥界待久了的缘故令他不为所动，又或者因为我本身是天使，从而更加敏锐地感知到围绕在我身边的幽灵的绝望。

“如果我们逗留的时间过长，追兵就更有机会寻到你的味道。”塔克补充道。

我忘记了。我知道，作为天使，我会散发出一种雨后清亮明快的气味，这种气味也许在俱乐部里烟雾缭绕的气氛中掩盖了，但在“废墟”这种开阔的场地却十分明显。

“你能不能告诉我那些追兵究竟是什么来头？”目前为止，我仍旧很难调整自己的呼吸。塔克瞅了我一眼，摇了摇头。

“现在不行。”

“快点！”我催促道。自从离开酒店，塔克似乎就扮演着一个保护者的角色，他不会不战而屈人之兵，“如果我知道，我会更好受些。”

塔克不由得嗟叹一声，说：“追兵的角色是用来捕获游离到‘废墟’来的魂魄。”他的解释简短，一笔带过，似乎无须多言，就已经尽在不言中了。

“被捕的魂魄最终被带到俱乐部吗？”我天真地问道。

“不完全是。”

“他们会被丢入大坑里，对吗？”我问，“没事的，塔克，我看到了。”我详细地向他解释无须避免让我知道这严酷的事实。突然，塔克在我前面微微踏了一小步，慌忙掩住我的嘴。

“听见了吗？”他问。

“听见什么？”

“你听。”

我俩屏息凝神，静静地立在原地。过了一会儿，我自己也听到了令塔克停住脚步的声音。这是一种语调，呼吸浓重又有些高亢，像是个女孩，而且竟然叫出了我的名字，“贝瑟尼！”这个声音一边痛哭一边说，“贝瑟尼，是我。”这种幼稚的腔音离我愈加靠近。

我尽量让自己呼吸，以便引导她过来。随后，一股热风开始在我的四周环绕。塔克放下他的手，垂在身体一侧。

“你是谁？”我不由得颤抖地问道，感到热风中有一个鬼影，正用细长的手指抚弄着我。

“你不记得我了吗？”这个声音听起来无比凄凉，然而，却有一些怪异的熟悉。

“我们看不见你，”塔克大胆地说，“赶快现身吧。”

“没事的，”我鼓励道，“我们不会伤害你，是和你站在一边的。”

这团雾气随后渐渐变得清晰，女孩最终现出身形在我面前。我一见她立刻惊讶得张口结舌。起先，她的样子只是个轮廓，就像艺术家画出的初步草图未被恰当地填充一样，但当她显现得更加清晰时，我完完全全地认出了这个女孩。那粉状的金发，别致的翘鼻，还有撅起的嘴唇，一切都是那样的熟悉。尽管她的头发蓬乱，眼神空洞，但我绝对不会认错她。女孩蓝色的眼珠依旧闪闪发光，与她脏兮兮的脸蛋形成鲜明的对比。她绝望地凝视着我，我感到她所有的悲伤都渗透进我的体内，似乎自己的心都快要碎了。

“黛拉，”我轻声问道，“是你吗？你在这里干什么？”

“这也是我想问你的话，”她漫不经心地微微一笑。黛拉身穿一件吊带衣和紧身短裤，如同生前一般。她光着脚，虽然满是尘土，我依然可以辨认出那双脚上星星点点的指甲油。

“你是不是也被绑架了？”我问，“是杰克带你到这里来的吗？”

黛拉摇摇头，“贝儿，我被裁定了，”她柔声道，“我的魂魄被送到这里。”

“可是，这是为什么呀？”我压低嗓门吼道，对她的话感到难以置信。

“我倒在女浴室的地板上后，已经死了，随后听见四周各种各样的声音传来。那些东西在计算我生前的业力和德行。接着，我就掉进了地狱。”

我很想问问她在生前做过什么，怎么会沦落到这个地方，但我说不出口，那将会极其地不礼貌。不过我知道，她一定是犯了某种程度的错误。黛拉只是个女孩，她可以浅薄、狡黠，有时还喜与人争斗，但这些都不会是滔天罪行。她会对那些占用了自己日光浴和普拉提时间的人耿耿于怀，但我也曾见过她善良的一面。我实在无法想象她会做出真真正正不道德的事。

“我知道你在想什么，”她说，看起来很愧疚，“你在好奇我为什么最终会被裁决在这里。”

“黛拉，你什么都不用说。”

“不，我要说，”她补充道，“我会在这里的原因是因为我从不相信任何事，也不明白生命中重要的东西是什么。”她转而变得犹疑不决，蓝色的眼珠也变得呆滞无神，“过去，我只想尽情地找乐子，却从不管什么是真、什么是假。即使有罪，也不去想为什么。”

我注视着她，期待着下文，但是过了好一会儿，她才有勇气继续说道：“我干了一件可怕的事。我虽然没有亲自参与那件事，可我当时却选择袖手旁观，任凭事态的发生。”

“当时发生了什么？”我问。

“几年前，维纳斯湾发生了一宗交通肇事逃逸案，小汤米·芬奇当时在街上玩，结果不幸被撞死了。当时，整个小镇都轰动了，但就是没找到肇事司机。当时，小汤米只有十岁，他的父母从此一直沉浸在丧子之痛中。”

“那这件事和你有什么关系？”

“因为事情发生时，我在现场。”

“什么？为什么你不把真相说出来？”我不解地问。

“因为那个肇事凶手是我当时的男朋友。他那个时候喝醉了，我真不该让他开车……”此时的黛拉显得非常无助，声音逐渐变得微弱。

“你在替他掩饰？为什么？”

“他是一名大四生，而我当时只有十五岁。他告诉我他很爱我，你知道这个年龄的女孩占有欲都特强。我当时对他特别痴迷，所以不想说出真相。”

我真不知道应该对黛拉说些什么，包庇罪是非常严重的罪行。有些人相信旁观者允许非正义的事情发生如同犯罪者本人一样应该感到内疚。黛拉唯一的罪行是由于她的年轻和经验的缺乏造成的。很明显，她不能免责。

“后来那家伙怎么样了？”

“过了几个月后，托比就和我分手了。他家要搬去阿肯色州。”

“为什么你那个时候不说出来？”

“我想过，但我没有勇气，而且即便说出真相，那个孩子也不会活过来。我当时担心的是我的名声，人们到底会怎么谈论我。”

“哦，黛拉，”我说，“我希望有人能帮你渡过难关，你那时一定感觉很孤单。”

此刻的黛拉变得与我以前认识的她有所不同，活着的黛拉一天到晚都在忙着关心她的发型，一点都不在乎事情的对与错。我想，她的心灵已经受到了启发，尽管这个启发来得很晚很晚。

“你知道身在地狱，也可以说在冥界，当杰克的那些缺德鬼称呼我的时候，我认识到自己是什么样的人吗？”黛拉继续说道，“不是因为地狱之火，甚至也不是因为要遭受酷刑。我知道沦落在地狱根本是因为自己本身缺少爱心。贝儿，你不能待在这里。这个地方只有仇恨，你不会恨别人却会恨你自己，这种仇恨会将你吞噬的。”

“难道你不害怕一个人待在这里吗？”塔克问她。

“我想我会的，”黛拉耸耸肩，“但我必须得逃走。我再也受不了那些所谓的娱乐场所了……被魔鬼们像对待一块肉一样虐待玩弄。”

黛拉的话提醒了塔克，此时的他正紧张不安地环视着四周。

“我们得继续前行了。”

“跟我们走吧。”我对黛拉说，真不愿这么快就和她分开。

随后，我们一行三人缓缓地穿越荒芜的废墟，黛拉跟在我和塔克的身后，她偶尔会消失不见，接着又从层层的雾气之中重新现身。

我们就这样默默前行。忽然，我的脑中涌现出圣经里的一段文字：

邪恶的蝗虫从烟雾中飞临地面……

但它们并不伤害地面的草木和植物，唯独额头没有神印记的人会因此受伤。

上帝的愤怒是如此迅速，年轻与无知并不能让一个人因此免责。忽然之间，我去人间的目的似乎从未显得如此清晰。

“你是个天使，对吗？”黛拉说，“我应该从你那些纯净的生活中猜到的。”

“你怎么知道？”我问。

“我活着的时候不知道，但现在能感受到你的存在。而且，你本身的光辉已经暴露了你的身份。”

“可是你看起来一点儿都不惊讶似的。”

“因为再也没什么事可以令我惊讶。”

我不知道该说点什么，只好改变话题，说道：“茉莉很想你。”黛拉听后，只是苦笑一声。

“她还好吗？我也想她。”

“她很好，”我说，“万圣节那晚真的是你吗？”

“是啊。”黛拉点点头，“我那时是想提醒你们，你瞧，虽然做得不怎么好。”

“你知道当时会发生什么事？”我问她。

“不确定，但我知道降神会正引发一些不好的事情，”她说，“亚比是个白痴，她不知道自己在搞砸什么。”

“别对她这么苛刻，她意识到自己的错误后也很后悔。你怎么知道的？”

“我偷听到在维纳斯湾有个门户开启，随后明白那意味着有麻烦了，于是我就去警告你们。我想，我自己也把事情弄糟了。”

“不，你没有，”我坚定地说，“你已经尽力了。”

“你应该认为让一个天使知道真相比把事情弄得一团糟要好得多。”黛拉嗔怪道，这时候听起来有点像以前的她了。

“你说得对，我应该做得更努力。”

“我说，别弄得多愁善感似的，”黛拉说，“你知道，你会到地狱来真是个传奇。我们都听说了你是怎么令杰克心碎，你哥哥又是怎么将他驱逐到地下的。从那以后，他就等着机会把你绑架过来。”

“有人知道故事是怎么结束的吗？”我不禁发起牢骚。

“没有，”黛拉说，“我们都在等着找到结果，我真心希望你回到泽维尔的身边。”

“我也是。”我答道。

突然，脚下的土地在我们面前撕裂开来并且极力向左右延伸，要放上一块大圆石或一盆仙人掌才能填补前后的缝隙。

“这里什么都没有，”塔克看上去一脸的沮丧，“我想，咱们应该往回走。”

“不行，”我立即表示抗议，“阿舍说这里有个门户，咱们得查看个究竟。”

“咱们不必今天就得找到，我们只失去了一场战役，而不是整个战争。”

“别跟个脓包似的，”此刻，黛拉又恢复了以往的直率性格，“我要你们俩从这里逃出去。”

“可是什么时候才能有第二次机会？”我的语气不禁变得有些哀怨。

“不知道，”此时的塔克一脸歉意，“但我们现在已经走得太久了，当前的形势如履薄冰。”

失败的滋味是苦涩的，我们离胜利果实如此靠近，最终却无处可寻。历经艰难险阻，却一无所获。塔克出于关心，尽力说服我原路返回。杰克或许会很生气，但最糟的是他从此以后会加强安全警戒，这样我就永远踏不出房间半步了。塔克则不同，杰克留他在身边只是供其变态地玩乐，但我明白他就是视塔克为消耗品。此刻，我们已经决定折返。忽然间，我意识到空气中有什么东西正在发生变化。

“等等！”我嚷道，同时伸出一只手，抓住塔克的袖子。

“现在要干什么？”他问，塔克变得越发地紧张不安，也许在他的脑海中认定我们被一群野雁跟踪了。

“有点不对劲，”我缓缓地说，“实际上，这里的气味闻起来不对劲。”这句话引起了塔克的注意。

“具体说说。”他要求道。

“是盐。”我回答，同时暂停思维，集中所有的感官。我随后认出那个味道，和自己的皮肤一样的熟悉。这种味道犹如老朋友欢迎回家一样朝我扑面而来，那是海洋独特的咸味。

“门户一定就在附近！”我说，同时不顾他们的意见，发疯似的朝前摸索，“我想……我想我闻到了海的气味！”

紧接着，我的身后传来一声倒吸冷气的声音，我不确定这是塔克还是黛拉，又或者是他俩同时发出的。

“在前方！”塔克的声音变得警觉起来，“门户就在前方。真不敢相信，你找到了！”

我四下徘徊，只见一堆风滚草在红色的尘土间来回翻滚，那堆尘土离我们站立的地方只有几米远。随风而动的荒草，在风中长时间摔打着掠过废墟，纠结成一团，就是这里了。

我向前奔跑，心里隐隐希望自己没那么快找到，却仍然可以掌控在手中。在我的指尖下，风滚草摸上去粗糙干燥，但却释放出一种扣人心弦的能量，犹如一块磁铁将我深深吸引。它不起眼的外观实际上为门户提供了完美的掩饰。这个门户大得足以让我爬过去。

而且，我看见一米阳光洒在白色的沙滩上。

顷刻间，塔克与黛拉赶到了我身边，专注地观看着门户。塔克的脸庞洋溢着一丝渴望，黛拉的魂魄由于激动不已而微微振动。透过风滚草的中心，我试探地碰了碰自己的手臂，感到它干燥的嫩枝缠住了我的手臂。它的核心韧度很像面团，可塑性强，但却很难穿透。门户似乎伸手可及，但是每当即将找到，又不时碰上一些阻力。

“这个东西怎么不能勾得再远点。”我抱怨道。

我开始更加决绝地扭动着臂膀穿过开口，强迫自己进入那个灌木丛生的隧道，直至到达我的肩膀。忽然，我感到一股温柔的吸力牵引着自己的手，掌心随即有一种隐隐的痛。如果一切的一切只是幻象怎么办？如果风滚草只是让我们付出代价的一个玩笑怎么办？尽管看上去这样的想法有些牵强，但假如艾莎和阿舍只是要弄我们以供娱乐又怎么办？毕竟，他们都是魔鬼。给鬼魂们设下陷阱符合他们的做法。如果我从风滚草的另一头逃跑却不是落在故乡佐治亚州，而是地狱更幽深的大坑，那样的话，我会完完全全地孤单一人，哪怕塔克也找不到我。我随后逼迫自己迅速从这种想法中解脱出来，我记得当自己的魂魄和泽维尔融为一体之时是什么样的感觉，那是多么完美又安心啊，这样的记忆令我瞬间感觉强大起来。我付出了这么多努力，泽维尔必定不希望看到我就这么放弃。如果我真的能够成功逃脱，他会为此有多自豪？如果我穿过这道门户，泽维尔就会看见活生生的我，而不是一团颤动的空气。这个想法太诱人了，我就这样不断在脑海中倒数。忽然，我感到脚心触到了丝样的沙粒。

"让我来试试。"这时，我听见黛拉不耐烦地嚷道，随后她毫不费力地向上冲去，只见一小团纤细的物质顺势穿过风滚草四下飘浮，直到她从另一头朝我们大喊。

"她是怎么做到的？"我嚷道，同时收回手臂，眯起眼。只见另一头的黛拉现出模糊的脸庞。她对我竖起拇指，随后便查看起周边的环境。

"当然，"正在这时，塔克猛地拍了一下额头，"鬼魂可以很容易溜出去。"

"我认识这个地方！"黛拉突然大喊道，她的声音由于激动而变得颤抖不已，"贝儿，你不会相信我在哪儿！"此时此刻，黛拉兴奋得放声大哭，喜悦的泪水滑落脸颊。

"你在维纳斯湾，对吗？"我立刻猜到了，"在峭壁上？"

"没错，贝儿，"黛拉小声道，"我回家了。"

Chapter19
牺牲

“我可以从这里看见你家的院子！”黛拉发出胜利般的欢呼，“这草坪真应该修剪一下喽。”

“有人在外面吗？”

“不，海滩上没人。但是阳光充足，天空万里无云，有人正在航海……这里太美了。你还在等什么？来吧，贝儿。”

此刻的我却变得犹豫不决，心想黛拉穿过门户之后，又会发生什么？

“黛拉，”我试图叫住她，“你觉得能待在这里吗？你还是个……”

“死人，”她愉快地帮我接完以下的话，“我知道自己，但我不管。我倒宁愿是个鬼魂可以自由自在地徜徉在人间，也不愿在那个臭水沟里多待一分钟。”突然，她爆出一声激动的尖叫，“我的天哪，这里有人！我听见他们的声音了。”

“保持冷静，”塔克的话令黛拉稍稍安心，他的脸庞因为我们的发现而变得熠熠生辉。“海滩上只是可能有人，而你在另一边的世界，记得吗？”

“哦，当然，”黛拉随后显得有些担忧，“我可不能看起来像这个样子，如果海滩上是个热辣的家伙怎么办？”

“即使是，他也看不见你。”我提醒她。

“你说得对。”黛拉的话语里满是失望，我忍不住笑了起来，哪怕是恐怖的地狱也不能阻止女孩黛拉变得活泼。

黛拉完成使命后，我得以休息了一会儿。此刻，我蹲在门户边准备再试一次，而且心情也没那么紧张了。我渴望像她一样，这样就能俯瞰大海，感受海风在身后吹打着发丝。倘若能够出去，那第一件事就是跑回家，扑进哥哥姐姐的怀抱。我激动地踢掉高跟鞋，弓着背伸进门户。顷刻间，整个人已经在门户里，我的身体一半卡在废墟，一半在窥视着精美的白色沙粒。随后我整个身子快要出来了，我几乎感受得到手上和煦温暖的阳光，也能听见海浪拍打着岩石的哗哗声。

我不像黛拉一样是个幽灵，由于身体裹在其中，门户的空间越发狭窄，好像它知道我不应该待在那里似的。我感到一股磁力先是将自己推向前，接着又将我往后拉，但我还是支持住了。片刻之后，我听见有声音响起，提示黛拉有人出现了。那是一种精力旺盛的呼呼声，听上去不像威胁，更像是好奇。忽然我的鼻孔传来一股特别熟悉的气息，那是我需要的一种鼓励。哪怕还没有见到它丝质平滑的皮毛，我已经知道那是谁了。随之映入眼帘的是一只苍白的银色眼睛和一个湿乎乎的褐色小鼻子。

"'魅影'！"我高兴地大喊着，尽管不是看得十分清晰，但仍然是我最爱的狗狗。我看见黛拉又折回来，似乎被"魅影"的热情所吓住。她从不是个喜欢狗的人，但这种看到"魅影"的喜悦之情却令我不能自已。我伸出一只手，径直穿过门户。"魅影"将它软乎乎的小鼻子在我的掌心磨蹭，待它认出我之后，兴奋得近乎癫狂。我挠了挠它光滑的耳后，一团犹如高尔夫球的气体瞬间在喉间升起。我必须得忍住，以便能说出下一句话。

"我在这呢，小鬼头，"我低声喃喃，"我好想你啊。"我的情绪感染了"魅影"，它开始发出呜咽的声音，疯狂地用爪子刨挖着门户口，努力想要探入。接着，如同一声晴天霹雳，令我翻然醒悟，"魅影"是不可能独自跑到海滩溜达的，一定有人带着它。我爱的那个人离我只有数米之远，而且正朝这个方向走来！这个人很可能是加百利，因为他经常在海滩跑步时带上"魅影"。我想象自己甚至听见他踩在沙上富有节奏的脚步声。哥哥那强壮有力、给人赋予安全感的双臂也许不久就会将我拥抱。这一幕一旦发生，以前所有不好的记忆都将抹去，加百利十分清楚该说些什么以便让一切重回轨道。我努力克制着尖叫的冲动，只是害怕万一认错人。我感觉自己仿佛正在走钢丝，每一步都必须小心谨慎。

"塔克，"我向他催促道，"眼下该怎么办？"

"慢着，"他答道，脸上显现着一种果决，"再过一会儿——别冲动。"

此时，我的心"咚咚"直跳，声音如此之大，想必在场每个人都能听到。"现在，继续，"塔克说，"这不难做到。"

我在门户里挣扎爬行，缓缓地将身体推向另一边。“魅影”不住地舔舐我的双手，令我不得不忍住笑声。我的耳边传来维纳斯湾的海洋发出的令人快慰的吼声，也传来了“魅影”熟悉的喘息。我倾身向前，感到门户先是有股抵触的压力，随后又开始松动，像是允许我再徐徐前进。这是项缓慢的工作，但我正在通往人间。

正在这时，我突然听见身后传来一声声巨大的咆哮。

这个声音令人战栗，我感到心脏几乎停止，那是低沉的吼声夹杂着爪子撕扯着土地的声音。此刻，我的眼前出现了黛拉的脸庞，她已经吓得面无血色，后面塔克的双手也变得软弱无力。我还没能完全明白是怎么一回事，但我知道自己正在面临抉择。此时的阿塔仍旧陷在“废墟”里。

“继续啊！”塔克绝望地说，“你快到目的地了，不要转身。”他的声音里无法隐藏深深的恐惧。

但我却忽然停住，屏住了呼吸。塔克在冥界待我如同兄长一般，我绝不能因此遗弃他。接着，我将自己从风滚草的引力下挣脱出来，回到塔克身边。他立在原地，呆若木鸡，被我的决定震惊不已。我凝视着四周满是尘土的空地，几棵歪歪扭扭的矮树立在原地。我听见的声音就在附近，只一瞬间便变得更加明显。

纯粹的恐惧感令我迫不及待地想要躲避，然而我的腿已经不听使唤，膝盖打滑，浑身瘫软。塔克扶起我，四周是一片这个超现实景观的滚滚红尘。

“别动。”他说，我们随后紧紧相拥。此时，这些生物已经向我们靠近，我最终看清了它们到底是什么东西：六只巨大笨重的黑狗伫立在我们面前，正在摆出攻击的姿势。它们的身形如同恶狼一样高大。这些黑狗发狂地看着我们，口水正从它们的獠牙中滴落。它们的脸上满是刀疤，但身体却强壮有力，爪子犹如尖刀一样锐利，口鼻处则鲜血淋淋，身上是大团的蓬松又恶臭的皮毛。

我与塔克呆立在原地，而门户也就此关闭作废了。“贝儿……”他的声音颤抖不已，“记得我跟你提过的追兵吗？”

“嗯？”我努力让自己的声音保持平稳。

“它们就在这儿。”

“地狱的猎狗，”我低声道，“用它们做追兵再合适不过了。”

这些凶猛的生物知道我们已经是它们的盘中餐口中肉，便悠闲地绕着我们打圈，欣赏着它们的猎物。我知道，它们扑上来的速度是如此迅猛，只一瞬间就可以将我俩撕得粉碎。

包围圈正在逼近，六只猎狗向我们恶意地嘶吼。它们的外表是如此的粗糙蓬乱，眼睛是何等贪婪，干燥的风将它们身上的恶臭味吹起，径直向我们飘来。

眼下，我们无能为力。如果我们逃跑，这些狗就会在瞬间抓住我们。我俩没有武器，又没有防卫的本领，必定无处可躲。我想张开翅膀，将自己和塔克护住，但两只翅膀却死死地耷拉在身后——“废墟”剥夺了它们的力量。

猎狗们弓着背，蹲伏着身子，朝我们这边的空气拱起身。同时，背后传来了一句哭喊声。过了一会儿，黛拉出现了，她站在猎狗与我们之间。这些猎狗感到十分困惑，随后“砰”的一声重重地趴在地上。

“你在干什么？”我喊道，试图抓住她虚幻的形体，“回来！”

令我感到绝望的是，我看见她身后的门户关上了，维纳斯湾的一瞥换来的是一堆缠作一团的粗糙杂草。黛拉回头看我，蓝色的眼里溢满了泪水。与这些猎狗相比，她是如此瘦小。她的肢体羸弱，曾经美丽的长发此刻却乱蓬蓬地掠过脸颊。黛拉勉强地苦笑一声，向我们摇摇头。“黛拉，我说真的！”我喊道，“别做傻事，你有机会获得自由的，抓住机会。”

“我不想再做错事。”她说。

“不，”我猛然摇头，“不会这样的。”

“求你了，”她说，“让我，在有生以来，做一件正确的事。”

猎狗们紧咬牙关，大片的口水滴落到地面。它们全神贯注盯紧自己的新目标，以至于我与塔克都被遗忘了。毕竟，它们是受过训为搜出溜到“废墟”渴望逃出的魂魄，这些狗的本能促使它们将注意力转向黛拉。

时间所剩无几，黛拉飞快地补充道，“如果我回去了，我只会永远地在人间漫游，而你……”她死死地盯住我，“你可以起到重要作用，世界需要你们的帮助，而我必须发挥自己的作用，而且，”她忽然放声大笑，“它们能对我做什么呢？”

不等我再提出反对，黛拉已经转身面对那群生物了。

“喂，说你们呢！”这几条狗匆忙抬起它们的头颅，灰白色的尖牙在阴暗的光线下闪闪发亮。“来呀，你们这些丑陋的笨蛋，”她继续说，“你们不是很能耐吗，尽管来抓我啊！”

黛拉忽然开始全速奔跑。她是这群猎狗一直在等待的目标，六只猎狗随后一齐上阵，完全忘记了我俩的存在。我恐惧地看着其中一只猎狗将口鼻瞄准了她牛仔裤的口袋，随后拖着她一路绝尘而去，犹如拖着一个破娃娃。黛拉虽不是有血有肉，但却阻止不了猎狗们的爪子像秃鹫一般撕裂她的魂魄。接着，它们之中的首领一口叼起她离开了，黛拉金色的头发在尘土中拖曳。其余的猎狗跟在身后。

我不禁心如刀割，黛拉走了，门户也关闭了，对我们没有任何用处了。塔克紧紧地掐住我的手臂，掐得我生生的疼。

“快跑！”他说，尽量不去看地面上血迹斑斑的碎布，“我们必须离开这里。”

于是，我们就这样逃离了废墟。

我和塔克终于返回了“魔幻之地”俱乐部，彼此上气不接下气，衣衫凌乱。保镖上下打量了一番，便拒绝我们进入。别无他法，我只得呼叫艾莎替我俩担保。当她到达门口看到我和塔克时，不由得惊讶不已。

“你们他妈的在这儿干吗？”她咬牙切齿地吼道。保镖奇怪地瞅着她，她赶紧招呼我们进来。当黑暗律动的音乐又重新在我们四周响起时，她一边重新扭动身体一边说道：“那些猎狗真应该早把你们撕成碎片。”

我凑近一步，端详着艾莎的脸，她黑色的眼珠里溢满了深深的仇恨，从那敌对骤缩的双肩可以知道她真实的目的和动机。艾莎之所以送我们到“废墟”，是因为她知道猎狗会把塔克拖入大坑，同时也很可能把我五马分尸。她没料到的是黛拉的出现，解救了我俩。

“你真应该事先提醒它们，”我极尽所能装出快活的样子，尽管此刻的我只想哭泣，但我不愿看到艾莎得逞，“这群所谓的猎狗把我们放走了。”

“为什么你没死？”艾莎倾身向前对我问道，那样子恨不得把我的脖子一把拧断。

“我猜那是因为我的运气不错。”我回嘴道，一脸挑衅。

“住嘴！”这时塔克打断了我们的谈话，一想起刚才发生的事和本身的职责，他便止不住全身发抖，“让我带贝儿回去。”

“不。”说着，艾莎勾住我的手臂，将她那鹰爪似的指甲掐进我的皮肉里，“我想让你一个人走。”

“别碰她。”塔克把手一晃，阴郁地看着艾莎，让我脱离了她的束缚。艾莎恶毒地眯起双眼。

“小子，你知道在跟谁说话吗？”她不屑地说道，“也许我该告诉杰克你刚才的历险记。”

“尽管去呀，”塔克耸了耸他宽大的肩膀，“如果他发现原来是你帮了我们，肯定会大发雷霆。我只是个乡下小子，但他可是真心以为自己可以信任你的。”

艾莎陡然间败下阵来，狂怒在她那猫一般的身形上四散蔓延。

“贝儿，来，”塔克说，“我们走吧。”

“别以为我找不到别的方法干掉你。”艾莎对着我返回的背影大喊，“一切还没完呢！”

我一点儿也不担心艾莎对我的嫉妒和敌意，只是始终无法摆脱黛拉的魂魄在猎狗的齿间啃咬的阴影，她现在应该是在大坑的某个地方，忍受着因为我而造成的难以名状的恐惧。

无论这里会发生什么，我不会令她白白牺牲。

我们随后回到“芳香”酒店，我心中只有一个目标：返回房间，与塔克讨论下一步的行动。假如艾莎帮助了我们一次，她或许会迫使自己帮我们第二次。我知道她是多么地想要我就此消失，并且愿意做任何事以达成她的愿望。为了自我利益，她是很好打交道又容易调动的人。

在酒店大厅，我低头望向铺着羊毛地毯的过道，顺便瞟了一眼会议室。会议室的门只开了一条缝，我不禁随之好奇，什么事如此重要，以至于杰克抽不开身来看望我。通常他都会尽量抓住机会，打发在一起的时光。我随即朝会议室走近了一点，全然不顾塔克的忧虑。

透过门缝，只见壁炉里火苗投射的影子上映出了五六个魔鬼。他们正坐在一张长桌前，桌上摆着一瓶威士忌酒，面前是几只空酒杯。除了一个魔鬼之外，其余的魔鬼都在不停地做记录。那个魔鬼正站着主持会议，透过演示程序，屏幕上正在演示人类历史上几桩最大型的灾难。这些画面一闪而过，我只瞥见了其中几个：被投下原子弹的日本广岛，阿道夫·希特勒在演讲，此外还有战争场面：坦克行进、痛哭的平民以及自然灾害后变为瓦砾的家园。

我只能认出与会者中一小部分人，但足够可以看见一个不同于其他的魔鬼。第一眼望过去，他只是年龄比其他人更大。他身穿一件白色亚麻西装，而其他的人则统一穿着黑色西装。他的脚上蹬着一双牛仔靴，上面是一种装饰用的缝线。我看不清他的脸，但零零星星地听见他对与会者说的话。他的声音严肃庄重，响彻整个房间。

“行动的时机已经成熟，”这个魔鬼说道，“人们已经相当怀疑自己的信仰，更不相信上帝的存在。”说着，他抓住一团空气强调自己的论点，“现在是我们的时代。我要看到大量的人类掉入大坑。记住，人类的弱点是你们最大的资产，他们野心勃勃、拜金、沉湎于酒色……这些都是你们最好的武器。你们的眼光要放长远，不要只想着普通的猎物，要超出你们自己的想象——我要看到一个从未见过的肉体。我要你们搞垮大主教、红衣主教、将军乃至总统！放心吧，你们会得到丰厚的回报。”

这时，塔克扯了扯我的袖子，将我拉回到酒店大厅。

“行了，”他小声说道，“我们见得够多了。”

Chapter20

地狱甜心

我十分渴望与塔克商议下一步的计划，但当我们回到酒店后，似乎又变得无话可说，彼此都灰心丧气，无法正视先前发生的事情。不仅是因为我们让到手的机会稍纵即逝，也因为黛拉为此付出了沉重的代价。

塔克走后，我在床上翻来覆去不能入眠。一想起那群猎狗竞相撕扯着我的朋友并把她拖入大坑，泪水便不知不觉地浸湿了枕头。更糟糕的是，当时我们与自己的家园距离是如此近。加百利也许已经在门户的另一头，我还依稀记得“魅影”软乎乎的小鼻子在我的掌心磨蹭的感觉。也许当时，我应该大声喊叫——这样加比就能采取行动了。但在此时，一味去回想本该发生的事没有一点儿用处。会议室那位颇具领袖气质的演讲者陈述的观点一直在我的脑中萦绕：人们十分怀疑他们的信仰。我不禁放声大哭，不仅为了黛拉，也是因为我知道，他说的话是事实。人类在以往从未如此脆弱，而我身在地狱，却无能为力。最终，我只得擦干眼泪，沉沉地睡去。

随着一声催促的低吟，我被唤醒了。我睡眼惺忪，不敢相信清晨已经到来，似乎自己的脑袋靠向枕头只是几分钟前的事。面前汉娜大大的褐色眼睛渐渐变得清晰，她正用往常焦虑的神情凝视着我，同时不断摇晃着我的双肩进一步唤醒我。汉娜蜜色的头发在她的后颈松松地绾成了一个髻，我注意到其间有几缕发丝垂了下来，犹如金线一般在灯光下闪闪发亮。汉娜的出现不能称之为乐观，但某种程度上对我却起了积极的作用。她真挚的情感竟然存在于这个黑暗的世界之中，我能感觉到她的忠诚，也对她或多或少有种依赖感。我赶紧坐起身，令自己看上去比心中所想的更为警觉。

"小姐，您必须起床了！"汉娜一边说，一边要把床单掀开。我立即阻止她，将羽绒被拉上披在肩头。"索恩先生正在楼下等您，他让您准备一下，要出席一次重要的外出活动。"

"我对任何外出活动都没兴趣，"我不禁发起牢骚，"你告诉他我哪儿也不去，就说我病了或者别的。"可是汉娜拼命地摇着头。

"他的命令很明确，甚至就您该穿什么都指示了一番。"

说完，汉娜举起一只光亮扁平的白色盒子，坐在床边的地板上，随后将盒了放上我的大腿。我解开金色的蝴蝶结，烦躁地剥下层层的包装纸，随即映入眼帘的是一件衣服。这件衣服的款式和我衣橱里的任何一件都不同，汉娜看见后不由得羡慕不已。这是一件鲜艳的樱桃色礼服，由最柔软的天鹅绒拼接而成。衣服两侧是夸张的钟袖，袖子由锦缎织成，这样的款式兴许会让人想起夏洛特夫人[①]。此外，礼服中间系着一条由精细黄铜打磨而成的圆形带子。

“真美啊！”汉娜倒吸一口气，暂时忘记了这件裙子的出处，但我可不是一个经不起诱惑的人。

“杰克送这个干什么？”

“是为了游行而准备的。”说着，汉娜垂下了眼帘，直觉告诉我她一定有什么隐瞒了我。我交叉双臂，一脸疑惑地看着她。

“王子希望今天把您带给臣民看。”她最终说了实话。

“什么臣民？”我翻了翻白眼，“这又不是什么中世纪的王国。”

“他的臣民。”汉娜安静地解释道。

“为什么你之前没告诉我这些？”

“因为我知道您肯定会生气的，这是一件大事，您拒绝不了。”

我下决心盘坐在被子底下：“那咱们就试试看。”

“小姐，别傻了。”汉娜朝我倾过身子，认真地说，“如果您不愿去，他会自己拖您到那里去的。对他来说，今天是个意义非凡的日子。”

我端详着汉娜的脸庞，看得出她对违背杰克的愿望有多害怕。要是她知道我的废墟之旅，一定会被吓死。一如往常，她的反应让我很好奇，若是不听话，后果又会是如何。毫无疑问，汉娜会被追究责任。一想到此，我的决心不禁有所动摇，只好掀开被子，爬出睡床，拖拖拉拉地走进浴室。当我重新出现时，只见汉娜已经整理

① 著名诗人丁尼生写的一首诗，也是画家约翰·威廉·沃特豪斯作品中的人物，是一位美丽的女郎。

好床铺，小心地把服装和与之搭配的黑色缎鞋摆放好。

“他不是真心希望我穿这个吧？”我问道，“不是去参加化装舞会吧？”

汉娜顾不上答理我，她的眼睛一边不安地扫视着门口，一边匆忙地帮我套上衣服，钩住背部的扣子。尽管这件衣服是绒布制成，却精细轻盈得如同第二层皮肤。接着，汉娜让我坐好，梳直我的头发，随后编好精致的辫子，再巧妙地用缎带扎好。最后，她还打了点粉在我的脸上，并在眼睑涂上了午夜用的蓝色眼影。

“我看起来真滑稽。”我一边在穿衣镜前审视着自己的打扮，一边生气地说。

“胡说，”汉娜明快地答道，“您看起来跟王后似的。”

我真不想离开房间去参加所谓杰克为之炫耀的大事，我的房间是唯一能让我稍稍感到舒服和自在的地方。但是战战兢兢的汉娜还是挽着我，将我带出了房间。

有几个人正在酒店大厅等候我们，我认出其中大多数是在那次晚宴上结识的。当我从玻璃电梯里走出来时，这些人忽然安静下来，认真地打量我。我环视四周，想知道塔克在哪儿，但却没见到他。杰克则兴奋地在走道上来回踱步，一看到我便朝我走来，看上去宽慰又满意。接着，他投给汉娜一个恶毒的眼神，毫无疑问，那是在指责她为什么迟到了。

杰克随后拉起我的手上举，为的是向其他人彰显我的出现。此刻，嘴角边一抹欣赏的微笑令他平日的粗鲁一扫而光。

“真是完美至极。”他向我低语一声，我却对他的赞美无动于衷。杰克本人也穿得十分正式，他身穿燕尾服，戴着一双手套，看上去仿佛十八世纪的肖像人物。他齐肩的长发干净整洁地梳在脑后，深黑色的双瞳炯炯有神。

“你今天没穿运动夹克？”我淡淡地问道。

“我们必须选择合适的风格来匹配相应的场合。”他和气地回答。既然我已经出现，他便再次感到了放松：“你忘记了我见识了这世上多少事物，我可以挑选两年内的时装，但我发现上世纪之前的任何打扮都有点过时。”

正在这时，我冷不丁瞟到艾莎也在走道里，她正向我投来怨恨的一瞥。艾莎身穿一件线条优美的铜色晚装，颈上长长的项链一直坠到腰间，珍珠色的唇彩闪闪发光。她侧身对着杰克，杰克不禁板起脸。

“我们该走了，”她说，“公主，你准备好了吗？”我知道她不敢向杰克告密，生怕暴露了自己的动机，但她直接这么称呼我，仍旧令我感到肌肤微微作痛。

酒店外，一辆豪华敞篷车正在等候着我们。司机随即下车，机械地为我们打开车门。待我们坐好后，杰克对他说了一种我听不懂的语言，接着他便开始发动引擎。

我们随后来到一块开阔的空地。这是第一次杰克自愿让我在隧道之外透气。一开始，我只看见一片猩红色的天空，天空被一大片烈火点燃，只见一大群密密麻麻的东西爬上天空，破坏了整个地平线。这群东西看上去活生生的，正在扭曲抽动，随后我才意识到那些根本不是自己之前以为的影子，而是一大群蝗虫。我从未见过如此景象。我们接着换成匀速前进，只见一股蒸汽从路面缓缓升起。这辆车貌似会一直这么开下去，却突然一拐，转上了一条马路，马路两旁是各种被烧焦车辆的残骸。这样荒芜的景象让人联想起科幻小说里的场景，那就是盖世英雄发现自己被迫要面对核战之后的后果，从而设法存活下去。

我不知道这是到了哪里，除了简单拙劣的废墟之旅外，我从未超出过隧道的范围。我百思不得其解。这时，迷雾渐渐散尽，我开始认出路上那些浑身脏兮兮的人影。随后，我看见了人群——成千上万的人——被烟雾和尘土团团围绕，正在等候我们。人山人海般的民众焦急地向我们转过身来，似乎在寻找着什么。他们眼神空洞，一副翘首以盼的神情。我很好奇他们究竟在等什么。是标志，抑或记号？但若是标志和记号，那代表的又是什么？我注意到，他们一定是穿着死时的衣服。一些人身穿医院的病号服，衣服上面沾有血迹和尘土；一些人则穿着西装或晚装。然而，所有的人看上去都是一副枯萎木然的表情，犹如行尸走肉一般。

过了一会儿，人群开始变得鲜活起来，相互推搡争取着更佳的制高点。他们凹陷的眼睛极其好奇地望着我。似乎任何一个隐形的提示，都会令他们欢呼雀跃着向我们伸出骷髅般的四肢。我恐惧地朝后缩去，第一次感激杰克可以在身旁陪伴自己。尽管我很恨他，也知道这些可怕的游行全是他一人所为，但我仍然向他微微靠近。讽刺的是，杰克居然是在这个地方离安全屏障最近的人。此时此刻，他的存在唯一可以让我感觉安全。

轿车朝着马路徐徐前进，人群开始簇拥着向我们蜂拥而来。我不知道车辆是驶向何方，也不知道这些鬼魂聚在一起要目睹什么，但我明白杰克正把我当成战利品一样游行。我心里明白，自己代表的是邪恶势力打败天上神力的战利品。我的被捕对杰克来说，是一次意外的成功，只见他的脸上喜气洋洋，十分享受此刻。

忽然之间，杰克从敞篷车里站起来，并且同时拉上我。我努力想要挣脱，但是他拽得太紧，令我无法抽身。随后他总算放开了我的手，我的掌心随即留下了两道深红的印痕。这时，人群似乎开始变得狂热，争先恐后地爬上车身或者探头伸出烧焦的窗户外。

“你应该向他们挥挥手，”杰克说，“练习一下。”

“至少你得先告诉我，要带我去哪儿？”我不依不饶。

杰克向我投来一个招牌似的表情，皮笑肉不笑地说：“怎么，你觉得惊讶了？”

随后，司机拐下主干道，前方转而出现一条好似废品收购站的地方，那里到处堆满了歪歪扭扭的金属电线。一块区域已被清空，临时在上面搭了一个台子，台子上放置着几台话筒和扬声器。杰克的保镖周身佩带着各种通信设施，而且彼此连通，以便在巡逻时相互联络。杰克让我挽起他的胳膊，我无奈于周围的喧闹，只得照做。他看起来很是沾沾自喜，但我太过紧张，全然顾不上那么多。我们一起踏上铺着红地毯的台阶，就像是好莱坞宴会上的一线明星。讲台上摆放着一大串歪歪扭扭的黑色玫瑰，玫瑰下面是两个银色的宝座，用黑色的貂皮悬挂着。也许在其他场合，这样的摆设很吸引人，但在今天这个日子看起来，此种场面犹如一副厚重的铁链一般将我绑缚到这个地下世界。我感到自己的腿脚有些打晃，杰克随即搀着我来到宝座上，显得无比的殷勤。我赶紧坐下，松了一口气。这时，杂乱的人群突然肃静下来，等待着杰克的致辞，甚至头顶上无声飞翔的蝙蝠也停驻在半空中。

“欢迎，各位，”杰克开始发表演说，他似乎并不需要话筒，浑厚的声音在人群中回荡，“今天是个重大的日子，不只是对我来说，也是对冥界整个王国。”

人群瞬间爆发出巨大的欢呼，直到杰克挥手示意，欢呼声方才停止。在我们座位的台阶下，坐着冥界的上流人士，按等级依次排开。每个人都不约而同地显出屈尊虐狂而又略微迷醉的神情。这些鬼魂观众看起来相当害怕却又无法将他们的视线移开。我随后感到一股热风吹过我的脸庞，心下真希望此刻能赶回酒店，尽管那里没什么自由，但总比现在被这群该死的恶魔虎视眈眈安全多了。

杰克站起身，大力地一挥手，随后这群鬼魂观众犹如多米诺骨牌一般依次向他跪下。我努力仰望着深红色的天空，实在不愿直视人群。此刻，我的腹腔传来一阵异样的感觉，我立刻意识到可怕的事情即将发生。这时，只见一位驼背白胡子老人撑着一根拐杖艰难地走上台阶，来到摆好的话筒前。他竟然穿着牧师的服装，白领黑袍。他脸上的轮廓棱角分明，一副饱经风霜的样子。此外，他两眼通红，皮肤下的血管根根毕现，一块块柔软的浅紫色皮肉令我想起了用过的茶包。

“欢迎伯尼·迪可特神甫！”杰克的语气听起来很像脱口秀主持人，“他将主持今天的典礼。”说完，他一个人不禁开怀大笑了起来，这位老人则谦卑地向他鞠躬。我的注意力随即又被吸引回来，不可思议如此亵渎神灵的做法——代表上帝的人竟然在杰克这样的魔鬼面前鞠躬。

“别这么吃惊嘛！”杰克随口说道，坐回到位子上，“哪怕最虔诚的人也会向我们投降的。”

“你太卑劣了。”我总结了这么一句。

杰克吃惊地望着我，“为什么这么说我？”他转而将视线对准迪可特神甫，对我说道，“如果你想针对某个人，直接针对他好了。”

“他在这里干什么？”

“只能说他不会再保护无辜的人。如今，他为我们工作。我相信，你会赞赏这一极讽刺的事。”我狂怒地瞪着他，“想必并非如此吧。”

我突然想到杰克是故意变得小心谨慎的。除了仅有的体温，我感觉体内的血液骤然间变得冰冷，仿佛有无数的冰片插入到我的血液之中。我知道，自己是杰克的战利品，是战胜天使的纪念物。可是，除此之外，还会发生什么呢？

“不管你要我做什么，我都不会答应。”我说。

“冷静一下嘛，你的存在就是大家的愿望。”陡然间，这些碎片变得可以依序排列——服装、游行、仪式，一切都变得意味深长。

“我不会嫁给你的，”我紧紧地箍住皇冠，指关节因此变得苍白不堪，“不只现在，一千年都不会。”

“亲爱的，这可不是婚礼，”杰克哧哧笑道，“另一方马上就到。作为绅士，我可不会把你置于你还未准备的境地当中。”

“哦，那绑架也不算喽？”我反讽道。

“我需要引起你的注意。”杰克无动于衷地答道。

“你真的想要和一个不想看到你的人在一起吗？”我问，“除此之外，你难道就没有别的自尊了吗？”

“我们换一个私人时间再去争吵行吗？你马上就会变成每个人的甜心了，好好享受这一刻。”

说完，他朝人群当中一行人做了个手势，这些人早已为接下来的事情等候多时。“他们为欢迎新公主已准备好久了。”

接着，犹如闪电般的速度，杰克猛地往后拉了拉椅子，随即退到了我的身后。然后，他又将我朝前推去。此时此刻，我变成了舞台的中心人物。人群立刻爆发出激动的欢呼，数千双眼睛热切地注视着我。“这个，”杰克在身后幽幽地低喃，“是受勋典礼。贝瑟尼，你看看四周，这是你的王国，他们是你的臣民。”

“我可不是他们的公主，”我小声反驳他，“而且永远也不会是。”

“但是他们想，贝儿，他们需要你。为了这一刻，他们已经等了太久，你只要想想你可以创造的影响力就行了。”

“我可帮不了他们。”我无力地答道。

“是不能还是不会？”

忽然间，有人大声地清了清喉咙，我们之间的谈话中断了，那是晚宴上一个叫爱洛斯的红头发发出的声音。“我们可以继续吗？”杰克随后提醒伯尼·迪可特神甫。

“现在开始。”

我不知道这个所谓的受勋典礼包含着怎样的程序，但我清楚自己再也无法忍受，不得不赶快逃离。我沿着台阶一路狂奔，甚至差一点撞倒一对情侣，结果却撞见了台下杰克的随行人员。他们随即朝我拥来，彼此的手从各个方向抓住我，脸上的表情因为兴奋而变得扭曲，在美丽的面具与真实的怪诞中闪烁不定。过了一会儿，我被迫回到自己的座位上。杰克坐在我旁边，一脸的平静。伯尼·迪可特神甫随即将一个满是藤叶的银色皇冠放在头上，将他黑色的头发衬得闪闪发亮。他扭曲变形的双手握着一顶同样的皇冠，那是为我准备的。当他开口时，沙哑的嗓音即刻在人群中回响。

“我们在此热烈欢迎一位新成员的加入。为此，王子已经找寻了她几个世纪。现在，我们分享着他的喜悦，他终于找到了她。她不是一个屈服于权力和不道德事情的凡人，她来自更高级的地方——一个被称为天国的地方。”说完，人群中爆发出一阵热烈的欢呼声，我很好奇这些扭曲的心灵是否还知道有个地方叫做天堂。对于这一点，我很是怀疑。“你们会崇拜她，”伯尼·迪可特神甫吟诵着，声音因为激动而提高了好几度，“你们应该服务于她的意志并鞠躬尽瘁。”我很想起身，反驳他嘴里冒出的每一句辞令，但我知道，此时此刻我只能缄口。伯尼·迪可特神甫最后总结道，“我向您致敬，来自第三重界的新公主，天使贝瑟尼！”就在他将皇冠戴在我头上之际，一道闪电忽然划过，照亮了红色的天空。紧接着，一团灰尘突然在四周爆炸，这些魂魄吓得抱头鼠窜，慌乱地遮住自己的脸颊，而台上这些魔鬼似乎非常享受看到人群这样的反应。

随后，如同迅速地开始，这个仪式似乎迅速地结束了。牧师颤颤巍巍地走下台阶，人群也开始四散而去。正当我们乘车返回时，一个衣衫褴褛的孩子冲出人群向我们跑来。这个孩子虚弱瘦小，一脸的谦卑。他来到我们面前，恳求地向我们伸出手臂。迪亚哥首先看见他，他随即从队伍出来，一把抓住这个孩子，残忍地将手指整个掐住他的脖子。我感到非常惊骇，这个孩子因为呼不过气而大口地喘息，眼神因为惊恐而张大，两只小手无助地在身旁摸索。迪亚哥突然觉得无趣，随后将其用力地扔向一旁，仿佛这个孩子是一圈揉皱的纸团，男孩的喉咙里转而发出一阵奇怪的咕噜声。此时此刻，我身体里的每一处本能都在催促我快去帮帮他，我试图朝前移动，然而杰克蟹钳一般的大手将我猛然拉回。

“端庄一点儿！”他向我咆哮道。

我不假思索，重重地踢向杰克的胫骨，拼命挣脱开来。这一动作足以令他分心，我赶紧跑到男孩跟前，扶起这个无助的小身体，任裙边拖在尘土中。男孩的双目紧闭，我拂去他满是憔悴的脸上的尘土，将我的手掌置于他的心上。我下定决心，无论自己失去了多少治愈能力，自己都要使其恢复，从而来复原这条生生被剥夺的生命。

男孩的嘴唇终于恢复了血色，他随即眨了眨眼皮，重新睁开了眼睛。我微笑地看着他，心中充满了慰藉。那时，我意识到，围绕在我身边的一切又悄无声息地回来了。每个人都朝着我看，杰克只离我几英尺远，却是一脸沮丧。接着，杰克的随从过来包围我，保护我回到车上。我在他身旁坐下，耳边感受到的是他呼出的热气。

“再也别这么做了，”他说，“你觉得这么做是为了什么？我们是路西法的孩子，我们的目的是招致痛苦，而不是舒解痛苦。”

“那是你自己。”我没头没脑向他甩出一句。

“听我说，”杰克不满地抓住我的手臂，“天堂的七美德[①]就是地狱的七宗罪[②]。仁慈之举在这里是首要罪状，就连我也保护不了你。”

我不愿再听下去，忽然间觉得自己异乎寻常的冷静。现在我很清楚，自己有制造影响的潜力，哪怕身在地狱也不例外。一想到

① 七美德：诚信、希望、慈善、正义、勇敢、节制、宽容。

② 人类恶行的分类，分别为：傲慢、嫉妒、暴怒、懒惰、贪婪、贪食及色欲。

此，我的心里就泛起阵阵涟漪。我只要顺其自然，在目睹痛苦的时候聊以安慰就行。我全神贯注于自己治愈的能量，感到它们瞬间会聚到我的肌肉之下。我的翅膀微微生疼，但我努力抑制冲动舒展它们。紧接着，我的四周开始散发出光，光从车内渗出，散发到满是污垢的空地当中，散发到攒动的人群之上。这道光缓缓升起，将红色的天空染成了奶白色。这时，只听杰克喊道：

“你在干什么！赶快停下来！我命令你！”此时的他听起来并没有生气，只是发出警告。随后，这道光逐渐变得黯淡，直至消失，只留下一只孤独的白色蝴蝶。它在人群上空盘旋，那是绝望之处的一小团希望，有人想要上前抓住它。此刻，每个人都抬头看，脸上显露着好奇，抑或是恐惧。杰克则呆若木鸡，竟然有那么一会儿无法动弹。正在这时，艾莎却突然上前一步，开始发号施令。

“弄死那只虫子，”她猛喝道，“把她给我带出去。”

Chapter21
老大

回到“芳香”酒店之后，杰克的魔鬼们聚在一起开了一场批判大会。他们拒绝进入会议室，只是聚在走廊上唧唧喳喳，好像操场上集合的学生。尽管我被当成空气一样无视，但仍旧能听见这群魔鬼七嘴八舌地形容自己，诸如“绝对搞砸事情的人”，抑或是“我们是一群傻帽”。争论不断地升级，杰克忽然一把抓住我的手肘，带着我朝汉娜走去。她正一边朝着这群魔鬼东张西望，一边紧张不安地搓着双手。

“把贝儿带上楼，”杰克将我一把推进汉娜的怀里，“不要停，也不要跟任何人说话。”

“我没打算搞出这么多麻烦。”我嗫嗫嗫嗫地对他解释，只不过实在讲不出抱歉这两个字。我没料到会导致这样的混乱，“只是碰巧发生罢了。”

杰克根本没看我一眼，直接向汉娜咆哮道：“快点，汉娜！”

“我不明白，为什么要这么劳师动众。”我不顾汉娜的催促，对杰克说，“至少你得告诉我发生了什么事。”

杰克压低嗓门，强抑着怒火，幽幽地盯着我：“事情开始变得被动起来，我正让自己免遭弹劾。如果你现在走的话，我成功的概率就会更高。”

我环视四周，只见在场的每一个魔鬼阴郁的眼里都闪着杀戮的幽光。我的存在不再被视为惯常的娱乐与好奇，周围每一张脸都是如此狂躁，似乎最想要做的事就是一点一点地将我撕成碎片。我望着这群魔鬼，杰克随后转过身来，面对着这群陪审员。他穿着黑色的燕尾服，头发没绑，只是随意地披在肩上。这样的衬托令杰克看上去高大强悍。从他摆出一副攻击的姿态来看，他正准备进行一场战斗。

“小姐，走吧。”此刻的汉娜看上去不免有些心慌意乱，而我也不敢与她争辩，匆忙地跟在她身后。即便躲在电梯间，那些魔鬼愤恨的只字片语仍旧盘旋在我们头顶。

“这真是一场闹剧，”有人嚷道，“你就不该带她到第三重界来。”

“她还年轻。”杰克气势汹汹地向他们吼道。我不由得对将他一人置身于这些谴责之中心生内疚，他的本我因为我的存在而发生了变化，“她对这种生活还很陌生，需要更多时间调节。”

“要多少时间？她在颠覆这里的平衡。”有人反驳道，“你想要的是一只可供玩耍的小猫——现在是时候告诉她这屋里的规矩了。”

“她不是什么供我玩赏的宠物。”杰克的情绪变得十分激动。

“那你想和她在一起是为了什么？”一人插嘴道，“为了个人的娱乐而危及我们的名誉，值得吗？其他重界的魔鬼都在看我们的笑话呢。”

“我不会回答这个问题的。”这时，杰克的嗓音变得低沉暗哑。

“也许吧，但你是这里的最高统治者。”

“你真想打扰他吗？就为这事？”

“我不想，但如果你不管住那个小婊子，我就会这么做。”

随后，屋里似乎陷入一片死寂。这时，电梯到了，汉娜飞速地按动我们要到的楼层号码。

“你刚才说什么？”

“你听见了。”

“你也许会考虑收回那些话的，”杰克说道，语气里明显带着一种潜在的威胁。

“你提出来啊，头儿，让我们看看你会得到什么。”

汉娜随后将我领进客房，塔克已经在此等候多时。他立即翻转那把铬黄锁，即便我们都知道这个举动对于将魔鬼挡在门外没什么效果。

我盘腿坐在床上，顺手抱起一个垫子，因为这个姿势比较舒服：“你觉得楼下正在发生什么事？”

“小姐，你不必担心，”汉娜老老实实答道，“索恩先生正在说服他们，他一直都是这么做的。”

“希望你说得对，”我说，“不过我可没意识到他们有多领情。”

“他们是魔鬼，总是神经过敏、反应过度。”塔克耸耸肩，试图宽慰我，让我感觉好受些。

杰克一直待在大厅走道里处理这些争议，似乎已经花了数小时的时间。午夜之后，汉娜与塔克两人已经上床休息。此刻，倦意阵阵袭来，我刚要将天鹅绒的长裙脱下，却听见杰克在门口呼唤我的名字，这是他第一次敲门示意而不是破门而入。

“我很高兴你还没睡。”我请他进来后他随即说道，“咱们得走了。”

杰克的音调听起来更像是抱歉而不是命令，同时他的腋下夹着一件服装。他的眼神十分怪异，我说不准那是什么神情，只觉得那是两个字“恐惧”。此时的杰克已经不像是当初加百利将其投入火中被土地活生生地吞并的杰克，他的眼里只剩颓丧与挫败。到底发生了什么事，可以令他如此惊惶失措?

“我们要去哪儿？”

杰克紧抿嘴唇，努力克制住自己不断扩大的焦虑：“他们称之为听证会。”

“什么？为什么啊？”此时，我已经完全清醒。

“我没料到事情会发展到这一步，”杰克说，“我会解释的。”

“我能不能先换件衣服？”

“没时间了。”

走廊外，杰克的摩托车正在静候着我们。

“为什么要骑车？”我问。

“我不想引起过多的注意，”他答道，“喏，戴上这个。”接着，扔给我一件褐色的斗篷。

“我原本以为你想引起所有人的注意。”我说，想起了数小时前那次丢脸的游行。

“这次不是。”

“为什么我要听你的话？”我问。

“贝儿，”杰克忍不住嗟叹一声，似乎极其痛苦，“你可以尽情地恨我，但是请你相信我……今晚，我会站在你这一边。”

就某些原因来看，我是相信他的。我披上斗篷，将帽子套上，杰克随即扶我上车。随后，我俩在隧道中无声无息地穿行，这些隧道在我们前方起伏逶迤，犹如蜘蛛网似的错综复杂。我将脸庞深埋在他的背后，以此躲避黑暗中潜藏的骇人事物。

过了不久，杰克忽然刹住车，似乎停在了一条狭窄的巷道，巷子的尽头是一间废弃的仓库。我们下车驻足面对着这处遗迹。尽管身处地底之下，这幢建筑仍旧有几层楼高。这幢楼的大部分窗户已被肆意破坏，只用几张硬纸板糊起。外墙上则是一大片涂鸦。杰克犹豫片刻，随后向前走去，仿佛在进行一场博弈。

“就是这里了，”他对我说，带着惯常的严肃，“你要见的人是老大，无论你是生是死，没多少人可以荣获这项尊荣。”

“啊？什么？”我喊道，“你要带我去见魔鬼路西法？你疯了吗？我是不会去的！”

“我们别无选择，”杰克深吸一口气，说，“他向我们发出了指令。”

“为什么？是关于蝴蝶的事吗？”我绝望地问道，“我再也不会那样做了，我发誓。”无论我在游行活动上重拾了多少信心，最后一来仍旧丧失殆尽。

“你不是令他们愤怒的对象，”杰克说，“他们已经集体审判我，要对我带你到地狱来做出处罚。”

“哦，不错，”我断然道，“你带我来这里本身就是错误的，他们一送我回去，你就自认活该。”

“我倒是希望可以简单一点儿，”杰克喃喃低语，眼神望向远方，“但我们很难脱身。”

“什么意思？”

“没什么，进去吧。”说着，杰克停住脚，“我们已经让他等得够久了。记住，除非有必要，否则千万别开口，明白了吗？这可不是放肆的时候。”

随后，杰克几乎没说什么话。一名身着黑色西服的保镖——如同我在地下俱乐部见过的其他保镖一样——拉开了厚重的大门。刺耳的金属滑动声随即响起，接着，他示意我俩进入。

“进来吧，”这时，里间响起了一个声音，让我想起了平滑浓厚的威士忌酒，“我不会咬人的。”

整个仓库内部布置得俨然像个临时法庭，七个暗黑的影子坐在一个半球上，看起来很像是上翻的板条箱。有几人交叉着手臂，似乎已经等了太久。我本能地认为他们就是原始天使——与杰克同级的魔鬼。我的目光相继掠过现场这些面孔，发现了迪亚哥、纳什、叶芝以及艾莎，他们正潜伏在幽暗的灯光中。我猜想他们同样是被召唤到此的——很可能是作为人证。

当我的眼睛终于适应了昏暗的光线后，我看见坐在人群当中最前面主持的人，他是个引人注目的高大角色。这个魔鬼坐在都铎王朝[1]风格的高背椅上，椅子考究奢华。此人身穿一件白色亚麻西装，系着红色的丝绸领结，脚上蹬着一双白色牛仔靴。尽管他的脸掩藏在阴影之中，我仍能确定他便是自己曾在会议室外偷听到的那位煽动怂恿的演讲者。他握着一支象牙柄的手杖，正在轻轻地敲击着水泥地面，像是已经等得有些厌烦。当杰克与我进入时，在场所有的谈话立即停止，那一刻，四周一片静默，这也给我腾出点时间，可以估算这个废弃的地方究竟是哪儿以及拥有者的身份。

除了破窗玻璃之外，几张蜘蛛网悬挂在布满灰尘的机器上。我的头上传来沙沙的风声，那是蝙蝠在木制的横梁中安上自己的家。如同杰克，这些围绕在我身边的堕落天使都是俊男靓女。尽管一些人的性别不能确定，但他们都有同样精雕细琢的轮廓，蜜桃色的唇，微挺的鹰钩鼻以及坚挺的下巴。除此之外，这些堕落天使的表情都是颓废迷茫的，犹如那些毕生都在追逐无所事事一样。虽然他们没有显得惊讶，但我知道自己的存在已经惊扰到了他们。通过坐姿和显出的优越感可以分辨出他们就是原始天使，与这个世界的皇室是平等的。此刻，他们冷冷地看着杰克，好像他已不再是其中一员，而是一个被驱逐徘徊在群体之外的人。

我随后看清了那个白衣人，发现他比其他人要更加老成和饱经风霜。他的皮肤呈现深褐色，很像皮革。眼睛湛蓝，但缺乏神采。他的打扮完美无缺，满头银发用一个镀金的夹子松松垮垮地别在脑后。就连我也不得不承认，此人极其俊美。天使本该没有年龄，但我猜长期致力于传播邪恶必然导致了一些衰老。尽管上了些年纪，

① 1485—1603年间统治英格兰及所属领域的王朝。

路西法的脸庞依然容光焕发，眼神锐利，每个角度都造型完美。他的眉毛粗重，眼神阴冷，让我不禁打了冷战。我知道当初在天堂，他曾是我们之中最让人尊敬的一员，是美与智慧的精华所在。接着，他开口了，声音缓慢而悦耳。

“哦，你好啊，小天使，”他说，“你的家庭聚会怎么样？”只见几位原始天使暗自窃笑。

“父亲，”杰克彬彬有礼地上前一步，“一切都是误会，如果您能给我机会解释的话……”

“哦，阿拉凯尔，我亲爱的孩子，”路西法转而换成一副慈父般的腔调，柔声道，“你可要对此负责。”

过了好一会儿，我才反应过来，路西法用的是杰克的堕落天使身份的名字。一如既往，我对杰克的前生相当讶异。这种想法很奇怪，很早以前，也就是在我还未出生之前，他们都居住在天堂。往事历历在目，加百利到现在都还记得很清楚。我知道，加百利亲睹了叛逆天使们的起义以及他们最终被天堂驱逐的事情，因为这些天使犯了罪。然而一个词语却始终在我的脑海萦绕：“兄弟”，但是看看他们现在变成了什么样子。片刻之后，我所有的恐惧与愤怒都消失得一干二净，只剩下深深的悲哀。这时，路西法的声音再度响起，将我的思绪拉回到当前的审判当中。

“阿拉凯尔，你欠本法庭一个解释，”他说，“这件小小的出轨行为已经造成了我们几个阶层的纠纷与争吵，有些天使怕你的行为会破坏我们一直奋斗而来的成果。我们必须不惜一切代价保护大家的所得。”

“父亲，”杰克向其鞠了一躬，“我绝无冒犯，但是这件事一开始就是您批准的任务啊。”

“确实，”路西法表示同意，“我赞同你的大胆做法，将她带到地狱，但是似乎是你的情感占了上风。恐怕对你来说，这已经不再是一项纯粹的项目了。”接着，他将双眼眯成一条线，恶狠狠地说，“事实上，我怀疑从来不是。”

“对不起，我有个问题……”我倾身向前，这些魔鬼的眼球立刻齐刷刷地对准我，热辣辣的目光在我身上不停扫射。我将指甲深深地掐进手腕，努力让自己不要浑身发抖，以便继续说下去。我意识到我无法做到完全冷静，但认为自己需要答案，而且，颇具讽刺意味的是，我的直觉认为，路西法会告诉我真相，“我有点困惑，我知道是你要我来这里，但我不明白为什么。”

路西法的嘴唇微微上翘，笑道，“当然，”他说，“是我授意阿拉凯尔带你来的。”

“可是我并不是什么大人物，为什么选择我？”

路西法悠闲地将五根手指敲击着他的手杖。“亲爱的，你可以充当人质啊，”他说，“你知道，天堂发动了又一次可悲的拯救世界的行动。”接着，他翻了个白眼，“整件事太沉闷了——每当我们把事情弄得一团糟，他们就来处理干净，如此种种。我们已经厌倦了这些，这就是你进入地狱的原因。”他苍白的眼珠慵懒地盯着我，“我要让你放出消息。”

“什么消息？”

正在这时，皮肤黝黑的迪亚哥站起身，忍不住主动发话，将路西法的意思阐明清楚：“游戏开始了。”

“什么意思？”我无力地问道，极力忍受着胸腔内不断扩大的痛楚。

“哦，现在你在这儿，我想让你进来知道这个秘密也算安全，”路西法慢悠悠地说，“可以说，家庭矛盾该到了结的时候了。”

杰克原本在这次谈话中一直保持沉默，可是却选择在这个时候开口说话，“违反天堂的意志，将天使拉进地狱就是个预警。”他说，“标志着战争即将开始。”

“要发生战争吗？”

“以前总是会发生战争，”路西法说，“自从我的一个哥哥拔掉我那正义的刺之后。”

“为此我们等了很长时间。”迪亚哥用他那地道的西班牙口音接着说，“让他们知道谁才是头儿，他们宝贵的小小星球原来如此脆弱。”

我拼命咽下一口唾沫，摇摇头，说道：“不，这不是真的。”

“哦，这当然是真的。”这时纳什高声嚷道，想必是认为听证会上要轮流发言，“我们正讨论摊牌的事，讨论我们的父亲和你们的天父最终要相互对决。”

“你最好相信，小天使，”路西法补充道，“我们正朝着世界末日善恶决战逼近，我保证有场好戏可以看了。”

我呆若木鸡，几乎无法呼吸，同时身体里的一部分很希望突然能让自己放声大笑，说出自己原来只是这个残酷笑话的炮灰。然而，在我的内心深处，我明白这并不是个玩笑。他们是认真的，世界将处于可怕的麻烦之中。我不敢相信自己刚才听见的话，他们确定我的被捕将成为一道催化剂，成为倾覆天使越过边界的最后一根稻草。真的会实现吗？地狱已经出击了，天堂是否别无选择只有回击呢？路西法纵容下属绑架我以此来反对我的天父并且将情势推波助澜从而触发最终的对决，如此一来，那场面一定会比以往都要血腥。路西法知道这一步还很远，然而这就是关键点。他立下战书，只等着天堂接受他的挑战。路西法正在打开两界的大门，发动一场大战。

这时，听证会的风头似乎突然转了向，杰克记起了头脑中最为主要的事情。

“那，您是不是会离开我们？”他问，“父亲，这个天使已经达到了我们的目的而且毫无威胁性，我请求将她托付给我。”

“噢，亲爱的，”路西法夸张地嗟叹一声，“我恐怕做不到。”说着，他抬起手杖，直直地指向我，“昨天秋琪小姐为我们演绎了一段个人秀。”

“她属于我！”杰克的声音忽然变得尖锐刺耳，我不是个战略家，但哪怕连我都意识到了他这个样子很失态。杰克如果还想去别的地方展现自己的自豪感，就要学会控制自己的情绪。

路西法不由得将身体坐直一些，杰克立即谦卑地低下头颅，为他的情绪崩溃感到懊悔。

“当我让你管理的时候，我确实没意识到你会在这个计划上投入个人的感情。”最后路西法冒出的这句话仿佛他在嘴里尝出了不同的味道一般。

“我……我没有，”杰克说，“我知道，她会是个奖励，我只想增加我们的战利品。”

“别对我撒谎，孩子！”路西法出乎意料地狂吼一声，令身边的陪侍不由得吓了一跳。“从一开始你就觊觎她。我要是早知道你会为她困扰成这个样子，根本就不会相信你。”

杰克抬起头，直视他父亲的目光，不住地抖动下巴：“这是您教我的：伸出手，抓住自己想要的。”

路西法阴笑了一声，语调开始变得柔和，“欲望与需要是不同的，”他说，“你想要那个跛脚男孩和来自布痕瓦尔德的黄毛丫头都行。但是贝瑟尼……你需要她，你对她的依赖正在将你自己唤醒，吸取你的能量。这让我很苦恼，自己最强大的堕落天使之一竟然会变成这样。”

“我会弥补自己的行为的，父亲。”杰克说。

“确实，”路西法答道，“我要亲眼看你这么做。”

“我能做什么？”说完，杰克低下头，路西法随即轻轻地咂了咂嘴。

“别担心，你是我的孩子，是我最老练娴熟的孩子之一。”说罢，他放肆地大笑起来，“老爹会搞定一切。”

“他不是你的孩子，”我情不自禁地插了一句嘴，我的嘴巴已经不听使唤，尽管我全身的血管都知道此时自己应该闭嘴，“如果你回想一下，是我的父亲创造了他……和你，顺便提一句。”

杰克连忙转过身，狠狠地瞪了我一眼。路西法只是朝一边歪着脑袋，饶有兴趣地打量着我。

“看看你的周围，小天使，”他说，“这个世界正在毁灭，而你却身在地狱。此时此刻，你的父亲哪儿去了？为什么他不来救你？他是不关心还是没有像你以为的那样强大？”

“他有将你逐出天堂的能力。”我索性说道。

"为什么你觉得是他做的？"路西法投给我一个灿烂的微笑，"为什么你觉得是他修建了这个地笼来关着我？因为，他害怕。不需要被锁起来的人是不具威胁的。"

"如果你这么危险，为什么不逃出去呢？"我向他发出挑衅。

"我不能，"路西法耸耸肩，朝他的随从们挥挥手，"但我能培养一支军队，把他们送出我的地方。亲爱的，这叫做打孔。"接着，他将视线转向杰克。

"我承认这很有吸引力，她很活泼，对吗？"

"父亲，对不起，"杰克恳求道，"她不知道自己在说什么，也不知道冒犯了您。"

"我没觉得被冒犯，"路西法说，"但恐怕你不能拥有她了。"

杰克的眼里顿时警惕万分，尽管他努力表现出沉着冷静。

"你的兄弟们告诉我的是真的吗……她念咒召唤了鬼魂？"路西法问。

"是，但那是个意外，再也不会发生了，我保证。"杰克坚称。

"孩子，你并没有追随我。她的存在已经燃起了希望，你把希望引入地狱，那我们所做的一切都将灰飞烟灭。"

"我会锁着她，牢牢地看紧她。我会尽一切力量的，我发誓。"

"我感到正义如排山倒海似的向她涌去，这真令人恶心。是不是我一个人还是其他人也感受到了？她已经用她的热情影响了我们的世界，还有那副沉闷十足的与邻为善的态度。她的存在就是一种越轨。"

"但是，父亲，请想想我们的收益。"

路西法轻蔑地看着杰克，我看见他已准备对这场审判大会收尾了：“我只是允许你将她带到这里来，我可从没说过她可以留下来。”

“您不能将她从我身边带走！”此时的杰克听起来十足像个任性的孩子，甚至急得跺起脚来。

路西法倾身向前，将手肘撑在膝盖上。“如果我愿意，没什么做不到的，”他答道，“你可别忘了，你是托我的福才留在这里。我可以因为这件事把你所有的能量都剥夺。幸运的是，我可不喜欢看到自己的儿子被蹂躏。”接着，他夸张地叹了口气，“我的父爱忍不住又出来了。”

“那您会送她回去吗？”杰克的声音听起来带着哭腔。

“送她回去？”路西法随即扬了扬眉毛，“孩子，这可不是什么童话故事。在这里，我们从不这样做，你的人都应该知道。”他沮丧地摇摇头，“我已经看到了她造成的损失。”

杰克转向我，他的眼睛因为恐慌而睁得硕大。

“快做点什么呀。”他一个劲地对我喃喃道。

我困惑不已，只得无言以对，全身汗毛紧张得根根竖起。一开始，他让我不要说话。现在，他又要我有所行动。杰克到底要我怎么做？

路西法站起身，顿了顿脚步说：“对不起，阿拉凯尔，但你的这个计划执行得太不给力了。从她落入冥界的那一刻起你就知道，早晚会发生的。你的心中不能存有爱，你的天使注定要死去。”

陡然间，一个想法出现在我的脑海，“你不可能办到，”我结结巴巴地说，“我不能死在这里，这是规定，我死后只会被送入天堂。”

“不，亲爱的，”路西法摇摇头，“你在人间的死亡会将你送回天堂。而在地狱，这个游戏完全不同。地狱之火的强度，足以令一名天使永世不得超生。”

“如果她同意叛变呢，”杰克绝望地问，“如果她成为我们中的一员呢？”

“绝不可能，”路西法疲倦地回答，一边检查着自己修剪整齐的指甲。很明显，他已经对整场讨论感到厌烦，“我可以告诉你，她被重点看押。”

“至少给她个机会吧。”

路西法随即深深地叹息一声，说：“我亲爱的贝瑟尼，你是否考虑与天堂断绝关系，利用你的能力来支持我们？”

“不，”我回答，“永远都不可能。”

“满意了吗？”路西法向杰克问道。

“父亲。”这时，一名陌生的原始天使倾身向前。这是位女性，一头光滑乌黑的鬈发垂至腰际，她有着一张红宝石色的嘴唇和一双明亮的淡褐色眼睛。她的脸型很像个洋娃娃，周身奶白色的肌肤仿佛从未见过阳光似的。也许她真的从未见过，我心不在焉地暗忖。我很好奇，为什么自己没有悲痛万分，为什么自己没有号啕大哭，为什么自己没有乞求路西法的宽大处理。我感觉时间已然停滞，我的感知似乎也已变得麻木，犹如一根电线被拔出了插头。这名女魔头继续说道：“我认为，咱们可以杀鸡给猴看。”

“怎么做，我可爱的莎拉丝？”路西法问。

“如果我们要消除她的影响力，恢复权力的平衡，我们必须让人们看到所谓的交易，”说着，莎拉丝转过她天鹅般的脖颈，直视着我，“我们必须公开处罚她。”

路西法将手指敲了敲下巴，一副若有所思的表情，“这个主意倒是很有趣，你们有什么提议？”他随即对着身边七个魔鬼微笑，犹如一个放任的家长，“我让你们来决定处罚方法。”

我颓然地注视着这几个原始天使竞相从位置上起来相互奔跑，犹如一群秃鹰争先恐后地挤作一团。他们悄悄地相互探讨。迪亚哥与纳什向我投来狡猾的一瞥，艾莎的样子看上去比一只猫不小心撞到了冰激凌还显得更加得意。路西法耐心地等候着，而杰克则迫使自己不时地踱着方步。他的嘴巴一张一合，似乎想说些什么。这群魔鬼相互讨论却都在刻意地回避杰克。最终，莎拉丝从这个圈子里站出来。

“我们已经决定。”她满意地咧嘴笑道。

“你们都一致同意？”路西法听起来倒是很失望，“难道不要热热闹闹地辩论一番？”

“没有，父亲。”她说。

“那么，你要务必宣布你们的裁决！”

莎拉丝转过头面对我，其他人则悄悄地立在她的旁边。她的眼睛如刀片一般闪着锋利的光芒，两片嘴唇随后上翘，变成一个雀跃的笑容。

“处以火刑。”她的话音掷地有声。

路西法立刻拍手称道，表示批准，而我则听见身后传来杰克痛苦的悲鸣声。

Chapter22
监视

魔鬼们在仓库外排成纵队，而我则无助地原地站立。既然我的命运已经被决定了，他们也不再认为我有足够的兴趣引起注意了。只有艾莎停顿良久，随后她抛给我一个充满嘲弄的吻，头也不回地走了。

“阿拉凯尔，等到黎明之时，你就要让你的天使向我们投降了。”路西法冷冷地说道，“今晚你们可以尽情地道别，可别说我不大方。”

我知道刚才发生的大事没有击垮我是因为自己十分镇静。杰克正在安慰我，让我打消顾虑，但我几乎没听进去。

“你吓坏了，”他说，指引我坐上那把路西法坐过的椅子，“坐在这儿，我去跟着父亲，试着说服他取消这种疯狂之举。”

我明白，杰克此举根本是在浪费时间，决议

是不可撤销的，无论杰克说什么都无济于事。我不想浪费时间在乞求宽恕或是讨价还价上。当下，我只有一个想法，如果路西法的话没错（也没有理由怀疑他），那我只有几小时可活。我也没打算和杰克度过这段时间，就是因为他的自私将我从一开始就拖入这种困境。我必须最后一次回到维纳斯湾，向家人和泽维尔永别。

我内心很清楚，假如自己能再见泽维尔，那无论清晨行刑时会遇到多大的艰难，我都会有更大的勇气去忍受。然而，这次回去不只是为了自己，在某种程度上，我得让泽维尔知道，生活继续下去是美好的，我要祝福他继续前行。我没有办法告诉他等待自己的是什么，我从未想过要让他承受痛苦。我想让泽维尔接受这个答案，我不能回去了，不要再去寻找答案。我明白，自我生于天国之始，人们就从未从失去挚爱的伤痛中恢复过来，但他们的生活还得继续下去，最终他们会获得新的欢乐，从而弥补曾经的损失。

我不知道杰克花费了多少时间，但我猜和路西法谈判必定是耗了一阵子的。之前，除了自己的房间，我从没想过去哪里。但这比我预想的要容易得多，因为这次我已经不在乎谁发现谁看透。

我发现泽维尔此刻正在他自己的房里。他坐在床边，看起来心烦意乱。由于缺乏睡眠，他的样子看起来有一点邋遢。在他身旁，是一个半开的运动袋。泽维尔的目光集中在一片置于床头柜上的羽毛，这是他在我俩初次约会后在他的雪佛兰车座上找到的。他拿起来，用指尖轻柔地拂过，闻了闻它清新的香味。只见他将这片羽毛放在运动袋内一件折好的衬衫里。接着，他又改变主意，将其拿回，重新放到床头柜上一本皮质圣经里的封面上。我随即在他面前蹲下，发现他的身体在微微发抖，手臂上起了一圈的鸡皮疙瘩。即便如此，他仍旧呆呆地一动不动。

“泽维尔？”尽管我知道他听不见我说话，但此刻他脸上的表情却不再那么全神贯注。他是否感受到我的存在？是否也能感到事情错得如此离谱？泽维尔倾身向前，仿佛想要抓住空气中的一个声音。我想起那天在海滩上和他建立交流的方法，但是现在无论如何也感觉不对路，我不确定自己在目前的状态下能否顺利完成。

“嘿，我的宝贝，”我试探性地开始发话，“我是来向你道声永别的。其间发生了一些事情，我确信自己再也回不来了、再也无法看见你。这次是我最后一次来告诉你，不要再为我担心。你看起来筋疲力尽，别再去田纳西州了——现在看来毫无意义。忘了我们之间的相遇吧，我要你过着精彩纷呈的生活。往后，你应该专注于自己的生活，过去就让它过去。我永远不会忘记咱们之间相处的点点滴滴，但是……”

“贝儿，”陡然间，泽维尔开口打断了我的思绪，“我知道你在这里，我能感觉到你。你想告诉我什么？”他等了一会儿，又接着说，“你能像上次一样给我个信号吗？”

泽维尔看上去十分期待，我的脑中突然闪现一个念头。我有方法确切地告诉泽维尔想让他知道的事情，而这些是无须语言就能知晓的。此刻，整个房间昏暗朦胧，我集中意念，居然拉开了窗帘，整个房间顿时一片光亮。泽维尔不由得眨了眨眼睛。

“很好，贝儿。”他说。我朝窗户走近了些，用力地吹气，一片窗玻璃顷刻间变得雾气朦胧。接着，我伸出一只无形的手指，在窗玻璃上画了一颗心，又简单地写了一句，X+B。

泽维尔对我的杰作会心一笑。

“我也爱你，”他说，“永远不会停止。”

我再也无法抑制自己的泪水，顷刻间泪如泉涌。如果我知道我们可以在来生相见，或许我还能克制住。然而，我再也回不去天堂了，也不知道自己要去往何方，只知道，等待自己的是永不超生。

“你必须停止爱我，”我一边大哭一边向他说，整个身体饱受着放弃他的悲伤，“你必须生活下去，如果我死之后还能回来，我保证要找到你，但也只是看看你和你即将拥有的非凡人生。”

“给你！”突然，有个声音传来，不由得吓我一跳，原来这是茉莉进房时发出的，“加百利和艾薇在外面等你，他们现在想出发，不过要是交通堵塞怎么办？”

泽维尔赶忙拉上窗帘，保护好我的画。

“我有自己的方式，”他说，“只需要一会儿。”茉莉立在原地不动，似乎没打算走。

“我们走之前能不能谈一谈？我需要一点儿建议。”

泽维尔转过头来面向窗户，我依然站在原地。我知道，他不想我离开：“茉莉，我现在有点忙，能等一下吗？”

“忙着望向天空？不行，不能等。我整个人生都快崩溃了，你是唯一一个可以交谈的人。”

“我刚才在想，我们正在进行一场战斗。”

“搭建沟通的桥梁，”茉莉断然道，“我需要建议，没人能理解的。”

“是关于加百利，对吗？”我注意到，茉莉的脸上挂满了泪痕，她也哭过了。她的嘴角不住地颤抖，肩膀微微摇晃，因为泽维尔提起了我的哥哥。

泽维尔，和她谈谈吧，我这样想。茉莉需要你，她是你的朋友。你也会有需要身边朋友的时候。我不知道泽维尔是否收到了我默默发出的信息，抑或是茉莉泪水涟涟的样子触动了他的心弦，但他还是坐下来，抚弄着身边的床。

“那过来吧，”他说，“说出来，但是请快点，我们没多少时间。”

“我不知道该怎么开口，我知道对加百利执著对我没好处，但我还是放不了手。”

“是什么阻碍了你？”

“我知道，如果我和他在一起会是多么令人称羡，我只是不明白他为什么视而不见。”

“那你还是这么想？”泽维尔问，“即使你明白他不是凡人？”

“我一直认为他在某种程度上很特别。”茉莉不禁嗟叹一声，“现在我知道了原因。他不像我之前遇见的男孩，因为他不只是个男孩……他还是个奇特的大天使。”

“茉莉，你有那么多人追你，简直可以一棍子把他们打走了。”

“是啊，但是那些人都不是他。我不想要别人，他又不要我。每当我觉得他有所触动，他过后只会一味地关上心门。”

“你必须学着照做。我知道这很困难，但你得考虑你自己。眼光放长远些，想想你要的是什么。即使加比不想成为你生命当中的一部分，也并不代表你的人生就这样结束了。”

“可是我怎样才能找到另一个这么完美的人？没人会估算到我的人生就在十七岁的时候华丽丽地结束了。我会像学校里的克拉兹夫人一样——变成一个读着浪漫小说、监督自修课的干瘪老梅干。”

“我并不觉得你的人生会像克拉兹夫人一样画上句点——你还得有学位才能做她的工作。”

“你这提的根本就不是建议嘛！”茉莉被泽维尔的话逗得破涕为笑，脸上也由阴转晴。随后，她的脸又变得严肃起来。

“你觉得我们会找到贝儿吗？”

“是的。”泽维尔坚定地说。

“你怎么这么确定？”

“因为找不到她，我们决不罢休，这就是原因。现在，我们是要前往田纳西州还是别的地方？”

跟着茉莉走出门之前，泽维尔走到窗户前，将他的掌心放在那颗心以及见证了我们最初的物件上。

“我来了，贝儿，”他喃喃道，“我知道，你现在很失落。但是，我要你为了我们变得坚强。只要记住你是谁，你曾经创造了什么。我一直都能感觉到你的存在，现在也不会放弃。没有你，我真的没法活下去。如果天堂不能将我们分开，那地狱也不会有这个机会。你好好地待在那里，我们不久就会见面的。”

正在这时，杰克突然回来了，我知道自己最后逃离死亡的希望也消逝了。我凝视着他，他正靠在门框上，一张脸比羊皮纸还要惨白。杰克沮丧地将脑袋枕在掌心里，我等着自己诸如愤怒、恐惧甚至绝望的感受，可是却什么也没有感觉到。也许是因为这种即将消失的想法尚未在我的脑海中成形，甚至在某种程度上我的意识仍无法接受这样的事实。我是个永生体，如果不是化成凡人，就会身在天堂。此时此刻，我仍然存在，尽管我已不知如何再去界定自己了。我无法想象再也不能想念家人、再也不能感受家人的爱、再也不能思念我的家人了。真的是这样吗，一到清晨，我将永远消失。不仅失去我身边的人，更是失去我自己？我要去哪里？我不能去人间，不能回天堂，也不被地狱所接受。我仅仅是不复存在，如同我根本就没活过。

忽然之间，杰克以迅雷不及掩耳的速度来到我身边。

“我想真心地对你说声对不起。”说着，他低头凝视着我，深黑的眼里悲痛万分。如果他还能补偿，他也不会放我离开的。

“我自找的，”我麻木地说，“我把自己的能量用错了地方。”

“我早该知道你会那样反应，我本该警告你的！”杰克猛地一拳击在一根木桩上，他的力度之大，以至于震得头顶上的灰尘和木屑纷纷掉落。他随即拂去我头发上的碎屑，而我并没有后缩，因为我发现自己已经对任何事情都无动于衷了。我无法动弹，似乎也忘记了怎么动。

“我想，我们都误判了形势，”我对杰克勉强笑道，“新手的错误，不是吗？”

随后，一辆车将我送回“芳香”酒店，杰克骑着他的摩托飞速驶在我们前头。他不顾一切向前穿行，有好几次几乎将车头偏离了马路。我一边注视着他骑车，一边想象他在脑海里又想出了新点子，沉浸在自己异想天开的世界里。当他陪伴我回房时，我并没有抗拒。一切的一切或许是他的错误，但我不想独自度过最后几小时。

汉娜正在托着一盘晚餐等候我的到来。这是我在冥界第一次没有将食物推开或是告诉她放下。我看了看呈给我的食物：切成薄片的黑面包、山羊乳酪以及卷好的烟熏鲑鱼围在盘边。此外，还有透着光泽的橄榄、混合李子味的宝石般清亮的红酒。我一口一口地品尝，确定自己不放过每个细节。对我来说，食物是勾起我在人间所有记忆的回忆。有些东西我再也不能经历。我想要这种时刻延长下去。

汉娜从未如此专注地看着我吃东西抑或是毫无怨言地忍受杰克的陪伴。她凝视着我，脸上的表情因为难过而变得有些扭曲。她没有办法帮助我，汉娜深知这一点。

“小姐，一切都会没事的。”她最终说道，“也许到了早上，事情又会改变的。”

“是的，”我茫然地小声回应，“到了早上，一切都会变得更好。”

汉娜试探地朝我挪了几步，意识到杰克正观察她每一个动作。

“有什么我能为您做的吗？”

“汉娜，我只想休息，别担心我。”

“可是……”

“你听见她说的话了，”杰克用最冰冷的语气对她说，“把这些都清理掉，让我们安静地休息。”

汉娜顺从地点点头，慌忙收拾那些餐盘，然后回过头悲痛地看了我最后一眼。

“晚安，汉娜。”待她悄悄出门之后，我轻声说道，“谢谢你——所做的一切。”

汉娜离开之后，我照常开始洗脸刷牙。我对每个日常行为都投注了一丝不苟的专注。此刻，一切都变得不同。我敏锐地感受到水池里的水暖暖地滑过我的身体，感受到洁净的棉质毛巾掠过肌肤的感觉。每个步骤都让我感到十分新颖，似乎是第一次才经历到。我忽然想到尽管自己身在地狱，但却依然活着，我依然是个会呼吸、会说话活生生的人啊，虽然这样的时间不会很长。

我走出浴室，发觉杰克半陷在沙发里，正在托腮凝视着前方的空地。他黑色的燕尾服同白色的领结一道被丢弃在地板上，两只袖口卷上手肘，似乎正在准备进行一项艰苦的重活。房间里弥漫着浓重的烟味。他给自己倒了一大杯苏格兰威士忌，似乎这样才能稳定他的情绪。杰克举起瓶子向我示意，想看看我是否愿意与他对饮，我只是摇了摇头。我不想让自己的思绪因为酒精而变得混沌。我走到他身边，把沙发上的软垫摆好，随后倒掉烟灰缸里的残渣并把梳妆台上的物品重新归类排好。最后，我实在找不到东西分散注意力，只好爬上大床，蜷缩在角落里，等待着清晨的到来。很显然，我们俩谁也无法入睡。杰克没有和我说一句话，他仿佛雕塑一般，将自己牢牢地锁在自身的精神世界里。我抱膝静候着期待已久的恐惧犹如潮汐一般将我击垮。然而，恐惧却拒绝到来。此时，我不知道几点几分，电话上有个数字时钟，但我努力不去查看。有一次，我忍不住去偷瞟了一眼，发现上面显示的是凌晨三点四十五。时间似乎向永恒延伸，因为当我再看那个时钟时，上面显示只是过了几分钟。随后，我与杰克仍旧沉迷在各自的思绪之中。

我希望，在自己失去意识之前，最后想起的人是泽维尔。我试图想象他可以得到一个童话般的结局，有一个令人称羡的妻子和五个孩子。“魅影”将与他们住在一起，房子里到处都是音乐与欢笑。周日，他会去教授当地的少年社团。泽维尔也许会经常在独处时想起我，但那只是一段遥远的回忆而已，因为这个高中生甜心只是在他的心上烙下了一块印记，却注定成为不了他未来生活的一部分。

“你在想他，对吗？”此刻，杰克的声音犹如刀片一般切碎了我的思绪，“我不怪你，他绝不会做这么蠢的事——至少他会保护你。现在，你肯定比以前还要鄙视我。”

“我不想拿最后的时刻用来生气，杰克，”我说，“事情已经发生了——现在指责你没有任何意义。”

“我保证我会处理好这件事的，贝瑟尼，”他狂躁地说，“我不会让他们伤害你。”他拒绝接受摆在眼前的现实，这种心态令人觉得非常不快。

“瞧，我知道你习惯发号施令，”我说，“但哪怕换做是你也改变不了事实。”

“我们可以逃啊，”杰克咕哝着，他飞速地吐着字，脑海里不顾一切地寻找着解决方法。“可是，这里所有的出口都有守卫站岗，即使我们用计打发掉守卫，我们也跑不远。或许，我可以贿赂他们送我们去‘废墟’……”

我没去听杰克的话，我不想听他那些牵强的想法，只希望他能够安静一会儿。

“黎明之前，我们还有时间，”杰克继续喃喃自语，“我会想出办法的。”

Chapter23

血腥运动

冥界的破晓终于来临，我依然没有做好心理准备，杰克也没有。突然，从大厅里传来的嘈杂声猛地打破了原有的寂静，将我们从各自恍惚的状态中摇醒。我很惊讶地发现自己整晚都没合眼，仍旧在被单下僵硬地枯坐，将膝盖顶着下巴。杰克则从沙发里一跃而起，神情愤恨地盯着房门。

“他们到了。”他像下了判决似的宣布道。

此时，房门被推开了，执行人员有迪亚哥、艾莎和其他几个我不太认识的魔鬼，身后是大约四个保镖随行。

“你确信叫了足够的后援来？”杰克向他们咆哮道，深黑色的双瞳布满了狂怒。

“父亲料到你准会奋勇反击。”说着，迪亚哥嘴角扬起一丝轻笑，朝我的方向一甩头，喝道，“带她走。”

这几名壮实的保镖随后挤进房中，将他们粗大的手臂拽住我的前臂，像拖一只布娃娃一样轻松地将我拖下床，可我身上还穿着睡衣，光着一双脚丫。接着，他们粗暴地用绳索将我的手腕绑在一起，将我无礼地推出房间，令我在途中不慎被绊倒。

“别对她这么粗暴！”杰克上前一步吼道，其他的魔鬼见状立即跳上前包围他。看见他的兄弟姐妹如此对他，令人不觉有些骇异。伴随着一片嘈杂的混乱声，我发现杰克忽然消失了，能听到的只是恶毒的咒骂和四周向我吐来的口水。恐惧开始向我袭来，我忍不住瑟瑟发抖。

“贝儿！”这时，我听见杰克在喊我，声音里充满了绝望，“贝儿，我不会让他们得逞的！”然而，我并不相信他，我想他也不相信自己能做到。从他的声音可以听出，一切的坚定都已不复存在。

保镖们粗鲁地将我一步步推下走廊，朝大厅走去。其他的人则跟在后面，随意地交谈。我随后看见了艾莎，她假装对我视而不见。这时，塔克忽然出现，满脸尽是痛苦与难过。从他焦虑不安的眼神可以看出他已经听说了这个消息。我随即经过塔克的身边，试图不去看他，因为我不想让他的痛苦加剧。

“贝儿！”塔克随着人流冲我大喊，他不住地向前挪步，拼命推开那些魔鬼，终于来到我的身边。纳什随即打了个响指，只听一声骇人的骨头开裂声，塔克的双腿被扭在了身体之下。他痛得不禁大叫起来，身子一软瘫倒在地。在我即将被推着穿过旋转门的那一刻，我伸长脖子，扭头去看塔克。

“塔克，没事的，”我喊道，“我会没事的！”我狂怒地瞪着纳什，他正惬意地大步向我走来，“放过他，”我无力地说，“你们对我的深仇大恨和他无关。”

“你现在没资格向我提要求。”纳什快活地答道。

一列凯雷德[1]车队正在酒店外的隧道里等候。我被唐突地塞进最前面一辆车，坐在艾莎与迪亚哥之间。由于距离太近，我闻见他们身上掺杂着烟酒和刺鼻的香水味。我蜷在座椅里，努力调整着呼吸，告诉自己不会死，一定会有事情发生，有人会来救我的，他们一定会。

“去第九重界，”迪亚哥指示司机道，“走后面的路线。”

“至少你从老大的安排中知道了吧，”艾莎对我说道，“这种VIP待遇怎么样？”

我紧闭双唇，不发一言，将精力集中在飞快滑过冥界坑坑洼洼的地下隧道的车速上。恐惧从我的腹腔已经弥漫到心里，将它那冰冷的手指钻入我的喉咙，切断我的呼吸。我费力地吞咽着，暗暗下定决心不让那两人心满意足地看着我情绪失控。

为了到达第九重界，我们必须更深入地底。这列车队终于停下，只见一座巨大而古老的圆形剧场耸立在地底最核心的部分，剧场中心撒满了红色的沙粒。看台上人头攒动，似乎冥界全部的平民都被邀请观看这次重大的事件。路西法与其他七位堕落天使坐在最高层隐蔽的位置，他们热情洋溢地观看着整个流程，似乎在期待着一场真人秀。成为仆人的人类一边帮他们续满酒杯，一边忙着装满盘中的食物。在竞技场一座升起的看台中央，一根高大的木桩被树起，木桩的地基已被打入地下，一些干草围成金字塔状铺在四周。

① 凯雷德：凯迪拉克一款车型，车身刚毅，镶以凯迪拉克标志。

大量的易燃品堆到了木桩的一半高度，我推测那是我腰际的位置。

行刑者并不是我预想的戴头巾的中世纪人物，而是一个穿着西装的人。他的衣服如此朴素，也许前身是个银行的办事员。他灰色的脸颊凹陷，嘴唇毫无血色，看起来真像个死人。当他脏兮兮的双手伸向我，被他那冰冷的手指触碰时，我不由得全身起了层鸡皮疙瘩。他衰弱的样子并不代表他的力气不大。随后，这个人松开了我的手腕，将我的双臂用力绑在身后，让我死死地贴在木桩上。我仍旧动弹不得，接着，这个行刑者又用更粗的绳索绑缚着我的双臂、腰部和脚部。由于被绑得过紧，绳索勒破了我的皮肤。地下的稻草扎刺着我的双脚和脚踝，我立在原地，无法移动半步。人群观看着整个行刑过程，情绪兴奋到了极点。我努力抬头往上看，不去想自己的身体正在经历什么。然而，我还是忍不住往可怕的方向猜测。火刑要持续多久——几分钟还是几小时？身体是不是从脚尖起就被燃烧成几段几段的？在我的皮肤燃烧之前我是不是就已经昏倒了？是肉体的燃烧，抑或是口鼻窒息，才是死亡的确切原因？

这个行刑人对我的绑缚终于感到满意，他后退几步检查自己的工作。人群中有人递给他一罐汽油，他随即拿来浇在干草上。腐蚀的气味飘来，钻进我的鼻孔里。我的心“咚咚”直跳，暗想爆炸肯定会炸穿我的胸腔。一股由恐惧引起的金属味即刻充斥着我的口腔，然而，我既没放声大叫，也没有乞求宽恕。此时此刻，我的脑海与体内都在持续不断地翻江倒海，但我却不让恐惧显现在脸上。

“瞧，”执行人在我耳边嘶哑地喊道，“这个酷刑就是判给找错了主人的人，天堂快完蛋了，你听见了吗？”说完，他跳下看台。

这时，路西法站起身，人群顿时安静下来。他环视四周，似乎将一切都尽收眼底，不放过任何一个小小的角落。他没有开口说话，只是缓缓地举起手，作为开始行刑的信号。

这是最简单、最休闲的手势，但却引发了人群一声骚动的欢呼。路西法对他们的权力是绝对的。眼睁睁地看着这些人对他既害怕又崇拜，真是令人惊惧。当路西法示意安静时，一瞬间，四周鸦雀无声，好像有人就此按下了开关。人群里一片静默，行刑人开始点燃一道火柴，在空中高举了一会儿，接着，他的手臂夸张地一挥，将火柴投向被浇上汽油的木柴之中。火焰瞬时间腾起。我望向路西法的座位，只见一丝满意的笑容掠过他的脸庞，而杰克正绝望地鞭打着阻挡他的魔鬼们。艾莎则紧咬下唇，脸上洋溢着激动的神情。

火焰从我四周腾起，犹如一百张饥饿的嘴，快速地吞食着木桩底层的干草。我紧闭双目，等待着这种令人窒息的热量和无法避免的痛苦。我飞快地在心中祈祷，祈祷着我的天父，不是希望得到宽恕、而是为我所有的失败寻求原谅。随后，我静候着火焰执行它们的职能。

奇怪的是，我竟然毫无感觉。酷刑已经开始了，是由于我太过惊讶而没有注意到吗？几分钟过去了，情况依然没有改变。我环视四周，看见团团的火焰竟然向四面八方蹿去……却没有触及我。火焰升起，似乎在我周围分开，以至于有两股火焰分别朝我身体两侧燃烧，而我本身却好端端的，哪怕连头发丝也没有烧着。当火焰潜伏在我周围时，我只感到一股刺痛的热感。我的肌骨早应被烧得融化，但火焰却不愿伤害我。一旦碰巧触到了我的肌肤，火苗似乎又立刻被弹回，然后朝新的方向游去，仿佛我身披一件隐形的盔甲。那一刻，我好像听见了天使在吟唱，尽管歌声转瞬即逝，但却足以让我知道自己并没有被天堂遗弃。

过了好一会儿，在场的众人才明白过来发生了什么事。之前的欢呼变成了失望的咆哮。一些人气得握紧了拳头，感到自己受骗上当了。贵宾席上，杰克不再挣扎和纠结，而是十分好奇地盯着我。路西法看起来像是感到一点儿挫败，接着缓缓起身，眼神闪烁。圆形剧场周围响起各种猜测，人家都在窃窃私语。

我不敢相信眼前发生的事，这是上天在保护我吗？是有人施了魔法还是我自身的能量保护了自己的安全？我不知道，但却对饶我一命的更高层的能量体感激涕零，忙不迭地小声道谢。我看了一眼路西法，他看起来像是受到了莫大的耻辱。他本打算用我的死亡来证明自己的强大，而我却不知不觉地令他难堪。此刻，周围的火势也已大大减弱。

“给她松绑。”他钢铁般的声音命令道。

行刑人服从使命，爬上看台，由于绳索太烫，根本碰不得，他便手中挥舞着一把斧头朝绳索劈去。我被松绑后，随即走出这个完全熄灭的火圈。可是当我完成这件事后，火焰又重新升起，很快吞噬了这个木桩，飞速地将其烧成一堆灰烬。

“到底发生了什么事？”艾莎倾身向前，样子看起来比以往更加狂暴。她随即转身对着杰克大叫道，“她应该被烧成碎片！你都做了些什么？”

“什么也没有……”我听见杰克的声音在不住地颤抖，“我……我也不知道发生了什么事。”

“骗子！”艾莎气得尖叫一声。

“安静。”正在这时，路西法举起一根戴着戒指的手指，“阿拉凯尔没办法做到，似乎这个天使对我们还有所隐瞒，她的能量比我们认为的更加强大。”

“现在怎么办？”有人问道。

路西法无精打采的蓝色目光审视着我，这次，我没有退缩。

“阿拉凯尔，”他不露声色地说道，“好好护送秋琪小姐回房，直至我们得出如何处置她的决定。”

所谓的“房间”只是冥界监狱的另一种说法，这个地方令“芳香”酒店比起来如同天堂一般。几名保镖猛地将我推出竞技场，塞进一辆车里，我随后才意识到自己进入了一间小到快要容不下我的地方。这个监狱由粗糙破裂的石头砌成，生锈的铁栏杆固定住了入口。我随即坐下，手肘不禁刮蹭到墙壁。大约五分钟后，我的双腿开始疼痛不已。“房间”里伸手不见五指，有类似拖着脚链的奇怪声音传来，伴随着金属管子发出的哐当声和绝望的低吟声。潮湿霉烂的气味几乎令人窒息。

待到守卫走后，我听见杰克的声音从铁栏杆里传来。即使我看不见他，我仍能听出他声音里透出的轻松与困惑。

“你是怎么做到的？”杰克严肃地问我。当他将一只手绕在栏杆上时，我听见他的戒指发出叮当的响声，“告诉我实话。”

“我想不是我自己做的。”

“哦，那就别跟任何人提起，好吗？”杰克急切地说，“这是我们唯一的筹码。”

“你要干什么？”

“我也不知道，但我会转告父亲——试图说服他放你走。我们只剩这一点儿希望了。”

我对他的话毫无反应——一天的折磨已经将我的体力耗尽，“交给我吧。”杰克说道。

片刻之后，监狱里传来他渐渐远去的脚步声，杰克回去了，而我独自一人处于黑暗之中。

Chapter24

田纳西州的忧伤

随着杰克的离开，目前只有一个办法可以让我不再受肉体的煎熬。我努力将所有的不快从头脑中剔除，全神贯注集中意念。我紧闭双眼，将自己的意识从这个噩梦般的地方转移。转移进行得很顺利，如同在脑袋里转换了个频道。起先是一阵风吹起，随后，我感到自己的身体犹如石块一般下降。紧接着，我的灵体开始升起。在黑暗消失之前，我听见一个声音，这个声音先是遥远，随后逐渐变得清晰。我感到灵体之下传来熟悉的引擎发动的声音，同时伴有阵阵混合着檀木香的皮革味。我曾经在某个地方闻过这种味道，那是在一辆1956年版的雪佛兰敞篷车内。此时此刻，我感到自己心中那个紧绷的结瞬间解开了，我深深地松了一口气。我在泽维尔的车里。

随着我的魂体成形，我意识到自己正在这辆

雪佛兰的后座，游离在泽维尔与茉莉之间。他俩尽可能地将身体离对方远一些，彼此闷闷不乐地看着窗外的风景。显然，过去几小时内的裂痕只是暂时的，艾薇与加百利坐在前面，默不做声，似乎仍不太放心不断升级的纷争。我看见高速公路一闪而过，意识到大家正在一处陌生的地方。我的家人必定是离开了身后的维纳斯湾，他们决定不再浪费时间。

“我们快到了。”加百利的语气听起来像是家长在安慰一群不安的孩子。他的声音深远洪亮，令我想起了吉他上撩拨的低音和弦，触动了我深埋于心的怀旧情感，令我想起了从前的点点滴滴。那时杰克并没有出现，一切也没有被毁，“我们马上要越过田纳西州的州界了。”

“我不明白，为什么我们不能像正常人一样坐飞机去。”茉莉忍不住抱怨。

“我们不会飞着穿越一个州。”艾薇平静地答道，即便我感到她的耐心已经被磨得差不多了。茉莉翻了个身，她的手肘恰巧穿透我的胸腔。这个感觉很不舒服，就像一罐热气刺穿我身体的一部分。我心下暗忖，茉莉实实在在的肉体与我幽灵似的形体发生碰撞，这就是生命的力量。我随即朝旁边挪了一点儿。

“啊，我知道不应该一路上吃那些薄荷糖。”茉莉一边抱怨一边揉着自己的肚子。她身穿一件粉色的运动裤，戴着一顶与之匹配的帽子，咖啡色的鬈发在脑后扎成一个马尾，一个深粉色的粗呢包放在前面的座位底下。我不觉一笑，茉莉的穿着向来都和场合很搭配。没人对她的评论有所反应，我猜那是因为当你的脑海都被恶魔的绑架和天堂的启示占据时，薄荷糖这种东西已经无关紧要。雪佛兰在高速公路上疾驰，泽维尔将额头贴向车窗。他看起来心急如焚，似乎想迫不及待地做点事，而不是待在车后座上。

我瞟了一眼车窗，只见佐治亚州的乡间田野飞速而过。我感到震惊，面前的景色美丽如画。地球似乎拥有自己的生命。郁郁葱葱的林地如同一件斗篷在我们面前延伸开来。鲜艳的红枫叶生长茂密，相互连接，形成了一片片成荫的遮阳篷。只见丝绒般的绿化带中是蝴蝶草与紫色的三叶草，成片的美国梧桐林立在田野旁。天空广垠，只有一团白云慵懒地掠过，如同百合花漂浮在一池春水之上。在宽阔的公路上，事情变得简单许多，我也更贴近大自然。我想起了在天国的家，这里的一草一木令我久久地感到与天堂更加地贴近。我不禁深深地叹息一声，一直靠在车窗上休息的泽维尔立即坐直身体，紧盯着茉莉看。

"干吗？"茉莉看见泽维尔瞪视着她，问道。

"别这么做。"泽维尔回答。

"做什么？"

"在我耳边这样呼吸。"

茉莉顿时像是受到了侮辱："你以为我是什么样的怪物？为什么我要在你耳边吹气？"

"我说的是'呼吸'。"

"哦，我明白了，那就是说我现在不准呼吸了？"

"我不是这个意思。"

"你根本就知道，要是我不呼吸的话，肯定会窒息的。"

泽维尔倾身向前，恳求道："大家认真一点儿，让我来开吧，其他人坐在后面尝尝被折磨的滋味。"

“我连话都没说！”茉莉生气地发出抗议。

“如果我们坐飞机的话，早就到了。”

“飞行员要是听你说上五分钟的话，飞机肯定会坠毁的。”

“总比在这个老炸弹里打转来得安全。”

“喂！”泽维尔看到有人侮辱他的男子气概，变得十分反感。他总是在人们贬低他自己的车时发飙，“这可是老爷车。”

“这是一堆废铁，我搞不明白为什么我们不开吉普车去呢？”

我自己也一直好奇，认为开雪佛兰是泽维尔的主意。或许，这样会让他与我的联系更近一步，因为我们彼此之间分享了太多的记忆在这辆车上。或许，当他离开那座古老的小镇完全抛开过去的生活时，他想要这些记忆的点滴一路陪伴着他。但泽维尔不会与茉莉分享这些点点滴滴，相反他说：“如果你不经历失败，你是不会了解一辆老爷车的。”

“蠢蛋。”茉莉喃喃道。

“脑袋空空的傻瓜。”

这时，艾薇像是已经受够，她回头瞪着他俩，嚷道：“你们俩怎么这么没教养？打住。”

茉莉随即羞愧不已，泽维尔则大声地叹了口气，重新窝在车座上。接着，持续而来的是一段令人喜悦的寂静。随后加百利将车驶进了一家加油站。就在哥哥熄灭引擎之际，泽维尔飞速地钻出车，快步走进便利店。我决定跟在他身后，但他只是闷闷不乐地检查了下口香糖，翻翻过期的杂志打发时间，一直待到重新上车的时候。当茉莉小步快跑找洗手间时，投给了他一个厌恶的眼神。

接着，哥哥姐姐朝一个人走去。那个人穿着一条油迹斑斑的工装裤，正睨着一辆生锈的小卡车车厢。我注意到，尽管他一脸脏兮兮的油渍，双眼却炯炯有神，表情欢快。他正嚼着烟草，哼着一首从便携式收音机里发出的模糊不清的汉克·威廉姆斯[①]演唱的曲调。

“你好，”艾薇主动打起招呼，“天气不错吧。”

“哦，”男人随即回应，他放下手里的工具，专注地打量起艾薇，“当然。”他很想和她握手，但稍稍犹豫了一会儿，扫了一眼自己满是污垢的手指甲。凑近之后，才发现原来这个男人有着一双温柔的蓝色眼睛。他咧嘴一笑，说道：“你好。”沙哑的嗓音里透着一股流利的南方口音，听起来非常优美。而且，他的声音也十分好听，我想世上没有哪一种声音会如此悦耳。

“你叫什么名字？”加百利开口问道，艾薇立即看了他一眼。加百利喜欢跳过小型寒暄的方式有时令人觉得像是面临一场赤裸裸的审问。

“伊尔，”男人答道，伸出一只手擦了擦眉毛，“有什么需要帮忙的吗？”

“我们在找费尔霍普县的圣玛丽修道院，”艾薇告诉他，“您知道这个地方吗？”

“当然，女士。从这里出发，大概七十英里路程。”

此时的泽维尔正在商店外闲逛，于是自然加入到了这场谈话。他迅速地把这个路程在头脑中计算了一遍，随之嗟叹一声。

“很好，”他不禁嘀咕道，“路上还要花一小时的时间。”

艾薇轻蔑地瞟了他一眼，接着问：“修道院附近有地方住吗？”

---

① 1923年出生于亚拉巴马州，20世纪40年代的乡村音乐之王。

“高速公路旁有家汽车旅馆，”伊尔答道，他上下打量着艾薇，从浅黄色的上衣到脚下的靴子，再到完美无瑕梳理整齐的亚麻色头发，“尽管条件一点儿也不好。”

“那不是问题，”姐姐礼貌地问道，“您能介绍一下这家修道院吗？”

伊尔微微清清喉咙，移开了视线，这个举动立即引起了加百利的注意。

“如果你能告诉我们所知道的情况，我们将不胜感激。”哥哥的话音忽然变得魅力十足，有一种催眠的效果。

“没错，我对那个地方略知一二。”伊尔犹豫片刻，随后说道，“但我不确定你们是否想知道。”

哥哥姐姐迫不及待地向前倾身。

“相信我们，”艾薇鼓励道，对这个男人莞尔一笑，这个动作令他不由得有些脚跟不稳。“我们将感激您所说的一切信息，光靠我们自己无法发现那么多。”

“那是因为那里的一切都因为一道咒语而关闭了。”伊尔边说边又再次擦了擦眉毛。

“什么意思？”艾薇不禁皱了皱眉。

“如果你在加油站谋生，你就会听到很多小道消息，”伊尔故作神秘地说道，“很多人到这里来加油时都会说！我不是故意要偷听，但有时无意中也会听到一些。你们说的那个修道院——我感觉不好，那里没什么好事。”

“为什么你这么说？”加百利追问道，音调低沉而紧张。

“那里曾经是个好地方，”伊尔继续说，“过去，我们一直都看见修女们到民居拜访，给主日学校上课。但在大概两个月前，这里下了一场暴风雨，这场雨比以往的都要猛烈。从此以后，修女们就再没出来过。有人说她们是因为淋雨生病了不想被打扰，于是就把自己关了起来，而且再也没有一个人进出过。”

“一场暴风雨怎么可能会令人生病？”泽维尔问，“那不可能，除非那个女人被闪电袭击了。”

“当然一点儿都说不通。”伊尔伤感地摇摇头，接着说，“但有一天晚上，我开车送货，顺道路过修道院。告诉你们，我看见的一切都不寻常。”

“你能告诉我们看见了什么吗？”加百利的身体立即挺得笔直，脸上的神情告诉我，他已经知道了答案却并不喜欢这个答案。

“那个，”伊尔皱皱眉，样子显得有些窘迫，似乎其他人正在怀疑他的神智，“当时我正返回镇里。当经过那个地方时，我听见有人在尖叫，而那个声音听起来不像是人发出的，更像是野兽在咆哮。于是，我就走下车，同时心里在权衡，自己是否应该告诉镇长。然后，我看见顶楼的窗户全部紧闭，门廊上还有刮蹭的声音传来，好像有什么东西要进来……或是出去。”

艾薇转过头注视着加百利，低声道，“他本可以警告我们。”我知道她是在说米迦勒，“我们还没准备好。”她的目光随即落在茉莉身上，她正用车窗当做镜子，涂着润唇膏。

“对不起，女士，我不是故意警告你的，”伊尔想了一会儿又说，“我也许是个神志不清的老笨蛋。”

“不，我很高兴您告诉我们这些，”艾薇说，“至少我们预先知道了一些情况。”

“也许您可以再帮我们一件事，”加百利严肃地说，“请问那晚暴风雨后生病的修女……她叫什么名字？”

“是玛丽·克莱尔修女，我确定。”伊尔庄重地说道，“真可耻——她是个真正的好人啊。”

随后，加百利驱车朝汽车旅馆前行，从而缩短了剩余的旅程，甚至连我都知道他们要研究一个切实可行的计划才会闯入修道院一探究竟。对于艾薇与加百利来说，修道院分裂的源泉不言自明，但茉莉与泽维尔的脸上则困惑不已。

这家汽车旅馆名叫“易居客栈”，刚好坐落在公路主干道外，由于离小镇太远，因此吸引不了多少客源。这家旅馆破旧不堪，设施急需维护。停车场上空无一人，霓虹灯每隔几分钟才闪一次，其余的时间只是折射出一种静态的怨言。旅馆外褐色的砖块应是砌成了白色，但其斑驳的墙面与多年的风化却暴露出原有的色调。旅馆内部也只是相对略微考究——喷了黑漆的墙壁以及铺着褐色的地毯。除此之外，一台电视机正在某个角落里发出刺耳的声响。一个女人坐在前台后面，一边涂着指甲油，一边对着杰瑞·斯宾格[1]的重播节目偷笑。当她看到加百利他们的到来后十分愕然，不慎将手中的指甲油洒了出来。但她很快恢复常态，站起身对来访者打招呼。这个女人下身穿着一条紧身牛仔裤，上身套着一件短背心，红色的鬈发用花色头巾梳在脑后。我凑近一瞧，发现她的年龄比刚看上去要大一些。她的胸前歪歪扭扭地别着一个名牌，原来她叫丹尼斯。

“要帮忙吗？”她不确定地问道，自认为我们这群来访者迷了

① 美国NBC频道脱口秀的主持人。

路，正在寻找方向。哥哥姐姐随即倾身向前，好让自己不那么拘谨。我意识到他们肯定给人留下了这样的印象：如同一对金童玉女，只因太过完美，从而显得不太真实。就连我自己也不得不承认，这四个人看上去太突兀，明显和这个地方格格不入。他们站在一起，组成一个稳固的单元，就像一道阻挡其他人的栅栏一般。令我感到惊奇的是，泽维尔的表现越来越接近于我们天使。过去，他和凡人在一起通常会感到放松，彼此相处融洽，这种魅力似乎来自于他的第二天性。如今，他看起来超然、缄默，只是时而拧起眉头，仿佛被一股看不见的因素煽动一般。我的家人尽力模仿普通人的穿着，加百利与泽维尔身穿黑色牛仔裤，黑色T恤，艾薇则穿着一件浅黄色的短上衣。所有人都戴上墨镜，以防引起他人注意。很不幸，这身打扮却起到了反作用。前台后面的这个女人一直盯着大伙看，似乎发现自己忽然置身于几个过气的电影明星之中。

“我们要两间同样的标间，住一晚。”加百利一边硬生生地说，一边递上一张闪闪发亮的金卡。

“住这里吗？”丹尼斯不可思议地问。接着，她察觉到自己的失言，随即不自然地笑起来，“只是因为每年这个时候没多少客源，你们都是来出差的吗？”

“我们来旅行。”加百利匆忙解释。

“我们很想参观圣玛丽修道院。”艾薇接口道，“从这里可以走过去吗？”

丹尼斯不由得嗤之以鼻，“那个破地方？”她鄙夷地说道，“那个地方让我起鸡皮疙瘩，而且那里很久都没人出来了。虽然不怎么远，就在公路的另一头，沿着那条土路走就能到。你们一般发现不了，因为那里到处都是树。”

丹尼斯一边陈述，一边羡慕地打量着艾薇。我试图想象从她的角度来看问题。艾薇金色的鬈发垂在腰部，尽管表情严肃，但脸上却神采奕奕。她的皮肤白皙透明，面部的轮廓完美无瑕。即便开口说话时，表情也不怎么发生变化。艾薇就像一幅极具魅力的幻象，假如凑近一点，感觉自己便会黯淡下去。丹尼斯随后转向加百利，声音里竟然透着一丝酸楚：“那，你和你太太要不要蜜月套房？”

我听见茉莉坐在绿色乙烯沙发上哼了一声，明白她很不屑这家旅馆所谓的“蜜月套房”是什么，它就像一个高速公路旁的窝棚，里面的气氛就像是个工具房。

“实际上，我们不……”加百利刚开口，却及时停住了，他瞥见丹尼斯眼里闪过一丝希望之光。他极不愿浪费时间再拒绝另一个昏头昏脑的异性。“我们不挑剔，”他小心地接完话，“简单的卧房就不错了。”

“那你们俩呢？”丹尼斯向前探出头，对着泽维尔与茉莉问。

“不！”茉莉脱口而出，“我绝不与他住一个房间。”

丹尼斯同情地看着泽维尔，“小两口吵架了？”她问，“别担心，甜心，这是激素的原因，会过去的。”

“他就是雄性激素过剩，”茉莉答道，“绝对喜怒无常。”

“你们还需要别的吗？”丹尼斯问，“毛巾、洗发精、网线之类的？”

“来块抹布怎么样？”泽维尔咕哝着，幽幽地看了一眼茉莉。

“哦，真是考虑周到。”茉莉毫不示弱。

“我是不会和某个居然会认为非洲是一个国家的所谓成熟女孩

说话的。”泽维尔反驳道。

“那是，”茉莉坚持说道，“就像澳大利亚也是。”

“你要说的词应该是‘洲’”。

“要是我从你们俩嘴里再听到一个字的话……”这时，艾薇忍不住警告道。

丹尼斯摇摇头，被逗乐了：“我是回不到少女时期喽。”她打算活跃气氛的出发点却变成了双方的面无表情。丹尼斯本来希望屋里的紧张气氛可以得到缓解，或是大家至少表达出一点儿诸如愤怒、疲惫以及烦恼等正常的表情，但他们只是茫然地盯着她看，心里为自己的担忧所纠结，而没怎么注意她。“那好吧，好好享受。”她支支吾吾地说。

加百利靠前一步，接住丹尼斯递给他的钥匙和信用卡。他的手指意外地碰到了她的手，随即条件反射地瞟了一眼丹尼斯的身体。她看似不情愿地朝他前倾，飞快地将一只手掩住嘴。接着，她缓缓地向桌子倒去，仿佛一剂醉人的能量足以令她筋疲力尽。丹尼斯仰看着加百利，清澈的双瞳犹如熔化的白银，她不禁激动得浑身颤抖。加百利随即捋了捋垂在眼前白金色的头发，后退一步：“谢谢。”他礼貌地说道，随后大步迈开，艾薇如同仙女一般跟在他身后，泽维尔与茉莉则默默无言地一路随行。

旅馆旁是一家小饭馆，眼看暮色降临，四人齐刷刷地向饭馆的方向望去。小饭馆没什么人，只有一个卡车司机坐在角落里。一名板着脸的女招待一边嚼着口香糖，一边懒散地擦拭着厨房的工作台。店门随后发出一声刺耳的推门声，加百利与其他人进入饭店，那两人似乎表示愕然。接着，那名卡车司机也许太过疲惫，很快对他们失去兴趣，没怎么打量他们。女招待一开始很是讶异，随后明显因为来了四名新客人而感到不悦。如同丹尼斯，她喜欢花上相当长的时间在双手上。

我环视着这家饭馆，陈设简陋却干净温馨。柜台占据了一整面墙的面积，宽阔的圆凳排成一条直线。地上铺着黑白相间的油布，桌布是深紫色的乙烯质地。柜台的墙上贴着一张猫王的大型海报，他正穿着一件翻领衬衫对着我们得意地讪笑，眼里透着一丝坏坏的光。远处的墙壁上则贴满了报纸，上面是费尔霍普县当地的各色新闻。一行四人为了避嫌，随即挑了张最远的桌子坐下。

“那，你们是否能告诉我发生了什么事？”泽维尔立即问道。

“米迦勒没告诉我们很多。”艾薇随即叹息一声，“我们又碰到了盲点，所以大家一定要集中精力。”

“修道院里一定出了什么大事，”加百利像是自言自语，“是一些米迦勒希望我们能查出的事。除非万无一失，否则他不会让我们一路到这里来。”

“你是说那里也许会有一个……”泽维尔犹豫片刻，压低声音说，“我们不知道的门户？”

“即便存在，要是没有动力，也不可能打开——”这时，加百利突然打住，同时环视了一眼这间废旧的旅馆。那名女招待正在忙不迭地给自己的朋友讲电话，“除了魔鬼，他们是唯一知道怎么一回事的人。”

“我们要夜探修道院吗？”茉莉问道，那口气听起来就像是谍战片里的人物。很显然，她已经摆脱了刚才的情绪，正想要为团队作出一点贡献，无论这所谓的贡献是多么的疯狂。泽维尔翻了个白眼，不屑于她的话语，但也没发表评论，看得出他是想避免另一场口水仗。

“天黑之后就去，”艾薇答道，“我们不想被发现。”

“那，晚上行动是不是有些让人毛骨悚然？”

“随你便，你可以待在旅馆里，”姐姐平静地回答，“虽然修道院也许并不怎么可怕。”

“我们可以不跑题吗？”此刻，泽维尔变得愈加恼怒，“你还没告诉我加油站的那个家伙是怎么回事。”说着，他倾身向前，将手肘支在桌面上，“他提到的那场暴风雨是什么意思？”

艾薇与加百利随即交换了个眼神，“现在不是讨论的时候，”艾薇边说边目光锐利地看着茉莉，“事实上，如果今晚你俩都待在旅馆会更好，让我和加百利来处理。”

“我没法留下来，”泽维尔说，“他们要隐瞒什么？”

“你不必担心我。”茉莉忽然以一种实事求是的腔调开口道，这种腔调我以前从未听她说过，“到现在为止，我已经见过太多怪异的超自然现象，我可以摆平的。”

接着，加百利将手掌平压在桌面上打量着他俩，一副仔细斟酌的神情。

“这显然是你我以前都没遇到的状况。”

“加比……”泽维尔认真地说，“我知道你在担心，但我们现在在一起，我比你知道的要能驾驭局面。你要相信我……”说着，他对视了一眼茉莉，勉强纠正道，“相信我们。”

“好吧，”加百利平静地说道，“暴风雨、咆哮的嘶吼以及门廊的刮擦声……这些都代表一件事。”

“人类本身的行为不会导致那样的损失，”艾薇冷冷说道，“我们谈的是修女们，她们毕生的时间都花在那里。想想看，有哪种可能会让这些女性将自己从这个世界隔离？在她们的眼里，最可怕的事是什么？”

茉莉茫然地瞪视着其他人，但我看见泽维尔头脑里的轮盘在迅速转动。待到将这些支离破碎的线索拼接起来，他湛蓝的绿松石似的双瞳陡然睁大，“不，”他说，“真的吗？”

“看上去如此。”加百利答道。

“那样的话，我们之前就着手解决过啊，”泽维尔说，“去年对付杰克那件事不就是吗？”

加百利摇摇头：“那件事和这次的事件比，微不足道。那时，他们只是幽灵，是暂时借机造成破坏……这次，来者真的不善，要比以前强大一百倍……也更恶毒。”

“有人能告诉我你们在说些什么吗？”此时此刻，茉莉提出了要求，她被现在的状况彻底搞蒙了，仿佛是一个透明人。

加百利深深地叹了口气：“我们的意思是这个地方被恶魔占领了，我希望你能做好心理准备。”

随后是一片寂静，只听见钢笔轻柔地敲击着便笺纸的声音，那名女招待正等着点单。

“有什么可以提供服务的？”她问道。这名女招待有一种难以名状的美丽，她有一头柔软的金发，只是抹了太多的粉底霜。她的表情告诉我，她实际梦想着拥有一种更加富有魅力的生活，而不是待在这家毫无前途的小饭馆，要么无所事事，要么就是观看路况交通。

我的家人仍是一副忧郁的神情，他们默然不语，以至于这名女招待不耐烦地扬起眉来。

茉莉是第一个恢复常态的人，立即向她装出一副笑脸。

“我要份炸鸡和一杯健怡可乐，”她甜甜地问道，“能不能在炸鸡上加点番茄酱？”

Chapter25

夜访修道院

晚饭后，加百利和艾薇决定直接带领泽维尔和茉莉去修道院，我不禁对此感到十分惊讶。此刻已将近十点，我原本猜想他们要从夜间等到第二天清晨。然而，有些事使得他们认为不能再耽搁下去了。

夜晚，窗外空气清新，天空犹如宝蓝色的天鹅绒，点缀着繁星与纤云。如果不是公路对面森林里潜在的威胁，我还仍旧以为自己安然无恙。此刻，空气中充斥着一片肆意的蝉鸣，柔和的微风轻轻拂过艾薇的头发，而后又穿过树梢。这个地方静谧高贵，是久远时代赋予我们的恩赐。四周一片诡异神秘，仿佛垂柳在泣诉着不为人知的事情。

一行人随即穿过公路，四人的身影在树丛中随风摇曳。茉莉忍不住浑身颤抖，她慌忙拉紧夹克包裹全身，本能地靠近泽维尔。泽维尔腾出一只手臂搂着她的肩，这样的举动令茉莉多少有些安心。在他沉思的外表下，我隐约看到了他从前的样子，对此我感到颇为欣慰。我知道，压力每天都在向他靠近，一点点将他平时的随和蚕食，这也是他和茉莉总是彼此掐架的一部分原因。我想，他是在和自己过不去。一方面，他一看到茉莉就令他想起我们曾经在布莱斯·哈密顿中学的点点滴滴。另一方面，泽维尔又免不了要担心我的安全。每每于此，我知道他既为了降神会一事怨恨茉莉，又责怪自己不能改变事态的发展。

“你会没事的，”泽维尔安慰茉莉道，“我们都会没事的。”我随即看出他眼中的一丝迷茫，心里明白那是因为他想起了我。为了继续前行，他逼迫自己相信我很好。我也需要他这么做。我活着是他的信念。我在犹豫是否应该努力让他知道自己的现状，但我已经被近日的苦难弄得身心俱疲，别无他法，我只能被动地做一个看客。

这些树木生长得茂密葱郁，但加百利精准的感官令他飞快地找到了丹尼斯所指的那条土路。这条路十分宽敞，足以令车辆通行。然而，只因与之接壤的灌木丛将其覆盖成荫，这条路近几个月来都被人们忽略了。这些树木的枝叶一直垂到了地面，结成了一团一团的烂叶，阻止了游人的脚步。婆娑的月影穿过树丛，洒在这条小径上，映衬出一道淡灰色的光。树梢后的一轮新月偶然将这条土路掩映在黑暗之中。令人快慰的是，加百利和艾薇的肌肤能够反衬出光线。虽然光线十分微弱，就像手机在黑暗房间里熠熠发光，但总比没有强。正在这时，一只猫头鹰从上空呼啸而过，茉莉突然绊倒在地，不得不压着嗓子咒骂一声。加百利随即特意放慢脚步，好让她可以跟上，仿佛心照不宣一般。尽管他沉默不语，茉莉仍会因他的存在感到慰藉。

过了不久，树木开始变得稀疏，若隐若现的古老修道院逐渐变得清晰。这座圣玛丽修道院是一幢三层的白色哥特式风格建筑。与它毗邻的是一个小教堂，教堂的尖顶直伸向夜空，像是提醒观光客主的崇高。修道院的每层楼都装有几排被油漆过的窗户，同时安放着铁闸门，一条青石小径通向前门。此外，一盏路灯照亮了前面的花园，花园内有一座石房，一尊圣母玛利亚的雕像耸立在高高的草垛中，下面是向她敬拜的圣人像。最令人不安的是这个地方的诡异气氛——犹如雨后春笋般的杂草延伸至教堂入口处。树叶堵塞了小径，漫过了阁楼过道的窗户。

泽维尔喃喃道："我想知道有多少修女住在这里。"

加百利闭上双眼，我知道他是在探索这个地方的历史和近期发生事件之前的生活。他总是小心翼翼，不去深入涉及个人思维或私人感情而只略过表面，以便确定她们的身份。

"总共有十二个修女，"他最终说道，"包括一个被折磨的。"

"你怎么知道的？"茉莉问道，"这里看起来根本无人居住。"

"现在不是提问的时候，"艾薇耐心地说，"你会看见许多无法解释的事情。"

"如果你不想得过多，我觉得这件事会更简单。"泽维尔向她建议。

"那我到底该怎么做呢？"茉莉不禁连连抱怨，"我感觉自己正等着有人跳出来告诉我需要理清头绪。"

"我认为那些话只适用于名人。"泽维尔屏住呼吸说。

茉莉恼火地看着他："你说的一点儿用都没有！"

“瞧，”泽维尔转身面对她，“让我试试帮你一把。你知道，当你看一部恐怖电影时，剧中人物都会进入有杀手等待的漆黑房间里。”

“是吗？”茉莉茫然地问道。

“你知道为什么人们会不做声地进入那个房间。”

“哦，不知道，这只是一部电影。你只要跟着剧情往下看就行了。”

“没错，”泽维尔说，“把它想象成一部电影，不要问任何问题。如果你像刚才那么做，只会使事情变得更艰难。”

茉莉看起来很想争辩，但只是很快咬了咬嘴唇，满腹迟疑地点了点头。

在加百利的命令下，这些紧闭的大门被轻易地推开了，一行人逐渐走近修道院门廊的石阶。我看到艾薇脸上的忧虑在渐渐加剧——只见几道深广又不平坦的沟槽嵌在木板上，至少有半英寸深。这些沟槽向前延伸，突然又急剧转向一扇窗户，似乎在经历一场大劫后又被迫倒回。我的脑海里立刻想起了那个做出此种极端方式的可怜人。门廊上的抓痕如此深长，想必她的指甲里定是藏着污垢，塞满了木屑。我不禁打了个寒战，这位饱受折磨的修女究竟遭受了怎样的酷刑。

整道门廊很长，四周围着几根亮丽的柱子和白色的遮阳篷。一对柳条织成的摇椅放置在一张喝下午茶的桌子旁，几只昆虫正对着盘子上剩余的饼干不住地鸣叫，瓷杯内的茶已经发霉。除此之外，一串念珠落在地上，似乎是有人匆匆忙忙掉下的。前廊的纱门看上去有抓过的痕迹，网格也被撕裂，像是有人企图用铰链划开。泽维尔和加百利犹豫不决地相互对视了一眼。

“走这里。”泽维尔深深地叹了口气，伸出手轻轻地按下黄铜门铃。随后屋里依稀回荡着钟声。漫长的几分钟过去了，四周只是一片静默。

“他们不能永远无视我们。”艾薇交叉着双臂说道，“再按。”

泽维尔强按着门铃不放。这一次，里间钟声大作，听起来似乎预示着有不祥之事，要是修女们得知援兵正在屋外等候就好了。接着，大厅内传来沙沙作响的声音，然而房门却依然紧闭。尽管艾薇和加百利可以在顷刻间将其吹开，但我想，如果想说服一个紧张不安的修女和自己站在同一阵线，这不是一个最好的主意。

“请开门，”加百利靠在风挡上，带着一种讨好的语调，“我们是来帮忙的。”随后，大门露出一小条缝，只不过仍旧系着保险链。一张脸随即露出，正在谨慎地审视着我的哥哥。

“我的名字叫加百利，这是我妹妹，其余都是我们的朋友。”他温和地说道，“请问您怎么称呼？”

“我是费斯修女，”这位修女回答道，“你们为什么来这里？”她轻声细语，但我仍听出她的声音由于恐惧而有些变调。艾薇决定上前一步，向她道出来此的意图。

“我们知道玛丽·克莱尔修女发生的事情以及她生病的原因。”她满怀同情地说，“您无须再过多隐瞒，对于那个附着在她体内的生物——我们可以把它弄走。”

“你们能做到？”这个修女升起了一丝希望，紧接着她又变得疑虑重重，“对不起，我不相信你们。我们传召了县里的牧师和长官，他们都没有能力与此对抗，你们又有什么不同呢？”

“你必须信任我们。”艾薇郑重地说道。

“这些日子以来，我们一直缺乏的就是‘信任’二字。”修女的声音在不住地颤抖。

“我们知道这些。”艾薇急切地说，“我们具备别人没有的能力。”

“我怎么能相信你们和他们不一样？”

“我以上帝的名义担保，修女。”加百利说道。

“我见到过一些东西……”费斯修女的话音听来有些迟疑，似乎不确定她该相信什么。随后，她想起了自己的身份，便改口道，“当然，我相信。”

“那就请您相信现在上帝来了。”加百利说，“我知道，您的信仰最大限度地受到了考验，但这不是毫无原因的。您已被黑暗所包围，但却仍未被打败。现在您应该被光明所笼罩，祈祷拥有纯净心灵的人将见到上帝，祈祷那些为了正义而受到迫害的人身在天国。让我们进去，修女，让上帝重新降临到您的家园。如果您赶我们走，你们将被黑暗吞噬。”

茉莉听得不禁目瞪口呆，瞪视着我的哥哥，屋内死一般的寂静。随后，慢慢地，保险链被拿下，修道院的前门吱吱嘎嘎地推开了。费斯修女站在门口，眼里噙满了泪水。

“噢，我的救星。”她低声道，“主并没有抛弃我们。”

费斯修女看上去很结实，她六十多岁，肤色苍白，脸孔清秀。眼角和嘴边有淡淡的细纹，我不知道过去几个月内她的脸颊又刻上了多少岁月的烙印。大厅里，桌上的一盏灯照亮了宽阔的大堂和弯曲起伏的楼梯，空气中弥漫着一股腐味。

随后，加百利和其他人在相互作着自我介绍，我则四处打量着墙壁上镶着黑白相框的照片。每个相框的玻璃都被震碎，图像因此变得模糊不清。即便如此，我仍能看到他们的官方记录，这座修道院于1863年正式开放。最初的修道院是由一群爱尔兰修女主持，时间维持了将近半个世纪，修道院当时是孤儿院和年轻女性蒙羞后的避难场所。

费斯修女默默地带领我们穿过客厅，成排的薄层床垫被整齐地铺在地板上——很显然，修女们因为太过恐惧，不敢睡在楼上。我们走上起伏逶迤的楼梯，只见储藏室、休息室以及一间简陋的厨房都设在一楼。这个地方曾经甚为美丽，冬日舒适惬意，夏日明媚通风，然而，如今却是支离破碎、伤痕累累。厨房的地板上散落着破碎的餐具，似乎有人乱丢一气。残破的座椅被堆放在角落，撕裂的亚麻堆在门边。我心下暗忖，从这些表面来看修女们曾试图自己驱逐妖魔，并取得了少许胜利。这时，我瞥见了一本圣经，上面有一面被撕碎的页码。此情此景深深地触动了我的内心深处。参观一个被恶魔破坏的凡间场所，是一件十分怪异的事。某些可怕凶猛的东西将房里的摆设震得七零八落，它们打翻了陶瓷花瓶，推倒了家具。在这里，有一种令人窒息的温暖，就连我这样的灵体，也感到一股热量拂过皮肤，仿佛这股热量变得活生生一般。茉莉立即脱下外套，但其他人却纹丝不动，尽管感到不怎么舒服。

到了三楼，我们经过了一小排卧室。如今，卧室里床垫已被搬走，公用浴室也被废除。最后，我们停在一段通往阁楼的弯曲的红木楼梯口，玛丽·克莱尔修女就被隔离在这里，这既是为了她自身的安全，也是为了其他人着想。正在这时，费斯修女的脚步开始变得徘徊不前。

“你们真的能把玛丽·克莱尔修女送回到上帝的手中吗？”她问。

“我们在回答你的问题前，必须先查看她的病情，”加百利答道，“但我们肯定会尽力而为。”

艾薇温柔地抚摸着费斯修女的手臂，说：“您可以带我们去见她吗？”

修女忧心忡忡地凝视着泽维尔和茉莉，“你们所有人？”她小声地问，“确定吗？”

加百利勉强一笑：“他们实际上比看起来更坚强。”

楼梯的尽头是一道单独上锁的门。即便我这般无形的灵体，也能感受得到它背后那股邪恶势力，犹如一股从体内散发的力量，试图击退艾薇和加百利的存在。除了霉臭味，还有另一种气味从门缝里渗出——腐烂的水果味，那是当果肉变得干瘪、表皮转为灰色、昆虫已经钻入体内才会散发的气味。茉莉止不住咳嗽起来，慌忙掩住了自己的口鼻，泽维尔也不禁有些退缩。而我的哥哥姐姐却表现得毫无反应，他俩并肩站立，一副合为一体的架势。

“对于这种气味，我确实感到很抱歉。”费斯修女自觉地说道，“但也只有这么多的空气清新剂可以用。”

门外，只有一支蜡烛微弱地照亮着地面。这只蜡烛放置在一个古董梳妆台上，点点的蜡滴正落进银色的托盘。费斯修女将手伸进衣袋里，随后掏出一个老式的黄铜钥匙。正在这时，门背后突然传来一阵沉闷的“砰砰”声，同时夹杂着颤抖的呼吸和椅子被拖动穿过整个木地板的摩擦声，一个如同磨牙和骨头开裂的尖利声随之传来。费斯修女不住地画着十字，绝望地注视着加百利。

“如果你帮不了她怎么办？”她低声说，“如果主给我们送来的使者也失败了怎么办？”

“他的使者一定不会失败。”艾薇平静地答道。接着，她从口袋里掏出一根黑色的发绳，有条不紊地将一头金色的头发束成一个马尾。这虽是一个小小的举动，但我知道这意味着她将为一场激烈的斗争做好准备。

“那里面有太多的黑暗力量。”此刻，费斯修女的脸上尽是痛苦，“它们呼吸自如，那是一种触手可及的黑暗。我不想再有人为此而丧命。”

“今晚没人会死。”加百利说，“有我们在，不会。”

“我凭什么能确定？”费斯修女摇摇头，“现在，我已经见过太多了……我不能相信……也不知道应该怎么……”

令我惊讶的是，泽维尔忽然上前一步说道，“嬷嬷，带着十二分的敬重，我想告诉您，咱们已经没有多少时间可以浪费了。”他的声音尽管轻柔但却透着坚定，“这里已经有魔鬼出现，害惨了您的姐妹，我们正处在一场末日战争的边缘。这些人将尽一切所能来帮助你们，但你必须予以配合才行。”

他的目光随即变得空远，似乎想起了很久以前发生的事情。随后，泽维尔重新集中精神，将一只手搭在费斯修女的肩膀上：“有些事情是人类难以理解的。”

如果我的灵体允许，那一刻，我会号啕大哭。我承认，那是我自己说的话，是那晚在海滩上我对泽维尔说的话。那一晚，我盲目地超脱自己的信仰，跳下悬崖，展开翅膀粉碎了自己的纵身一跃，从而透露出我的真实身份。当时，我说服泽维尔那并不是一个离奇的恶作剧，而他一直疑虑重重。他想知道为什么我会在那里，我的目的是什么，上帝是否真的存在。是我告诉他：*有些事情是人类难以理解的*。原来泽维尔仍旧记得这句话。

想起当晚的情景，仿佛昨日重现，历历在目。我闭上双眼，记忆犹如潮汐一般向我涌来。我看到一群青少年围绕着噼啪作响的篝火，余烬从火焰中跳出，犹如几颗炽热的珠宝，落在了沙粒中。我想起了海洋强烈的气味以及指尖下摩挲着泽维尔的淡蓝色运动衫面料的质感，想起了黑色的悬崖有如若隐若现的拼图背对着淡紫色的天空，想起了那一刻我前倾身体，脱离了引力。那一晚，是一切的开始。泽维尔接受我进入他的世界，我不再是被迫隔着玻璃凝望这个不属于我的世界的女孩。这样的记忆令我悲痛万分。我们曾经以为暴露了秘密之后再面对加百利与艾薇是一项艰巨的挑战，如果我们知道等待自己的是什么的话。

这时，钥匙插进锁里的声音将我的思绪拉回到现实中。泽维尔的话激励着费斯修女揭开这扇深锁的房门背后的秘密。腐烂的水果气味扑面而来，而且愈加浓重，每个人似乎都屏住呼吸，空气中传来阵阵嘶吼的咆哮声。门随即被缓缓地推开，那一刻，时间似乎已经静止。

房里陈设相当普通，只有几件零碎的家具，房间的面积只比三楼的小卧室大一点点。屋里除了简陋的几件家具之外，别无他物。

Chapter26
无心障则无恐惧

起先，她看起来只是个普通的女人，一脸警觉、紧张不安地立在门口。她穿了一件没过膝盖的棉大衣，一头黑色的长发披在肩上，这样的装扮本应美丽端庄，然而大衣却肮脏乌黑而且血迹斑斑。她随后蹲在壁炉旁，抓起一把烟灰撒到空木板上。她的膝盖磨损得很厉害，仿佛一直将自己拖在地上。假如此刻我的肉体存在，我一定会本能地冲上前帮助她治好腿并且不断地安慰她。然而此刻，我只能看着艾薇和加百利，但他俩却立在原地一动不动。当我集中精力凝视着这双回望大家的眼睛时，我明白了。这双眼睛已经不再属于修女玛丽·克莱尔。在场的其他人也同时看到了，茉莉不禁发出一声呜咽，慌忙躲在了泽维尔身后。从泽维尔的表情可以读出他此刻复杂的心情，从怜悯到怀疑直至憎恶，周而复始，循环往复。他之前从未遇到过此类事情，因此也不知道如何应对。

这名年轻的修女顶多二十出头，她正蹲伏在地上，样子看上去与其说是人，不如说更像是动物。她的五官扭曲得厉害，两只眼珠硕大深黑却一动不动，嘴唇破裂肿胀，肩膀和腿上分别烙下了一排复杂的印记，我随后看到她的牙齿上沾着咬破肌肤的点点血痕。这个房间本身结构普通，床垫和床单被撕成碎片，四散在地板上。墙壁上到处是涂鸦，那是一种古老的笔迹，无人能够识别。有一会儿，我很好奇，咖啡怎么会抹在墙上，后来才意识到那不是咖啡，而是血。这只魔鬼将头偏向一侧，仿佛一条好奇心重的狗，同时将目光在来访者之间左右徘徊。接着，是一片长久的静默。随后，魔鬼再次咬牙切齿地发出咆哮，脑袋飞速地从一侧转到另一侧，像是在逃避什么。

艾薇和加百利分别进入这间房，其余的人则尾随身后。这只魔鬼一边瞪大双眼，一边向他们恶毒地吐着口水，咬伤的舌间随即流出红色的唾液。我注意到，它虽没有眨眼，视力的精确度却准到可怕。此时此刻，艾薇和加百利相互握紧彼此的掌心，魔鬼突然爆发出一声尖厉的惊叫，仿佛这样的手势对它造成了巨大的痛苦。

“你在人间到头了。”加百利钢铁般坚毅锐利的目光死死地盯住这只魔鬼，声调里充满了正直与权威。魔鬼愣了好一会儿才恍然大悟，它随即挤出一个狰狞的笑容。我看到玛丽·克莱尔修女的牙齿已经被磨得像一排坑坑洼洼的树桩。

“你们要干什么？”邪魔向他俩发出了一声嘲笑，它的声音出奇的高亢沙哑，“要给我圣水和十字架吗？”

艾薇并没有畏缩，“你真的认为我们要用玩具来摧毁你吗？”

她的声音犹如水流拍打着石头、清脆悦耳，“圣灵存于我们体内，并且很快就会笼罩整个房间。你会被丢入来时的深渊。”

魔鬼似乎感到十分震惊，但它却没有因此表现出来。相反，只是巧妙地转移了话题：“我知道你是谁。你们中有一个是我们的同类，最小的那个……”

正在这时，泽维尔忽然挺身而出，像是准备向这只邪魔发动攻击。然而茉莉却抓住了他的臂膀，泽维尔费了好一番劲才转过头，“它知道我们的软肋，”我听到他在喃喃自语，像是在念咒语，“它在利用我们的弱点。”在此之前，泽维尔兴许没有多少直接经验，但他从主日学校学到的知识足以令他知道恶魔是如何狡猾地作恶的。

“很可笑，你倒提起来了。”加百利对这个魔鬼说，“这正是我们想和你谈的事。”

“你以为我会去向冥界告密？”怪物龇着牙问。

“你会的。”艾薇明快地回答。

魔鬼瞥了一眼她的肩膀，两眼闪过一丝阴光。突然，一股气流吹起，将泽维尔的双脚飞离地面。接着，他被重重地抛在墙上，随后又跌落在地。而这时令我感到恐惧的是，一股无形的力量正在将倒在地上的泽维尔死死地拖拽。

“住手！”茉莉尖叫起来，同时伸出手，想要拉他一把。

“不，茉莉！”此刻的泽维尔被甩得撞向钢制的床架上，他咬紧牙关，冲着茉莉喊道，“待在那里别动。”

“你恐吓我，我也恐吓你。”魔鬼戏谑道，而泽维尔则在奋力地挣脱这股力量。

“够了。”正在这时，加百利忽然奋力将掌心向前推出，恶魔随即放声大叫，痛苦得死去活来。谁的力量更占优势，此时已经一目了然。“我们没兴趣玩游戏，”他冷冷地说道，“我们想找到一个门户。”

“你们疯了吗？”恶魔咆哮道，“想死吗？”

“我们是来找妹妹的，”艾薇说，“你要告诉我们怎样才能找到她。”

“先过了我这一关！”说着，怪物又开始吐着唾沫。

“如果你坚持的话。”陡然间，随着一声爆竹般低沉的闷响，一束束白色的光流从艾薇的指尖倾泻而出。她随即扭动手指，光流犹如电波一般射入了魔鬼的体内。它即刻发出野性的号叫，不停地抓扯着自己的身体。

“住手！”魔怪忍不住大声尖叫道，“住手！住手！”

“你到底要不要告诉我们怎样才能找到门户？”艾薇问道。接着，她缓缓地将掌心转向另一边，光束也随即在魔鬼的体内扭动弯曲，魔鬼发出的痛苦尖叫转而变得更加大声。艾薇十分谨慎地选择了降魔的方法。我知道圣光会烤焦这只恶魔，但玛丽·克莱尔修女的肉体却可以毫发无伤。

“好吧。”魔鬼尖叫道，“我答应帮你们，住手！”

艾薇随即握紧拳头，光流消失了，邪魔筋疲力尽地倒在了地上。

“这么快就妥协了？”加百利不禁嘀咕道。

“一点儿都不忠诚。”姐姐不屑地瞟了一眼这只魔鬼，命令它回答，“最近的门户在哪里？”

“这不重要。”怪物低声答道，“因为你们永远都通不过。”

“回答我的问题。”加百利随即说道，“你是怎么到这里来的？”

“你为什么不送我回去？”魔鬼试图拖延时间，“这就是你们来这里的原因，是不是？你真的为了不耽误自己的议程而宁愿让我在这个可怜的姑娘体内溃烂？”说着，它吐了吐舌头，似乎很失望，“几位天使。”

加百利故意缓缓地取下十字架，待他做完这个动作，他的手中似乎抓住了某样东西。接着，他缩回双臂，将掌心对准这只魔鬼。尽管无影无踪，但这样东西以一种难以置信的威力撞向魔鬼，魔鬼立即发狂地嘶吼起来，嘴里喷出了许多泡沫。

“亚拉巴马州有一个地方叫裂山，”魔鬼喘着粗气说道，“那里有一个火车站。几年前出了桩铁路事故，迄今还有一列火车残骸被丢弃在那里。当时，有六十人死亡。最近的一个门户就在那里。”

“不是有一个门户在维纳斯湾吗？”泽维尔打断它的话，急切地问道，“就是杰克带着贝儿通过的那个？”

“强大的魔鬼可以凭意念将门户集结起来。”加百利答道，“那个门户只是因为杰克的召唤临时出现的。”

泽维尔瞥了一眼趴在地上的魔鬼：“可是，我们怎么知道它的话是真的？”

“如果裂山有火车残骸，就不会有假。”艾薇说，“创伤性的事件所造成的无辜生命的损失会构成一个门户。”接着，她又略有迟疑地说道，“不过，也有可能是在撒谎。加比，你能不能进入他的思想——看看它到底有没有说真话？

加百利立即显出一脸的厌恶，他很蔑视进入这样一个怪物的脑袋里。有一次他告诉我，恶魔的头脑很厚实，就像被黏稠的黑色焦油堵住似的。这就是为什么对于被附身的人来说，驱魔是如此的磨人。一旦魔鬼附着在你的体内，它就会像胶水一样粘着你，不断地感染你的身体，犹如真菌一样传播，直到每一寸皮肉都被其侵蚀殆尽。有些人无法因为这样的分裂而活下去。这就像撕扯着的两个灵魂，一半想分开，另一半却不愿意，俨然是一个恶毒的拔河游戏。我明白，一旦魔鬼招出了哥哥姐姐需要的信息，他们就会把它从玛丽·克莱尔修女的身体里扯出。我不想观看这样的场面，但又不能让自己转身离开。加百利随后闭上双眼，突然，魔鬼紧紧地抓住一边的脑袋，像是突发的偏头痛。几分钟后，哥哥出来了，厌恶的表情随即显现在这个完美的身形上。

“它说的是事实。”他答道。

“所以，如果找到门户，我们就可以让贝儿回来？”泽维尔问。

“要是有那么容易就好了，”怪物哧哧地笑道，“你们永远都通不过的。”

“我们会找到方法的，有志者事竟成。”艾薇平静地说道。

“哦，当然，”魔鬼又发出一声窃笑，“我没有骗你们，但你们会发现根本出不去。”

“我们用不着要诡计。”加百利说。

“你们可以做个交易嘛，”这个怪物提出了所谓的建议，它恶毒地撅了撅嘴，乌黑空洞的眼珠直视着泽维尔，“拿他去交换她。你会这么做的，是不是，小屁孩？我已经在你眼中看到了答案。你会牺牲你自己去救她。这可是要付出相当大的代价，一般人是做不到的——你怎么知道她还有灵魂？她现在就像我一样——除了为一个喜欢竞争的集团卖命之外。”

“如果我是你，我就会闭嘴。”说着，泽维尔拂去脸上栗色的头发，我瞥见了他手上戴着的那枚定情戒指。尽管他身着黑色T恤和牛仔裤，看上去并不像我的哥哥姐姐那样神圣，但他的外表也是高大强壮。这会儿，泽维尔彻底地愤怒了，我知道他很想把那一丝讪笑狠狠从怪物的脸上抹去，但泽维尔绝不会出手打女孩，哪怕是个被附身的女孩。

“我说到你的痛处了，是吧？”魔鬼低声问道。

我想泽维尔也许会断然喝住，然而相反，他原先紧绷的身体忽然间放松了下来，随后靠在墙上，冷冷地审视着这只怪物。

“我为你感到难过。”他缓缓说道，“我猜你肯定不知道被爱是什么滋味。你说得对，虽然，贝儿不是人类。因为人类有灵魂，他们每时每刻都在努力和自己的灵魂交流。对人类来说，每一天都是场战役，他们倾听自己的良知，从而做出正确的事情。如果你从根本上了解贝儿的话，你就会知道她的确没有灵魂，因为她本身就是灵魂。她整个身心都是灵魂，比任何凡人都强。你永远不会知道，因为你的心里只有空虚和仇恨。但是，空虚和仇恨注定是赢不了的——你会看到的。”

“你是一个单纯又傲气的人。”魔鬼说道，“你怎么知道命运不会捉弄你的灵魂，然后就会变得像我一样扭曲阴暗？”

“哦，我想那不会发生的。”艾薇微笑着说，“他的灵魂已经归到我们的队伍之中，泽维尔在天堂有自己的位置。”

“现在，要是你不介意的话，”我的哥哥流利地打断道，“我们要小谈一下。”

魔鬼似乎知道即将要发生什么，它突然一跃而起，像只大猫一样拱起背，凶猛地龇着牙。这时，一直在门口四下徘徊的茉莉，猛地躲向一边，似乎她料到有东西即将会在房里上蹿下跳。

“你是不是到时候要用拉丁文吟唱了？”茉莉的声音不住地颤抖。

加百利看着她，目光闪烁：“躲到床下去，茉莉。你不需要目睹这件事。”

“没事的，”茉莉摇摇头，“我看过驱魔人。”

此时的哥哥表情则是一本正经，“这有一点儿不同。”他说，“人类要祈祷，还要举行仪式，才能将魔鬼送回地狱，可我们比这点强多了。”

随后，加百利伸出手，艾薇用她那优雅的桃红色手指缠绕住他的指尖。他俩不约而同地展开双翅，顷刻间飞越了整个房间，在墙上投射出长长的影子。接着，光束开始从他俩伸展的翅膀中发出，一朵云随即围绕在他俩周围。他们的身体微微震颤，发出嗡嗡的声音。随后，开始悬浮离地。接着，加百利说话了：

“我们以主和圣灵的名义，命令你离开。将这个凡人的肉体还与主的手中，回到你本应属于的大火之坑吧。”

魔鬼的脑袋开始像鞭子一样四下摇晃，似乎要大肆发作。这片无声的金色云朵向前方蔓延开来，美丽得夺人眼球，但却标志着黑暗天使的死亡。魔鬼想要冲出哥哥姐姐的包围，但这道光却如同一道力量之墙，生生地将其逼回。魔鬼随即拼命挣扎，但已无济于事。这团云雾眼看就要碰到邪魔，只见魔鬼忽然倒地。随后，光云将其包围，如一团雾气一般坠落地面。接着，玛丽·克莱尔的鼻孔开始排出一阵烟，空气中充斥着犹如铁板烧肉一样吱吱作响的声音。茉莉恐惧得张口结舌，一边不住地向后退去，一边拼命地捂住耳朵，不愿听到邪魔窒息的尖叫。泽维尔则脸色苍白，费力地咽着唾沫，痛苦地目睹着这一幕。地上这具肉体已经变得僵硬，忽然，它又开始抽搐起来，身躯向上倾斜，只见玛丽·克莱尔修女的腹部渐渐凸起，接着，肿块沿着上方移动，仿佛一根可怕的树茎穿过她的胸膛。这时，一声尖锐的肋骨裂开的声响传来，同时掺杂着咕哝和喘气之音。泽维尔惊得不禁后退几步。这个凸起的肿块已经让这个女人的喉咙扭曲变形。突然，她把嘴张开，呛得不住地咳嗽起来。我的哥哥姐姐进一步集中精力，发出的光束紧紧缠绕在这名修女的脖子周围。紧接着，一个冒着热气、黏稠的黑色物体从她的嘴里喷出，扑通一声落在了地上，犹如一条死鱼。

艾薇垂下手心，收回翅膀，筋疲力尽地瘫倒在地。加百利则蹲在这具肉体旁，玛丽·克莱尔修女终于在这只邪魔的长期禁锢下得以解脱，此刻的她看起来与方才截然不同。原本的恶毒换成了一脸的释放，即便肉体已经被折腾得伤痕累累。尽管她仍是一脸淤青肿胀。当她睁开眼时，我看见的是一双浅蓝色的眼睛。这个女人似乎松了一口气，她的头懒懒地歪向一边。加百利十分关心，他弯下腰，手指轻柔地按住她的脖颈，查看脉搏跳动的情况。

接着，他抬起头对艾薇说："不怎么妙。"

姐姐随后和哥哥一起开始为玛丽·克莱尔修女治疗。加百利似乎正在治愈她肉体的创伤，艾薇则更加深入，试图进入玛丽·克莱尔的灵魂，将其复原，让心灵重新归于上帝。我无法想象在被恶魔附体数月后，她的灵魂会变成什么样子，定是被毁得一塌糊涂、扭曲得令人无法识别，当下，只有六翼天使才能救她。当加百利抚摸玛丽·克莱尔修女的面颊时，原先的淤青与肿胀开始消退。接着，他的手指滑过她的嘴唇，苍白的血色也变得红润光泽。费斯修女慌忙拿来一块湿布，蘸上姜汁擦去玛丽·克莱尔嘴角与下巴间结痂成块的干血。加百利随后将双手移开，只见玛丽·克莱尔修女的牙齿也已恢复齐整。况且，哥哥的治疗令她无须忍受生理上的痛苦。此刻，尽管她的身体已经全部治愈，这名修女的胸腔却未见任何起伏。艾薇随即倾身向前，双眼紧闭。姐姐的身体因为用力过猛而变得颤抖不已，加百利赶忙将双手搭在她肩上，帮助她保持稳定。把魂魄从死亡的边缘拉回即便是强如艾薇这样的天使，也是一项十分疲惫的活儿。玛丽·克莱尔修女差一点儿就救不回来了，一旦魂魄被死神带走，除非是天堂或地狱的感召，否则不可能返回肉身。如果是孤魂野鬼，就会像一团垃圾一样被丢入地狱的边境。

我明白，艾薇必须进入玛丽·克莱尔修女的潜意识，在她的魂魄溜走之前哄其回来。我想象她的脑海犹如一堆蠕动的害虫，被长久寄居在她体内的魔怪污染。任何人都看得出，死亡正向玛丽·克莱尔修女靠近。她很可能已经濒临死亡的边缘，之所以不愿活过来是因为担心记起生前的痛苦和折磨。死神诱使你灵魂出窍，想要让你放弃生命，向他投降。当然，黑暗力量不会碰到我的姐姐，但仍会耗尽她的体力。而且，身在玛丽·克莱尔修女被感染的心智内，必定是要付出代价的。

最终，经过漫长的等待之后，艾薇松开了这名修女的手，只见玛丽·克莱尔修女的眼皮眨了眨，随后，睁开了。她即刻深深地呼了口气，就像被在水中憋了很久的气似的。

“哦，赞美主！”费斯修女不禁放声大哭，“谢谢您，祝福您。”她随即紧紧地拥抱玛丽·克莱尔修女。这个女人坐起身，满脸困惑地环视四周。我看到她，才意识到她原来如此年轻。玛丽·克莱尔修女看起来顶多二十出头，长相清秀，鼻子上有一圈雀斑。

“怎么了……发生了什么事？”她嗫嗫嚅嚅地问道。她的手随后摸到自己打结的头发，上面覆盖着结块的干血。费斯修女愕然得张大了嘴。

“她不记得了吗？”

“她还在懵懂当中，”加百利答道，“接下来的几天，她会一下子想起这些经历，也会做噩梦，她很需要你们的支持。”

“这是当然的。”费斯修女一个劲地点头，“无论她需要什么，我们都会帮助她。”

“现在，她需要洗一个澡，”我哥哥说，“然后你应该让她睡一觉。”他随后打量了一下这个废旧的房间，“这里应该清理一下，她有没有地方住？”

“有的，有的。”费斯修女喃喃说道，“我会让阿黛拉收拾好一张床。”她看着加百利和艾薇，“我真不知道怎么感谢你们。”说着，她已经热泪盈眶，“我以为我们会永远失去她，结果你们把我们的修女又带回来了，让我们重新确立自己的信念。你们的大恩大德，我们一辈子都不会忘记。”

加百利只是微微一笑，短短地回了一句：“不客气。现在照顾好你的修女，我们要出发了。”

费斯修女喜不自胜，她最后看了一眼我的哥哥姐姐，随后赶忙将虚弱的玛丽·克莱尔扶出房间。我听见她对着其他人狂喊的声音传遍了整间修道院，心下暗忖，那些修女是否会相信这个故事——几个神秘的访客为她们呈现了上苍的拯救与报偿。

待那两名修女走后，一如往常安静的艾薇，发出了一声轻轻的叹息，似乎终于可以轻松了。

“放松。”泽维尔随即上前一步，问道，“你没事吧？”

随着一声响亮的“嗖嗖”声，加百利收回了翅膀，将其重叠在强壮的背部。接着，他将一只壮实的手臂环绕在艾薇的腰间，帮助她支撑身体。艾薇则靠在他的肩上，以便能够尽快地恢复体力。

片刻之后，艾薇的翅膀也开始收回，但我看得出她仍是有些费劲。她深吸了一口气，对着泽维尔淡淡一笑。

“我只是用尽了力气。”她说，“过一会儿就会好的。”

接下来，加百利带领一行人朝门口走去，“来吧，”他说，“我们的任务已经完成，该离开了。”

门廊上，加百利一眼瞥见了茉莉。很显然，方才亲眼目睹的整个事件深深地震撼了她。此刻，茉莉紧紧地抓住栏杆，双手不住地颤抖。她看上去似乎有些支撑不住，踉踉跄跄地朝前挪了一步，随后又慌忙伸出手来恢复身体的平衡。加百利顺势伸出手搂着她的腰，帮助茉莉走下台阶。等来到平地上，茉莉赶紧蹲在地上，大口大口地朝花坛呕吐。加百利静静地陪在她身边，一只手仍搭在茉莉的肩上，轻柔地将她脸上的碎发拨回脑后——默然不语，只是耐心地相伴。

Chapter27

他不爱我

凌晨时分，一行四人回到了“易居客栈”，尽管茉莉的脸上已经恢复了一些神采，但看起来仍疲惫不堪。泽维尔也是筋疲力尽，急需休息。只有我的哥哥姐姐一如既往地镇静自如、不苟言笑，从他们衣服的褶皱看才可以看出方才的经历。艾薇的体力在返回前就已恢复，但我知道，对她而言，这是一个难熬的夜晚，令人感到泄气。她的力量在天国里是无穷无尽的，但是对于天使来说，在人间逗留和与凡人接触的时间越长，她的力量受到的限制就越大。

一回到旅馆，泽维尔便迫不及待地回房。我想跟着他，这样彼此就能单独相处。我想象自己躺在他的身边，像往常一样将脑袋枕在他的胸前。此时此刻，我想集中每一分意念和精力，让泽维尔知道，我就在他身旁，因对方的存在而彼此慰藉。可是，加百利在制订下一步的计划，我必须留在他们身旁，以便掌握他们下一步的情况。

“他是怎么了？”看到泽维尔关上房门，茉莉不禁低声问道。

“我想，他是因为昨晚一事的困扰。”艾薇淡淡地回答。茉莉随即试图拿钥匙打开泽维尔的房门，被艾薇制止了，“让他一个人安静地思考吧。”我知道，以茉莉天真的性格，有时候还是会性急。

不知道是怎么了，茉莉始终漫无目的地徘徊在哥哥姐姐的身边，他俩也保持着礼貌和优雅，不去问她原因。也许，茉莉想知道整个营救计划，又或者，她已经知道了太多的事情，准备打道回府。

客房的门被漆成了朦胧的褐红色。加百利深深地叹了口气，推开房门，按下墙上的开关，整个房间顿时闪出刺眼的琥珀色灯光，天花板上的风扇发出着嘎吱作响的声音。双人床上铺着碎花的羽绒被，边上的床头柜上则放着几盆小植物。

“这里还真不错。”艾薇不禁讥笑道。尽管我的哥哥姐姐已经习惯了拜伦府的奢华，但这里的环境对他们已经不重要。他们本可以在沃尔多夫·阿斯多里亚酒店[①]穿着华丽的盛装惊艳全场。然而现在，一切都不同了。

“我去洗个澡。”艾薇说道，接着拿起洗漱包，进了浴室。茉莉望着她离去的身影，咬咬嘴唇，焦虑地来回踱步，加百利深邃的眼神耐心地注视着她。他俩让我想起了一场暴风雪——明亮、苍白，一不小心就迷失其中。加百利脱下自己的外套，挂在椅后，身上的紧身白色T恤展露出他无与伦比的身材，茉莉情不自禁地凝望着

① 隶属希尔顿酒店集团，属高端豪华性酒店。

他线条有致的身材和壮实健硕的胸肌。此时的加百利如同超人，不费吹灰之力就能举起一辆小汽车。如果情势允许，这也是完全可能的。

这时，浴室里传来水流通过老旧管子的声响，茉莉立即瞅准机会开始了一场讨论。

“那个，艾薇没事吧？”她笨拙地问道，很显然，艾薇并不是她想讨论的重点，但她却找不出更好的开场白，“艾薇是个六翼天使。”加百利简短答道，似乎就此了事。

“哦，”茉莉说，“我记得，这很酷，对吗?”

“对，”加百利缓缓答道，“很酷。”

茉莉将其当做了鼓励，随即走进房间，在床沿上坐了下来，假装检查自己的手指甲。加百利倚在过道的墙壁上，与她面对面。如果他是个凡人的话，此刻一定会尴尬不安，但加百利面对任何情况都是心平气和，无论身处怎样的环境，哥哥总是一副泰然自若的神态，似乎他的人生一直如此。加百利背着双手立在原地，脑袋微微倾斜在一边，仿佛在听着一首幽静的乐曲。他的注意力并不在茉莉身上，即使我知道，他在静等茉莉开口。也许他听到了茉莉“怦怦”的心跳，闻到了她手心上的汗味——如果他愿意的话，甚至可以读出她的心声。

茉莉紧张不安地抬眼说道：“你今天真了不起。”加百利看了看她，这些溢美之词令他不禁有些困惑。

“这是我应该做的。”他的声音低沉而坚定。

茉莉脸上的表情告诉我，加百利的声音触动了她，似乎字字句句都钻进了她的体内。关于这一点，我无法理解。茉莉不禁微微发抖，随即用双臂环抱自己。

“你很冷吗？”哥哥问道，不等茉莉回答，他十分绅士地拿起椅背上的外套，披在了茉莉的肩上。这个体贴的动作令她感动万分，她努力挣扎着不让泪水夺眶而出。

“不，真的。”她坚持道，“我一直都知道你是一个了不起的人。但是今天不同，你就像不属于这个世界一样。”

“这是因为我本就不属于这个世界，茉莉。”加百利平静地答道。

“但你仍旧和这个世界息息相关，不是吗？”茉莉一再强调，“而且是对某些人来说。我的意思是，比如我和泽维尔。”

“我的职责就是保护像你和泽维尔这样的人，我希望你能健康快乐……”

“我指的不是这个。”茉莉打断了他的话。

“那你的意思是？”加百利随即用锐利的眼神看着她，决心去理解一些难以理解的问题。

“我是说，我觉得你可以要得更多。近来，我一直感觉像……也许……你能够感受到……”

我飞快跳上床，蹲在茉莉身边，试着向她发出一些警示性的信息，但她已经被加百利的气质所深深吸引，完全注意不到我的存在。

不，茉莉，不要这样，你要理智些，想一想，加百利不是你想要的那样，你犯了一个巨大的错误，你以为自己了解他，但想象一下，事实其实不是这样。如果现在你心碎了，只会让事情变得更糟糕，先去找泽维尔谈谈吧，要过一会儿——你太累了。茉莉，听我说！

加百利慢慢地转过头，审视着她。这个动作有些机械，他的脸被昏暗的灯光所掩映，但头发却软软地披散在颧骨周围，犹如一道金线闪闪发光。他的双瞳是一种空灵闪烁的冰蓝色。

“也许感受到什么？”他小心翼翼地问道。

茉莉夸张地嗟叹一声，她已经做出了太多的暗示。她站起身，鼓起勇气，穿过房间，径直走到他的面前。她有着一头美丽的鬈发，一双蓝色的大眼睛和温润如水的肌肤，样子永远是那样的迷人。大多数男人都无法抵御她的魅力。

“你表现得像个毫无感知的人，但我知道你有！”她信心满满地说道，“我觉得，你感受到的比自己表现出来的更多。只要你愿意，你会爱上别人，甚至还会恋爱。”

“我不知道你想说什么，茉莉，我重视人类的生活。”加百利说，“我希望可以守护天父的子民，但我对你所说的爱……一无所知。”

“不要再骗自己了，我看得出你的内心。”

“那你认为你看到了什么？”加百利扬了扬眉，我猜他已经意识到究竟谈论的是什么了。

“有些人就像我一样敢爱敢恨，”茉莉哭泣起来，“有些人想要爱情却又害怕爱情，你是在乎我的，加百利——你承认吧！”

“我从未否认过关心你。”加百利温柔地答道，“你的幸福对我来说，很重要。”

“不止这些。”茉莉坚定地说，“必须是这样，我觉得我们之间有些难以避免的事情发生，我知道，你也感觉到了。”

加百利向前倾过身子，“仔细听我说，”他说，“你一定是误会我了，我来这里并不是……”

话还未完，茉莉抢先一步，走近了加百利，她伸出双臂环绕在加百利的腰间，手指紧紧地抓住他的T恤。茉莉踮起脚，抬起头望着他，她闭上双眼，将彼此的唇触碰到一起。那一刻，她的脸上分明露出了一丝狂喜。茉莉狂热地亲吻着加百利，为他疯狂得不能自已。随后，茉莉更加渴望，将身体贴向加百利，越发靠近他。整个房间顿时充满了一股奇怪的能量，顷刻之间，我不禁思忖，他们之间定是点燃了什么，撞击着房间四周的墙。接着，我看到了加百利的脸。

他并没有推开茉莉，也没有回应她的热吻，他的双手仍然僵硬地垂在两边，他的嘴唇没有任何回应，似乎拒绝和她接触。茉莉也许会觉得自己在亲吻一尊蜡像，加百利任凭她激情地释放自己，接着，轻轻地挣脱了她的双手。茉莉挣扎了一会儿，随后踉跄地退回，瘫坐在了床上。

“不，茉莉，这是不可能的。”

加百利因为她的表白，神情不免有些黯然。他若有所思地皱着眉头望着茉莉，仿佛要去解决的是一个致命的窘境。此刻，他的脸上显现出在加油站与伊尔交谈时同样的表情，这种表情还曾经在他打量着圣玛丽修道院的门廊时露出过。他在解决以前从未遇到过的问题时，清澈的眼神总是显得很严肃，他的冷漠让茉莉的脸上出现了一种奇怪的表情，她的前额蹙起，随后意识到这种狂热的吸引令自己感到的更多是羞辱而不是激情。茉莉的脸“腾”地一下红了，在加百利好奇的眼神下，显得十分局促窘迫。

“不敢相信，我把事情弄得这样糟糕。”她咕哝道，“我以前从未这样做过。”

“对不起，茉莉。”加百利说，“如果我说了或者做了什么让你受伤，那么，我向你道歉。”

“你就没有任何感觉吗？”此时的茉莉显得更加气愤，问道，“你一定感觉得到。”

“我并不具备人类的情感，”加百利说，随后想了想，又补充道，“艾薇也一样。”也许他认为，茉莉和姐姐一样失去了优势，这么说会令她好受些。若是如此，这句话却并没有起到预期的效果。

“难道你就像个机器人一样？”茉莉断然道。

“如果你宁愿这么想的话……”加百利降低了声音。

“不！”茉莉突然情绪爆发，“我宁愿你是一个正常的人，而不是一个没心没肺的铁人。”

“我的心脏只是一个让血液流动的器官，除此之外，别无他用。”加百利解释道，“它不具备你所说的爱情的能力。”

“那贝儿呢？”茉莉问道，“她爱泽维尔，而她同样是你们中的一员。”

“贝瑟妮是个例外，”加百利解释说，“只是一个极少的例外。”

“为什么你不能是个例外？”茉莉坚持道。

“因为我和贝瑟妮不一样，”加百利实事求是地说，“我既不年轻也没有经历，这是贝瑟妮在创造出来时的某种缺陷，也许又是一种力量，让她有了人类的感情，而我的程序中没有。”此刻，我紧张得大气也不敢出，不知道是否应该为这句话感到气恼。

“但是我已经爱上你了。”茉莉忍不住抽泣道。

“如果你以为你爱我，那是因为你不懂什么是爱情。”加百利说，“真正的爱情是相互的。”

“我不明白。”茉莉说，“是我对你来说，不够有吸引力吗？”

“你看，你这样说，说明我是对的。”加百利叹了口气，“肉体不过是个工具，最深的情感应该是来自心灵的体会。”

“那就是说，我的内心达不到你的标准了？”

“不要这么荒谬。”

“你到底是怎么了？”茉莉嘶吼道，“为什么你不能爱我？”

“试着去接受我所说的话吧。”

“你是说，不管我做什么，不管我有多努力，你都不会爱上我?”

“我的意思是，你的行为就像个孩子，因为你本来就是个孩子。”

“那就是因为你觉得我太年轻？”茉莉失望地说道，“我可以等，等到你准备好了，你要我做什么都行。”

“不要再说了，”加百利打断她的话，“我们不要再讨论这个问题了，我不可能给你你想要的答案。”

“告诉我为什么。”茉莉的情绪渐渐失控，“告诉我，我到底哪里不好，让你甚至连考虑一下都不肯。”

“你该走了。”此刻，加百利的声音平静下来，他不再试图安慰她。

“不要！”茉莉叫喊道，“告诉我，我到底做错了什么？”

“你没做错什么。”这时，加百利的声音变得有些严厉，“因为你是人类。”

“你这话是什么意思？”茉莉的声音已经变得哽咽。

“你是人类。”哥哥的眼里闪着光，“人的本性就是好色、贪婪、妒忌、欺骗和骄傲自满，你们要一生去和这些缺陷抗争，天父给了你们自己的思想，他选择你们掌管他的土地，看看你们干了些什么，这个世界正在毁灭，我来这儿只是要恢复他的光辉，除此之外，我别无他求，也不感兴趣，你以为我会脆弱到被一个天真幼稚的人类所诱惑吗？我在各个方面都和你不同，我可以试着去理解你的方式，但你，几千年里都不可能理解我的方式。茉莉，这就是为什么，你所有的努力都是白费。”

加百利面无表情地看着眼前的茉莉，她已经止不住地流泪，泪水混合着睫毛膏，弄花了她的脸颊，而茉莉只是胡乱地用手背擦了两下。

“我……”她不住的哽咽令她几乎说不出话，“我恨你。”

她看起来是如此的脆弱，我多么希望可以为她做些什么，好让她知道自己并不孤单。如果我能现身，我也会因为哥哥的无情去踢他几脚。

“我是为你好。”加百利冷冷地说，“也许恨要远远好过爱。”

“这与你无关。”茉莉抽泣道，“我不在乎。”

“这不是真的，”加百利说，“如果你的生命受到威胁，我就要管，如果你的处境危险，有人要伤害你，你就需要我的保护。但关于感情，我无能为力。”

“至少你应该去尝试，尝试去挑战你所谓的程序，就像贝儿一样，然后看看结果如何！你怎么会知道自己会感到什么？”

她是如此的热情执著，我差一点就希望加百利的心可以被缓缓融化。然而，他只是低下头，仿佛犯了什么严重的罪行。

“就像你说的，上帝希望人类快乐。”茉莉反驳道。不同意他的观点。我感觉她把这个对话当成了学校的辩论赛，“一往无前，生生不息，不是吗？我还记得在主日学校听到的这些话。”

“这些意愿都是赋予人类的。”加百利十分平静地说。

“所以你不需要快乐？你不需要生活？”

“这不是需不需要的问题，不能设计的。”加百利答道。此刻的茉莉一脸的挫败懊恼，“你需要别人用你的方式爱你，我发誓，我会在你生命里的每一天照看着你，”加百利说道，“我会保证你永远都安全。”

“不！”茉莉像个被宠坏的孩子嚷道，“这不是我想要的结果。”她拼命摇头，古铜色的鬈发随即散落在她苍白的脸旁。茉莉深深陷入了感情的旋涡，而加百利看着他，表情却在慢慢转变，我看到他脸上有一种难以抑制的渴望，他情不自禁地想要向她伸出手——伸向这个他无法理解的奇特而又激动的生物。他的手颤抖着，慢慢抬起，像是要帮她拭去脸上的泪水。

正在这时，艾薇穿着浴袍走了出来，她讶异地看着眼前混乱的景象。加百利迅速放下手，脸上也回复到之前的无动于衷，片刻之后，茉莉冲出了房间，无声的泪水依然从脸庞不住地滑落。

艾微同情地望着她：“我在想，这件事有多久了？”

“你早就知道了？为什么不早告诉我，那样的话，我可以更好地处理这件事。”

“我只是有点怀疑。”艾薇平静地答道，她洞若观火。如果说谁最了解加百利，她无疑便是。然而，加百利依然感到困惑，无法理解人类与天使的区别，艾薇却一直有这种不可思议的能力，可以读懂他的心思。

“我现在该怎么办？”加百利很少会去寻求咨询，在任何情况下都是如此，但是年轻人的爱情，对他来说，却完全是个谜。

“什么都不用做。”艾薇回答道，“这些事已经发生了，她会挺过去的。”

“希望如此。”哥哥回答道，他的语调让我好奇，他在思考的仅仅是茉莉吗？

艾薇随后熄灯入睡。加百利则依然坐在床沿，手托着腮，凝视着眼前的黑夜。他一动不动地坐在原地，直至艾薇睡着之后。

Chapter28

伤痛如影随形

对我来说，回到我伤痕累累的肉体，是一件猝不及防的事。能够再次回到家里，和家人在一起，可以让我忘记当前的困境，现在，我又回到地狱的牢笼。这里空间狭窄，几乎无法站立。似乎是刻意增加我的痛苦，我四周的空气里弥漫着刺鼻的硫黄味，同时传来阵阵无助的哀号之声。我不知道自己的灵体游移了多久，但我能肯定是有一阵了，因为我每动一下，我的关节都无比僵硬，肌肉生生的疼。

有人往我的牢笼里塞了些干面包皮和一罐水。我穿着睡袍坐在里面，睡袍上满是污渍，以至于已经看不出它原本的颜色。我试着长长地呼了口气，来缓和胸中不断增加的恐慌。我蜷缩在角落里，耷拉着脑袋。门外，鬼魅般的狱卒好几次路过牢笼，再次将囚禁的魂魄施加酷刑。我只能从他暴躁的眼神和随之传来的在栏杆上划过的金属尖齿声依稀辨认。不知道为什么，他没有在我的牢房前停下。我随后确定他已离开，便一口气拿起水罐，大口大口地喝了起来。水中有股令人不快的金属味。我全身酸痛，但是最为剧烈的还是肩伤。此时此刻，我甚至连手都无法伸开，我的翅膀从没有如此痛过。我心下暗忖，如果不能立即将它们松开，我一定会疯掉。

为了让自己分心，我想了想茉莉和加百利，我的心还停留在他们的身上。不管他们之间存在着何种奇怪的联系，他们却没有发展的可能，茉莉并不能完全理解什么是真情，真情是最最纯真的爱，是不受人为改变的，其中也包括了所有的生物。这是对上帝创造生灵的庆祝。尽管加百利或许被茉莉炽热的感情所困惑，但我知道，他一切安好，并没有偏离自己的目标，甚至，他不会去想。然而，加百利的拒绝一定让茉莉非常伤心，我希望泽维尔能够帮她渡过难关，他出生在一个都是女孩的家庭里——他该知道要说些什么。

我知道，杰克一定会露面的，对此我非常肯定。终于，不久之后，他出现了，躲藏在黑暗之中，他的脸庞出现在栏杆之后，被他手举的火把所点亮，我甚至可以闻到他身上浓烈的古龙香水味。同时，我也注意到，他的出现已经不再让我感到不安，事实上，这是我第一次如此轻松地看着他。

我向前挪了一小步，肌肤随即刮蹭在了这个袖珍围栏的水泥地上。我本该让他离开，但却没有这个能力。我本该表达自己的愤怒，但我没有那般勇气。我们彼此心知肚明，我需要杰克的帮助，如果我不想死在这个洞里，直到身体一点点腐烂，精神完全摧毁的话。

“这简直就是暴行。”当火光照亮了我四周的环境，杰克不禁歉歔一声，“我不会原谅他的。”

“你能带我离开这里吗？”我问道，我恨自己没有勇气，但是看看自己身处的险境，或许我不该成为一个殉道者。

“那你为什么认为我会来？”杰克的样子很是沾沾自喜。接着，他碰到了牢笼的锁，这把锁顿时化成灰烬，散落一地。

“老大不会发现吗？”我问道，惊讶地发现自己竟然用了他的绰号。

“这只不过是时间的问题。”杰克听上去毫不在乎，“这儿的间谍比鬼魂还多。”

“那又如何？”我想要知道自己的命运究竟会如何，杰克是否只是暂时让我脱离险境？他看来像是读懂了我的心思。

“我们晚点再去担心吧。”

说着，他猛地拉开了牢门，门被拉出了一点儿，距离足够让我挤出去。

“快。”杰克催促道，但我却没有动。不管我往哪走，都十分困难。

“我在这里待了多久了？”

“两天了，但我听说你大部分时间都在睡觉。来，把手给我，非常抱歉，事态变成了这个样子。”

他的道歉让我的防备顿时消失，因为杰克从来都不怎么愿意为自己做过的事承担责任。他专注地凝视着我，我知道，他一定在想些什么。他拧紧眉头，用全神贯注替代了平日的轻蔑不羁，鹰一样的目光始终没有离开我。

“你看起来很不好。”他最后说道。我很好奇，在这种环境下，他怎么会认为我会有多好。杰克就像个变色龙，他可以任意改变态度来迎合自己的安排，此时此刻，他这种殷勤的行为，令我非常不安，我不由得挖苦了他一番。

“长时间被关在笼子里，皮肤当然好不了。”我咕哝着说。

“我正在努力帮你——至少你得表示点感激吧。”

“你帮我的还不够多吗？”我说，但当他再次伸出手时，我抓住了。

在他的搀扶下，我终于逃出了这个笼子。我发现，尽管可以站立，可是却连一步都迈不出去。杰克看了我一眼，随后把火把递给我，将我抱了起来。他自信满满地跨出了这间密室，尽管我确信看见了在昏暗中那一双双如燃烧的煤球般炽热的眼睛，但是没有人胆敢出来阻止我们。

杰克的摩托车停在监狱外，他小心地将我放在后座，随后跨上车，扭开引擎。摩托车风驰电掣，呼啸而过，我不得不紧贴着他的身体。几秒钟后，我身后令人窒息的地狱就这样远远地消失了。

“我们要去哪儿？”望着四周陌生的环境，我低声问道。

“我有个主意，也许会让你感觉好受些。”

杰克骑着摩托车一路穿行，直至来到了一个深谷的洞口，洞口的周围是陡峭的悬崖，两边流淌着黑色的水，仿佛要一直流入地底。杰克轻轻地跨下车，焦虑不安地望着我。

“你很痛吗？”

我默默地点点头，从他身上，我看不到任何一点信息，他应该不可能做伤害我的事，但杰克似乎一直很期待正在发生的事，看起来比我知道得更多。

“告诉我，”他接着说，“你的翅膀感觉如何？”

这个问题如此直白，让我不由得放下了防备。我忽然觉得脸红，有些东西总让我有些不安，翅膀是决定我是生或死的关键。之前，我一直努力地让他们不至于刺伤人类的眼睛，它们是我身体上非常重要的一部分。不过，我并不想和杰克·索恩这个冥界王子讨论两只翅膀的情况。

“我不关心它们如何。”我推脱道。

“那你现在应该关心一下。”

杰克随即将我的注意力转移到翅膀上，我这才意识到，原来肩胛下掩藏的双翅正在费力地扑腾，呼之欲出，随之带来的疼痛一直延伸至背部。我不禁对他感到恼怒，竟然让我留意到这个问题。我一直在有意忽视自己的翅膀，它们在冥界又能起到什么作用呢?

“我们有必要处理下你的翅膀，”杰克果断地说，“除非你任凭它们这样。”

我不喜欢他用的是“我们”而不是“你”这个字，这让我听起来好像我们是一个团队，好像我们能一起解决问题。我随即白了他一眼。

“也许我该说得清楚些。”未等我回过神，杰克便脱下了他的黑色夹克，扔到了地上。他转过身，背对着我，把衬衫拉过了头顶，然后挺直背站着，脑袋稍稍有点偏，这个动作很卑微，完全不像他做出的行为。

“你看到了什么？”他随即低声问道。我的目光扫过他背部的轮廓，杰克的肩膀很瘦，但身形很好，像是经常锻炼。他没有什么肌肉，但每一块都绷得很紧，随着他的动作而起伏。他随后飞快地扫了一眼自己的脚，样子十分焦急。

“我什么都没看到。”我回道，将视线望向别处。

“凑近看。”杰克催促道，他向前走了一步，这样就离得更近。杰克在我面前弯下腰，我随即发现了一些东西，这让我有些好奇，他背部的皮肤非常光滑，没有一点污迹，除了两排豆子大小的肉瘤，看起来像是肩胛下多出的脊椎。这两排小点在他的皮肤下，只相隔一两厘米，像是还没有痊愈的伤口。我不需要去问就知道这些残留物是什么。

“这是怎么了？”我问道，声音有些嘶哑，脑子里顿时闪现一个问题，他为什么要让我看这些？

“它们随着时间一点点消失，最后就会全部不见。”他直率地说道。

“因为没有用处吗？”我疑惑地问道。

“是的，这是报应的结果。”他说，“我原来也有翅膀，相信我，它们很壮硕。”

他的话语里是否存有一丝遗憾？

“为什么你要告诉我这些？”

“因为我不想同样的事发生在你身上。”

“那我要怎样才能阻止这样的事发生？”我泪眼汪汪地问他，“我常常把它们合起来，除非……你是说，你要让我飞？”

“不完全是。”杰克说，没等我开始考虑这个不知所云的想法时，杰克又接着说道，“这就像是一项受监督的活动。”

“这是什么意思？”

“我会让你飞，但是有两个条件，我必须确保你的安全……还有，你不能被发现。”忽然之间，我意识到要来这里的原因，这个山谷足够隐蔽，同时，又非常适合飞翔。

“你不相信我？”我问道。

“这不是信不信的问题，即使你真的要逃，也走不远，这是由你自己决定的事情。

“所以你要怎样确保我的安全？”我问道，“你又不可能和我一起飞。”

“这就是我为什么会这么想，”杰克说，“起先会让你觉得有些奇怪，但你要想开一些，这真的是唯一可以让你像天使一样活下去的方法。”

“什么方法？”我好奇地问道，我的翅膀仿佛也听懂了我们的对话，陡然间向两边张开。我好不容易努力将其收回，但是却不知这样可以持续多久。

“这没什么。”杰克轻松地说道，“只要你戴上一个链子。”

“你要我戴链子？！”当我最终明白了他的意思时，禁不住相当气恼。

“这是为你自身的安全考虑。”他如此回答。

“你在开什么玩笑，我不会让你像玩弄一只奇怪的宠物一样拴着我飞的，这简直是变态，我还真是要谢谢你！”

我非常坚决地回绝了他，但同时，我了解我的翅膀，它们渴望自由，一直在挤压着我的背部，从而加剧了我的疼痛。

“那，你就打算任由它们衰弱吗？你知道，过不了多久，它们就会开裂，随后像旧石灰一样脱落，你确定想这样?”杰克问道。

“为什么你这么乐于帮我？”

“我只是在保障我的投资，好好想想吧，贝儿，你不需要马上作决定，这个地方很理想。”

“要我同意也行，我不想被任何人看到。”我说道。

“这里只有我们两个，不会有别人的，我可不想看到你的翅膀没了，否则你就更不愿意了，这是个双赢的结果，不是吗？”

“我这样做，只是想要履行上天派给我的任务。”我向他警告道。

“你总是这样乐观。”他随即轻轻一笑。

“这是忠诚。”我答道。

“不管是什么，我们要努力保护好你的翅膀，这是天使的象征，对吧？”

杰克的主意尽管无礼但却十分诱人，他说得没错，我现在很危险，很可能会失去自己作为天使的特征，我还有得选择吗？我的翅膀是让自己区别于他和其他魔鬼的证物，是上天赐给我的珍贵礼物。如果我在冥界失去了它们，我该如何是好？如果丢失了如此宝贵的东西，泽维尔又会怎么想？

一想到此，不知不觉，泪水已经滑落到脸颊。我随即擦干眼泪，深深地吸了口气。

“好，”我说，“我同意。”

接着，杰克用大拇指抬起我的下巴，用他怪异又迷人的眼神审视着我的脸庞。“这是个正确的决定。”说完，他把我带到了悬崖边，“把右脚放在这。”他指点着我，随后从摩托车上拿出一个小盒子，这是一条闪闪发光的银链子。这条链子看起来犹如一个从神秘世界而来的魔术品，我很想问这条链子从何而来，但还是忍住了。接着，杰克抓住了链子的一端缠绕在他的手腕上，另一头则拴在了我的脚踝上。这条链子非常灵活，附着在我的肌肤周围，就好像是我身体的一部分。

我环视整个峡谷，想看看是否可以起飞。岩石两边陡峭险峻，一片漆黑。黑色的瀑布静静地流淌。这里就像一个怪石嶙峋、鬼魅奇异的深渊，四周只有杰克的车灯亮着，形成了一道朦胧的光晕。

“跳下去。”杰克说。

尽管我极不情愿向杰克展示自己的翅膀，它们本身却按捺不住，奋力地想要释放，全然不听我大脑的指令。我并没有强行压制它们，不一会儿，我亚麻色睡衣的背后就被撕成碎片，悬在空中。冲入云霄的想法令我重新变得精力充沛，随后，我的双翅在我背上升起张开，也许是因为许久没用，它们随即发出一道浅银色的光，顿时令我感觉翅膀充满了力量。紧接着，身体的其他部位也都恢复了活力，我又可以重新翱翔了。

杰克安静地注视着这一幕，我心下暗忖，自从他把天使之翼收起来后，迄今为止到底过了多久？他是否还记得那令人陶醉的感觉？此时此刻，我来不及多想，两只翅膀犹如一面羽毛状的天篷，遮挡着我俩。杰克渴望又惆怅地望着我翱翔天空，我忽然感到相当自豪。尽管我俩有着共同的起源，但我的翅膀是彼此之间相互区别的最大特征，它们让我清楚地知道自己是谁，又从何而来。我和杰克总归是不同的，我在黑夜之中的翱翔将会提醒杰克和他的同类放弃骄傲与欲望。

我活动着踝关节，想看看链子是否结实。随后，我低下头，将脑袋碰到胸前，向前助跑几步，接着借助双翅把自己带向空中。

在双脚离开地面的那一刻，我即刻感到了一种轻松，仿佛干涸的身体又重新恢复了生机。我把自己抛向连绵的黑暗，全然顾不上姿势与节奏。我奋力扑闪着双翅穿越茫茫的夜色，黑暗似乎也因此而裂开了少许。这时，铁链忽然猛拉一下我的脚踝，我随即意识到自己飞得太高。我没有去想底下的杰克，只是骤然下降，确保飞低一些。此时的我心无旁骛，任凭自己的身体在空中尽情地放飞。

尽管此刻的我并没有感到与家人在维纳斯湾一同翱翔时的兴奋，但肉体可以如此深深地释放对我来说也已足够。杰克站在下方的悬崖边，仰望着我，手腕上是锁链拉出的勒痕。

从我此刻的角度来看，杰克的样子十分渺小，与我毫不相干。那一刻，我忘记了自己的存在，忘记了烦恼与恐惧，甚至忘记了对泽维尔的爱。我又重新找回了自我，活力四射地穿梭在这个密不透风的深谷。

我一直飞到两只翅膀筋疲力尽，但即便如此，我仍然不愿停下。最后，待我降落时，杰克一脸敬佩地看着我。接着，他默不做声地将头盔递给我，跨上了摩托车。

“上来。”他说，“你可以在芳香酒店过夜——这是我们之间的秘密。”

“你不可能骗得了路西法，”我说，“你一定知道后果是什么。”

“没错。”说着，杰克耸耸肩，“但是现在，我不在乎。”

Chapter29

甜蜜的复仇

第二天，我醒来时，长久以来的疲惫一扫而光。我伸了个懒腰，弓了弓背，兴奋地发现紧绷的肌肉变得松弛轻盈，而不是如水泥般沉重。回到奢华的芳香酒店令我感到轻松，即便我知道这只是暂时的。

我掀开被子，溜下床。这时，客房外响起了钥匙转动的声音。这个声音令我感到有些不安，结果发现原来是汉娜和塔克二人。他俩正探出头走进房间，我猜他们是为数不多的知道我回来的人。杰克已经为我准备好了丰盛的早餐。一看到我，汉娜便热情地冲了过来，差一点要把手中负重的碗碟摔掉。

“见到你真好。”她紧紧地抱着我说，“我真不敢相信，你还活着。”我随即闻到熟悉的新鲜烤面包的香味。

塔克显得更加拘谨，他走过来，友好地拍了拍我的肩膀。

“你让我们担心了好久，”他说，“竞技场发生了什么事？”

“我也不清楚，”我接过汉娜递到我手中的一杯橘子汁，答道，“我不是故意想干什么，那把火竟然在我周围分开了。”

“你是怎么爬出屋子的？”

“杰克昨晚来了，把我放了出来，我想现在麻烦了。”

“他违背了他父亲的命令？”汉娜眼睛瞪得老大，“这倒是第一次啊。”

“我知道，我希望他知道自己在做什么。”我答道。

“大家都在谈论你，谈论你的神力。”塔克说，“他们认为，也许是‘老大’自己把你放出来的，要和你达成某种协议。”

“那除非地狱被冰封。”我低声说道，但仍忍不住去想象那微乎其微的希望。如果路西法能和我达成一致，或许，我就有一线希望不用回到监狱中了。另一方面，如果杰克因放走我惹怒了路西法，我的下场会更加悲惨。“我要找些衣服穿上。”我望着堆在地上的脏衣服说，此刻我身上穿的仍然是来时在床上叠放着的丝质睡衣。

我开始四下翻着衣柜，想要换件干净的服装。除了原先那些华丽的外套和丝质的衬衣，杰克也为我添置了牛仔裤和毛衣。或许，他终于明白了在雷达下飞行的重要性。我套上一件毛衣，将头发扎成马尾。正在这时，门卡响了，杰克闯了进来，又没有敲门。

“你母亲没有教过你礼仪吗？”我厉声说道，以为经过昨晚的冒险，他肯定非常焦虑。然而，他看起来非常的淡定，我不由得心下暗忖他一整晚都在为了什么讨价还价。

“我没有母亲。”杰克轻快地回答，随后轻蔑地朝汉娜和塔克挥了挥手，“出去！”

我立即向他提出抗议：“我要他们留下。”

杰克随即深深地嗟叹一声，“那半小时后回来吧。”他的语气稍稍缓和了一些，接着转身问我，“你觉得怎么样？”

“好多了。”我如实答道。

“所以我的决定是对的。”杰克忍不住扬扬自得，“问题就这样解决了。”

“我想是吧。”我轻声说道，“现在怎么样？我要继续为此担心吗？”

“放心吧，我正在处理这件事。父亲一直为自己在生意上的运筹帷幄而自豪，你是我的一项资产，而不是债务，这点他会考虑。”说着，杰克看看我，期待着我的回应，但我始终沉默不语。“那等你想好了再来谢我。”他说。

“不用回到那个监狱里并不意味着我就不再痛苦了。”我解释道。

“你这句话听着有点夸张。”他很不屑地说。

“不，不是这样的。”他的态度让我非常厌恶，“我不会再痛苦了，但这个地方对我来说，仍旧是最可怕的噩梦。”

杰克突然跳了起来，眼里充满怒火，“你怎么了，贝瑟尼？”他压低嗓音问道，“看来，我为你做任何事都不够，我已经无能为力。”

“你想怎么样?”

“我要的只是一点点发自内心的感激。”

“凭什么？你难道真的以为救出我然后像放风筝一样拽住我就

能改变什么吗？我还是我，我要回家。”

“你死了这条心吧。”杰克咆哮道。

“永远不会。”

“好，看看你有多傻，据我所知，那个美男子早把你给忘了。”

“他不会的！”我反驳道，杰克不管和我说什么都不会困扰我，唯独泽维尔是个例外，杰克没有权利说出他的名字，也没有权利去谈论他的生活。

“瞧瞧你才了解了多少，”此刻的杰克忍不住奚落我，“激素过剩年龄段的小伙子是不会等下去的，事实上，他们都很容易变心，怎么，性教育课上没有人教过你吗？他们一直是眼不见心不烦的。”

“你根本就不了解他，”我决心不让他动摇我的意志，“你根本就不知道自己在说什么。”

“如果我告诉你我知道地球上每一个人的事呢？”杰克得意地笑道，“如果我告诉你，你的哥哥姐姐都已经放弃寻找你了，泽维尔也已经把你抛在脑后。就在我们说话这会儿，他正和另一个姑娘在一起呢。那个漂亮的红头发妞儿，她叫什么来着？我猜你肯定知道……”

我感到自己已然怒火中烧，杰克真的以为他能骗到我，从而让我去怀疑自己挚爱的人吗？他以为我那么天真吗？

“我说的可是事实。”他说，“他们已经接受了救不了你的事实。他们尝试过，但却失败了。他们很难过，不过再伤心也得活下去嘛。”

“那他们为什么要去亚拉巴马州找……”突然，我赶紧咽下已到嘴边的话，然而，当我发现自己的错误时却为时已晚。我咬着嘴唇，望向杰克。此时此刻，他的眉头紧锁，眼里是一片怒火。

“你是怎么知道的？”他向我发问道。

我希望自己的表情没有出卖自己，我不顾一切想要挽回局面：“我不知道，我是猜的。”

“你还真是不会撒谎。”他一边观察着我的神情，一边朝我慢慢靠近，仿佛一只正在觅食的美洲豹，“你说得这么肯定，我猜你定是见过他们……甚至你们还说过话。”

“不……我没有……”

“说实话！谁教你的？”突然，杰克一把将桌上的水晶花瓶掀翻在地，将其摔了个粉碎。但愿他不会为难塔克和汉娜，我可不想在他发怒的时候和他独处。

“没有人告诉我任何事，是我自己猜的。”

“你做过多少次了？”

“没多少，几次罢了。”

“每次你都和他在一起，对吧？好像你从来没有离开过一样。我早该猜到你想干什么。我真是个傻瓜，居然会相信你！”说完，他举起手，疯了似的猛抓自己的太阳穴。

“你所谓的信任是毫无价值的。”我对他说，但杰克已经听不进去我的话了。

“你一直在玩弄我，让我一度以为我们的关系越来越近，可你却一直在蒙我。我以为只要给你空间，把你当做女王，你就会忘记他，但你却一直都没忘，是不是？”

“那还不如让我忘了自己是谁。”

“你的想法还像个孩子，我曾以为身在冥界会让你变得成熟一点，现在才发现，这些都是白费。”

“我并没有要求这样的经历啊。”

“你已经欢快地和他们重逢了——可以肯定。”他恢复了往常怀疑的腔调，但言语之中的威胁却相当明显。此刻，我明白，自己是时候说些话来化解这种紧张的气氛，而不是去激化彼此之间的矛盾。

“为什么我们总是要争吵？”我小心翼翼地说道，“我们就不能有一次试着去理解对方吗？”

杰克摇摇头，悲凉地放声大笑。

“干得真漂亮，贝瑟尼，你演得真好，只不过现在你可以省省了，一切都完了，你差一点就骗到了我，我曾经相信你也在努力。我本该想到这些，本该把你丢在那个小房间里，任凭你死掉，你气死我了。”

“我不在乎，你想怎么样就怎么样吧，送我回家，或者，把我交给路西法。”

“我说，你误会我了，我不会动你一根头发。”杰克不怀好意地瞥了我一眼，“我要让你为你对我的不尊重而后悔。”

这句话令我不由得全身战栗。

“你什么意思？”

“这就是说，我的旅程要开始了，我想，是时候让我看看，到底是谁让你这么茶饭不思。”

尽管杰克故意隐瞒了他的目的，但我太了解他了，他是不会浪费时间徒劳地威胁我的，他一定去了田纳西州，想要报复我。我不知道他去那里干什么，但我知道，不达目的，他是绝不罢休的。当他认为自己还有机会的时候，忽略泽维尔就像是他要吞下的苦药，可是换了别人却可以更加体面地接受。然而，复仇是唯一可以让杰克满足的事，但还有什么办法可以让我深爱的人不受到伤害吗？杰克的魔爪不可能伸向我强大的哥哥姐姐，伤害茉莉的可能性也不大。因此，剩下的只有泽维尔了，这是我唯一的软肋，明显又脆弱。如果让杰克发现他一个人独处，那这一切都足以轻而易举地让他得逞。

泽维尔的处境非常危险，我不能再浪费时间，必须赶在杰克到达之前去通知他。

我不能立即就开始灵体转移。因为脑子里总是浮现泽维尔出事的画面，这种焦虑让我没办法集中精力。最终，我打开浴室的莲蓬头，让冰冷的水花冲打在我的身上。顿时，我的头脑清醒起来，思路也愈加清晰，灵体转移就这样毫不费力地达成了。

片刻之后，我来到了泽维尔和茉莉在“易居客栈”的房间之外。房间的窗户没有完全紧闭，留了个小口子。我像一缕烟一样飘了进去，盘旋在天花板的吊扇下。屋内很安静，只剩下他们均匀的呼吸声。窗外的停车场内，一阵风正追逐着几片落叶。茉莉睡得很死，前一晚戏剧性的场景已经从她的脸上消失，她的恢复能力一直让我十分惊奇。相比之下，泽维尔睡得就没那么好了。他在床上不停地翻来覆去，甚至还坐起来重重地拍打枕头。他随即举起手表看了看时间，才又重新躺了下去。此时已经是清晨五点十分，泽维尔环视四周，他那双蓝宝石般的眼睛在黑暗中闪闪发光。又过了一会儿，他终于睡去，但是脸上的表情依然紧张不安，仿佛梦中正在进行一场战斗。

我多么希望自己可以走近他、安慰他。即便我知道，自己就是那个给他带来痛苦的罪魁祸首。我把他的生活弄得一团糟，甚至连生命都受到威胁。好在至今杰克也没有打扰他们，我甚至还在异想天开地以为，也许杰克只不过是虚张声势地吓唬吓唬我。但是，他的眼神让我知道，这不可能。

陡然间，房间变得十分寒冷，茉莉随即拉起被子遮住了头，我甚至可以听到鬼哭狼嚎般的风声。正在这时，一个身影溜进房间，悄悄地爬过羽绒被下的茉莉，来到泽维尔的身前。泽维尔像是感到了他的出现，猛地睁开眼睛，踉跄着爬出了被子。他甚至摆好了格斗的姿势，我看到他脖子上青筋暴出，甚至可以听到他心脏加快的跳动声。

面前的这个影子越发清晰，泽维尔紧咬牙关，迸出一句话："你是谁？"这个影子渐渐浮现清晰，我认出了这个一头鬈发带着稚气的脸，是迪亚哥，他打扮得非常正式，穿着黑色的西装，系着领带，好像要去参加一场葬礼。

"我们是老相识了。"迪亚哥慵懒地答道，"杰克说你长得很英俊，看来，他真没有撒谎。"

"你想干什么？"

"你可不太礼貌哦，要知道，我用小拇指就可以把你给杀了。"

"你知道隔壁就住着一个大天使和一个六翼天使吗？"泽维尔答道，"我在想，他们是否可以打败你？"

迪亚哥冷冷地笑道："他们是来保护你这头幼小的狮子的。杀你，太简单了。"

"那你来吧。"泽维尔嘶吼一声，我的心一下子提到了嗓子眼。

迪亚哥扭头转向一边："我说，这可不是我来的目的，我只是来送信的。"

"是吗？"泽维尔毫不畏惧地说，"那你就继续，说吧。"

"有消息说，你和你的天使集团正准备实施一个营救计划。"迪亚哥得意地笑道，"我来就是告诉你，别浪费时间了，你自己也会放弃的，你们要找的那个天使已经死了。"

死寂，一片长时间的静默。泽维尔几分钟前还快速跳动的心，此刻却一点点地慢下来。最后，犹如一块混凝土"砰"的一声被击中。然而当他再次开口说话时，他却故意显得不露声色。

"我不相信。"他平静地说道。

"我就猜到你会这么说。"迪亚哥卷曲的黑头发勾勒出他嬉笑的脸。他走到泽维尔的身后，拿出一个粗麻布袋，说道，"所以，我带来了证据。"

迪亚哥从袋子里掏出一个折叠成羽毛状的物品，当他把它散开时，我才发现，这是一节折断并且沾满了血迹的翅膀，那是我的翅膀。"如果你喜欢的话，留着做纪念吧。"迪亚哥手中的翅膀已经折断弯曲，有些部分的血迹也已凝固，使得羽毛沾到了一起。迪亚哥像挥扇子一样地挥动着这节羽毛，上面的血迹一滴滴溅到了地板上，只见泽维尔深深地吸了口气，身体止不住地后仰，仿佛有人在他的胸前打了一拳。他蓝宝石般的眼睛变得愈加深邃，如同天空中一朵飘过的云遮住了太阳。

"别听他的话！"我不禁大声哭喊，然而我的声音却消失在茫茫的空气中。此刻，与他团聚的愿望如此强烈，令我感到自己快要挣脱出这副灵体。

就在这时，门突然被推开，我的哥哥姐姐出现在门口。迪亚哥的脸上第一次闪现出了一丝恐惧，我猜他一定没想到会碰见他们。

“你以为我们发现不了你？”加百利大声质问，话音里尽是愤怒。他的目光落在泽维尔的脸上，随后转向了迪亚哥丢在地上扭曲变形的血翅膀。艾薇同样看见这对血翅膀，厌恶的表情随即溢满整个脸庞。

“你还真是低级中的低级。”她说。

“我尽力了。”迪亚哥讨好地笑道。

“告诉我，这不是真的。”此刻，泽维尔的声音哽咽了。

“这不过是低级的把戏罢了。”加百利回答道，他把翅膀踢到一边，好像那只不过是剧院的道具。

泽维尔随即发出一声放松的呻吟，背靠着墙。我能体会他的感受，当初，我曾以为杰克用摩托车将他撞倒，那种痛苦令我几近晕厥。

“你到这里来干什么？”加百利问道。

迪亚哥咬了咬下唇，撅着嘴说：“只不过是找点乐子，人啊，就是太容易被骗了，蠢蛋。”

“至少比你聪明。”艾薇回嘴道，这时，加百利走到了迪亚哥的右手边，将他逼到了墙壁与门道之间：“看来，你把自己给困住了。”

“就像你的小天使一样。”迪亚哥龇牙低吼道。从他弯曲的手指可以看出此刻他十分紧张，“就在我们说话的那当口，她已经被困在大坑里烧死了，而你们却对此无能为力。”

“那我们倒要看看。”加百利说。

“我们知道你们想找到门户。”迪亚哥企图阻止他们，分散他们的注意力，他可怜地尽力掩饰，“你们永远找不到，即使找到了，也不见得有运气打得开。”

“你不要小瞧了天堂的力量。”艾薇说道。

“哦，我想天堂现在已经抛弃贝瑟尼了，你是否想过，我们的父亲可远比你们的天父强大。”

艾薇昂起头，她冷酷的灰色眼睛里仿佛燃烧着一股炽热的蓝色火焰。她抬起下巴，直视着对手。接着，艾薇张开嘴巴，即刻涌出了一种语言，这种语言高亢甜美，仿佛有上百个孩子在齐声高歌，又像是夏日的微风在低吟一般。随后，她一言不发，猛地向迪亚哥伸出手。令我惊异的是，她的手一直穿过迪亚哥的胸膛，好像他只是由泥土塑成。迪亚哥看起来和我同样惊讶，他大声地哼哧着。紧接着，他的胸腔开始燃烧，我意识到，那是艾薇抓住了他的心脏。火光越来越亮，把他的皮肤照得如纸般透明，我甚至可以看到他肋骨的轮廓和艾薇插在他体内的手。迪亚哥的心脏完全被这束光所包裹，此刻的他看上去已经完全不能动弹，但他仍旧挣扎着张大嘴，发出一声惨烈的号叫。我从迪亚哥的胸口看到，他的心脏在艾薇的手中变得肿胀不堪，仿佛马上就要破裂。很快，犹如一个爆炸的气球，迪亚哥的心脏霎时间变得四分五裂，他整个人立即在一束光芒中消失了。

艾薇颤抖着深深吸了口气，双手相互摩擦着，仿佛是刚摸了什么被污染的脏东西。

“魔鬼。”她低声说道。

这段爆炸的声音惊醒了茉莉，她坐直身体，理了理自己那头鬈发。

“那个……出……出什么事了？”她含糊地咕哝道。我觉得十分惊讶，她居然可以在这种事发生的时候睡着。

“没什么。”加百利飞快地答道，“继续睡吧，我们只是刚进来，看看你。”

“哦。”茉莉若有所思地看了他一会儿，想起前一天晚上发生的事情，她的脸瞬时沉了下来，转身钻进了被窝。

加百利舒了口气，朝艾薇耸了耸肩。泽维尔随即拿起放在床头柜上的车钥匙。

“那个，谢谢你们。如果可以的话，我想出去兜兜风，我需要清醒一下。”

我紧跟着他，想要找个时间单独和他相处。即便他不知道，我就在他的身旁。

“嘿，宝贝，”泽维尔走到停车场，拍了拍雪佛兰的车盖，悲凉地笑道，“事情变得越来越疯狂了，不是吗？”

泽维尔随后熟练地发动引擎，我顺势溜进后座。接着，车子开向了高速公路，在车轮的转动下，他的身体放松了许多。泽维尔将烦恼抛诸脑后的样子看起来真是帅极了，我就这么一动不动地凝视着他几小时，凝视着他强壮的手臂和健硕的胸膛。他掠过眼睑的发丝，在黎明到来之前映出了一缕金色的光芒。俊美的蓝宝石色眼睛微微闭拢，在雪佛兰的陪伴下，将他的紧张不安带走。泽维尔的脚轻轻地踏着油门，汽车在低声咆哮。泽维尔很在意我的安全，我在车上的时候，他从不开快车。但在这一段，他是完全自由的。我知道，他需要时间去找回自己。汽车随着弯道滑行，倒映出路边整齐的雪松。忽然，前方马路的左沿不见了，取而代之的是悬崖。泽维尔立即把车速减了下来，摇下车窗，打开收音机，一首名叫《为生活祈祷》的乐曲飘荡在空中，这首歌描述的是一对情侣挣扎着度过艰苦岁月的故事，听上去就像在描述着我们的经历。

我们要挺住，无论是否准备好，

你生来就要奋斗……

泽维尔一边念着歌词，一边轻拍着方向盘打着节奏，他的心情看起来好多了。车外，大风肆虐，高速公路上的叶子被风卷起，穿过马路，落入了另一头的悬崖。我忽然预感到，不好的事情即将发生，魔鬼正在跟踪着我们。我必须告诉泽维尔，让他掉头，他独自在外非常危险。他必须跟着艾薇和加百利，这样就能得到保护，但我该怎么通知他呢？

当这首曲子临近结束，我忽然想到一个主意，随即集中自己的意念，用自身的能量干扰电波。音乐声终于停止，这让泽维尔有些烦躁，他皱起眉头，拨弄着按钮，想要调换频道。我又集中起全部的精力，呼唤着他的名字。出人意料的是，他竟然从喇叭中听到了我的声音。

“快回去，泽维尔，这里不安全，去找艾薇和加百利，和他们待在一起，杰克就要来了。”

听到我的声音，泽维尔显得相当讶异，他差点把车开下了路面，好在他及时回过神来，猛地踩了一脚刹车。雪佛兰随即“吱”的一声停在了荒凉的马路中央。

“贝儿，是你吗？你在哪儿？你听得见吗？”

“是我，我听得见，你赶紧掉头啊。”我的声音非常坚定，“你要相信我！”

“好的。”泽维尔立即将车子挂上挡，掉了个头，这时，我稍稍平静下来，抬起脚，蜷在后座上，只要他回到旅馆，把我的话转告艾薇和加百利，他们就会知道怎么做。此时此刻，泽维尔正驾车前行，我注意到座位底下丢了一张口香糖纸和一个空的苏打水罐子。这一点儿可不像他，他总是很在意车内的整洁。我还记得，有一次，泽维尔在雪佛兰车上装了个新的导航仪，就因为风挡玻璃上留下了个圆圈，结果令他烦恼不安，非得拉着我去修理店，随后找了块塑料布罩住仪表盘才作罢。每想到此，我便觉得好笑。

“贝儿，你还在吗？”干扰电波已经让我耗尽了力气，但我仍旧鼓起本想用来擦擦手指的最后一点精力，轻轻地抚摸他的脸颊。我随后发现他手上的汗毛直竖了起来。

“继续。”泽维尔微笑着说。

我们离“易居客栈”已经不远，路边的风景变得越发熟悉，几乎已经把陡峭的悬崖甩在身后，我也让自己放松下来。然而，意想不到的事发生了，雪佛兰车突然颠簸起来，径直地加速穿过岔道，驶离了身后的旅馆。

“怎么回事？”泽维尔四下张望，“贝儿，发生了什么事？”

汽车看起来有些失控，泽维尔不断脚踩着刹车，但是车辆依旧没有反应。这时，方向盘也被锁起来，我爬到副驾驶座上帮他，但是无济于事。陡然间，我抬起头，发现反光镜里有一双眼睛正在后座盯着我们。

此时此刻，汽车已经完全失去控制，从马路这头窜到另一头。“不要，杰克。”我恳求道，泽维尔努力摆正方向盘，但无济于事，车辆仍然不顾一切地向前冲去。树枝不断地拍打着风挡玻璃，车轮碾着石头“啪啪”直响。

我转过头，只见杰克平静地坐在后座。他正抽着一根法国烟，对着窗外悠然地吐着烟圈。

他在和我们玩一场游戏。

Chapter30
守护天使

“不要，我求你了，停下来。”我向杰克哀求道。

油门已经踩到了底，却依然颠簸着飞速前行，仿佛驾车的是个盲人。马路左边的悬崖十分陡峭，只剩下一排金属的栏杆。但愿我能把正在发生的事告诉泽维尔，看看是否能找到什么方法让他安全地从车里逃离。然而，恐惧令我无法专心，我要用自己仅剩的一点能量在他面前现身，即便我本身也不知道是否能够办到。

我看到泽维尔的双手仍旧紧抓着方向盘，忽然瞧见了我送给他的定情戒指和他常戴的皮质护腕。它们一直都藏在我的心底深处，这双手曾无数次抚弄着我，安慰着我，保护着我。让我在这个凡人的世界里，感受到一种切切实实的安全感。我还记得第一次见到泽维尔的情景，他坐在码头上，抬头望着我，落日的余晖洒在他栗色的发上。我还记得，他的眼睛是那样深邃，让我禁不住好奇，他到底是谁，又是怎样一个人，而我当时也从未想过会再见到他。记忆如潮水般向我重新袭来，我俩坐在“甜心”咖啡厅的一个小隔间里，一起分享着巧克力蛋糕。他目不转睛地盯着我，好像我是他努力要解开的一个谜。我还记得，他睡觉被唤醒时伸懒腰的低沉声音，记得他的唇亲吻着我颈后的感觉。我还记得，他干净清新的气息就像是夏日树林的气味，记得他脖子上的十字架在日光的照射下点点闪耀。我知道他所有的事，甚至于每一个细节。此时此刻，我深深地意识到，我俩之间千丝万缕的联系可以超越任何的身体障碍。

没有丝毫的警示，我已经知道后座上发生了什么。泽维尔惊吓得几乎要喊出声来，杰克将他的脸挤到了两个前座之间，他湛蓝色的眼睛越发瞪大。

“嘿，亲爱的，”杰克幽幽地说，“我想，我已经找到你了。看样子，你的车出了点麻烦。”

“贝儿，”泽维尔低声问道，“发生了什么事？”

我突然意识到，他根本看不见杰克，因此也不知道当下的状况。

“没事，”我对他说，“我不会让你有事的。”

“贝儿，我撑不住了，”他的声音有些沙哑，“你在哪儿？我不知道应该再相信什么，我要你回来。”

“哦，嘘！”杰克在后座不住地哀号，“她现在属于我，太不幸了。”

“住嘴。”我厉声对他说，泽维尔顿时变得十分讶异。“不是说你，”我立即澄清道，“杰克和我们在一起。”

“什么？”泽维尔随即转过身，但是从他看来，后座空无一人。

“相信我。”我对他说道。正在这时，雪佛兰车已经冲到了悬崖边。泽维尔大口大口地喘着气，慌忙抬起一只手臂遮挡住脸，以为连人带车要坠入山崖，摔得粉身碎骨。然而，就在最后一刻，车子又重新转回到马路上。

“泽维尔，”我对他说，“看看我。”

我不知道彼此共处了多久，但我必须要让他知道，他不是独自一人。此刻，《圣经》中一段熟悉的章节浮现在我的脑海中，这是我过去最喜欢的一章，《创世记》第三十一章。它说的是米士巴[1]，那是相会的地点。这个地方无处不在，又无处可寻。这个地方不存在于我们的空间，但却拥有超出一般人理解程度的能量。在这里，不需要任何肉体的存在，意识便可以重逢。我还记得在布莱斯·哈密顿中学的那一天，当我扑进泽维尔的怀中，害怕有一天我们会彼此分离的情景。那天下午的对话依然清晰地印在我的脑海中，“我们要去创造一个地方，一个只属于我们俩的地方。无论发生了什么，我们都可以在那儿找到彼此。

“你还记得那个纯洁的地方吗？”我急切地低声问道。

泽维尔的身体稍稍放松了一点儿，仿佛此刻可以看到我，“当然。”他喃喃说道。

“那么，闭上你的眼睛，我们去吧。”我小声说道，“我会在那里等你，不要忘了……那是唯一一个只有我俩的地方。”

泽维尔随即深吸了一口气。从他的眼里，我看到了一种以前不

① 为古巴勒斯坦一地名，《圣经》上的意思是：我们彼此离别之后，愿耶和华在你我中间监察。

曾存有的理解。他闭上双眼，放开方向盘，静默地坐在原地。

正在这时，我听到杰克在后座发出的咆哮："我已经受够了你们一整天卿卿我我的废话了。"

"听着……"我转过身，想要和他理论，但已经太晚了，我突然觉得胃里有点翻腾。雪佛兰车突然侧滑到路边，撞穿了铁栏杆，仿佛这些栏杆是由火柴棍制成的。随后，汽车朝着悬崖垂直落下。

"不！"我绝望地发出一声尖声惊叫。

此时的泽维尔却毫无反应，脑海中依然停留在那个纯洁的地方，全然不在乎自己的死活。

我注视着雪佛兰坠入山崖的情景，如同是一场慢动作。我随后听见车底刮蹭岩石发出的金属声。汽车停在崖壁上，摇晃了一会儿，接着开始不住地倾斜。由于引力的因素，车子随之传来一阵剧烈的震动，扬起一团尘土，最后，坠落。附近的鸟儿惊叫着飞离树梢，争相着发出警报，一时间消失在茫茫的夜空中。这时，我发现泽维尔的身体已经被甩向前方，撞在了方向盘上。这一段仿佛持续了很长时间。此刻，我的视线变得截然不同，看到了那件最为奇特的事。阳光透过风挡玻璃照射在泽维尔的头发上，将他的发丝映衬成金黄色。泽维尔的头发一直是栗色，有点像蜂蜜抑或核桃的混杂体。但是今天，就在这一刻，我可以发誓，他的头上分明是戴着一顶金色的光环。泽维尔没有尽力去保护自己，换作任何一个人在这种情况下都会本能地伸出手，而泽维尔却出人意料地显得泰然自若。他没有表现出丝毫的痛苦，似乎已经放弃命运的安排。他的头发四散开来，表情令我震惊。泽维尔看起来是如此年轻，我甚至可以看到他许多年前还是学童时候的模样。他的皮肤光滑无瑕，甚至没有一丝皱纹，可以透露他在人间的年龄。他快活不成了，我对自己说道。他本该有机会去做很多事，然而此刻，他甚至没有机会真正地成长……去做一个丈夫……做一个父亲……在这个世界上做出一番成就。

我随后才意识到自己被吓得惊声尖叫，分贝大得几乎让整个镇子都可以听到，但事实上，根本无人听见。这辆雪佛兰车依然在朝着地面的岩石俯冲，顷刻间就会摔得粉碎，犹如一张锡纸一般被压瘪。此生中，我第一次感到如此的无力，我的肉身依然囚禁在冥界的地底深处，灵魂却被困在异度空间之中。此时此刻，我在后视镜中看到了杰克那张得意的脸。我忽然意识到，自己并非想象中的那么无助。我随即转过身，抓住他的两只手腕。杰克看起来十分惊讶，但并没有把我甩开。

“不要伤害他，”我恳求道，“无论你要我怎么样，我都会答应，开出你的条件吧。”

“真的吗？”杰克微笑着说，“一笔买卖……多有趣啊。”

“没时间玩了！”我向他苦苦哀求，汽车从岩石上掉到沙地上只需几秒，“如果泽维尔死了，我永远不会原谅你！求你了……答应这个交易！”

“好吧。”杰克回答，“我用他的生命和你交换，你要答应我一个愿望。”

“成交。”我哭喊道，“只要你让车停下来。”

“你发誓？”

“我用生命发誓。”

雪佛兰车随即在半空中停了下来，完全无法动弹。这是个不可思议的景象，幸好周围无人目睹。

“我要看着你回家，贝瑟尼。”

“等等——你不能把他留在这儿！”

“会有人来处理的。”杰克说道，他随后打了个响指，从后座消失了。片刻之后，我意识到艾薇和加百利正开着一辆借来的“路虎”，他们猛地刹车停在了悬崖边，下了车。一看到悬在半空的雪佛兰，加百利毫不犹豫地纵身一跳。就在快要落向岩石的那一瞬间，他张开了双翅。我已经忘了加百利张开翅膀的气势是如此的凛然风范，蔚为壮丽。我随即屏息凝神，注视着这一幕。艾薇也脱下外套，将双脚跨进悬崖的边缘，飞扑直下，犹如一只美丽的白天鹅。她的翅膀颜色和加百利有所不同，加百利是纯白的翅膀，同时装点着金铜色。艾薇的则是如同鸽子样的珍珠灰色，间杂着玫瑰花瓣的粉红。正在这时，泽维尔睁开双眼，不可思议地瞪视着悬在半空的雪佛兰车外正在翱翔的两个天使。他使劲地眨了眨眼，不敢相信眼前的情景。

“这到底是怎么了……”他喘着气问道。

“没事了，”我告诉他，“你现在安全了。”

然而，泽维尔已经听不到我的声音。他只是惊讶地看着加百利，把手伸进前车窗，紧紧地抓住车顶，一旁的艾薇也依此照做。随后，两个人开始慢慢地将车抬回路上。他们手臂上的肌肉甚至没有绷紧，只是稍稍弯曲，随后就将汽车带回了地面。车辆被轻轻地放在地上，泽维尔甚至在座位上没有任何移动。艾薇和加百利的翅膀富有节奏地拍打着，等到双脚接触地面之后才迅速地将其收回。

泽维尔随即打开车门，飞快地跳了出来，他倚在发动机盖上，大口地喘着气。

“真不敢相信。”他低声说道。

“我们也不信。”姐姐的脸因为激动而变得通红，“你到底在想什么？”

“等等，”泽维尔的脸上露出了一丝讶异，“你认为我是故意这么做的吗？”

加百利用犀利的眼神盯着他，问道：“一辆车是不会自己掉入悬崖的。”

“朋友们，”泽维尔摆摆手，说道，“刚才是因为杰克控制了整辆车，你们以为我有那么傻吗？”

“你看到他了？”艾薇的眼睛瞪得硕大，“我们察觉到了他的存在，但没想到他还敢露面。”

“他根本没有露面。”泽维尔皱起眉头，“我看不见他……但是贝儿告诉我，是他。”

“贝儿?”加百利讶异地看着泽维尔，以为他疯了。

“她通过收音机和我对话……然后，当我以为自己快要死的时候，她出现了。”泽维尔竟然做了个鬼脸，意识到自己的故事听起来有些荒唐，“我说的都是真的，我发誓。”

“好吧。”艾薇严肃地说道，“不管发生了什么，我们都要记住，杰克不怀好意，正在采取卑劣的行动。好在我们及时地赶到了这里。”

“事情就是这样，”泽维尔交叉双臂说道，“车子差点就要撞毁，我知道的，随后又突然停了下来。接着，贝儿和杰克都不见了。”

“你说什么？”加百利问道。

“我也不确定——但我知道，杰克想杀了我，只是有事发生或者可能是有人出现才让他停了下来。”

艾薇和加百利彼此忧虑地交换了一个眼神，“我们只能庆幸你没事。”艾薇随后说道。

“是啊，”泽维尔点点头，但他看起来依然有些担心，“谢谢你们救了我，哎呀，我希望没人看见你们。”

加百利的嘴角随即露出一丝淡淡的微笑，把马尾辫中松开的几缕头发拨到了耳后。

“看看周围，”他说，“有人吗？”

泽维尔环视四周，不禁眉头紧锁，一副若有所思的神情。他的目光落向一条停留在高密的杂草上的蛇。这条蛇看似正在爬行，却又静止不动。他抬起头，忍不住张口结舌，发现天上那些飞翔的鸟儿也被冻在空中，仿佛整个世界都被定格在一幅油画之中。直到这时，他才清晰地发现周围一片死寂，没有蟋蟀的鸣叫，也没有路上机动车的马达声，甚至连风也无法打破这片寂静。

“等等……”说着，泽维尔将一只手遮住眼睛，“这是你们干的吗？不可能，这绝不可能。”

“所有的人都应该知道，一切皆有可能。”艾薇答道。

泽维尔用他明亮的蓝眼珠注视着艾薇那冷酷坚毅的日光：“不要告诉我，是你们让时间停止了。”

“我们没有让时间停止。”加百利随意说道，他正检查着雪佛兰车的损坏之处，“我们只是让时间等待了几分钟而已。”

“你不是开玩笑吧！”泽维尔不禁大喊起来，极力迫使自己去面对他们所说的一切，“你们这样做得到允许了吗？”

“这不重要，”加百利回嘴道，“我们只是必须这么做，难道能让凡人看到两个天使在空中抬着一辆车吗？”

随后，哥哥合上双眼，很快，他抬起了自己的掌心。不一会儿，周围又出现了生命的迹象。我不禁翻然醒悟，直到无声的世界来临，我才第一次发现生活原是多么的热闹。奇怪的是，对我来说，当看到树木在微风中摇曳，昆虫在干燥的地面上爬行之时，内心甚至产生了些许快慰。

泽维尔朝四下晃了晃脑袋，似乎这样可以使自己清醒：“没人会看到发生的事吗？”

“你会为在人类雷达之下滑过的东西感到惊异不已。”艾薇说，“每天都会发生许多奇怪的事情，但没有人会注意到。人类总是会看到一些超自然的景象，可他们却选择视而不见，而把原因归咎于喝了太多的咖啡或是睡眠不足。他们总是有成千上万个理由去掩盖事情的真相。”

“如果这么说的话倒是没错。”泽维尔答道。

“说说贝瑟尼怎么样？”艾薇问道，“你是说，她刚才露过面？”

“我看见她了，”泽维尔不停地用鞋尖蹭着地面，“我……我和她说过几次话。”

艾薇抿了抿嘴说道，“谢谢你把这个消息告诉我们。”接着，她蹙起眉头，“我觉得这不大可能。”

加百利也皱了皱眉，“难道是魂魄出窍吗？”他疑惑地说，

“会不会是从地狱里发出的？”

“也许贝瑟尼拥有的能量超过了那些魔鬼的想象……甚至超过了她自己的想象。”

“但是有一点是他们不知道的。”加百利说，“就是贝瑟尼和凡间的关系。”接着，他用余光扫了一眼泽维尔，“是你把她和这个地方紧密地联系在一起，这个程度已经超出魔鬼们的理解。”说完，他用手指拍打着车子的发动机盖，脸上露出了一副若有所思的表情，“照目前看来，像是有一股磁力把你们拉到了一起，这股力量非常强大，以至于贝瑟尼可以在任何地方和你联络。”

此时此刻，尽管我的内心依然为刚刚发生的一幕而紧张不安，但我仍旧为自己和泽维尔的感情备感自豪。即便在地底的囚牢中，我也可以和他在一起。我们之间可以冲破重重的艰难险阻，这也许就是爱情的力量吧。“我们有多相爱？”这句话浮现在我的脑海，我不禁陶醉地笑了起来，此刻，应该是和他击掌的好时机吧。

加百利的话却似乎以另外一个角度触动了泽维尔。

“这太糟了，”最后他说，“杰克在要弄我们，而我们却无能为力。”他忍不住遮住脸，无名指上的那枚定情戒指在清晨的光映下闪闪发亮，“他真的以为我们会倒下，然后就这样死去？”泽维尔的表情如此坚定，在他海洋般湛蓝的双瞳里，我仿佛看到了银色的闪电。他把手插入头发，眺望着远方的地平线，“好吧，我决定了，我要让她回来，这种游戏已经让我受够了，不管山高路险，我也要找到她，你听到了吗，杰克？”泽维尔伸开双臂，对着空旷的苍穹大喊，“我知道你就在周围，你最好记住我的话，这事没完。”

加百利和艾薇依旧无言，他们并肩而立，仿佛一个整体。苍白的眼神有些凝重，初升的旭日照耀着两人的头发。从哥哥姐姐的眼中，我看到了不一样的东西，我知道，那是愤怒。不仅仅是愤怒，还有对邪恶力量无尽的怒火。

此刻，加百利说话了，他的声音犹如隆隆的雷声，“你说得没错，”他对泽维尔说，“我们被玩弄于股掌之中。”

“咱们现在就得行动。”泽维尔随即声称道。

“我们现在要做的事，就是回旅馆收拾行李，”加百利吩咐道，“要在一小时之内到达裂山。”

Chapter31

与魔鬼的交易

我并没有抱太多的希望，即便我知道家人可以找到亚拉巴马州那个发生事故的火车站。我不知道他们打算如何打开通往地狱的门户。地狱之门被专门设计用来阻挡天使的力量，只有黑暗天使才知道怎样使用。尽管加百利在天堂的级别很高，但即便是他，也对此无能为力。据我所知，古往今来，天使没有任何理由闯入地狱。他们并不关心地下发生了什么——那是路西法的地盘。只有当地狱的居民偷溜到人间肆虐、破坏，天使们才会插手。有一点我相信，泽维尔的坚忍足以拯救我，但我仍旧把这点渺小的希望抛诸脑后。如果我寄希望于被救，我就活不到他们来的时候。

我想起加百利的计划，几乎忘了是什么迫使他们采取如此极端的行动。泽维尔差点因为我而死去。要不是因为我和杰克订立的那场口头交易，此刻他早已离开了人世，成为为数众多的天堂一员，也许我永远见不到他了。杰克曾试图杀死泽维尔，先是派迪亚哥做幌子来迷惑他，然后又将他推下悬崖，我心中的那点摇摆不定的希望最终变得更加狂躁与阴暗。我比以前任何时候都要憎恨杰克，他把我逼进了死胡同。就是因为他，把我和心爱的人分开，让我没有机会回到他们的身边。即便是这样，他仍不满足。

我猛地推开客房的门，沿着通道向贵宾室一路小跑。不折磨我的时候，杰克会花大部分时间待在那里。我要问问他，到底要怎么样才能放过泽维尔。只见杰克正倚在皮沙发上和艾莎交谈。艾莎随后也看到了我，她不怀好意地冲着我讪笑。

“你的小可爱来了。”艾莎将杯子里的酒一饮而尽，站起身说道，“我先走了。”

“你，”我走到杰克的身边对他说，“你这个最恶心卑鄙无耻的东西，应该被一脚踢出这个世界！”我说的每一个字都在颤抖。杰克随即坐起身，一脸茫然。我真想一拳打在他那沾沾自喜的脸上。但我知道，这样只会适得其反，受伤的只是我自己。

“嘿，小美人。”他说，“你看起来不太高兴。”

“真不敢相信，你居然会去伤害他！”我向他大吼道，“这本是我和你之间的事，为什么你要扯到别人的身上？”

“没受到伤害，就不算犯规，对吧？”他摆了摆手，好像根本什么事都没发生似的，“现在我真真正正地牢牢记着，我和你做了场交易，成了让你厌恶和憎恨的人。”

“那是因为我没得选择！”

“有没有选择并不重要。”他说。

我咬紧牙关，怒视着他：“说吧，你到底想要什么，杰克？怎么样你才会放过泽维尔？”

此刻，杰克却慵懒地打量着我，这样的目光犹如冰火两重天。他那双幽深的黑瞳，让我想到了冰冷的深井。即便丢一颗石子进去，也听不到井底的声音。但当他凝视着我时，眼里却燃着一股令人不安的火焰，让我不禁全身发毛。他把纤长白皙的手指并在一起，皱起眉头，似乎想要说些什么，却找不到合适的词汇。

“说出来吧。”

他长久地盯着我，身体朝前倾着，随后把手平放在面前的桌子上：“哦，我当然知道要从你那里得到什么。”

“那你说吧，”我直言快语，“让我听听。”

杰克随即叹了一口气：“我花了很长的时间思考怎样才能最好地使用我的筹码，从而让我们之间的关系更加亲密。”

我眯起眼睛：“继续……”

“我猜，自己想到了一桩完美的交易，”说着，他站起身，向我靠近，“你最想要的就是保护你那个穿着POLO衫的帅小子，你要让他活着。而我最想要的很简单，我要你——尽管我为你奉献了这么多，可是遗憾的是，你从没报答过我。”

我努力克制着自己的情绪，不让自己因他用“奉献”二字而嗤之以鼻。

“好……”我生硬地答道，我不喜欢这个话题，我不确定他脑子里是怎样想的，但以我对他的了解，从来没有什么事是公平合理的。

“我保证不去伤害他，”杰克说，“甚至我保证不去干涉你的灵体历险。但作为回报，我要你放弃一些东西。”

“我想不出我拥有什么你想要的东西。”我困惑地答道。

“也许那是因为你没有努力去想，”杰克一本正经地说，“你有我非常想要的东西，把它当做一个礼物，来弥补我的宽容吧。”

“不要拐弯抹角了，直接告诉我，你要什么。”我不耐烦地说，竭力控制着自己的情绪。

“我想要的是你。”杰克答道，阴郁幽深的眼里露出贪婪的目光。

我明白他指的是什么，但我并不想接受，我需要他大声地说出来，来证实我的猜测：“你最好再说一遍。”我向他挑衅。

“哦，你还是这么天真。”杰克窃笑道，“我说得很直白，如果你肯陪我一晚上的话，我不会再去靠近你那宝贝的王子。我要的是你的贞操。”

“等等……你要我……”当我得知他话里的真实意图，我的声音开始不住地颤抖。我厌恶地盯着他，“你要我和你发生性关系？”

“你的话听起来怎么这么像笔买卖，我更喜欢你说‘做爱’这个词。”他说。

我瞪着他，努力想要找到一个妥帖的答复。我有太多太多话想说，太多太多方式想要表达对他的厌恶，我一点儿都不想碰他。

“你还真是有病。”这是我从嘴里迸出的第一句话。

“没有必要那么粗鲁。”杰克开心地说，“如果我的心胸不是像北半球那么大，我现在肯定会很受伤。你知道有多少女孩迫不及待，就是为了能和我睡上一晚。想想你有多么荣幸。”

“你知道你要求的是什么吗？”我激动地说。

“性，这不过是满足肉体的欲望，没什么大不了。”

“这很重要！”我叫喊道，“人应该和自己爱的人、信任的人，和希望有一天可以成为自己孩子父亲的人发生这种关系。”

“没错，”杰克附和道，“性，确实在有的时候会产生一些不好的结果，比如说怀上孩子之类的，但是我已经安排好了，不会那么复杂的，不会有问题的。”

“你没听懂我说的话吗？”我说，“这就像出卖我自己的灵魂那样糟糕。”

“别说得那么夸张，”杰克嘲笑道，“性的目的只不过是让人愉悦，而不是繁殖，你要做的只是放松，让我做我自己擅长的事情。记住，每一个妥协都是有价值的。”

“性的目的是创造生命，”我纠正他，“和你上床，我就会委身于你，发誓信任你，想和你生孩子，和你……”我重复强调着，“而你是个大话精，是个骗子，是个刽子手，我绝不会把自己交给你！”

杰克看起来丝毫都没有被我的话触怒，“我们定了协议的，”他淡淡地说，“你答应过的，我要你做什么，你都会同意。如果你现在拒绝，我担保，泽维尔一定不会活着见到明天的太阳。”

“你离他远一点儿！”

“喂，”杰克用手指着我，“如果你做不到，就不要和一个恶魔做交易。”

我一个劲地摇头，不敢相信他的要求。他选了我不能给的东西，这就像是要把他的黑暗带入我的肉体，让两颗彼此憎恨的灵魂融合。

“如果你能让这么微不足道的事威胁到他的生命，”杰克懒洋洋地说，“我猜泽维尔在你心中也没有那么重要。”

我紧盯着他，内心挣扎着对他的淫威屈服。说到底，这是一种背叛，还是牺牲？

“我只是一直在想，要和他才会发生这样的事。”我低声说道，声音几乎只有自己可以听到。

“我知道，”杰克说道，他的语调透着一种夸张的同情，“一般来说，我可以接受比3P更大胆的玩法，但在那种环境下，多少有点尴尬嘛。”

我毫无反应，胃里恶心得阵阵翻江倒海。杰克随时都能杀死泽维尔——今天清晨发生的事足以证明。如果我背弃这个交易，杰克将会义无反顾地掉头去找他。即便艾薇和加百利已经提高警惕，但他只要找到泽维尔独处的机会，几秒钟的时间就能让他得逞。杰克不在乎找到这个时机要花费他多少精力，总之他会找到的。我知道自己不能忘了这一点，我必须要做点什么。

此时此刻，我的脑海里回荡着泽维尔的话，“贝儿，真正的爱情不是建立在肉体上……我爱的是你本身，并不是因为你能给我什么。”这句话是说他不会介意我同意杰克的要求吗？我不知道，我多希望有个人来告诉我如何抉择啊。和杰克上床是件可怕的事情，但想想因此可能失去泽维尔，再可怕也不算什么，只要他安全，什么事情我都愿意做。

“好吧，”我只得同意，眼眶里溢满了泪水，“你赢了，我是你的了。”

“很好，”杰克说，“你作了个正确的决定，我会叫汉娜来帮你准备，我要今晚就把这桩交易完成，免得你反悔。”

当汉娜进来时，我看见她脸色苍白，手臂下夹着一个衣袋。

“哦，贝儿，”她温柔地说道，这是她第一次叫我的名字，这多少让我有点惊讶，“我没想到事情会这样。”

“你是怎么知道的？”我淡淡地问道。

“很抱歉，这事在冥界已经传开了。”

“没事，汉娜，”我哽咽着说，“这在我的意料之中。”

“我希望这件事过去之后，你能和泽维尔团聚。”她说，“他一定是个很好的人。”

“他的确是个好人。”

想念泽维尔是我度过这个磨难的唯一方法，如果泽维尔因为我而死，那比我永远待在这个地狱里还要煎熬。

“会过去的。“汉娜轻轻地拍着我的肩膀说，“杰克要在一小时内见到你。”说着，她拉开衣袋的拉链，取出一件类似新娘装的长裙。“我真的要穿这个吗？”我沮丧地问道，我并不想显得大惊小怪，但是这根本不需要任何背景效果，足以让我恐慌。

“这是王子特意为你挑选的，”汉娜说，“你知道他是什么样的人，如果你不穿，他会发怒的。”

“你觉得我这样做对吗，汉娜?”我忽然向她问道，不小心把裙线滑到了被子上。尽管我已打定主意，但要让别人来消除我的恐惧，让我不至于觉得孤单。

“我的想法有那么重要吗？”汉娜自顾自地忙着，她把礼服上的线头扯掉，尽力回避着我的问题。

“求你了，我真的想知道。”我说，

汉娜不禁叹息一声，停下手中的活。她凝视着我，那双大大的棕色眼睛里满是忧伤。

“我也曾和杰克做过一次交易，”她说，“结果他背叛了我，魔鬼为了得到他想得到的，什么话都说得出。”

“你认为他在骗我？所以说，无论如何，他都不会放过泽维尔？”

“这不是关键，”汉娜答道，“你要去做的事将会萦绕你一生，但是如果你不去做，你同样会一辈子不能原谅自己，你要记住，你做的所有事，都是为了保护泽维尔。”

“谢谢你，汉娜。”我对她说道。

汉娜点点头，帮我穿上了洁白的长裙和缎布的鞋子，随后把一些细小的珍珠插在我的头发里，杰克这么做是故意的，这是他变态的心理，多讽刺啊，他内心可能把这构想成一种浪漫的重逢，而不是一笔交易，裙子死死地包裹着我的腰间，像个紧身胸衣，下摆则呈现波浪状。整件裙子有些镂空，衬托出我雪白的肌肤。我痛苦地想，对于这种场合，这倒是件很合适的裙子。只不过，真不应该穿在这里，不应该穿给那个人看。

随后，汉娜在我的脖子上戴上一条珍珠项链。这时，塔克走进房，看见我正在穿着这身衣服，脸色立刻沉了下来。

“这一切都是真的。”他轻声地说，“你知道自己在做什么？”

“我没得选择，塔克。”我答道。

“你知道吗，贝儿，”他坐在我的床沿上，欲言又止，“我知道现在事情看起来很糟……但我从没有像现在这样钦佩你。”

“你是怎么想的？”我问他，“如果你问我是怎么一回事，你就不会钦佩了。”

“不，”塔克极力摇头，“现在你也许不明白，可是你真的很坚强。当杰克带你进来时，没人料到你熬得过一天。但你比看上去要坚忍，尽管你目睹了一切——尽管他们那样对你——你依旧怀有信仰。”

“不过杰克还是赢了，”我说，“他最终达到了目的。”

“不，”此刻塔克的声音变得沙哑，“他得到的只是拒绝……想象你自己，你放弃了真正特殊的东西，杰克知道你的选择是出于爱，你比任何人都要恨他，你这么做，是为了保护你心爱的人。知道这些就已经让他受够了。”

“谢谢你，塔克。”说着，我张开双臂拥抱他，把脸埋向他的脖颈，闻着他温热的气息，“我从没这样想过。”

我凝视着镜子里的自己，我想，塔克是对的。也许，我不应该认为这是一种肮脏和不忠的行为，这一切，都是源于爱。

Chapter32
米迦勒之剑

离开之前，我还剩下几分钟的时间，汉娜和塔克知道我需要一些时间来理清自己的思路，便留下我独自一人。他们刚关上身后的门，我就忍不住开始灵体转移。我要去见泽维尔最后一面，要让他成为我失去自己宝贵之物前见到的最后一人。我要永远记住他的脸。我知道，只要记住他，我就有力量度过这个噩梦。

此刻，我的家人已经到达了亚拉巴马州。本应两小时的车程，他们却早早地赶到了，这令我非常惊讶。在我看来，“裂山”是个像维纳斯湾一样慵懒的小镇。这个火车站已经废弃了很久，连着砖墙的树篱边堆满了垃圾，老式的售票厅已经破败不堪。铁轨间长满了杂草，一群乌鸦在干燥的地面上徒劳地啄食。我心下暗忖，这里应该曾是个美丽迷人的地方，到处都是熙来攘往的人群。很显然，在那次火车事故之后，很多人因此而失去生命，这里从此被弃用。如今，这个地方只剩下过去的影子。这时，雪佛兰车在锈迹斑斑的铁轨旁停住，我的家人随即走下车。艾薇嗅了嗅空气，我很好奇，她是否可以闻出附近的门户里散发出来的硫黄味。

“这个地方让我毛骨悚然。”茉莉说道，仍逗留在车内不肯出来。

“待在车里。”加百利对她吩咐道。这一次，她没有争辩。

“那，现在怎么办？”泽维尔问，“我们要找什么？”

“这看起来很像，”说着，加百利弯下腰，将右手的掌心压在地上，“我想门户应该就嵌在这些铁轨里。”

“你怎么知道？”

“通向地狱的门户附近，地表温度要更高一些。”

“这就是问题，”艾薇说，“咱们几个的能量是不够的，因此需要支援。”

“该死，”泽维尔懊恼地用脚尖踢着地面，随即扬起一堆小石子，“那我们来这里有什么意义？”

“米迦勒是不会让我们白跑一趟的，”艾薇喃喃说道，“他一定是要我们做些什么。”

“也许他不过是个傻子呢。”

“他的确是。”正在这时，大家的身后传来了一个空旷的声音。

几个人立即转身查看，只见天使长现身在他们面前，高大的体形甚至遮盖了铁轨。他看起来仍和我们第一次见到时一样，金色的头发闪闪发光，健壮的四肢比普通人要魁梧得多。他随即收起翅膀。

“又来了。”我忽然听见茉莉在车内忍不住抱怨，随后将头埋进了自己的膝盖里。

作为同级的勇士，加百利和米迦勒相互点头致意，“大哥，我们已经按照你的指示采取行动，下面应该怎么做?”加百利问道。

“我就是来帮你们的，”米迦勒回答，“我带来了神魔两界最有威力的武器，它打开门户势如破竹。”

“谢谢您之前提供给我们那条关键的信息。”泽维尔烦躁地抱怨着。

“现在，是时候作出正确的决定了。”米迦勒直视着泽维尔说，“《神界条令》商定过不可预见的困境，路西法深知天使的力量，但是他手上有人质，他会利用她来达到自己的最终目的。”

米迦勒的话触动了我的心弦。他知道这一切，就意味着一直以来我都不是孤军奋战，天堂一直在关注着我的安危，我是否能奢望一切都没有失去呢?

“路西法怎么能这么做?贝瑟尼不是一个玩偶。”艾薇不禁发出抗议。

“这一点我们无从得知，”米迦勒说，“在任何魔鬼手中的神都是危险的，路西法的目的是引发世界末日——与天堂最终的对决——他希望在决战中利用天使来占据优势。天堂必须反击。”

“贝儿是怎么卷入的?”泽维尔问道。

“她是一个催化剂，如果你接受这个比喻的话。”米迦勒解释道，“魔鬼们想要引发全面的战争，但是我们并不弱于他们，我们甚至可以兵不血刃就能让他们尝尝天堂的厉害。”

“你一直在帮助我们，对吗?”泽维尔突然说，“但为什么不从一开始就朝着正确的方向去做呢?”

米迦勒略微歪了歪脑袋："如果一个小孩弄坏了一个玩具，他的父母马上就给他买个新的，那他还能得到教训吗？"

"贝儿不是个玩具。"泽维尔的情绪开始变得激动，但加百利赶紧把手搭在他的肩膀上，及时制止了他。

"不要打断主的天使的话。"

"天堂一直在管这件事，"米迦勒继续说道，"但主会选择合适的时机才有所行动，我们只不过是他的使者。如果天父可以纠正世上每一个错误，就没有人能从错误中吸取教训了，我们获得了信仰和忠诚，而你表明了信仰和忠诚。况且，你的旅程还没有结束，主已经为你安排好了。"

"为我安排好？"泽维尔喃喃重复道，然而米迦勒严厉地瞪了他一眼。

"我们不要毁了这个惊喜。"

米迦勒的话令我十分震惊。他掌管着天国的火器枪炮，而我却一直怀疑救我是否列在他的计划之内。从情况来看，路西法正在玩一场比我想象中更为危险的游戏，似乎米迦勒认为我们已经被逼到战争的边缘，天堂要重新划分控制范围。尽管我依然不知道他要怎样打开门户，但他看上去对自己的能力信心十足。

"那个门户的事怎么办？"艾薇温柔地提醒米迦勒，渴望不要再浪费时间，"我们来这里就是为了这个。"

"很好。"米迦勒说道。接着，他从自己的长袍下拿出一个物件，物件光亮耀眼，闪得泽维尔不得不别过脸去。

这把发出炽热光芒的长剑正在米迦勒的手中不住地跃动，时刻等待着他的召唤。它的边缘燃烧着蓝色的火焰，看上去是如此优美。金色的剑柄上铭刻着某种不可名状的文字，这些文字逐渐地散开，散发出柔和的蓝光。这把剑具有一种生命力——仿佛被赋予了某种精神。

“米迦勒之剑，”加百利用一种虔诚的语调说道，这种语调以前从未听过，“我已经很久没见过这把剑了。”

“这把剑真的存在？”泽维尔不禁问道。

“比你想象的还要真实，”加百利重复道，“米迦勒以前曾与他们有过一战。”

泽维尔想了一会儿，“当然，”他最后说，“《启示录》里提到过，天堂曾经发生了一场战争。米迦勒带领手下的天使们与一条巨龙作战，那条龙带领所属的天使与之进行了反击。那条龙就是路西法，对吗？”

“你说得很对，”加百利回答道，“米迦勒就是那个按照天父的旨意把路西法投入地狱的天使。”

“干得好！”泽维尔不禁称赞道，米迦勒随即扬了扬眉毛。和我的哥哥姐姐比起来，泽维尔大大咧咧的举止让我暗暗觉得好笑，“你觉得自己能打开这个门户吗？”

“我们拭目以待，行吗？”米迦勒答道。

随后，他走到了铁轨中间，立直身体，手中的那把剑抖动的声音如此轰鸣，以至于惊得四周的鸟儿落荒而逃，“嘿，兄弟，”泽维尔的声音藏着些许不安，“我为刚才说你是个傻瓜抱歉，这是我的错。”

米迦勒优雅地点了点头，从他的表情看不出有任何的纠结。接着，他把剑举过头顶，阳光即刻分成束束的银光。

“以上帝的名义，我命令你……”

米迦勒声如洪钟，随后音调逐渐减弱。这时，我忽然感到筋疲力尽，是时候回冥界了，但我仍旧试图原地逗留，不顾一切地想要留下来看看米迦勒的剑是否能把门户打开。然而此时此刻，一阵刺耳的酒店铃声突然响起，急不可待地将我拉回到自己的肉体中。

“喂？”我慌乱地摸索着拿起话筒，差一点儿将其掉落。

“索恩先生在大厅里等您。”接线员说道，我注意到她的语调和上次有些不同。上次是尊重，而这次是自满。

“告诉他我马上下来。”我随即挂上电话，倒回了床上，大口地喘着气。我不知道自己要去想什么，米迦勒真的能打开门户来救我吗？我不敢去相信，不禁无助地浑身发抖。片刻之后，我想起自己不知道接下来要做什么，但是有一件事仍然确定，我不能让杰克知道自己所目睹的一切，我必须要装做什么事也没有发生，但愿我的演技经得起挑战。

在“芳香”酒店的大厅里，我见到了杰克。他已经脱下常穿的那件夹克，换上了镶着银色袖边的燕尾服，或许他想营造出罗曼蒂克的氛围。然而，我们彼此心知肚明，无论穿成什么样，这样的安排也没有任何的浪漫可言。塔克和汉娜站在旋转门里，一脸的绝望与凄凉。我随后钻进杰克的车，轿车沿着冥界的隧道缓缓驶离。通过车后窗，我朝他俩挥了挥手，努力传递“不要放弃希望”这一信息。

轿车终于在一个像是洞穴入口的地方停了下来，我爬出车，四面环顾。

“这就是你所谓的浪漫之所？”我疑惑地问他，“你为什么不干脆选一个清洁间呢？”

“等会儿你就知道了，”杰克神秘地一笑，“你从没见过这个地方，对吧？”说完，他伸出手，护送我走进这片茫茫的黑暗世界。我拉住杰克，他随后带我穿过一个小的隧道。陡然间，隧道里魔法般地变成了一个奢华的石室，这间石室为了这个场合被特意装饰一新。有那么一刻，我不禁感叹它奇特的华丽。我赶忙停住，目瞪口呆。

“这是你安排的？”

“是啊，我想给你留下难忘的一夜。”

我惊异地环顾四周。这间石室的地面是一层如同猫眼石一般的乳状水晕，水面上漂浮着玫瑰花瓣和蜡烛，在石墙上映出一道柔和摇曳的光，各样倩影在水面上翩翩起舞。石室的半空中吊着一顶大烛台，显现出杰克的黑色能量。洞穴的远端是一段断壁残垣，残垣通向干燥的地面。中央摆放着一张大床，上面铺着奢华的金色缎带和镶有流苏边的睡枕。石头表面悬挂着错综复杂的织锦和各幅久远时代的肖像，每个裸露的地方都被装点上镀金的镜子，在一座闪闪发亮壮观的棱锥体里映衬出一丝幽光。这时，有人在幕后唱起了一首咏叹调。杰克把这个潮湿黑暗的地方变成了一个奇异的地下世界。当然，这些场景并没有彻底地改变什么。

此刻，我的眼睛看到了什么东西，正掩映在水里。那是一具断臂维纳斯的石像。透过水雾，我看见一滴黑色的液体正沿着她的脸颊缓缓滑落，滴入了水中。过了一会儿，我才意识到那是石像的血泪。

还没等我说话，杰克随即轻轻地打了个响指，一条华丽的小船出现在我们面前。

“请……”他说道，接着殷勤地伸出手臂让我挽着。我小心地上了台阶，走进船舱，杰克随后跟在我身后进来。小船开始前行，穿过水幕，最后来到了一座石台。我走出船舱，杰克转向了床边，用手拉上了幕布。接着，他把我拉到他的身边。

我们面对面安静地站着，杰克的脸上随即露出了饥渴的表情。这种表情让我不由得哆嗦起来，我的脑袋一片空白，已经失去知觉，身体也不听使唤。我知道自己要平静下来，等待援兵的到来，若是有用的话。我尽量控制着自己，不去想如果米迦勒的计划失败的情形。若真如此，我一定会惊声尖叫，努力把杰克赶走。此刻，我静静地站着，等待着命运的到来。杰克伸出纤长的手指，放在我的手臂上。他娴熟地拨弄着我长裙的带子，只一会儿，我的长裙就被褪了下来，露出了我的双肩。他倾身向前，亲吻着我的肌肤，沿着锁骨一路到脖颈。随后，他紧紧地搂住我的腰，将我朝他拉进。他贴上我的唇，他的吻急切而热烈。我尽量不去让自己回忆泽维尔亲吻我的情景，不去想起他轻柔舒缓的嘴唇，仿佛这样的吻是份回报，而不是其他动作的前奏。接着，我感到杰克用他的舌头用力掰开我的唇，伸进嘴里，他炽热的呼吸几乎令我窒息。他的双手开始在我身上游走，似乎并不在意我有多不情愿。杰克顺势伸出手，解开我裙子的拉链，我甚至还没反应过来，裙子就落到了地板上，我几近赤裸地站在他的面前，身上只剩下一件透明的丝质内衣。

杰克停顿了一会儿，呼吸沉重，像是刚跑完一场马拉松。随后，他一把将我推倒在床，整个人压在我身上，好奇地打量着我。接着，他爬下床，用一只手慢慢地在我的大腿内侧画着圈。他亲吻着我的脖子、胸、腹部，身体也随之起伏。

米迦勒他们到底在哪儿？此时此刻，一阵恶心的感觉突然向我袭来，看来，很有可能，那把剑劈不开门户，又或者米迦勒改变了主意。余下可以让我改变命运的时间不多了，我感到自己的心跳越来越快，胸前开始冒出一片汗珠。杰克用手温柔地抚摸着我的胸部，心满意足地笑起来。接着，他举起我的一根手指，放进嘴里轻轻地吮吸。

“很享受是吗？”他问道。我的嘴里干燥得几乎说不出话来，但我还是问了句：“我们可以结束了吧？”

我想，如果杰克可以把整个过程拉得越长，我也许会越安全，但是他的答案让我的想法顿时成为一种奢望。

“不管你喜不喜欢，我们都要做。”接着，他脱下衬衫，扔在了地上，赤裸的胸膛若隐若现，巧克力色的头发遮住了双眼。随后，杰克低下头，我感到他的牙齿磨蹭着我的耳朵，“这才刚刚开始。”他低声说道，舌头沿着我的肋骨打转，“你很紧张吧？等等，我要把你拉到床沿，你会觉得自己就要爆发了。”

在他的抚摸之下，我开始因为恐惧而不住地哆嗦。我有很多话想说，但我宁可在此刻保持安静。我的脑子里一直回荡着一个小声音，“如果他们不来，怎么办？”时间一分一秒地过去，越来越明显，他们不会来了，但我仍旧尽力地拖延时间。

我伸出手，将手指轻轻地在杰克的胸前抚摸。他浑身颤抖，随后更加用力地贴紧我。

“我很紧张。”我低声说道，尽可能让自己的声音听起来天真无邪，“我以前从来没有做过这种事。”

“那是因为你现在和一个成年人在一起。别担心，我会好好对待你的。”杰克说。

我不知道还应该说些什么来拖延时间，泽维尔他们还没有任何露面的迹象。已经太迟了，我无能为力。我随后向后倒去，闭上眼，接受着自己的命运。

“我准备好了。”我说道。

“我早准备好了。”杰克小声回应，我感到他的手开始在我的大腿上游移。

突然，从洞穴的顶端传来一声巨响，巨响在墙壁之间回荡，听起来像是岩石裂开的声音。一听到此，杰克猛地坐了起来，警惕性十足，黝黑的眼睛直直地瞪着。此刻，我们头上的天花板阵阵声响，像是要裂开一般。我也坐直身体，紧张地听着这个令人欣慰的声音。

我随后听见杰克发出一声恶毒的诅咒，远处的墙壁发出一声刺耳的爆炸声响，同时伴着飞溅的尘土和石块。一辆熟悉的1956年产的雪佛兰敞篷车冲入这个嶙峋的洞穴。这辆车看上去似乎以匀速在空中穿梭，再突然一个猛子冲进洞穴，停在离我们几米远的地方。车身又长又亮，和我记忆中的一样：车灯闪闪发光，只是在天蓝色的漆身上出现了一点刮痕。

“泽维尔？”我轻声叫道。

风挡玻璃上覆盖着一层厚厚的灰。驾驶座旁的车门开了，一个身影走了出来。他依然是我记忆中的样子，高大、宽广的肩膀，一双湛蓝色、水汪汪的大眼睛。此外，一束蜜色的发丝遮住了他的前额，头发上夹杂着一缕金色。他脖子上的十字架在黑暗中闪闪发光。在他身后，艾薇和加百利走出后座，看上去像是阴暗的石室里两根金色柱子。他们的表情坚定，坚毅的灰色眼珠死死地盯向杰克。过了一会儿，我才发现他们张开翅膀，如同总是为战争而准备一般，就像天使之翼，随后投射出十英尺长的影子在石墙上。他们看起来一如既往地强壮威严，但我感觉来到这样的地方，却稍稍弱化了他们。加百利与艾薇本不该在这里，他们的能量会随之开始减弱。我没看见米迦勒，我想他一定是劈开门户，随后离开。米迦勒之剑在加百利的手中闪闪发光。茉莉也不在现场，她必定是被留在了亚拉巴马州——这场战争对她来说太过危险。

泽维尔的脸上尽是悲伤。他走上前，把手伸向我，但当他发现我没穿衣服时，立刻将手缩了回去。他的视线一一扫过身后的床，床上的花，还有皱巴巴的床单。我们彼此对望，他痛苦的眼神如同巴掌一般抽打在我的脸上。他看起来先是迷惑，随后愤怒，最后是一种异样的苍白，仿佛他的情绪在翻江倒海，无法控制自己。

杰克首先打破了沉默。

“不！”他一个箭步冲上来，紧紧地抓住我。我痛得大叫，似乎令泽维尔忍无可忍了。

“把你肮脏的手从她身上拿开。”他怒吼道。说着，泽维尔就要向前奔去，但就在那一刻，艾薇和加百利出现在他身边，将他向后拉去。杰克像一只发狂的野兽瞪着他们，黝黑的眼里充满了愤怒与恐慌。

加百利撅了撅嘴，一脸嘲笑的表情，这种表情我以前从未见过：“你真的以为逃得掉吗？”他轻声问道，但语调里透着的更多是威胁。

“你们不该来这里。”杰克嘶哑着嗓音，“到底是怎么进来的？”

加百利上前一步，将手中的剑划了一个弧线，顺便试试它的重量。

“你不会明白的，但是我们做到了。”加百利说。

此时的杰克像一条毒蛇吐着芯子，朝空中吐了口唾沫。

“你不会明白的，但我们关心自己的成员。”加百利说。

此时此刻，我感到杰克的手指深深地掐进了我的肩膀，“她是我的，”他吐了口唾沫，“你们不能把她从我身边带走，她可是我正当赢回来的。”

“你撒谎，你骗了她。”加百利说，“她是我们的人，我们来就是为了救她，放了她，否则我们就动手了。”

杰克呆呆地立在原地，完全愣住了。突然，我发现自己被举了起来，杰克用手卡住了我的脖子。我被吊在空中，喉咙被紧紧地掐住，几乎让我窒息。我的双脚无助地四下乱蹬，挣扎着呼吸每一丝空气。

“我可以随时扭断她的脖子。”杰克讥讽道。

“去死吧。”正在这时，泽维尔突然向前冲去，用右肩撞向杰克，就像在足球场上一样。杰克大吃一惊，不由得松开了我。我随即倒在了床上，急促地呼吸。他们彼此扭打搏斗，翻滚着进了水里。杰克似乎由于受到泽维尔的攻击而有所收敛，泽维尔随即踉跄着一拳击中了杰克的下颚。他们再次扭打在一起，在浅水区的石头上翻滚，竞相争取着主动。我听到当泽维尔一拳拳击向杰克时，他不断地发出了咕噜声。谁的身体更强壮，已经一目了然。然而，杰克不是一个喜欢公平竞赛的人，不一会儿，他镇定下来，一拳挥向泽维尔，泽维尔被这一拳打得飞了起来，摔倒在我身边的床上。接着，杰克按了按他的手指，几根铁链突然出现，把我和泽维尔捆在了一起。杰克就像一个猎人，等待着他的猎物。他一步步地逼近我们，然后一拳打在泽维尔的右眼上，泽维尔的头随即歪向一边，我看见他有点朝后缩，他受伤了，但这并不能让杰克满足。我不禁放声尖叫，努力挣脱身上的铁链。这时，杰克又一拳打在泽维尔的下颚，一股鲜血即刻从他的嘴角流出。

随后，杰克把泽维尔拽了起来，抛向了空中，捆在我们身上的铁链断了，泽维尔呻吟着，滚到一边，脸正好对着我。

“对不起，”他痛苦地说，“对不起，事情还是发生了。我曾发誓会一直保护你，不会让你失望的。”

我凝视着他，随后将双臂搂着他，同时将我的脸深埋在他的脖颈里，“你来了，”我低声抽泣道，“你真的来了，上帝啊，我好想你！”

我俩相拥在一起，许久许久。接着，我和泽维尔坐直身去看我的哥哥姐姐如何对付杰克。此时的杰克已经从一个衣冠楚楚的绅士变成了一个赤裸而狼狈的浑小子，他的黑发变得乱糟糟的，鼻子正在流血，眼睛里喷着怒火。此外，他身上的燕尾服和白衬衫已被浸湿，撕成了一条条的碎片。

艾薇与加百利站在一起，他们对于杰克是毋庸置疑的对手。

“放贝瑟尼走，阿拉凯尔，”加百利发出低沉的警告，“否则，我就出剑了。”

“那你就杀了我。”杰克“啐”了一口唾沫，“以前你就干得很漂亮。”

加百利随即将米迦勒之剑对准杰克：“我们不是毫无准备就来的。”

“你认为我不知道这里对你们有什么影响吗？”杰克说道，“你们在这多待一秒，你们的能量就会变弱一分。”

“我们可有四个人。”加百利强调。

“包括一个凡人和一个这么容易就把自己交付给魔鬼的天使吗？”

忽然，泽维尔从床上冲下来，冷冷地盯着杰克：“不许你这么说她。”

“什么？”杰克嘲讽道，“你想不到你的小女朋友正要让另一个男人享受她的身体？这个男人可以满足她你给不了的东西吧？”

泽维尔摇摇头：“这不是真的。”

“那你自己问她。”杰克得意地说。

泽维尔稍稍转过头，看着我问道：“贝儿？”

我不知道该说什么，我怎能告诉他自己差一点儿就无法原谅地背叛了他。我张了张嘴，又再次闭上，揉搓着手中的床单。

“不说话就代表承认了哦。”杰克沾沾自喜地说道。

泽维尔惊讶地不禁后退了几步，“那么，这是真的。”他摆了摆手，“原来是这样？”

“你不明白，我这么做是为了你。”我说。

“为我？你是怎么想的？”

杰克兴奋地鼓了鼓掌：“哦，来吧，这可不是情人间拌嘴的时候。”

“我和他做了个交易，”我脱口而出，“如果我和他上床，他就答应我不会再去伤害你。”

加百利银色的眼睛审视着杰克，“你还真是无恶不作，”他厌恶地说道，“不要责备贝瑟尼，泽维尔——她并不知道，杰克是个骗子。”

“你在骗我?”此时此刻，我不禁情绪崩溃，大声哭喊道，“我把自己交给你，而你却一直在骗我。”

“当然，”杰克嘲讽道，“甜心，千万不要相信一个魔鬼所说的话，你们所有人都要知道。”

我还没来得及反应，泽维尔就开始忍不住连声咒骂。我从来没听过他说脏话，甚至连加百利都惊讶地皱起眉头。

“哦，天啊，看来，帅小伙还真受不了了。”杰克说。

“你什么时候才会住手，不再纠缠我们？”泽维尔说道，“这就是你生活当中唯一的乐趣？你真就这么无耻？”

这时，我抓住杰克分心的机会，乘机跳下床，跑到了家人的身后。

“你可以躲着，贝瑟尼。”杰克懒洋洋地说道，“那你就再也出不来了。”

“是啊，兄弟，”加百利随即冷冷地说，“出不来的是你。”

陡然间，加百利的翅膀将他腾空而起，瞬间冲到了杰克的上方——将米迦勒之剑对准他。这一切发生得非常突然，让人几乎没看清楚，只能听见剑锋发出的“嗖嗖”声。当加百利重新落地时，神剑已经深深地刺进了杰克的胸膛。泽维尔惊讶地张大了嘴巴，随后跑到我的身边，用手臂搂住我。杰克尖叫着拔出剑，“砰”的一声丢在地上，剑刃上沾着一大片血，他的血比普通人更加厚重黏稠，黑得如同夜色。鲜血从他的伤口喷溅出来，流了一地，杰克邪恶的能量也随之耗尽。这时，又有血泡从杰克的嘴里不断涌出。杰克随后倒在地上，全身抽搐，痛苦地挣扎扭曲。在他的脸变成一副面具之前，他抬起头，朝我伸出手，眼里尽是哀求，嘴里好像在说着什么，但是却听不清楚，只有断断续续的几个字：

“贝瑟尼，原谅我。”

忽然，一股同情心从我心里升起，我忍不住朝他走去，想安慰他的心。

“你在做什么？”正在这时，泽维尔的声音从背后传来，但杰克眼里的痛苦仍旧令我感到不安。尽管我所有的痛苦都是他造成的，但我知道那是出于他扭曲的内心，是为了赢得我的爱。也许在他的内心深处，杰克只是想要被爱。至少，他不应该孤独地死去。我忽然有种奇怪的冲动，想去对他道声永别。

“贝瑟尼，不要！”

我的手指几乎要碰到杰克，这时，我被猛地一拉，随即踉跄着向后倒在地上，只见一双闪闪发光的翅膀在我的头上拍动。原来，是加百利，他知道我想做什么，因此冲过来阻止我：“退后，如果你碰到他，他会把你一起带走的。”

我随后握紧拳头，压向胸口。这是我又一次对情势的误判。然而，此时此刻，杰克似乎在临死前那一番话，是真的告白。

他依然紧盯住我，接着，他的身体最后一次抽动，随后静静地躺在原地。我们看到他眼里的火慢慢熄灭，最终无神地瞪着前方。

“结束了。”我喃喃自语，很想大声地再说一遍，从而可以让自己相信这是真的。艾薇和加百利随即走来，紧紧地拥抱我，“谢谢你们来救我。”

“我们是一家人。”加百利答道，这似乎是唯一的解释。

我看到泽维尔的脸，将它捧在手心里。此时的他泪眼婆娑，他抚摸着我的脸颊，我这才发现，自己不知不觉已是泪流满面。

“我爱你。”短短的几个字，陈述了一个坚不可摧的事实，我可以说得更多，但此时此刻，这是我要说的，也是最重要的话。

“我也爱你，贝儿。”泽维尔说道，“比你知道的还要爱你。”

“我们得赶紧走。”紧接着，加百利催促道，他掩护着我们走向雪佛兰车，“门户不会一直都开着的。”

“等等，”他们陪着我上车时，我忽然驻足问道，“汉娜和塔克怎么办？”

“谁？”艾薇不解地问道。

“我的朋友，我在这里的时候，他们一直照顾我，我不能就这样离开他们。”

“对不起，贝瑟尼，”姐姐的眼睛里充满了真挚的悲伤，“我们无能为力。”

“这不公平，”我不禁哭喊道，“每个人都应该被赋予另一次机会。”

“魔鬼们就要来了，”加百利拉起我的手，“他们知道我们在这里，门户马上就要关闭。我们要赶快走，要不然就被困住了。”

我静静地点了点头，听从了他们的话，滚烫的热泪淌下我的脸颊。加百利随后发动汽车，我在后座倚靠在泽维尔的身上。我最后一次转过头，只见杰克的尸体漂浮在水面上。他对我的所作所为也许会萦绕我的余生，但他再也不会伤害我了。我很想恨他，但此时此刻，我对他，只有怜悯。他死了，正如他活着的时候一样，孤独，终不知爱为何物。

“永别了，杰克。”我轻声说道，随后转过身，把脸埋向泽维尔的胸膛。我感到他亲吻了我的额头，强壮的手臂紧紧地搂住我。雪佛兰车立刻变得活力十足，咆哮着加速冲进正要关闭的洞口。

黑暗即将结束。此时，我只有一个想法，回到深爱的人间。我即将回到以前熟知的生活，回到我一直思念并渴望的生活……只不过，在泽维尔的怀抱里，我已经回到了家。

尾声

在布莱斯·哈密顿中学修剪整齐的草坪上，几个毕业生身穿宝蓝色的校服，正神采飞扬地在六月明媚阳光的沐浴下漫步。然而，他们看起来并不像懵懵懂懂的十几岁，他们是一群准备在这个世上自我奋斗的年轻人。学校还有几个月才开学，每个人都向往着暑假。我知道泽维尔已经收到了好几个学校的入学通知书，这些学校都迫不及待地想要录取他，尤其是那些拥有全明星球队的学校。

尽管毕业对于我的未来并不会有什么影响，但我仍旧陷入了恐慌与不安之中。我们等待着典礼开始的信号。礼堂之外，我瞥见加百利和他的校园唱诗班的成员正在为即将上演的节目“友谊长存”排练，这是一首十分受欢迎的告别歌曲。

愉悦的情绪在毕业生中相互传递。女生们竞

相给自己的礼帽调好角度，同时不忘把对方的刘海儿别到一边，以免遮住眼睛，影响了照相效果。男生们倒不怎么在意自己的外表，他们只是热情地相互握手，互拍后背彼此打气。大家都戴着几天前就定好的班级戒指，戒指是一条简单的银色带子，上面刻着布莱斯·哈密顿中学的校训：体验，博爱，求知。

布莱斯·哈密顿中学热衷于举办这种华丽的盛典。礼堂里，受邀的嘉宾和家长都已经落座，他们把节目单折叠好不停地扇着风。艾薇紧挨着多莉·汉德森坐着，假装对家长里短很感兴趣。切斯特博士和其他教职员工别着各自的学术勋章，在礼堂的侧面等待，学术帽的颜色显示了他们各自的学术等级。校长将首先致开场辞，随后作为班长，泽维尔也将上台发表毕业演讲。他没有多少时间准备，但泽维尔是个天生的演说家，我知道他的脱稿演讲一定会鼓舞人心。在礼堂外，我在人群中看到了泽维尔的母亲白尼，她一面叮嘱最小的孩子不要到处攀爬，一面反复告诫尼古拉不要再玩自己的手机。

典礼之后，学校餐厅将会备好自助餐，同时铺上白色餐布、装上鲜花来烘托气氛。此外，一个专业摄像师已经在摄像机后就位。我发现亚比和其他女孩穿上了新衣服，涂着亮丽的口红，同时一再确认自己的帽子是否摆正了位置。我的内心期盼着将帽子抛向空中的那一幕。我无数次在电影情节中看过这个场景，自己也很想体验一回。艾薇早已将名字输入到我的体内，以便我日后能随时找到。

整个学校都洋溢在一种特殊的亢奋之中，但是在激动中又蕴藏着某种不满。茉莉和她的朋友们不再会坐在方阵中，这些位置将留给其他高年级学生。那些为考试临时抱佛脚、逃课、在储物间和男生调情的日子都将结束。校园已把我们大家联系为一个整体，但现在，我们都将去追求自己的生活，大家十有八九都不会再在一起了。

我希望仪式可以早一点开始。此时此刻，我激动万分，以至于忘记自己只是一个旁观者。我感到自己已经完完全全变成了一个凡人，似乎也要担心入学申请的事以及未来的就业前景。我必须提醒自己，这不是我的生活，我能做的，只是和泽维尔以及其他的朋友一起去分享这些体验。

正在这时，茉莉走到我的身边，将双臂搂住我。

“天啊，太难过了！”她哭喊道，“我花了四年的时间一直抱怨这个地方，但今天，我真不想离开。”

“茉莉，会过去的。”我边说边把一团顽固的鬈发别在她的耳后，“离大学还有些日子呢。”

“但我已经在这所学校待了十三年，”茉莉说，“一想到自己不会再回来，就觉得有些怪怪的。我认识这个小镇每一个人，这是我的家。”

“这永远都是你的家。”我安慰她，“大学也将会是一段美好的经历，等你下次回来的时候，维纳斯湾还是老样子。”

“可是我要去很远的地方呀。”她止不住地啜泣。

“茉莉，”我忍不住哈哈大笑，随即一把抱住她，“你不过是去亚拉巴马——就在邻州啊！”

她咯咯地笑了起来，“我想是吧，谢谢你，贝儿。”

忽然，我感到一只手环在我的腰间，泽维尔正亲吻着我的耳垂。

“我能和你谈谈吗？”他小声问道。我转过身，抬起头望着他。蓝色的毕业礼服映衬出他的双眸，平滑的栗色头发并没有因为戴了帽子就显得蓬乱。

“当然，什么事？”我问，“你紧张吗？”

“不紧张。”泽维尔答道。

“你的演讲准备好了吗？我还没听过呢！”

“我们离开这里吧。”泽维尔用一种怪异的语气说道，像是在宣布一件惊天动地的大事似的。

“你说什么？”我问，“为什么要离开？”

“因为毕业典礼已经对我不重要了。”

“不要说傻话。”

“我这辈子都没这么认真过。”

我还是不相信，“我觉得今天真是太奇怪了，”我说，“你不想毕业了？”

“不管参不参加典礼，我都会毕业的。”

他的眼睛明亮如画，嘴角的一抹微笑令整张脸看上去神采飞扬。他的确没有开玩笑。

“可是你马上就要做毕业生致辞了。”

“没事的，韦斯会接替我的，虽然代价不小。”

我凝视着他，这可是他人生中非常值得纪念的事，他怎么能拿这个来开玩笑。每个人都期待着他的演讲——没有了他的出现，整个典礼将变得截然不同。

“你父母不会原谅你的。”我说，“你为什么不想待在这里，你觉得不舒服吗？”

“我很好，贝儿。”

“那为什么呢？”

“因为还有更重要的事等着我去做。”

“还有什么比你的毕业典礼更重要？”

“走吧，待会儿你就知道了。”

“你不告诉我，我就不走。”

“你不相信我？”

“我相信你，”我拼命点头，“只是，我从没见过你做事……这么的……你知道……轻率。”

“开玩笑，我一点儿都不觉得轻率，”他说，“我从未觉得这么认真过。”

此时此刻，布莱斯中学的军乐团开始吹奏，拉开了毕业典礼的序幕。学生们陆续走进礼堂，一一就座，值班老师开始十个一列地清点人数。我看见茉莉在人群中找我，之前我俩约好了要坐在一起。校队队长常常最晚进入，因为他们的位置处于最前排。我望向加百利，他正陪着唱诗班走向后台，但加百利定是意识到了什么，他转过身，困惑地看着我。我随即微微一笑，对他轻轻地挥挥手，告诉他一切安好。泽维尔则满脸期待地看着我。

“来，和我一起到橡树底下坐五分钟吧，我会给你解释的，如果你不喜欢这个计划，我们就一起回去，好吗？”

“五分钟？”我重复道。

“只要五分钟。”

这棵老橡树位于学校环形道路的中间，我站在树底下，斑驳的阳光透过树枝点点生辉，或许，这将是我们最后一次在这棵树下幽会。此时此刻，过去的时光一波波在我的脑海中涌现。在布莱斯·哈密顿中学的这些日子，这棵橡树一直是我们信赖的朋友，它繁茂的树枝为我们提供庇护，把自己当做我们的相会地。我伸出双臂，调皮地抱住它粗壮的树干。然而，泽维尔仍是一副神秘莫测的表情，像是发现了什么世纪大秘密。

“好了，”我说，“你可以开始了，到底是什么让我们的勇士要逃离毕业典礼呢？”

泽维尔随后摘下帽子，脱掉毕业礼服，把它们扔向了身后的草地上，露出了一身白衬衫和西裤。此外，脖颈上还系上了领带。他朦胧的衣衫之下显现的健壮胸肌不禁令我深深地眷恋。

泽维尔痴痴地望着我，他低下头，亲吻着我的手：“我一直在考虑我们之间的事。”

“好事还是坏事？”我立即问道，这份冲动令我不由得感到恐惧。

“当然是好事。”

我的呼吸重新变得自如：“说来听听。”

“我想，我已经找到了答案。”

“太好了！”我轻声说道，“那么，问题是什么？”

此刻，泽维尔显得非常严肃：“我在想，怎样才不会有人再夹在我们之间。”

“泽维尔，你在说什么呀？你应该放松一下，我们现在已经在一起了。我回来了，杰克再也不会打扰我们了。”

“即便不是杰克，也可能会有别的什么人出现。这是没办法逃避的，贝儿，看看我们的身后，我们在一起度过了多少光阴。”

“那就不要再去想，多想想我们的现在，活在当下。”

“我做不到，我希望我们永远在一起。”

“我们永远不会知道未来会发生什么，你知道的。”

“我们可以。”我凝望着他明媚深邃的双眸，他的眼里有一些我未曾见过的东西。我想不出那到底是什么，但我知道有些东西已经变了。

泽维尔紧握着我的双手，随后单膝跪在橡树根上，地上的落叶被他压得嘎吱作响。我的心脏开始快速地跳动着，犹如一列疾驰的火车。内心时而兴奋，时而惊慌，不知道他想做什么。

“贝儿，”他迸出两三个字，无瑕的面容满是期待，“毋庸置疑，在我的内心里，我们在一起。但是，和你共度余生才是我所珍惜的荣耀和承诺。”他停顿片刻，明媚清澈的湛蓝色眼珠闪闪发光。我的心提到了嗓子眼，但泽维尔只是微笑着对我说，“贝儿，”他重申道，“你愿意嫁给我吗？”

他的脸上洋溢着幸福。

我沉默不语。坦白说，对我来说，泽维尔是一本已经打开的书，但我并没有料到这件事会到来。我不知不觉地仰望着天空，寻找着答案，只是什么都没有发现。这件事必须要我自己作决定。我的脑中随后出现了许多答案，这些答案一个比一个理性。

泽维尔，你没事吧？你是不是疯了？你还不到十九岁，还够不上结婚的条件。你不觉得我们还需要好好考虑吗？我不能眼睁睁地看着你把自己的梦想抛弃……也许，大学毕业以后，我们才能去考虑。我们无权单独作这样的决定，你的父母一定会反对。加百利和艾薇又会如何看待？

然而，我的嘴里却迸出一句最不理性的答案：

“我愿意。”

我俩随后快步离开，时而担心会被人发现。得到我的回答之后，泽维尔将我拥入怀中，一步不停地走向学校的大门，直至走到他停在那里的雪佛兰车跟前。他小心翼翼地帮我打开副驾驶的车门，然后迅速钻进驾驶座，径直驶离。

“我们现在去哪儿？”我屏住呼吸，一脸的兴奋。

几分钟后，雪佛兰车停在了中央大道的“甜心”咖啡厅外，咖啡厅内几乎空无一人。我想，大概这里的客人都去出席布莱斯中学的毕业典礼了吧。我乘泽维尔不注意，偷偷瞟了一眼自己的腕表。我们已经离开了半小时，应该在离开的时候就已经被发现。这个时候，想必校长的开场白进行到一半了吧，老师们肯定在窃窃私语，猜想谁最后见到我们，我们又去了哪里。或许，有些同学已经自发地在寻找我们，艾薇和加百利定是发现了我们的空位，泽维尔的父母也必定十分迷茫，他们优秀的儿子为什么会选择离开。想到这一切，我的头脑忽然变得清醒，原本的兴高采烈也转瞬即逝。

“泽维尔。”我开始向他试探。

“拜托，贝儿，你还没有下定决心吗？”

“不，当然不是，我只想说一件事。”

“好的，你说。”

“你要想想自己的未来。”

“我已经想过了，我的未来就坐在我的右手边。”

“你的父母会怎么想？”

“我以为你只想说一件事。”

“求求你，泽维尔，严肃一点儿。”

“我不知道他们会怎么想，我不打算问他们，我这么做是对的，是经过深思熟虑的。我知道，这是我想要的结果，也是你想要的结果。如果程序正规，我们会得到不同的东西，但是我们没那么奢侈，这是唯一保护彼此的方法。”

“但这样也许会把事情弄得更糟。”

“你有没有想过我们要怎么做？”

“一切都安排好了，梅尔神甫答应会帮助我们，事实上，他现在正在教堂等着呢。”

“现在？”我不禁张口结舌，“我们不是应该先通知其他人吗？”

“他们只会尽力说服我们放弃，我们等以后再告诉镇里所有的人。家人首先会感到惊讶，过后我们就可以去庆祝了，你等着瞧吧。”

“你说得倒简单。”

“事实如此，婚姻是件神圣的事，就连上帝也会满意的。”

“我只是在为你母亲着想。”

“她会抱怨什么呢？至少我们是在教堂里结婚的！”

“那倒是事实。”

这时，泽维尔举起他的奶昔向我干杯。

“祝福我们！”说着，我俩的杯子碰在一起，“上帝撮合在一起的人，永远不会分开。”

眼下，我能做的只有回报泽维尔一个积极的笑容吗？除了和他在一起，我什么都不要。我能否告诉他，其实，自己担心的并不是有谁会打扰我们呢？

我想起被关进地狱时，泽维尔所承受的巨大痛苦。如今，危机已经过去，我深爱的男人又回来了，准备向世人宣布我们的婚约，他宁愿为争取幸福甘冒任何风险。从前的泽维尔又回来了，甚至比以往更加坚强。我告诉自己，我不能再失去他，即便这个决定会惹怒天国。

泽维尔必定是看出了我脸上的不安。

“你仍然可以反悔，”他静静地说，“我会理解的。”

我迟疑片刻，一切可能的后果相继涌入我的脑海。然而，当泽维尔拉起我的手，一切都明白了，我很肯定地知道自己要的是什么。

“不会的，”我答道，“我等不及做泽维尔·伍兹的妻子了。”

正在这时，泽维尔忽然猛地一掌拍在桌上，一脸的懊恼。

我惊得跳起来：“我刚才说了什么来着？”

“该死，我竟然忘了戒指！”

“我们可以之后再考虑戒指的问题。”我安慰他。

“不，不用。”他笑着说。

接着，泽维尔把手伸入裤子口袋，随后调皮地伸出一只握紧的拳头。当他摊开掌心时，竟然出现了一个圆形的古董首饰盒。

“打开看看。”他说道。

我轻轻按开那个细小的金属扣，盖子随后弹开。我不禁倒吸口气，盒子里装着一枚玫瑰形的钻石戒指，它看起来如此完美无瑕，令我激动得难以呼吸。当我凝视着这枚戒指时，我知道，它是我的，将会跟随我一生一世。我从没有如此渴望地想要拥有 件物品，这枚戒指似乎为我量身打造，我甚至根本不用去顾虑这枚戒指是否需要调整大小。我只知道，它戴上去一定很适合。这枚戒指既不花哨，也不奢华。我曾与茉莉等女生逛过当地一家珠宝行，她们都对店内所陈列的珠宝艳羡不已。出于礼貌，我总是假装表现得很有兴趣，但实际上并不怎么喜欢她们争相谈论的那些俗气艳丽的时髦钻戒，呆板而粗糙。此时此刻，眼下的这枚戒指如同一朵盛开的花，这样的设计实乃卓尔不群。多面雕琢的钻石嵌在铂金的指环上，宛如一个细小的苍穹直达顶峰。除此之外，这颗主钻的周围又镶满了细小的钻石，沿着戒指的上围向内凹陷。

“和你相配极了！”泽维尔边看边赞美道。

“做工太精细了！”我不禁惊叹道，“你究竟在哪里找到这枚戒指的？我以前从来没有见过。”

“这是奶奶留给我的，我的妹妹都不喜欢，她就送给了我。这枚戒指是为天使打造而成，你不想试试吗？”

我点点头，有些犹豫不决，仍然不敢相信如此考究精美的东西会属于我。然而，我再也没有机会戴上。因为，就在泽维尔对我说话的当下，我们脚下的地面突然开始剧烈地抖动，似乎天堂开始反扑了。

戒指滑落到桌上，随后，滚向了颤抖的地面。

图书在版编目（CIP）数据

光轮之恋. 冥界 /（澳）阿朵尼托（Adornetto，A）著；孙如轶，张瑛译.
—长沙：湖南文艺出版社，2012. 1
书名原文：HADES
ISBN 978-7-5404-4994-0

I. ①光… II. ①阿…②孙…③张… III. ①长篇小说－澳大利亚－现代
IV. ① I611.45

中国版本图书馆 CIP 数据核字（2011）第 245857 号

著作权合同登记号：图字 18-2011-554

光轮之恋. 冥界

作　　者：［澳］亚历山大·阿朵尼托
译　　者：孙如轶　张　瑛
出 版 人：刘清华
责任编辑：丁丽丹　刘诗哲
监　　制：吴成玮　孙淑慧
策划编辑：马冬冬
版权支持：李彩萍
装帧设计：崔振江　李　洁
出版发行：湖南文艺出版社
（长沙市雨花区东二环一段 508 号　邮编：410014）
网　　址：www.hnwy.net
印　　刷：三河市鑫金马印装有限公司
经　　销：新华书店
开　　本：880mm × 1230mm　1/32
字　　数：320 千字
印　　张：12.5
版　　次：2012年 1 月第 1 版
印　　次：2012年 1 月第 1 次印刷
书　　号：ISBN 978-7-5404-4994-0
定　　价：29.80 元
（若有质量问题，请致电质量监督电话：010-84409925）